Eric Smit

DER SUPERCODE

ERIC SMIT

DER SUPERCODE

Die Erfindung, die den Tod brachte

Aus dem Niederländischen
von Jan F. Wielpütz
und Andrea Kalbe

EHRENWIRTH

Ehrenwirth
in der Verlagsgruppe Lübbe

Titel der niederländischen Originalausgabe:
»De Broncode«

Satz: Druck & Grafik Siebel, Lindlar
Gesetzt aus der Weiss von Adobe Systems
Druck und Einband: Ebner & Spiegel, Ulm

Printed in Germany
ISBN-10: 3-431-03632-5
ISBN-13: 978-3-431-03632-9

5 4 3 2 1

INHALT

VORWORT

Die Beschreibungen, Beobachtungen und Dialoge in diesem Buch basieren auf Interviews und Recherchen vor Ort. Ohne die Unterstützung der Beteiligten wäre eine Rekonstruktion der Ereignisse nicht möglich gewesen. Ich möchte diesen Menschen – und einigen von ihnen ganz besonders – dafür danken, dass sie mir ihre Zeit geschenkt haben.

Mein ausdrücklicher Dank geht an Harminke Medendorp, Durk Hattink und Hans Veldhuyzen van Zanten.

Klassische Widmungen wie »Für Truus und die Kinder« oder »Dieses Buch widme ich meiner geliebten Ruth« habe ich immer als unangebracht sentimental empfunden, ja geschmacklos. Eigentlich wollte ich solche Zueignungen nie verwenden. Dass ich das nun doch tue, ist umso mehr Ausdruck dafür, dass ich dieses Buch niemals ohne meine Frau hätte schreiben können. Danke, Daph.

Eric Smit, August 2004

Von Fairplay konnte bisher zwar ohnehin keine Rede sein. Doch das hier ist ein Schlag unter die Gürtellinie.
Roel Pieper

PROLOG

Es war Mitte Mai 1999. Ich arbeitete erst seit fünf Monaten als Journalist, als mir meine älteste Schwester, damals Partner in einer Gesellschaft für Unternehmensbeteiligungen, einen geheimnisvollen Tipp gab: »Roel Pieper wird Philips verlassen.« Das war in der Tat eine überraschende Nachricht. Es waren noch keine anderthalb Jahre vergangen, seit man Pieper als potenziellen Nachfolger des Vorstandsvorsitzenden zu Philips geholt hatte. Das Ganze war von einem Medienrummel von bis dahin ungekannten Ausmaßen begleitet worden. Roel Pieper, einem gebürtigen Vlaardinger, war es als einem der wenigen Niederländer gelungen, in Silicon Valley Karriere zu machen. Im Zentrum des Hightech-Booms hatte er es bis zum *Chief Executive Officer* (CEO) des Hardware-Herstellers Tandem gebracht. Im Sommer 1997 verkaufte er das Unternehmen für drei Milliarden Dollar an Compaq. Mit diesem Deal machte er Philips auf sich aufmerksam und wurde im Mai 1998 zum jüngsten Vorstandsmitglied in der Unternehmensgeschichte gewählt. Roel Pieper galt als designierter Nachfolger des amtierenden Vorstandsvorsitzenden Cor Boonstra – so mutmaßten zumindest alle Journalisten, zu denen auch ich gehörte.

Dass Roel Pieper Philips bereits nach einem Jahr wieder verlassen würde, war eine Sensation. Meine Schwester Marlou erzählte mir noch mehr: »Pieper gründet anscheinend ein neues Unternehmen, soll sich um eine große Sache handeln, um eine sehr große sogar. Das Unternehmen soll schon mehrere Milliarden Dollar wert sein.« Sie wünschte mir viel Erfolg mit dem Tipp und beendete unser Gespräch mit den Worten: »Das Unternehmen will eine revolutionäre Erfindung auf den Markt bringen. Irgendetwas mit Breitbandtechnologie, das die Welt verändern soll.«

Die Kombination der Worte ›revolutionäre Erfindung‹, ›Pieper‹ und ›Milliarden Dollar‹ ließ meinen Puls schneller schlagen. Ich hatte gerade eine halbprofessionelle Karriere als Squash-Spieler beendet und mir einen Job in der Redaktion des Wirtschaftsmagazins *Quote* beschafft. Anstelle von kleinen Gummibällen würde ich nun Sensationsstorys hinterherjagen. Und die Sache mit Roel Pieper schien mir eine solche Story zu sein. Ich hatte nicht die geringste Ahnung vom Journalismus, doch das hier hörte sich wie ein richtiger ›Knüller‹ an. Mein romantischer Blick auf den Beruf des Journalisten schien Realität zu werden.

Ein paar Tage später gab Philips tatsächlich bekannt, dass der Elektronikkonzern und Pieper sich voneinander trennten. Meine Schwester hatte die Wahrheit gesagt, was den Verdacht nahe legte, dass Pieper wirklich mit der Gründung eines neuen Unternehmens beschäftigt war. Doch egal, mit wem ich in den darauf folgenden Wochen darüber sprach, niemand konnte mir bestätigen, dass der ehemalige Kronprinz von Philips irgendwo sein eigenes Königreich errichtete. Natürlich wusste jeder, dass Pieper Posten in den Aufsichtsräten verschiedener Firmen innehatte und sich als Berater bei Twinning – einem durch das Wirtschaftsministerium geförderten Inkubator für Internetfirmen – betätigte. Wie viele andere vermögende Geschäftsleute investierte er sein Geld zudem in Unternehmensgründungen. Doch dass Pieper seine eigene Firma aufbaute, blieb bis auf weiteres ein unbestätigtes Gerücht. Nichts deutete auf dieses Milliardenunternehmen hin. Diese Geheimniskrämerei verwirrte mich. Und zu meiner großen Enttäuschung weigerte sich meine Schwester Marlou, mir weitere Hinweise zu geben. Sie wollte nicht das Risiko eingehen, dass eine Unachtsamkeit ihres kleinen Bruders, des angehenden Journalisten, sie in ernsthafte Schwierigkeiten brachte.

Ein Dreivierteljahr verging, bis sich mir die Gelegenheit bot, Roel Pieper zu interviewen. Ich traf ihn in der Bar des Sheraton Hotels am Amsterdamer Flughafen Schiphol. Endlich konnte ich ihn persönlich nach der revolutionären Erfindung fragen. Pieper gab zu, dass er tatsächlich an der Gründung eines neuen Unternehmens gearbeitet hatte. Allerdings wollte er dazu nicht viel mehr sagen, als dass die weltbekannte Venture-Capital-Gesellschaft Kleiner Perkins Caufield & Byers aus Menlo Park in Kalifornien daran beteiligt gewesen war. Das Ganze war jedoch gescheitert.

»Wenn man die Geschichte der modernen Technologie näher betrachtet, sieht man, dass wegweisende Erfindungen selten von einer einzigen Person stammen und meist zeitgleich gemacht werden«, sagte Pieper und lehnte sich entspannt in seinem Stuhl zurück. »Natürlich kann das kein Zufall sein. Das bedeutet, dass die Menschen darüber reden und andere die Technologie kopieren.« Deshalb sei es absolut notwendig gewesen, Stillschweigen über die Erfindung zu bewahren, die seiner Unternehmensgründung zugrunde gelegen habe. Und nun, da das alles ohnehin Geschichte war, erschien es Pieper vernünftig, wenn ich die Angelegenheit auf sich beruhen lasse.

»Schreiben Sie doch lieber über eine Erfolgsgeschichte, über Unternehmer, die es geschafft haben.«

Ich sah ihn an und fragte mich, ob er das wirklich ernst meinte. Doch das war offenbar der Fall.

Ein halbes Jahr später erhielt ich einen Anruf von Piepers persönlicher Pressesprecherin Perlita Fränkel. Pieper hatte über sein weitreichendes Netzwerk erfahren, dass ich mich noch immer mit der ›Erfindergeschichte‹ beschäftigte.

»Das ist richtig«, antwortete ich. Nach monatelanger Recherche und einigen guten Tipps hatte ich eine Reihe von Leuten aufgespürt, die mit der Sache zu tun gehabt hatten, und sie interviewt. Ich begann, einen Überblick zu bekommen über die unglaublichen Ereignisse, die sich rund um das abgespielt hatten, was manche ›die Erfindung des Jahrhunderts‹ nannten.

Fränkel erkundigte sich, ob ich Interesse an einem Gespräch mit Pieper habe. »Roel würde sich mit Ihnen gern noch mal in aller Ruhe über die Sache unterhalten.«

An einem sonnigen Herbstmorgen machte ich mich auf den Weg

zur neubarocken Villa Rodesteijn in Bloemendaal, wo Piepers Investmentgesellschaft ihren Sitz hatte. Ich war aufgeregt, doch das gehörte für mich zum Journalismus dazu. Ich fand gerade die Wahrheit hinter einer Geschichte heraus, und mittlerweile wusste ich, dass es sich um eine Geschichte handelte, in deren Verlauf eine Erfindung im Wert von mehreren Milliarden Dollar spurlos verschwunden war. Roel Pieper war einer der Hauptdarsteller in diesem Wirtschaftsthriller, und dies war vielleicht die letzte Gelegenheit, ihn zu interviewen. Deshalb hatte ich auch einen Koffer mit einem Aufnahmegerät mitgenommen.

Roel Pieper sah mich verdutzt an, als ich in Pullover, Jeans und halbhohen Puma-Turnschuhen vor ihm stand, den Koffer in der Hand.

Er war guter Laune und führte mich in einen Konferenzraum mit Wandvertäfelungen aus Eichenholz. In diesem Zimmer, so erklärte er mir, würde er später seine eigene Ruhmeshalle einrichten, mit einer ansehnlichen Sammlung von Pokalen, Urkunden und Fotos. In diesem Zusammenhang schlug Pieper mir erneut vor, doch über etwas anderes, etwas Positives zu schreiben.

»Das Ganze war wirklich nicht so bedeutend, wie andere es vielleicht geschildert haben«, sagte er. Dieses Investment sei lediglich eines von vielen in seinem gut gefüllten Portfolio gewesen, und als Kapitalgeber sei er sich bewusst, dass man hin und wieder einige dieser Beteiligungen abschreiben müsse. Nun, dies sei eben solch ein Fall gewesen. Abgehakt! Sehr schade, doch er sei glücklich, bereits neue, interessantere Investments getätigt zu haben. »Und das sind Unternehmen, über die man in der Tat etwas Interessantes schreiben kann. Ich besorge Ihnen gerne einen Interviewtermin.« Ich versprach, über sein Angebot nachzudenken. Aber die Erfindergeschichte einfach so zu den Akten legen? Meine Neugierde war durch seine Einladung und Ausführungen nur verstärkt worden. Ich war auf eine unglaubliche Story gestoßen, zu bizarr, als dass es jemals geschehen sein konnte.

Die Geschichte um die ›revolutionäre Erfindung‹, ›Pieper‹ und die ›Milliarden Dollar‹ begann in Nieuwegein, einem dieser kleinen Orte, in denen große Ereignisse selten ihren Anfang nehmen. Die beiden jahrhundertealten Dörfer Jutphaas und Vreeswijk, die früher inmitten grüner Weidelandschaft gelegen hatten, waren in nur fünfzehn Jahren von einer Armee Reihenhäuser mit Vorgärten in Briefmarkengröße verdrängt worden. Für einen Außenstehenden wie mich boten die scheinbar endlosen Zwei-, Drei-, Vier- oder gar noch größeren Familienhäuser den tristen Anblick einer modernen Vorstadt. Und dennoch machte der Fernsehmonteur Jan Sloot genau an diesem Ort, wo er seit 1984 wohnte, seine ›revolutionäre Erfindung‹.

Die Geschichte dieser Erfindung endet auch in Nieuwegein. Es ist Sonntag, der 11. Juli 1999, und die frühe Morgensonne kommt gerade hinter dem Utrechter Heuvelrug hervor. Auf den Autobahnen ist um diese Zeit kaum Verkehr, und die kurvenreichen Straßen des Componistenbuurt von Nieuwegein liegen noch still und verlassen da. Vor der Tür eines sandfarbenen Backsteinhauses steht ein Mercedes CDI in Silbermetallic-Lackierung. Der Wagen gehört dem Bewohner des Reihenhauses Strawinskystraat 76: Jan Sloot. In einer kurzen, khakifarbenen Hose und einem beigen Polohemd sitzt er erschöpft und in sich zusammengesunken in einem grünen Ledersessel und starrt müde aus dem Fenster. Er blickt in seinen Garten, auf die hölzerne Gartenlaube aus dem Baumarkt und die mit Kies bedeckten Wege. Zusammen mit seiner Frau Annie hatte er am vergangenen Abend den Geburtstag von ihrer Zwillingsschwester auf einem Campingplatz im nahe gelegenen Culemborg gefeiert. Es war ein langer, schwüler Abend gewesen. Für ihn gab es allen Grund zum Feiern. Seit einem Monat war er Millionär, und erst gestern hatte er erfahren, dass er bald einer der reichsten Niederländer sein würde. Dennoch hatte er es bei ein paar Drinks belassen.

Gegen Mitternacht war Jan mit seiner Frau zurück nach Nieuwegein gefahren. Annie war sofort die enge Treppe hinaufgeklettert und hatte sich ins Bett gelegt. Jan dagegen hatte sich in seinen Ledersessel fallen lassen, um noch kurz nachzudenken. Obwohl er dringend etwas Schlaf brauchte, blieb er die ganze Nacht wach und grübelte.

All die Jahre haben sie ihn nur ausgelacht, hat er sich mit den falschen Geschäftspartnern umgeben und ist mehr als einmal Pleite gegangen. Doch nun hat er seine Erfindung endlich an den Mann gebracht. Dank Roel Pieper gab es jetzt einen Businessplan und einen Vertrag, einmalig in der ganzen Welt.

»Jan, du wirst bald der reichste Mann der Welt sein«, hatte ihm der bekannte Investor Tom Perkins gesagt. Nicht schlecht für einen Fernsehmonteur aus Nieuwegein.

Als Annie Sloot gegen zehn Uhr am Morgen in ihrem Morgenrock die Treppe hinunterkommt, ahnt sie bereits, welcher Anblick sie im Wohnzimmer erwartet.

»Nicht das schon wieder«, seufzt sie, als sie Jan hellwach in seinem Sessel sitzen sieht. »Das kann ja ein schöner Sonntag werden. Du bist völlig übermüdet«, murmelt sie und geht in die Küche.

»Ich war gestern Abend zu müde, um noch nach oben zu kommen«, antwortet Sloot. »Aber jetzt bin ich schön früh wach. Hast du schon einen Blick nach draußen geworfen? Wir können im Garten frühstücken.« Seine Hand tastet vorsichtig nach dem Aschenbecher, der neben ihm auf dem Beistelltisch steht. Darin liegt noch immer der Stummel einer Havanna. Er hat sie gestern Abend einfach ausgehen lassen.

Seine kleine, schmächtige Frau schlurft in der Zwischenzeit kopfschüttelnd und vor sich hin murmelnd durch die Küche. Sie setzt Kaffee auf, schmiert für Jan Brote und sucht seine Medikamente zusammen.

»Oh nein, jetzt kommt sie schon wieder mit diesen Pillen«, stöhnt Jan in seinem Sessel.

»Ach, sei still. Schluck die Tabletten und iss die Butterbrote. Ich bin im Bad und ziehe mich um«, antwortet Annie.

Wenig später sitzen Annie und Jan im Garten und trinken Kaffee. Normalerweise läuft Annie sonntags noch am frühen Nachmittag im Schlafanzug herum, doch heute kommt ihr Sohn Ben mit seiner Freundin zum Grillen. Entgegen seiner Gewohnheit drückt Jan eine Zigarre aus und zündet sich eine neue an.

»Dieser Notar-Termin ist übermorgen, oder?«, fragt er, während er den Rauch ausstößt.

Annie nickt. »Ja, dann haben wir es endlich geschafft, Jan.«

Zur gleichen Zeit trinkt Ben in seiner bescheidenen, kleinen Wohnung ebenfalls Kaffee und raucht eine Zigarette. Er denkt an die vergangenen Monate, in denen er so viel Kontakt wie noch nie mit seinem immer nervöser werdenden Vater gehabt hat. Er hat ihn begleitet und überallhin gefahren: von gut besuchten Präsentationen für Investoren bis hin zu langen Vertragsverhandlungen mit den Anteilseignern. Am Ende haben ihn alle nur noch amüsiert ›Jans Leibwächter‹ genannt.

Jahrelang hat Ben in einer Tagesstätte für schwer erziehbare Kinder gearbeitet. Vor gut drei Jahren ist er dann in das Unternehmen seines Vaters eingestiegen. Seither verläuft sein Leben in geordneten Bahnen, und auch die Beziehung zu seinem Vater ist viel enger geworden. Der hatte ihm sogar einmal gesagt, dass er ihn liebt.

Ben lässt den Rauch langsam aus seiner Lunge entweichen, trinkt noch einen Schluck Kaffee und drückt gleichzeitig die Zigarette aus. Er will gerade aufstehen, um zu duschen, als das Telefon klingelt. Am anderen Ende der Leitung hört er die panische Stimme seiner Mutter: »Ben, komm schnell her. Papa liegt im Garten.«

Annie war gerade mit einer frischen Kanne Kaffee aus der Küche gekommen, als sie Jan regungslos daliegen sah: das Gesicht in den Maschendrahtzaun gedrückt, das Kinn auf den Betonplatten und den linken Arm unter dem Körper verdreht. Seine weißen, haarigen Beine ragten wie zerbrochene Äste aus der kurzen Hose heraus.

»Jan, Jan, was ist los?« Annie war mit einem Satz auf ihn zugestürzt. Sie hatte sich neben ihn gekniet und ihn gepackt.

»Jan, Jan, sag doch endlich was. Was ist los?« Jan hatte nicht reagiert, hatte nur dagelegen. Ausgestreckt auf den Betonplatten, die er einmal selbst verlegt hatte.

Annie war schluchzend ins Wohnzimmer gelaufen und hatte den Telefonhörer gegriffen.

»Ben?«

Ihr Sohn verspricht, sofort zu kommen.

Annie eilt zurück in den Garten und zieht mit ganzer Kraft am Oberkörper ihres bewusstlosen Mannes. Als sie ihn schließlich umgedreht hat, kann sie endlich die Medikamente aus der Brusttasche seines Hemdes holen. Leise fluchend sprüht sie den halben Inhalt der Spraydose unter seine Zunge.

»Komm schon, Jan, komm …«

Mit einem lauten Knall geht die Eingangstür auf, und Ben stürmt ins Haus. Nach dem Anruf seiner Mutter hat er sofort seine Freundin und das Baby ins Auto gesetzt und ist in die Strawinskystraat gerast. Höchstens zwei Minuten sind seitdem vergangen. Außer Atem, schwitzend und mit hervorquellenden Augen versucht er, seinen Vater wiederzubeleben. Er bläst Luft in seine Lunge und massiert sein Herz. Wenig später biegen die Polizei und die Ambulanz in die schmale Straße ein. Die Sanitäter eilen mit einer Krankenbahre durch die geöffnete Eingangstür. Sie rollen Sloot auf die Trage und versuchen, ihn weiterhin zu reanimieren. Annie starrt aus dem Wohnzimmer auf ihren Mann. Sie hat einen Schock.

»Sein Herz schlägt wieder«, hört sie jemanden im Garten sagen.

Die kleine Frau schließt für einen Moment die Augen. Die Sanitäter heben die Trage mit ihrem Mann hoch und schleppen sie durch das kleine Wohnzimmer Richtung Eingangstür. Die Griffe stoßen hart gegen den Türrahmen. Noch bevor sie überhaupt den Krankenwagen erreichen, ertönt das hohe Piepen des EKG. Jan Sloots Herz schlägt nicht mehr. Es ist halb zwölf am Sonntag, dem 11. Juli 1999. Der vierundfünfzigjährige Erfinder Jan Sloot ist tot.

Die Computer-Wissenschaft unterscheidet sich von der Physik darin, dass sie im Grunde keine richtige Wissenschaft ist. Sie beschäftigt sich nicht mit natürlichen Objekten. Es handelt sich dabei auch nicht um Mathematik – wie man vielleicht annehmen mag –, obwohl die mathematische Logik eine große Rolle spielt. Die Computer-Wissenschaft ähnelt eher den Ingenieurswissenschaften. Es geht darum, etwas dazu zu bringen, genau das zu tun, was man will, und nicht so sehr um abstrakte Dinge.
Richard P. Feynman

PLAN C

Es war an einem warmen Tag im Spätsommer 1995, als Jos van Rossum, ehemaliger Betreiber von Zigarettenautomaten, die Tür seiner Wohnung in Nieuwegein hinter sich zuzog. In der Hand hielt er die kaputte Fernbedienung seiner achtzigjährigen Tante. Van Rossum war ein kleiner, kräftiger Mann mit Brille und dichtem Schnurrbart. In der Brusttasche seines ärmellosen Hemds steckte ein Kugelschreiber, und an seiner Hose baumelte ein Schlüsselbund. In aller Ruhe ging er zum Elektrogeschäft ein paar Häuser weiter. ERS stand über dem Laden: *Electronica Reparatie Service.*

Van Rossum betrat die kleine Werkstatt und wartete darauf, dass ihn jemand bediente. Doch das dauerte. Hinter dem Schalter standen zwei Techniker und stritten lautstark miteinander. Nach ein paar Minuten verließ der eine fluchend den Raum.

»Hört sich an, als hättet ihr ein Problem«, sagte van Rossum zu dem anderen. Der begriff das sofort als Aufforderung, van Rossum sein Leid zu klagen.

»Es ist schrecklich, einfach schrecklich«, stöhnte er mit erhobenen Armen. »Ich heiße übrigens Jan Sloot. Möchten Sie Kaffee?«

Mit einem Becher Automatenkaffee in der Hand hörte van Rossum geduldig dem unglücklichen Jan Sloot zu. Nach einigen Schlucken schlussfolgerte er, dass es zwischen den beiden Technikern eine Vertrauenskrise gab. Sloot war dahintergekommen, dass sein Geschäftspartner seinen Computer ausspioniert hatte. Seine Neugierde galt offenbar dem großen Projekt, an dem Sloot arbeitete. Sloot erzählte, dass er dafür von seinem Partner Geld bekommen habe. Schon seit einigen Jahren arbeite er an besonderen Projekten. Mit der Reparatur von Fernsehern, Videorekordern und anderen Geräten verdiene er sich lediglich den Lebensunterhalt. Sloot gab gerne zu, dass auf diesem Gebiet niemand an ihn herankomme, doch er habe nun mal höhere Ambitionen. In den vergangenen zehn Jahren hatte Sloot ein Großteil seiner Energie in seine Projekte gesteckt, und das war, wie van Rossum feststellte, die Ursache für seine geschäftlichen Probleme.

Tatsächlich hatte Jan Sloot immer weniger Zeit für das tägliche Geschäft bei ERS aufgebracht. Defekte Fernseher oder Videorekorder lagen oft wochenlang im Lager, ohne dass er einen Blick darauf warf. Außerdem verschwanden immer wieder Anzahlungen auf bestellte Geräte – eine genaue Buchhaltung existierte nicht. Vereinbarungen wurden nicht eingehalten oder schlichtweg vergessen. Dass Jan Sloot die Frustration der Kunden nur schwer nachvollziehen konnte, machte die Situation nicht gerade einfacher.

Soweit man bei Sloot von einem normalen Arbeitstag sprechen konnte, verbrachte er seine Zeit mit drei Tätigkeiten: Es gab das Geschäft und daneben noch zwei große Projekte. Er erzählte van Rossum von einem System, das er derzeit entwickele. Er nannte es Repabase, eine Technik, mit der man alle möglichen Arten von elektronischen Störungen beseitigen könne. Und es gab noch ein anderes Projekt, eine Erfindung, von der Sloot voller Begeisterung sprach. Obwohl er mit ERS sein Geld verdiente, wandte er die Zeit lieber für seine Projekte auf, die ihm in der Zukunft Anerkennung und natürlich auch Geld bringen würden. Van Rossum verstand diese Einstellung. Er war selbst einmal Unternehmer gewesen, ein recht erfolgreicher sogar. Er erzählte Sloot, wie er als Buchhalter begonnen, anschließend die Kantine auf einem Campingplatz geleitet und sich schließlich mit viel Einsatz hochgearbeitet hatte. Erst vor wenigen Jahren hatte er seinen florierenden Vertrieb von Zigarettenautomaten für einen ansehnlichen Betrag an die Konkurrenz verkauft. Nun baute er sich am Rand von Nieuwegein ein stilvolles Landhaus. Er hatte endlich das, wonach er sich als junger Mann immer gesehnt hatte: Zeit und Geld.

Van Rossum glaubte, mit Jan Sloot eine große Entdeckung gemacht zu haben. Er war sich sicher, mit ihm viel Geld verdienen zu können. Und Sloot konnte seinerseits deutlich Hilfe gebrauchen. Van Rossum hatte zwar Bedenken, was den Geschäftssinn des Reparateurs betraf, doch waren diese durch Sloots begeisterte Ausführungen über seine Projekte schnell beseitigt. Deshalb bot van Rossum auch sofort an, im Streit mit Sloots Partner zu vermitteln.

Einen Tag später saßen van Rossum und die beiden ERS-Techniker im Café Rijnzicht in Jutphaas. Van Rossum versuchte, die schwierige Situation zwischen Sloot und dessen Geschäftspartner zu entschärfen. Seine Bemühungen rund um Jan Sloot haben ihn nach eigenen Aussagen letztendlich Millionen gekostet.

»Sloot hatte sich schon einige Male eine blutige Nase geholt. Er beschäftigte sich einfach mit zu vielen Dingen gleichzeitig. Er war ein Träumer und hielt sich oft zu lange mit völlig belanglosen Sachen auf ... deshalb arbeitete er nicht effizient. Ein Unternehmen gründen und Strukturen aufbauen – das waren Dinge, bei denen Sloot unbedingt Hilfe brauchte.«
Jos van Rossum

Romke Jan Bernhard Sloot wurde kurz nach Ende des Zweiten Weltkriegs in Groningen geboren. Er wuchs in der Van Heemskerckstraat auf, einer langen, zugigen Straße in einem Groninger Arbeiterviertel, ganz in der Nähe der Zuckerrübenfabrik am westlichen Rand der Stadt. Die Familie wohnte einen Häuserblock von der Stadtgrenze entfernt, die Häuser gingen hier abrupt in die endlose Weite der Weideflächen und des dunkelbraunen Lehmbodens von Groningen über. Jan war das jüngste von drei Kindern. Seine Mutter war Hausfrau und sein Vater

Lehrer. Noch bevor Jan laufen konnte, verschwand sein Vater und überließ die junge Familie ihrem Schicksal.

Erst viele Jahre später begegneten Jan und seine zwei Schwestern ihrem Vater Berend wieder, doch der sprach nie darüber, warum er fortgegangen war. Er hatte ein weiteres Mal geheiratet und war Direktor an einer Schule in Diever geworden. Auch Jans Mutter Marie verlor nie ein Wort darüber. Lediglich Großvater Sloot wollte erzählen, was in jenen Nachkriegsjahren in der Ehe seines Sohnes schief gegangen war. Bei einem der wenigen Besuche bei seinen Enkelkindern verriet er ihnen, dass die jüngere Tochter von Marie unehelich zur Welt gekommen war. Mehr sollte Jan nie über die Angelegenheit erfahren. Kurze Zeit später, genau einen Tag vor den Feierlichkeiten zu ihrem 55. Hochzeitstag, starben Großvater und Großmutter Sloot in ihrem Bett an den Folgen einer Kohlenmonoxidvergiftung.

Jan und seine zwei älteren Schwestern Gea und Eltje sollten ihren Vater während ihrer gesamten Jugend nicht mehr wiedersehen. Die Familie war auf die Gnade und Wohltätigkeit der Diakonie der katholischen Kirche in Groningen angewiesen. Die Kirche bezahlte in den ersten Jahren nach dem Krieg die Miete für das Haus und gewährte Marie eine kleine Zulage, mit der sie ihren Pflichten als Mutter – nämlich ihre drei Kinder großzuziehen – nachkommen sollte.

Die Kirche sorgte auch dafür, dass die katholischen Saisonarbeiter, wenn im Herbst die Rübenernte anstand und die süßlichen Wolken aus der Zuckerrübenfabrik über die Stadt wehten, bei den Einheimischen eine Bleibe fanden. Auch Marie bekam einige hungrige Kostgänger zugeteilt. Sie gaben ihr etwas Geld, das zum Unterhalt der Familie beitrug, viel war es jedoch nicht. Zum Missfallen des Kirchenvorstands stockte Marie ihr Haushaltsgeld während der Woche mit ein paar Putzstellen auf.

»In unserer Jugend sind wir nie über die Wälder von Nunspeet hinausgekommen. Unsere Welt war praktisch nicht größer als Groningen. Damit mussten wir uns abfinden.«
Gea Harms-Sloot

Jans Mutter heiratete schließlich einen Anstreicher. Leider hatte der die Angewohnheit, jeden Freitag den größten Teil seines Wochenlohns in der nahe gelegenen Eckkneipe in Bier und Genever umzusetzen. Wenn er dann nach Hause kam, brachte er seine wütende Frau mit Schlägen zum Schweigen. Gea, Eltje und Jan lagen meist schon im Bett, wenn sie die Schreie ihrer Mutter aus dem Wohnzimmer hörten. Die beiden Schwestern hassten ihren Stiefvater, Jan nicht. Er kam gut mit ihm aus, obgleich es auch ihm Kummer bereitete, dass sein Stiefvater so oft betrunken war und seine Mutter schlug. Doch er sah oft nach Jan, wenn der oben in seinem Zimmer mit seinem altertümlichen Radio hantierte, das noch aus der Vorkriegszeit stammte.

Jan hatte das Radio im Alter von zehn Jahren erstanden. In der Folgezeit sammelte er bei jeder Gelegenheit elektronische Einzelteile, die er daran anzuschließen versuchte. An manchen Tagen bastelten Jan und sein Stiefvater stundenlang an dem Radio herum.

Jans Interesse für alles, was irgendwie mit Elektronik zu tun hatte, wuchs schnell. Nach der Volksschule wurde er an der technischen Berufsschule aufgenommen und arbeitete zudem als Aushilfe in einem Radiogeschäft. Obwohl es seine Mutter war, die ihn zu dem Job drängte – das Haushaltsgeld hätte sonst nicht ausgereicht –, machte Jan die Arbeit viel Spaß. Mit einigen ausgedienten Ersatzteilen aus dem Geschäft baute er sich eine Art Piratensender. Er nannte ihn seinen ›Geheimsender‹. Am liebsten hörte er holländische Volksmusik. Das ging so lange gut, bis sich die Nachbarn darüber beschwerten, dass die Stimmen von Heintje Davids und Johnny Jordan – dank der starken Funkwellen von Jans Gerät – aus ihren Fernsehern und Radios schallten. Als die Polizei kam und seinen Sender sowie das dazugehörige Gerät beschlagnahmte, mussten Jans Mutter und seine Schwestern den völlig hysterischen Jungen mit Gewalt festhalten.

Jan war ein sehr in sich gekehrter Junge. Freunde hatte er keine. Seine Welt waren die Schalter, Transistoren und Antennen, die er auf dem Speicher angesammelt hatte. Nur manchmal spielte er mit den Kindern auf der Straße. Doch meist dauerte es nicht lange, bis er kurz davorstand, die Selbstbeherrschung zu verlieren. Die Kinder riefen dann: »Hüpf Jantje, hüpf Jantje!« Der kleine Sloot ballte die Fäuste, bis seine Knöchel weiß anliefen, und hielt den Atem an. Doch es passierte nichts, er stand einfach nur so da. So lange, bis er beinahe blau anlief. Dann drehte er sich um und rannte davon.

Nach fünf turbulenten Jahren verschwand Jans Stiefvater aus dem Familienleben. Bei seiner Mutter stellten die Ärzte eine ernste Form von Diabetes fest. Durch die Krankheit und die sich verschlechternde finanzielle Lage musste Jan seine Berufsschulausbildung abbrechen. Er arbeitete jetzt Vollzeit in einem Radiogeschäft. Für die Abende besorgte er sich verschiedene Nebenjobs. Marie starb 1965 im Alter von neunundvierzig Jahren. Der Diabetes und eine komplizierte Erkrankung der Gebärmutter hatten ihren Lebenswillen gebrochen. Jan war gerade zwanzig geworden und hatte seinen Wehrdienst abgeleistet.

Keine zwei Monate nach dem Tod seiner Mutter lernte er seine erste Freundin und zukünftige Frau Annie kennen. Ein Kamerad aus der Wehrdienstzeit, der mit Annies Zwillingsschwester ausging, hatte sie ihm vorgestellt. Es funkte schnell zwischen dem verschlossenen Groninger und dem schüchternen Mädchen aus Utrecht. Als sie sich ineinander verliebten, lauschten sie der dunklen Stimme von Countrysänger Jim Reeves.

Put your sweet lips,
a little closer to the phone.
Let's pretend that we're together,
all alone…

Jans große Liebe wohnte weit von ihm entfernt. Das erste halbe Jahr besuchte er Annie mit dem Zug. Und schon bald gab es nichts mehr, das ihn mit seinem Geburtsort verband. Jan wollte Annie heiraten. Er packte seine wenigen Besitztümer zusammen und zog nach Utrecht, überzeugt davon, dass ihn dort ein besseres Leben erwartete.

Annie und Jan sollten vierzehn Jahre in Utrecht bleiben. Hier wurden ihre vier Kinder, Annemarie, Johan, Ben und Jolanda, geboren. Für den Unterhalt der Familie arbeitete Jan in verschiedenen Radio- und Fernsehgeschäften, stand ab und zu hinter der Druckerpresse, die er angeschafft hatte, und jobbte bis in die Abendstunden. In seiner freien Zeit las er hauptsächlich Bücher über Elektrotechnik. Die Erziehung der Kinder und den Haushalt überließ er komplett Annie. Für kurze Zeit nahm er sogar eine Stelle bei Philips in Eindhoven an. Doch nach anderthalb Jahren reichte er die Kündigung ein, weil er fand, dass man dort seinen Ideen nicht die nötige Anerkennung entgegenbrachte.

Sloot beschloss, sich selbstständig zu machen, nicht in Utrecht, sondern in seiner Geburtsstadt Groningen. Seine Familie begleitete ihn. Im Bezemerweg eröffnete er sein erstes Geschäft: *Sloot Services*. Anfangs reparierte er lediglich defekte Geräte, doch schon bald verkaufte er Fernseher und Stereoanlagen. Ein paar Jahre später startete er noch einen Videoverleih. Mit einem extra umgebauten Lieferwagen fuhr er abends durch die Viertel von Groningen und versuchte, die Filme über einen Lautsprecher zu vertreiben. Fünf Jahre später dann, nach einigen Einbrüchen und einem Konkurs, beschloss Sloot, nach Utrecht zurückzukehren.

Es war das Jahr 1984. Die Familie ließ sich in der schnell wachsenden Neubaugemeinde Nieuwegein nieder. Jan fand eine Stelle bei einem technischen Dienstleister. Abends reparierte er dann in Schwarzarbeit Fernseher, Radios und andere defekte Geräte. Auf seinem kleinen, als Arbeitsplatz umgebauten Speicher begann er sich mehr und mehr auch mit Computern zu beschäftigen. In Groningen hatte er bereits erste Erfahrungen mit einem Philips P2000 und einem Commodore C64 gemacht, alles Computer, die noch mit einfachen

Audiokassetten als Speichermedien arbeiteten. Das Programmieren wurde schnell zu einer neuen Leidenschaft. Dass er einer Maschine Befehle erteilen konnte, die diese dann ausführte, begeisterte ihn und raubte ihm nächtelang den Schlaf.

Bei seiner neuen Arbeitsstelle machte sich Sloot schnell einen Namen als genialer Techniker. Es gab nichts, was er nicht reparieren konnte. Wenn seine Kollegen an einen Punkt kamen, wo sie nicht mehr weiterwussten, fragten sie Jan – er konnte ihnen sagen, wie man das Problem löste. Sloot wusste genau, was auf einer Platine mit elektronischen Bauteilen passierte. Oft reichte ihm eine einfache Erläuterung des Problems, und er kannte die Lösung. Eine detaillierte Beschreibung des zu ersetzenden Teils lieferte er dann gleich mit. Es schien beinahe so, als könne er unendlich viele technische Störungen und die dazugehörigen Lösungen in seinem Gehirn speichern. Wenn nur alle diese Fähigkeit hätten, dachte er oft.

Das brachte ihn auf eine Idee. Er schloss sich in seiner Dachkammer ein und überlegte. Warum sollte er seine Kenntnisse nicht in einem Computer speichern? War es möglich, ein Programm zu schreiben, mit dessen Hilfe andere dieses technische Wissen abrufen konnten? Die Familie wohnte noch nicht lange in Nieuwegein, als Sloot sich entschloss, ein landesweites computergestütztes Reparaturservice-Netzwerk zu entwickeln. Dazu musste er eine Datenbank mit Reparaturinformationen aufbauen: Jedes Gerät würde hier mit Typennummer, Fabrikat, möglichen Fehlerbeschreibungen und dazugehörigen Lösungen sowie passenden Ersatzteilen verzeichnet sein. Auf diese Weise würde in Zukunft selbst ein Amateur einen Fernseher reparieren können. Vielleicht war es ja auch möglich, den Zugang zu dem System über eine gewöhnliche Telefonleitung zu schaffen. Sein allumfassendes Reparaturserviceprogramm taufte Sloot *Repabase*. Es sollte ein intelligentes System werden, das mit seinem Benutzerkreis wachsen und immer komplexer werden würde. Denn warum sollte sich jemand mit einem Problem aufhalten, das ein anderer bereits gelöst hatte? In Sloots Augen war das reine Zeitverschwendung. Die

Antwort war Repabase. Von nun an würde jede Reparatur in diesem System dokumentiert werden.

Über Willem van der Griendt, einen alten Kollegen, den er in Utrecht bei seinem ersten Arbeitgeber kennen gelernt hatte, erstand Sloot eine billige taiwanesische Kopie des ersten IBM-PCs. Seine Pläne nahmen immer konkretere Formen an. Anfangs experimentierte er mit Software-Programmen wie WordPerfect oder Lotus, mit denen er die ersten technischen Daten von Hi-Fi-, Audio- und Videogeräten sowie die ihm bekannten technischen Störungen erfasste. Zu dieser Zeit verstand er noch nicht viel von Programmiersprachen und Software, sodass er die meiste Zeit dafür verwendete, seine Kenntnisse auf diesem Gebiet zu vertiefen.

Es verging fast kein Abend, an dem er nicht bis tief in die Nacht auf dem Speicher vor seinem Computer saß und die monochrom dargestellten Zeichen anstarrte, die zu diversen Videorekordern, Autoradios oder Fernsehern gehörten: *Fernseher. Philips 21CS3412. Störung: kein Bild, kein Ton. Ursache: Teil R3415 defekt. Kontrolliere, ob die V145-Volt-Speisung an Testpunkt A2 intakt ist, wenn ja, die Spannung von Pin 11 von IC123 messen. Sie sollte ca. 11 Volt betragen. Wenn die Spannung vorhanden ist, ist dieser IC defekt. Andere Möglichkeit: Der Trafo ist defekt, Pin 3 oder 5 kontrollieren (TDA2579A).*

Seine Finger rasten über die Tastatur und fügten den Texten in der Datenbank Tabellen und Schaltpläne hinzu. Die monotone Eingabe der Informationen unterbrach er, um Handbücher von mehreren hundert Seiten zu lesen, auf der Suche nach einer Software, mit der er die ganzen Informationen so schnell wie möglich wiederfinden konnte. Beinahe jede freie Minute investierte er in seine Mission und vergaß dabei oft sogar das Abendessen.

Annie regte sich schon lange nicht mehr darüber auf. Ihr Jan war nun einmal so, und er würde sich wohl auch nicht ändern. Schon in seiner Jugend hatte er permanent gearbeitet.

Seit Jan Sloot zum ersten Mal einen Computer gesehen hatte, wollte er genau wissen, wie dieses Gerät funktioniert. Mit der gleichen Neugierde, mit der er als kleiner Junge sein Radio aus Vorkriegszeiten auseinander geschraubt und von jedem Einzelteil die Funktionsweise bestimmt hatte, zerlegte er 1980 seinen ersten Philips-P2000-Computer – ein Gerät, das an einen Fernseher angeschlossen wurde und einfache Magnetbänder als externes Speichermedium benutzte. Die ersten PCs – taiwanesische Kopien des IBM XT/AT –, mit denen er nun arbeitete, waren etwas fortschrittlicher. Sie besaßen eine Festplatte mit einer Speicherkapazität von maximal zwanzig Megabyte. Darauf konnte er ungefähr achttausend A4-Seiten mit Text speichern. Doch damit gab sich Sloot nicht zufrieden. Sein Repabase-System würde Dutzende technische Handbücher speichern können.

Irgendwann in dieser Zeit dachte er das erste Mal darüber nach, eine alternative Methode zur Datenspeicherung zu entwickeln. Etwas, das wesentlich weniger Speicherplatz benötigen würde. Sloot hatte eine Vision, und diese Herausforderung sollte sein Meisterstück werden.

Fast elf Jahre später, im Jahr 1995, wenige Monate bevor Jos van Rossum zum ersten Mal sein Geschäft betreten hatte, gelang Sloot ein wichtiger Durchbruch. Er hatte eine Methode gefunden, mit der man Datenbestände verkleinern oder, wie man es in Fachkreisen nannte, komprimieren konnte – ein Begriff, den Sloot jedoch unter allen Umständen vermied. Kompression – das war digitale Technik, das waren Nullen und Einsen, und genau das war seiner Meinung nach der falsche Ansatz. Nach jahrelangen Experimenten hatte er entdeckt, wie man mit einer Codierungstechnik ohne Informationsverlust große Datenbestände auf einen Bruchteil ihrer ursprünglichen Größe reduzieren konnte. Seit kurzem konnte er sogar Videofilme codieren – und nichts war schwieriger, als bewegte Bilder zu verkleinern. Ohne Qualitätsverlust hatten es die Spezialisten bisher lediglich auf einen Kompressionsfaktor von zwei gebracht. Sloot hatte etwas erfunden, das dieser Technik überlegen war. Weit überlegen sogar. Es war der absolute Durchbruch. Und das wusste er.

Jubelnd stürmte er spät in der Nacht die Speichertreppe hinunter.

»Ich hab's geschafft, endlich habe ich es geschafft!«, rief er seiner Frau Annie zu, die ein Stockwerk tiefer fest schlief.

»Was ist denn nun schon wieder?«, fragte Annie ärgerlich, weil Jan sie aus dem Schlaf gerissen hatte. Sie hatte überhaupt keine Vorstellung davon, womit ihr Mann nun schon seit zehn Jahren seine Nächte auf dem Speicher verbrachte. »Irgendwas mit einer Datenbank«, antwortete sie immer, wenn sie jemand danach fragte. Sie hatte Jan natürlich unzählige Male von seiner Bastelei reden hören, doch wirklich interessiert hatte es sie nie. Annie hätte sich viel mehr darüber gefreut, wenn Jan genauso viel Zeit mit ihr wie mit seinen elektronischen Spielzeugen verbracht hätte. Was bedeuteten schon die wenigen kurzen Momente, in denen sie gemeinsam Kaffee tranken und eine Zigarette rauchten oder er mit einer Zeitung auf dem Schoß in seinem Ledersessel bei ihr im Wohnzimmer saß? Nein, die Euphorie, die Jan gerade im Haus verbreitete, verhieß nichts Gutes für die Zukunft.

»Ich hab's kapiert! Ich weiß endlich, wie es funktioniert!«, jubelte Jan und riss die Schlafzimmertür auf. »Ich hab es endlich geschafft! Komm mit auf den Speicher, dann zeig ich es dir!«

Sloot schleifte seine völlig schlaftrunkene Frau auf den Dachboden hinauf und präsentierte ihr stolz einen Filmausschnitt auf seinem Laptop.

»Ich verstehe gar nichts«, sagte Annie. »Was ist denn daran so besonders?« Sie kam oft auf den Speicher. Doch immer, wenn sie bisher für Jans Treiben Interesse gezeigt hatte, war der nur unfreundlich gewesen: »Was willst du denn? Siehst du nicht, dass ich beschäftigt bin?« Wenn Annie guter Laune war, reagierte sie nicht darauf. Das kam allerdings selten vor. Jan und Annie liebten sich sehr, und mit der gleichen Inbrunst stritten sie auch – eine Angewohnheit, die sich in den drei Jahrzehnten, die sie nun miteinander lebten, einfach eingeschlichen hatte.

Nun stand Annie vor Jans großer Erfindung und rieb sich verwundert die Augen.

Auch Ben, ihr jüngster Sohn, war auf den Speicher gekommen. Er hatte schon öfter gesehen, wie sein Vater auf dem Laptop Filme abspielte. Die Bildqualität war immer miserabel gewesen, und der Ton hatte geklungen, als würde er von einer verbeulten Langspielplatte kommen. Doch nun sah Ben ein scharfes, sich flüssig bewegendes Bild, und der Ton war perfekt. Er begriff sofort, warum sein Vater mitten in der Nacht einen Freudentanz aufführte.

Van Rossum war von der Präsentation auf dem Laptop begeistert. Alles, was er sah, Bilder und Musik, wurde Sloot zufolge von einem Chip abgespielt. Van Rossum begriff zunächst nicht, worum es ging. Kompression? Codierung? Sloot versuchte mit größter Mühe, ihm zu erklären, dass seine Erfindung etwas Besonderes war. Nein, es war mehr als etwas Besonderes. Van Rossum solle sich doch nur vorstellen, was es bedeute, einen ganzen Film auf einem Mikrochip speichern zu können, auf einem Chip, der nicht größer war als der einer Kreditkarte. Van Rossum konnte sich darunter schon etwas vorstellen. Allerdings erkannte er auch, dass das System noch lange nicht marktreif war. Erst in ferner Zukunft würde man damit Geld verdienen können. Doch jetzt mussten sie ja auch etwas verdienen.

Während des Gesprächs im Café Rijnzicht hatte sich van Rossum nicht nur als Friedensstifter bemüht, sondern sich auch bereit gefunden, in ERS zu investieren. Er kaufte Sloots Partner dessen Anteil am Geschäft – zehntausend Gulden – kurzerhand ab. Eine Bedingung hatte er allerdings: Das Unternehmen sollte gründlich reorganisiert werden. Van Rossum hatte sich erkundigt und herausgefunden, dass Sloot in der Vergangenheit bereits einmal Konkurs angemeldet hatte. Organisationstalent und Unternehmergeist traute er ihm deshalb nicht gerade zu. Genau das wollte er nun selbst in die Partnerschaft einbringen. Er wusste genau, wie er die Geschäfte neu strukturieren würde. Sein Plan war simpel. Soweit er begriffen hatte, gab es drei Kernaktivitäten: die Reparaturwerkstatt, das Repabase-System und die Codierungstechnik. Also entwarf er ein Organigramm mit den Plänen A, B und C. Plan A sollte für einen beständigen Geldfluss sorgen. Dazu gehörten Reparaturen sowie die Installation von Autoradios und Alarmanlagen. Wichtig war, dass effizient gearbeitet wurde. Mit Plan B wollte van Rossum innerhalb der kommenden anderthalb Jahre das erste Mal Gewinn machen. Wenn sich jeder Elektrobetrieb in den

Niederlanden ihrem Repabase-Netzwerk anschloss, würden sie sehr viel Geld verdienen. Die Elektrotechniker könnten bei jeder Art von Reparatur einfach Sloots System in Anspruch nehmen – eine enorme Kostenersparnis für die Branche. Van Rossum erhoffte sich sehr viel davon. Und wenn Plan B erst einmal erfolgreich angelaufen war, könnten sie auch mit Plan C an den Start gehen.

Doch nach wenigen Monaten merkte van Rossum, dass Plan B noch lange nicht so weit verwirklicht war, um auf den Markt gebracht zu werden. Repabase steckte noch voller Fehler, und der niederländische Telekommunikationsriese KPN hatte große Probleme, die benötigten Leitungen für das System bereitzustellen. Kurzfristig konnten sie also nur mit Plan A, dem Reparaturservice, Geld verdienen. Doch auch Plan A bereitete van Rossum Sorgen. Die Arbeitsabläufe bei ERS waren seiner Meinung nach einfach nicht effizient genug. Kein einziger Techniker bei ERS benutzte das Testmodell des Repabase-Systems – unbegreiflich für van Rossum. Wenn schon die eigenen Mitarbeiter nicht mit dem Programm arbeiten wollten, wie sollten sie es dann anderen verkaufen? Sloot versprach van Rossum, die Probleme zu beseitigen. Doch eine Woche später berichtete er ihm nur ganz aufgeregt, dass er sich über die Kommunikationsmöglichkeiten via Ionensphäre schlau gemacht habe. Hier bestehe noch enormes Potenzial. Durch seine Erfindung könne bald jeder miteinander kommunizieren – man müsse nur ein paar Sendemasten aufstellen.

So vergingen Monate. Van Rossum fragte sich allmählich, ob sich seine Investition in Jan Sloot jemals rentieren würde. Bisher kostete es ihn nur Geld: ERS bildete bereits Außendienstmitarbeiter aus, die Repabase im ganzen Land vertreiben sollten. In der Zwischenzeit verzögerte sich die Entwicklung des Systems weiter. Am Ende des ersten Geschäftsjahres war van Rossum bereits siebenhunderttausend Gulden los. Eigentlich hätte Repabase zu dieser Zeit marktreif sein müssen. Darauf war sein Finanzierungsplan abgestimmt. Doch Sloots System war nicht marktreif.

»Er verschwendete unheimlich viel Zeit. Montags berichtete er immer ganz enthusiastisch, womit er sich das ganze Wochenende beschäftigt hatte. Die wirklich wichtigen Dinge hatte er natürlich nicht gemacht. Und dann musste man auch noch versuchen, gut miteinander auszukommen.«

Jos van Rossum

Plan C war nie der Grund für van Rossums Investition gewesen. Doch weil Jan Sloot so viel Zeit in die Codierungstechnik investierte, beschloss van Rossum, sich letztendlich auch damit zu befassen. Ende 1996 nahm er Kontakt mit Philips auf. Man verband ihn mit jemandem vom Naturwissenschaftlichen Laboratorium (NatLab), dem er von der Erfindung erzählte.

»Melden Sie zuerst ein Patent an«, sagte der Mann am anderen Ende mit strenger Stimme. »Dann reden wir weiter.«

Einige Monate später rief van Rossum erneut in Eindhoven an. In der Zwischenzeit hatten Sloot und er einen Patentantrag gestellt. Nun wollten sie die Erfindung gerne den Leuten von Philips präsentieren. Es vergingen jedoch weitere Wochen, bis endlich zwei Wissenschaftler des NatLab in dem kleinen Konferenzraum über der ERS-Werkstatt in Nieuwegein standen. Sloot wollte die Demonstration unter keinen Umständen im NatLab abhalten – aus Sorge, seine Erfindung könne kopiert werden.

Sloot erzählte, welche riesige Datenmenge er auf einem 64KB-Chip unterbringen konnte. »Ich habe einen Filmausschnitt codiert und auf diesem Chip gespeichert.« Er versuchte, den Film auf seinem Laptop abzuspielen.

»Ich musste gestern Abend noch einige Einstellungen ändern«, murmelte er, als er den Film erst nach mehreren Versuchen starten konnte. Auf dem Bildschirm erschienen tanzende Frauen und Männer. Die Wissenschaftler von Philips zeigten sich wenig beeindruckt.

»Sehr schön, Herr Sloot. Aber wie funktioniert das Ganze nun eigentlich?« Die zwei begannen, laut die Kilobytes nachzurechnen. Demnach benötigte eine einzelne Filmsekunde bereits ein Vielfaches des Speicherplatzes, der auf dem Chip zur Verfügung stand. »Was Sie uns da gerade erklärt haben, ist technisch also überhaupt nicht möglich.«

Sloot begann leicht zu schnauben und wurde rot. Er warf den Philips-Leuten vor, dass sie das Ganze nicht verstanden hätten.

»Mit Bits und Bytes hat meine Erfindung überhaupt nichts zu tun! Mein System funktioniert, aber ich werde Ihnen keine genaue Beschreibung davon geben. Denn dann bin ich es ja wohl mit Sicherheit los.«

Nach ein paar Bechern Automatenkaffee und ohne Antworten auf ihre Fragen erhalten zu haben fuhren die beiden Wissenschaftler nach Eindhoven zurück.

Trotz Sloots verschrobener Art hatte die kleine Präsentation ihre Neugierde geweckt. Wenige Wochen später saßen die beiden Herren aus dem NatLab zum zweiten Mal bei ERS in Nieuwegein. Beide Seiten unterzeichneten eine Vertraulichkeitserklärung. Nach einer weiteren Demonstration der Codierungstechnik machten van Rossum und Sloot den Wissenschaftlern ein Angebot.

»Für dreißig Millionen Gulden sagen wir Ihnen, wie das Ganze funktioniert«, sagte van Rossum, der genau wie Sloot davon überzeugt war, dass ein Unternehmen wie Philips eine solche Technologie kopieren würde. Eine Woche nach dem zweiten Gespräch erhielten van Rossum und Sloot einen Brief von Philips. Dort stand in sachlichen Formulierungen geschrieben, dass Philips »zu wenig Informationen erhalten« habe und »an den Ruf der Firma« denken müsse. Also kein Geschäft. Keine dreißig Millionen Gulden. Doch es war nicht das letzte Mal, dass sich jemand von Philips mit der Erfindung von Jan Sloot beschäftigen sollte.

Nach der Absage von Philips verlor van Rossum allmählich die Geduld. Sloot hatte ihm versprochen, dass das Repabase-System Ende Dezember marktreif sein würde. Er hatte das bahnbrechende Reparatur-Programm bereits einigen technischen Großhändlern und Importeuren von Marken wie Panasonic demonstriert, die alle Interesse gezeigt hatten. Doch im Februar war Repabase noch immer nicht einsatzbereit. Van Rossum gab Sloot noch weitere sechs Monate Zeit. Doch selbst ein halbes Jahr später war das System nicht fertig. In der Zwischenzeit hatte van Rossum versucht, weitere Investoren an Land zu ziehen, aber lediglich einen finanziellen Beitrag von seinem Bruder André und einige wenige Fördermittel bekommen. Geld wurde zu einem ernsten Problem. Van Rossum sah keinen anderen Ausweg, als einige Leute, die er für den Vertrieb von Repabase eingestellt hatte, wieder zu entlassen, darunter auch den Schwiegersohn von Jan Sloot. Es vergingen weitere Monate, in denen es Sloot nicht gelang, ein marktreifes Produkt zu präsentieren. Auch die restlichen Mitarbeiter, die aufgrund der hohen Erwartungen angestellt worden waren, mussten sich nun nach einem neuen Job umsehen. Ende 1997 hatte van Rossum endgültig genug. Das finanzielle Polster, das er sich mit dem Verkauf seines Zigarettenautomatenvertriebs geschaffen hatte, löste sich langsam in Luft auf.

Für siebenhundert Gulden gründete er für Sloot eine britische Ltd.-Gesellschaft, damit der Elektrotechniker – der ein Unternehmen nach niederländischem Recht wegen seiner Konkurspraktiken nicht mehr anmelden durfte – zumindest selbstständig weiterarbeiten konnte. Noch länger in Jan Sloot zu investieren, hielt van Rossum für unverantwortlich. Sobald das neue Unternehmen wieder Geld verdiente, konnte Sloot dann seine Gläubiger bezahlen.

Van Rossum teilte Sloot seinen Beschluss mit: In einem Monat würde er ihm den Geldhahn zudrehen. Der Erfinder hörte sich die Worte seines Investors ungerührt an.

Nach dem Bruch mit van Rossum war Jan Sloot wieder auf die Einkünfte aus dem Reparaturservice angewiesen. Der Konkursverwalter hatte ERS abgewickelt, und Sloot befand sich wieder auf dem Niveau von vor drei Jahren: Er reparierte Videogeräte und Fernseher für einen Stundenlohn von rund fünfundsechzig Gulden. Die Räume von ERS hatte Sloot behalten, und er beschäftigte sogar noch einige Aushilfskräfte. Und noch eine andere Sache war von dem Abenteuer mit van Rossum übrig geblieben: erboste Gläubiger.

Mit dem, was er verdiente, kam er einigermaßen über die Runden. Die Weiterentwicklung seiner Erfindung war da schon eher ein Problem, denn dafür brauchte er Geld. Doch wie sollte er an Geld kommen? Die Banken reagierten ziemlich zurückhaltend auf seine Anfragen. Immerhin war er schon zweimal Pleite gegangen. Kontakte zu vermögenden Personen besaß er auch nicht. Es gab eigentlich nur einen Mann, den er als Freund bezeichnen konnte, und mit dem ging er einmal in der Woche zum Bingo: Henk van Doorn.

»Einmal fragte mich Jan, ob ihm der Musikverein Geld leihen könne. Ich war Vorsitzender, und er saß – nachdem er mit dem Schlagzeugspielen aufgehört hatte – selbst auch im Vorstand. Er wusste, dass der Verein einen Saldo von zwanzigtausend Gulden auf seinem Konto hatte. Er rief mich an und fragte: ›Henk, ich habe ein kleines Problem, meinst du, ich könnte mir zwanzigtausend Gulden vom Musikverein borgen?‹ Anscheinend brauchte er das Geld dringend. Er versprach, es bald wieder zurückzuzahlen. Für mich kam so etwas überhaupt nicht infrage. Niemand wusste, womit er sich die ganze Zeit eigentlich beschäftigte, und er selbst verlor nie ein Wort darüber. ›Hast du geschäftliche Probleme, Jan? Schuldest du einigen Leuten Geld?‹ – ›Nein, nein.‹ Jan versicherte mir, dass alles in Ordnung war. ›Mit dem Geschäft läuft es ausgezeichnet, keine Probleme.‹«

Henk van Doorn

Jan Sloot kannte noch einen Menschen, den er um Geld bitten konnte: Willem van der Griendt. Bei seinem Ex-Kollegen hatte er früher einmal Computerkomponenten gekauft. Vor ein paar Monaten hatte Sloot ihn zum ersten Mal seit acht Jahren wieder angerufen, um mit ihm ein Problem von Repabase zu besprechen.

Der unerwartete Anruf hatte van der Griendt verwundert, aber er hatte Sloot geholfen. Und nun fragte Sloot ihn, ob er investieren wolle. In ihn, oder besser gesagt: in seine Pläne.

»Jan, warum fragst du so etwas ausgerechnet mich?«, fragte van der Griendt. »Das einzige, das ich besitze, befindet sich in meinem Portmonee.« Doch kaum hatte er die Worte ausgesprochen, verspürte er plötzlich Mitleid mit dem Mann, der schon so lange an seinen Plänen arbeitete.

»Ich kann dir wirklich nicht helfen, Jan. Aber ich kenne jemanden, der das vielleicht kann.«

Mark Herweijer war ein ehemaliger Arbeitgeber von Willem van der Griendt. Van der Griendt vermutete, dass sein alter Chef über ein ansehnliches Vermögen verfügte. Herweijer war Mitte dreißig, knappe zwei Meter groß und hatte ein wettergegerbtes Gesicht. Seine blonden, gegelten Haare trug er streng nach hinten gekämmt. Früher hatte er in der Textilbranche gearbeitet und mit Kollektionen aus dem Fernen Osten gehandelt. Nach einem geschäftlichen Misserfolg hatte er sich aus dem Geschäft zurückgezogen. In den vergangenen Jahren machte er sein Geld hauptsächlich mit Computerhardware, mit Komplettsystemen oder diversen Einzelteilen, die er bei seinen Kunden integrierte, wie es im Fachjargon der Branche hieß. Herweijer gehörte zu jener Sorte windiger Geschäftsmänner, die einem Computerclub ein paar Monitore zum Freundschaftspreis überlassen, so wie eine Metzgerei altes Gehacktes zum Sonderpreis anbietet.

Herweijer war immer für ein geschäftliches Abenteuer zu haben. Vielleicht gab es ja Potenzial in Sloots ›Erfindung‹, die van der Griendt – wie er ehrlich zugab – selbst nicht ganz ernst nehmen konnte. Für ihn klang das alles zu fantastisch. Solche bahnbrechenden Erfindungen machten seiner Meinung nach nur gelehrte Männer in weißen Kitteln in den Forschungsabteilungen von Philips oder Bell Laboratories – aber mit Sicherheit nicht irgendein Jan Sloot, schon gar nicht *sein* Jan Sloot. Jan war ein genialer Techniker, doch wie lange tüftelte er nun schon an diesem Repabase-System? Auch wenn er das nötige Geld gehabt hätte... Van der Griendt hatte Sloot dennoch weiterhelfen wollen und ihm kurzerhand die Telefonnummer von Mark Herweijer gegeben.

Herweijer war sehr gespannt auf das, was Jan Sloot ihm präsentieren würde. Sloot hatte gesagt, er brauche so schnell wie möglich Geld, um seine Erfindung »auf die Welt zu bringen«, und Herweijer hatte ihn in sein Büro gebeten.

Mit zitternden Händen startete Sloot seinen Laptop, schloss einen Cardreader an und begann seine kurze Vorführung. Er nahm eine weiße, unbedruckte Kreditkarte mit einem kleinen Chip darauf aus seinem Samsonite-Koffer und schob sie in das Lesegerät. Auf dem Bildschirm erschien ein Filmausschnitt.

»Alles, was Sie gerade sehen, kommt von dem Chip auf der Smartcard«, sagte Sloot. Er ließ seine Worte auf Herweijer wirken. »Im Grunde genügt ein Kilobyte, um einen gesamten Film zu speichern.«

Die Augen von Herweijer weiteten sich. »Ein Kilobyte?«

»Ja«, antwortete Sloot, »ein Kilobyte.«

»Das ist unmöglich.«

»Nein. Sie sehen es doch gerade.« Sloot verzog den Mund zu einem triumphalen Grinsen.

Ein ganzer Film auf einem einzigen Kilobyte. Herweijer war sprachlos. Selbst, wenn es einhundert Kilobyte gewesen wären, die der Film an Speicherplatz benötigte, mit diesem System hätte er eine ganze Palette von Festplatten in der Brusttasche seines Hemdes verschwinden lassen können.

Ein ganzer Film, zusammengeschrumpft auf ein Kilobyte? Dieser Kerl musste verrückt sein. Solche Behauptungen entstammten der Science-Fiction. *Star Trek*, Hollywood, *Liebling, ich habe die Kinder geschrumpft*. Doch der grinsende, kleine Mann, der ihm gegenübersaß, schien sich seiner Sache absolut sicher zu sein. Der nervöse Bittsteller hatte sich überraschend schnell in einen selbstbewussten Computerexperten verwandelt. Es dauerte einen Augenblick, bis Herweijer die richtigen Worte fand, um Sloot etwas halbwegs Intelligentes zu fragen.

»Der Film befindet sich also nicht auf der Festplatte des Computers? Er wird wirklich von diesem Chip abgespielt? Woher weiß ich, dass Sie nicht doch etwas auf dem Computer gespeichert haben?«

Sloot erzählte Herweijer, wie es zu seiner Entdeckung gekommen war, darüber, wie man ein Signal effizient speichert. Nach langer Suche hatte er eine Methode gefunden, mit der er jede gegebene Information eines Bildes nur einmal verwenden musste.

»Das ist das Besondere an meiner Erfindung«, sagte Sloot. Herweijer begriff sofort, welche ungeahnten Möglichkeiten eine solche Technologie eröffnen würde. Gleichzeitig wunderte er sich, wie naiv Sloot über die Markteinführung seiner Erfindung dachte. Er meinte, dass er am liebsten so lange auf seinem Speicher basteln würde, bis er sagen konnte: »So, jetzt ist alles fertig, und nun kann jeder, der Interesse an meiner Technik hat, sie bei mir kaufen.« Dann, so glaubte er, musste alles nur noch vervielfältigt, eingepackt, abgeschickt und in Rechnung gestellt werden.

Jan Sloot ließ einen verblüfften Mark Herweijer zurück. Beide waren zuversichtlich gewesen, dass der Deal zwischen ihnen zustande kommen würde. Mit diesem Versprechen waren sie auseinander gegangen. Herweijer wollte erst noch in Ruhe über die weit reichenden Folgen dieser Erfindung nachdenken. Er kannte die Hightech- und Telekommunikationsbranche lange genug, um zu wissen, dass dieser seltsame Herr Sloot mit seiner hohen Stirn kurz davor stand, ein gewaltiges Erdbeben auszulösen. Vorausgesetzt natürlich, es gelänge ihm, seine Erfindung auf den Markt zu bringen. Das würde die Welt komplett verändern. Die gigantischen Computersysteme der Banken, Regierungen oder Versicherungen, die gebraucht wurden, um Millionen von Dokumenten zu speichern, und die Unternehmen wie IBM für Millionen Dollar verkauften, würden, was die Speicherkapazität betraf, durch einen gewöhnlichen PC ersetzt werden können. Nicht zu sprechen von der Telekommunikationsbranche, die für viele Milliarden Dollar Dutzende Kilometer Glasfaserkabel auf den Ozeanböden verlegt hatte – Überkapazitäten, die bald niemand mehr benötigte. Die Übertragungsraten des Internets wären in Zukunft rasend schnell: Einen Film herunterladen? Kein Problem, alles im Bruchteil einer Sekunde. Sogar mit seinem Handy würde Herweijer dann einen kompletten Spielfilm innerhalb einer Sekunde aus dem Netz herunterladen können.

Mark Herweijer war begeistert. Er wollte in Sloots Technik investieren. So etwas tat er dann aber doch lieber mit anderen zusammen, und deshalb beschloss er, seinen Freund Leon Sterk in dieses spektakuläre Projekt mit einzubeziehen. Zwar klang das alles sehr glaubwürdig, was ihm dieser Sloot bisher gezeigt hatte, doch ›Markieparkie‹, wie Herweijer genannt wurde, konnte nicht vorsichtig genug sein. Er wäre nicht der erste Opportunist gewesen, der auf einen überdrehten Erfinder hereinfällt. Es gab aber auch noch einen anderen Grund, warum er seinen Freund unbedingt an dieser bizarren Erfindung beteiligen wollte. Leon war ein brillanter Verkäufer, jemand, der die Menschen begeistern und überrumpeln konnte. Wenn die Technik von Sloot tatsächlich funktionierte, wenn ein kompletter Film wirklich auf einem Kilobyte Platz fand, dann war das eine Sensation. Und das musste professionell vermarktet werden, durch jemanden, der sich auf so etwas verstand. Und dieser Jemand war zweifelsohne Leon Sterk.

Leon Sterk war noch keine dreißig, hatte einen kahl rasierten Schädel und war bekannt für seine imposanten Auftritte. Seine stramme Körperhaltung und der stechende Blick ließen vermuten, dass in seinem Kopf ein Feuer tobte. Alles, was Sterk tat, geschah mit hohem Tempo. Er lief schnell, rauchte schnell, sprach schnell, aß schnell, trank noch schneller, und er traf schnelle Entscheidungen.

Nach seiner Dienstzeit bei der Marine hatte Sterk auf Umwegen eine Karriere als Verkäufer begonnen. Dass er einmal Elitesoldat gewesen war, merkte man ihm heute noch an. Er hatte das Temperament einer Einmann-Armee, und er kleidete sich bevorzugt in seinen ›Kampfanzug‹: schwarzes T-Shirt, Jeans und schwarze Bomberjacke.

Er trug Militärstiefel, und seit kurzem hingen goldene Ketten an seinem Hals und den Handgelenken. Mit seiner Erscheinung jagte er vielen einen Schrecken ein.

Leon Sterk glaubte, auf die großen Abenteuer des Geschäftslebens vorbereitet zu sein. Der Firmensitz seines Unternehmens Silicon Technologies befand sich aus gutem Grund direkt am Flughafen Schiphol. Seit einem halben Jahr handelte er in großem Stil mit Computerhardware, hauptsächlich mit Festplatten. Er schaffte sie palettenweise aus dem Fernen Osten oder den USA heran und verkaufte sie direkt weiter an Großhändler. Bei so vielen ausländischen Geschäftskontakten war es angenehm, mehrere Start- und Landebahnen in unmittelbarer Nähe des Büros zu haben. Gleich neben dem Bürogebäude lag das Sheraton Hotel, eine vorzügliche Herberge und ein idealer Ort für Präsentationen. Leon Sterk liebte die Atmosphäre des internationalen Geschäftslebens, die der Flughafen ausstrahlte.

Der enthusiastische Bericht von Mark Herweijer über seine Begegnung mit dem Erfinder Jan Sloot fiel bei Sterk auf fruchtbaren Boden. Er dachte sofort in Superlativen. Neben den kommerziellen Erfolgsaussichten begeisterten ihn die humanitären Perspektiven, die Sloots Erfindung der Menschheit eröffnete. Für Sterk gab es keinen Zweifel, dass mit dieser Technologie Hunger und Armut auf dem gesamten Planeten beseitigt werden konnten. Natürlich machte er sich auch Gedanken, wie man ein solches Juwel beschützen konnte. Er musste unter allen Umständen verhindern, dass diese Technik in die falschen Hände geriet. Koste es, was es wolle.

Es war ein äußerst seltsames Telefongespräch, mit dem der Wirtschaftsprüfer Jelle Montsma (Name geändert) seinen Arbeitstag Mitte Februar 1998 begann. Der Anruf würde ihn für den Rest des Tages nicht mehr loslassen. Montsma war Teamleiter in einer mittelgroßen Unternehmensberatung in Nieuwegein. Er hatte den Morgen mit einer starken Tasse Kaffee begonnen und beugte sich gerade über die Akten eines kniffligen Falls, als das Telefon klingelte.

»Ich habe hier jemanden in der Leitung, der sehr dringend mit Ihnen sprechen möchte«, sagte die Sekretärin. »Ein gewisser Herr Sloot. Er möchte ausschließlich mit Ihnen persönlich reden.«

Montsma verfügte über ein ausgezeichnetes Personengedächtnis, doch an jemanden mit dem Namen Sloot konnte er sich partout nicht erinnern.

»Hat er auch gesagt, worüber er mit mir reden möchte?«, erkundigte sich Montsma.

»Nein. Wie gesagt, er möchte nur mit Ihnen persönlich reden.«

»Also gut, stellen Sie ihn durch.«

»Mein Name ist Jan Sloot, guten Morgen«, nuschelte ein hastig sprechender Mann mit Groninger Akzent. »Ich habe ein Unternehmen in Nieuwegein. Ich würde mich gerne so schnell es geht mit Ihnen treffen.«

Montsma bat den Mann am anderen Ende der Leitung, doch Ruhe zu bewahren. Wer war dieser Sloot, den er kaum verstehen konnte? Warum hatte er ausgerechnet ihn angerufen, und warum drängte er auf ein Treffen?

»Ich habe vom Berater meiner Bank erfahren, dass Sie mir vielleicht bei meinen Fragen weiterhelfen können.« Jetzt klang Sloots Stimme sogar verzweifelt. »Ich habe nicht viel Zeit. Ich möchte mich gerne so schnell wie möglich mit Ihnen treffen. Am liebsten heute noch.«

»Noch heute?«, fragte Montsma. »Ist es denn so eilig?«

»Ja, es ist eilig«, antwortete Sloot kurz angebunden.

Montsma zog den Terminkalender zu sich herüber und fing an, darin zu blättern. Einerseits fühlte er eine gewisse Verantwortung, andererseits war er verblüfft. Was dachte dieser Sloot wohl? Dass man bei einem Wirtschaftsprüfer einfach vorbeischneite wie bei einem Friseur?

»Der früheste Termin, den ich Ihnen anbieten kann, ist morgen Mittag gegen halb zwei«, sagte er schließlich in kühlem Tonfall.

»Ausgezeichnet, dann sehen wir uns morgen.«

Kopfschüttelnd legte Montsma den Hörer auf.

Am nächsten Tag wartete in der Empfangshalle von Montsmas Büro ein kleiner, leicht gebeugter Mann mit hoher Stirn, großer Hakennase und hervorstehendem Unterkiefer. Seine müden Augen lagen tief in den Höhlen. In den Händen hielt er eine kleine Aktentasche, die er nervös an seine Brust drückte.

»Jan Sloot«, stellte sich der Mann mit einem Nicken vor und reichte Montsma eine feuchte Hand. Er setzte bereits an, dem Wirtschaftsprüfer sein Anliegen vorzutragen.

»Trinken wir doch erst eine Tasse Kaffee«, schlug Montsma vor. Er wies Sloot den Weg in einen kleinen Konferenzraum.

Sloot kam sofort zur Sache: Er arbeite schon seit vielen Jahren an einer Erfindung, habe allerdings gewisse Startschwierigkeiten. Er sei bereits bei der Bank gewesen, doch dort habe man ihm jegliche Hilfe verweigert. Jetzt brauche er dringend einen guten Rat, und deshalb habe er auf den Vorschlag eines Bankangestellten hin Montsma aufgesucht.

»Warum hilft Ihnen die Bank nicht?«, fragte Montsma.

»Nun, ich hatte in der Vergangenheit einige Probleme. Ich habe Schulden …«

Zu Montsmas wachsender Verwunderung schien Sloot keine einzige Information über sein Unternehmen mitgebracht zu haben. Keine Verträge, keine Bilanzen, überhaupt nichts. Sloot erklärte, dass die Buchhaltung irgendwo in Nieuwegein liege und er an die Unterlagen im Moment nicht herankomme. Auch habe er Ärger mit einem Geschäftspartner gehabt, der ihn im Stich gelassen habe. Als Montsma den Namen von Sloots Partner hörte, sah er überrascht auf. Jos van Rossum.

Montsma kannte die van Rossums. Die Familie bestand aus drei Brüdern, von denen einer bei ihm gearbeitet hatte. Und das war jemand, mit dem man es sich nicht verscherzte. Überall, wo er gearbeitet hatte und unvermeidlich nach kurzer Zeit wieder entlassen worden war, waren die Türschlösser ausgewechselt worden. Montsma kannte diesen einen van Rossum als dominante Persönlichkeit. Er konnte sich gut vorstellen, wie sich Sloot dazu hatte verleiten lassen, mit dem Bruder, Jos van Rossum, eine Partnerschaft einzugehen. Die van Rossums waren Männer des Wir-regeln-das-schon-für-dich-Schlages. Und wenn man Sloot glaubte, hatte es sich mit Jos van Rossum genau so verhalten.

Doch nun hatte Sloot einen neuen Geldgeber gefunden, und für diese Partnerschaft mussten dringend ordentliche Verträge aufgesetzt werden.

»Deshalb bin ich hier«, sagte Sloot. »Ich möchte, dass Sie mir dabei helfen.«

Der Elektrotechniker öffnete seine Aktentasche und fischte ein paar Dokumente heraus. Montsma sah die Unterlagen durch und entdeckte zu seiner Überraschung erneut einen Namen, der ihm seit langem vertraut war: Freek van Zweeden, ein Anwalt, den er bereits früher einige Male getroffen hatte. Van Zweeden hatte irgendwann einmal in einer Kanzlei in Nieuwegein gearbeitet und führte einen ausländischen juristischen Titel, den er in den Niederlanden nicht verwenden durfte. Deshalb nannte van Zweeden sich auch offiziell ›rechtskundiger Berater‹. Montsma griff sofort zum Telefonhörer und rief van Zweeden an.

Der klang überrascht.

»Na so was, du bist also auch in das Projekt involviert?«, wunderte er sich.

»Freek, ich habe hier einen Vertrag vor mir, den du aufgesetzt hast und der nicht solide ist.« Mit ein paar Tricks würde ein gewisser Leon Sterk die Anteilsmehrheit an dem neu zu gründenden Unternehmen erhalten. Wenn Sloot diesen Vertrag unterzeichnete, verabschiedete er sich für immer von allen Rechten an seiner Erfindung.

»Ach ja?«, meinte van Zweeden. »Und wie sollte der Vertrag deiner Meinung nach aussehen? Dann mach einen Vorschlag. Aber es muss alles bis heute Abend über die Bühne gehen. Wir haben nicht viel Zeit.«

»Freek, hör mir gut zu. Ich finde es nicht richtig, dass ein Vertrag, an dem etliche Details noch nicht stimmen, unter solchem Druck abgeschlossen wird. Bevor irgendjemand dieses Papier unterschreibt, würde ich mir das Ganze gerne noch einmal in Ruhe ansehen.«

Zwei Tage später trafen sich Montsma und Sloot gegen vier Uhr erneut in Montsmas Büro. Van Zweeden war ebenfalls anwesend, wer fehlte, waren van Zweedens Klient Leon Sterk sowie sein Partner Gerard Kakisina. Nach einer halben Stunde riss Montsma allmählich der Geduldsfaden. Um halb sechs hatten sich die beiden immer noch nicht blicken lassen.

Montsma sah van Zweeden herausfordernd an.

»So habe ich mir das nicht vorgestellt.«

Van Zweeden machte eine entschuldigende Geste und griff zum wiederholten Mal nach seinem Handy. »Sterk ist auf dem Weg hierher«, sagte er nach einem kurzen Telefonat mit seinem Klienten.

Kurz nach sechs rollten endlich zwei große Mercedes-Limousinen auf den Parkplatz vor dem Bürogebäude. Aus dem einen Wagen stieg ein Asiate in einem maßgeschneiderten italienischen Anzug. Aus dem anderen Auto krochen eine verführerisch schöne Blondine und ein junger Mann mit kahl geschorenem Kopf und schwarzer Jacke. Das Dreiergespann stolzierte ohne ein Wort der Entschuldigung in Montsmas Büro.

»Falls es Ihnen entgangen sein sollte: Sie kommen zwei Stunden zu spät!«, echauffierte sich Montsma.

»Wenn ich dich zwei verfluchte Stunden warten lasse, dann hast du eben zu warten«, blökte der grobschlächtige Leon Sterk zurück. »Und wenn drei Stunden daraus werden, wartest du eben drei Stunden, kapiert?«

Diese Begrüßung war der Beginn eines hitzigen Abends voller ausufernder Diskussionen über vertragliche Details. Als sie spät in der Nacht endlich das Büro verließen, riet Montsma Sloot dringend dazu, sich nach anderen Investoren umzusehen.

»Angesichts des Potenzials Ihrer Erfindung verkaufen Sie sich bei diesem Handel unter Wert.«

»Das weiß ich doch«, sagte Sloot verzweifelt. »Aber woher soll ich denn sonst das Geld bekommen? Die Banken wollen mir nicht helfen, und vor meiner Tür stehen die Gläubiger. Ich muss meine Erfindung jetzt auf den Markt bringen. Ich brauche das Geld. Dringend.«

Eine Woche später, am 4. März 1998, fuhren Montsma und Sloot gemeinsam zum Büro von Kakisina und van Zweeden in der Gemeinde Laren, um mit Leon Sterk den Vertrag abzuschließen. Sterk und Sloot sollten jeweils fünfzig Prozent an dem neuen Unternehmen erhalten. Sterk würde zwischen drei- und sechshunderttausend Gulden in die Partnerschaft einbringen, Jan Sloot hingegen seine Erfindung – unter der Auflage, innerhalb von zwölf Monaten einen funktionstüchtigen Prototyp bereitzustellen. Während der Fahrt versuchte Montsma noch, seinem Klienten diesen Deal auszureden. Vergebens.

Nur die Paranoiden überleben.

Andy Grove

DAVOC

Jos van Rossum knetete gedankenverloren seinen Schnurrbart, als er erfuhr, dass Jan Sloots Firma die alte Werkstatt aufgegeben hatte. Zu van Rossums großer Überraschung bezog sein alter Partner ein neues Bürogebäude in einem kleinen Industriegebiet am Rande von Nieuwegein. Und das, obwohl sie sich erst vor vier Monaten voneinander getrennt und Sloots Geld noch nicht einmal ausgereicht hatte, um seinen Lebensunterhalt zu finanzieren. Dass der Elektrotechniker nun neue Geschäftsräume bezog, passte nicht in dieses Bild. Anscheinend war es diesem Chaoten tatsächlich gelungen, auf eigene Faust einen neuen Geldgeber aufzutreiben – und das innerhalb von nur vier Monaten. Van Rossum hatte anderthalb Jahre nach weiteren Investoren gesucht. Ohne Erfolg. Nach zweieinhalb Jahren hatten sich ihre Wege dann getrennt. Und dennoch hoffte er immer noch, dass er von seiner Investition eines Tages etwas wiedersehen würde.

Van Rossum hatte sich noch lange nicht von seinen Rechten verabschiedet. Formell war er noch immer an den Projekten von Sloot beteiligt – so hatte es der Notar schriftlich festgehalten. Selbstverständlich hätte van Rossum die Möglichkeit gehabt, die gesamte Konkursmasse zu übernehmen – doch welchen Nutzen hätte er davon gehabt? Nicht viel mehr als ein paar Computer, einen kleinen Vorrat an elektronischen Einzelteilen sowie die geteilten Rechte an einer unausgereiften Datenbank und einer noch unausgereifteren Erfindung, deren ›Wahrheitsgehalt‹ er unmöglich überprüfen konnte. Eine Technologie im Entwicklungsstadium, so vielversprechend sie auch sein mochte, wäre ohne den Erfinder für van Rossum nutzlos. Auch deshalb hatte er die britische Ltd.-Gesellschaft gegründet, damit Sloot weiter an seiner Erfindung arbeiten konnte. Wenn van Rossum jemals von seinem investierten Geld einen Cent wiedersehen wollte, dann musste Sloot seine Technologie marktreif machen, ohne dass van Rossum ihm dabei als stiller Teilhaber im Wege stand.

Die Aktivitäten von Sloot interessierten van Rossum natürlich weiterhin. Hin und wieder stattete er seinem früheren Partner einen Besuch ab. Doch Sloot und auch die übrig gebliebenen ehemaligen ERS-Mitarbeiter waren nicht daran interessiert, ihn zu sehen. Anscheinend hatte Sloot erzählt, dass er und van Rossum im Streit auseinander gegangen waren. Sloot selbst verweigerte ihm jegliche Auskunft. So blieb van Rossum nichts anderes übrig, als die neuen Büroräume ohne Sloot zu besichtigen.

Der Giebel des Gebäudes – aus Aluminium, Glas und violettblauen Dachziegeln – war kein architektonisches Meisterwerk, doch insgesamt sah das Bauwerk extrem schick aus. Die geräumige Empfangshalle wurde von Videokameras überwacht, die Büros verteilten sich auf mehrere Stockwerke, und es gab eine große Werkstatt. Ausgesprochen repräsentative Geschäftsräume, verglichen mit den alten Räumlichkeiten bei ERS, dachte van Rossum mit einer Mischung aus Begeisterung, Missgunst und Verblüffung. Was ihn allerdings noch mehr verwunderte, waren die zwei großen Mercedes-Limousinen, die auf dem Firmenparkplatz standen. Mit welchen Leuten hatte sich dieser Verrückte eingelassen? Und wie hatte er das alles hinbekommen?

Leon Sterk war kein leichtgläubiger Mensch. Doch was man ihm nun aufgetischt hatte, war so großartig, dass er es einfach glauben musste. Die Geschichte von Mark Herweijer und Jan Sloot hatte ihm imponiert. Dieser Sloot hatte mit seiner Erfindung nicht ohne Grund seinen Weg gefunden. Leon Sterk fühlte sich auserwählt, die Erfindung des Jahrhunderts der Welt zu offenbaren. Den Anfang hatte er bereits gemacht, indem er Sloot zu neuen Geschäftsräumen verholfen hatte. Jetzt wollte er sich die Erfindung selbst anschauen – nicht, um von der Funktionstüchtigkeit der Technik überzeugt zu werden, sondern lediglich, um etwas mehr über das Wunder zu erfahren. Glücklicherweise verfügte sein indonesischer Wirtschaftsprüfer Balthasar Gerard

Kakisina über eine Menge Erfahrung, was solche Angelegenheiten betraf. Auch Kakisina fand es an der Zeit, die große Erfindung einmal näher zu betrachten.

Anfang Januar 1998 saßen Sterk, seine blonde Freundin und Kakisina in Sloots neuem Büro und erwarteten gespannt die kleine Präsentation des Genies. Der ansonsten so dominante Ex-Marinesoldat Leon Sterk versuchte, sein Temperament im Beisein von Sloot zu zügeln. Zu viel Enthusiasmus konnte die Zusammenarbeit mit dem Erfinder unnötig verkomplizieren. Leon Sterk musste kühlen Kopf bewahren, obgleich er vor lauter Aufregung am liebsten losgeschrien hätte. Sich zu beherrschen war schwierig, jetzt da er endlich die Codierungstechnik zum ersten Mal mit eigenen Augen im Einsatz sehen würde. Deshalb sollte Kakisina zunächst die Fragen stellen.

Auf dem Konferenztisch stand ein gewöhnlicher Laptop, an den Sloot einen Cardreader angeschlossen hatte. Der Erfinder hielt zwei weiße Chipkarten in die Höhe, die er dann nacheinander in das Lesegerät schob. Auf der ersten Karte waren einige Filmaufnahmen von Familientreffen zu sehen. Auf der anderen Karte befand sich ein Film mit tanzenden Menschen. Sterk zog die Augenbrauen hoch, und Kakisina zuckte mit den Schultern.

»Sie können uns alle möglichen Videos und Filme zeigen, doch woher sollen wir wissen, dass Sie die nicht von der Festplatte oder sonst woher abspielen?«, fragte Kakisina.

»Also gut«, sagte Sloot. »Folgender Vorschlag: Ich nehme jetzt eine Stunde Film von Ihnen auf und zeige das Ganze dann auf dem Laptop.«

»Eine Stunde?«, fragte Kakisina. »Wenn Sie es schaffen, in meinem Beisein nur fünf Minuten auf die Karte zu speichern, würde mir das schon reichen. Denn dann wäre klar, dass Sie auch Teil eins bis drei von *Der Pate* auf das Ding kriegen würden.«

Sloot holte eine Videokamera und machte eine kurze Aufnahme. Danach schloss er die Kamera an einen Apparat an, in den er eine Chipkarte steckte. Etwa zehn Minuten später nahm er die Karte wieder heraus und schob sie in das Lesegerät des Laptops. Eine Sekunde später konnten sich Sterk und Kakisina auf dem Bildschirm sehen, gefilmt aus genau der Ecke, wo kurz zuvor noch Sloots Kamera gestanden hatte. Die beiden schauten sich kurz an und sahen dann wieder auf den Laptop. Es gab keine Verbindung zwischen der Kamera und dem Computer. Es musste also tatsächlich so funktionieren, wie Sloot behauptete: Die Kamera nimmt auf, Sloot schließt die Kamera an den Apparat an, irgendetwas geschieht in dem Gerät, Sloot zieht die Karte wieder heraus, schiebt sie in das Lesegerät des Laptops. Und der Laptop spielt den Film ab. Logisch. Die Bilder konnten also nur von der Chipkarte stammen. Sloot bestätigte das Ganze, indem er die Karte aus dem Cardreader zog, worauf der Film abrupt endete.

Leon Sterk war außer sich vor Freude, als er mit seinem Wirtschaftsprüfer das Firmengelände verließ. Was ihn betraf, hatte Jan Sloot den Beweis geliefert, dass seine Erfindung funktionierte. Und von diesem Moment an plante Sterk nur noch die Vermarktung dieser revolutionären Technik. In Laren hatte er sich zusammen mit dem Investor Herweijer und den Beratern Kakisina und van Zweeden in deren Büro versammelt. Sterk versuchte, die Runde mit seiner Begeisterung zu infizieren.

»Das Paradigma hat eine tief greifende Wandlung erfahren«, sagte Sterk. Er hatte die Angewohnheit, sein Vokabular ständig mit neuen Wörtern zu spicken und sie in allen passenden und unpassenden Zusammenhängen anzubringen. Kakisina nannte er fortwährend seinen *Accountant* – das klang wesentlich imposanter als Wirtschaftsprüfer. ›Paradigma‹ war ein weiteres dieser Füllwörter, die er gerne benutzte. Er hatte es von Kakisina aufgeschnappt, und der Ausdruck schien ihm einen sehr intellektuellen Eindruck zu machen. Darum sprach er seit kurzem nur noch von »seinem Paradigma«, einem »übergeordnetem Paradigma«, einem »veränderten Paradigma« und so weiter. Was Leon Sterk eigentlich zu sagen versuchte, war, dass sein neues Paradigma – nämlich die Erfindung von Jan Sloot – unter keinen Umständen in die falschen Hände fallen durfte, vor allem nicht in die des ›Großkapitals‹.

»Die werden die Erfindung für immer in einem Tresor verschwinden lassen, oder sie verschaffen sich mit der Technik eine Monopolstellung«, lamentierte Sterk. »Genau so, wie sie es mit dem Farbfernsehen gemacht haben!«

> *»Die Tatsache, dass die großen Elektronikhersteller die Markteinführung des Farbfernsehens so lange hinausgezögert haben, spielte in der Argumentation von Leon Sterk eine wichtige Rolle.«*
> Balthasar Gerard Kakisina

Kurz darauf gründete Sterk das Unternehmen *Davoc*, die Abkürzung für *Data Audio Video Opslag Codering*. Er drängte darauf, die gesamte Struktur auf den Schutz der Erfindung abzustimmen. Unter dem Dach von Davoc sollten die Eigentumsrechte an Sloots Erfindung auf weitere kleinere Firmen verteilt werden. Auf diese Weise würde die Technik niemals in den Besitz einer einzigen Firma oder Person übergehen. Und das, so glaubte Sterk, war im Sinne der gesamten Menschheit. Denn die neue Technologie würde die Welt verändern und eine Zeitenwende einläuten.

»In wenigen Jahren wird sich unsere Technik in den meisten elektronischen Geräten wiederfinden«, prophezeite Sterk und schlug mit der Faust auf den Tisch, um seinen Worten Nachdruck zu verleihen. »Jeder auf diesem verfluchten Planeten wird unsere Erfindung haben wollen.« Mit den Rechten an der Codierungstechnik würde Davoc kolossale Gewinne erwirtschaften. Allerdings wusste Leon Sterk nichts von den Vereinbarungen, die Sloot seinerzeit schon mit van Rossum getroffen hatte. Sterk warf mit den Milliarden nur so um sich, nicht ahnend, dass er nicht der einzige war, der mit Sloot einen Vertrag hatte. »Der Erfolg von Davoc wird Kräfte freisetzen, mit denen ich den Armen in dieser Welt helfen werde.« Damit hatte der ehemalige Berufssoldat die Ziele seiner Mission festgelegt.

Sterk war nun *Chief Executive Officer* (CEO) von Davoc, und mit dieser Verantwortlichkeit wuchsen letztendlich auch seine Sorgen. Eine

Technologie, mit der man das Millionenfache der bisherigen Datenmenge auf einen Chip speichern und Millionen Mal schneller kommunizieren konnte, würde erhebliche Folgen für die großen Unternehmen haben. Jedem war das klar. »Das zerstörende Potenzial dieser Erfindung ist enorm«, rief Sterk aufgeregt. Er erwartete ein Blutbad an den internationalen Börsen. Die multinationalen Unternehmen würden vielleicht neunzig Prozent ihres Wertes verlieren oder sogar völlig verschwinden. Angesichts dieser Bedrohung, folgerte Sterk, wäre ein Menschenleben bedeutungslos. Sie müssten der Realität ins Auge sehen: Sloot brauche Personenschutz. Umgehend. Geld spiele dabei keine Rolle.

»Das Potenzial der Erfindung nahm so gewaltige Formen an, dass die Technik nicht mehr gegen Diebstahl gefeit war. Und es gab sicher genügend Unternehmen, die durch eine Markteinführung großen Schaden genommen und die Erfindung lieber vernichtet hätten.«
Mark Herweijer

Leon Sterk und Mark Herweijer schlugen vor, Jan Sloot und seine Familie auf einem bewachten Landgut unterzubringen. Dort könne er beschützt und in aller Ruhe an seiner Erfindung arbeiten. Ihnen schwebte ein kleines Schloss vor, umgeben von einem Burggraben. Eine Festung mit bewaffneten Sicherheitsleuten auf den Türmen, die niemanden herein- oder herausließen. Umgehend holten sie einige Angebote ein. Ein Schloss in Brabant befand sich bereits in der engeren Auswahl, als sie den Plan letztendlich doch aufgaben. Es sei einfach zu viel verlangt, Jan Sloot aus seiner gewohnten Umgebung herauszureißen und ihn völlig zu isolieren.

Sterk und Herweijer überlegten sich eine simplere Methode, Jan Sloot zu schützen: mit Bodyguards, vierundzwanzig Stunden am Tag. Und so kam es, dass sich Jan Sloot nur noch in Begleitung zweier V-förmiger Schatten durch die Straßen von Nieuwegein bewegte. Oft bemerkte noch nicht einmal er selbst seine beiden Begleiter. Sogar abends, wenn das ›Objekt der Beobachtung‹ gemütlich bei seiner Frau, dem Wellensittich und dem Labrador saß, rückten die Bewacher nicht von seiner Seite. Die muskulösen Herren verschanzten sich in einem abgedunkelten Wagen vor dem Haus der Sloots in der Strawinskystraat – zur großen Verwunderung einiger Nachbarn, die die düsteren Gestalten in dem Auto genau im Auge behielten.

Henk van Doorn war einer der wenigen Menschen, die einigermaßen mit dem komplexen Charakter des Erfinders aus Groningen vertraut waren. Vor zwölf Jahren hatte er sich des damals nach Nieuwegein zugezogenen Elektrotechnikers angenommen. Er war ihm zum ersten Mal im Musikverein begegnet, als Jan seine Tochter Jolanda zu einer Orchesterprobe brachte. Van Doorn hatte ihm vorgeschlagen, dem Vorbild der Tochter zu folgen.

Sloot hatte schon immer das Bedürfnis verspürt, seine Gefühle musikalisch zum Ausdruck zu bringen. In seiner Jugend hatte er sich ja einige Male an einem Piratensender versucht und seine Lieblingsschnulzen über den Äther gejagt. Er hatte jedoch nie die Zeit gefunden, selbst ein Instrument zu erlernen. So musste er einige Scham überwinden, um sich in dem Musikverein anzumelden, in dessen Orchester man ihm schließlich eine Triangel in die Hand drückte.

Es gab da nur ein winziges Problem: Jan hatte nicht das geringste Taktgefühl. Der Einsatz seiner Triangel kam regelmäßig viel zu spät oder zu früh. Sloot war peinlich betroffen, als die ersten Witze über sein musikalisches Talent die Runde machten. Van Doorn hatte mit Jan Mitleid und schlug ihm vor, es doch einmal mit dem Schlagzeug zu versuchen. Von diesem Moment an entstand zwischen beiden eine enge Freundschaft.

Bei den Schlagzeugern spielte Sloot die Basstrommel, und auch hier fiel es ihm schwer, den Takt zu halten. Sein erster und einziger Auftritt bei einem Festumzug wurde für ihn zum Martyrium. Obwohl er sich ein Schulterblatt gebrochen hatte, schlug er verbissen auf die Trommel ein – ganze zwei Kilometer lang.

Van Doorn besuchte seinen neuen Freund regelmäßig bei ERS, wo sie sich oft stundenlang über Musik, das Orchester und die Geschäfte unterhielten oder darüber, was ihnen sonst noch in den Sinn kam. Die Freundschaft brachte Sloot etliche soziale Kontakte. Gemeinsam mit van Doorn und seiner Frau besuchten Jan und Annie eine Tanzschule. Keine leichte Aufgabe für den rhythmisch völlig unbegabten Sloot. Am ganzen Körper schwitzend, versuchte er sich in der Tanzschule De Rijk im Gemeindehaus an Walzer, Rumba und Cha-Cha-Cha – meist auf Kosten der Schuhe seiner fluchenden Frau.

Die beiden Ehepaare verstanden sich nun schon viele Jahre und fuhren sogar gemeinsam in Urlaub in den spanischen Ferienort Benidorm. Nur einmal, Ende des Jahres 1997, gab es eine kurze Krise in der Freundschaft. Im *Utrechts Nieuwsblad* war eine Todesanzeige erschienen. Fassungslos hatte van Doorn auf den schwarzumrandeten Text gestarrt. »Unser lieber Freund, Vater und Opa, Romke Jan Bernhard Sloot, ist von uns gegangen. Er ruhe in Frieden.« Jan war tot? Das konnte nicht sein. Van Doorn hatte gerade erst mit seinem Freund gesprochen. Aber in der Anzeige stand eindeutig sein Name: Romke Jan Bernhard Sloot. Und in Nieuwegein gab es nur einen Jan Sloot. Was also hatte der Name in den Todesanzeigen des *Utrechts Nieuwsblad* zu suchen? Van Doorn wusste durchaus, dass sich Jan in den vergangenen Jahren nicht besonders viele Freunde gemacht hatte. Es gab viele Leute, denen er Geld schuldete. Was das anging, konnte van Doorn aus eigener Erfahrung sprechen: Er war Inhaber einer Grafikagentur und hatte vor einigen Wochen hunderttausend Broschüren für das ERS-Repabase-System anfertigen lassen. Die Druckerei, mit der er zusammenarbeitete, hatte eigens für den Auftrag eine Maschine im Wert von vierzigtausend Gulden angeschafft. Doch van Doorn wartete seitdem vergebens darauf, dass Sloot die Rechnung beglich. Schließlich hatte er erfahren, dass ERS in Konkurs gegangen war.

Van Doorn wusste, dass die Probleme bei ERS sogar zu einer ernsten Krise in der Familie geführt hatten: Jan hatte den Mann seiner ältesten Tochter Annemarie entlassen müssen. Seitdem sprachen die beiden nicht mehr mit Jan.

Seit kurzem geschahen nun noch mehr befremdliche Dinge. Sloot und van Doorn leiteten schon seit einigen Jahren an jedem Mittwoch den Bingoabend des Musikvereins. Bei einer dieser Veranstaltungen stürmte Sloot mit einem Dutzend kleiner Weltkugeln in den Saal. Er bat alle Anwesenden um ihre Aufmerksamkeit und erzählte dann, dass Ende des Jahres eine revolutionäre Erfindung die Welt verändern würde. Van Doorn und die anderen Vereinsmitglieder fingen an, laut loszulachen, aber Sloot hatte es völlig ernst gemeint.

Er erzählte van Doorn auch, dass sein neues Unternehmen eine Niederlassung auf den Antillen errichten würde.

»Wenn du mich fragst, gibt es deine Erfindung gar nicht. Du handelst wahrscheinlich eher mit Drogen oder so was Ähnlichem«, sagte van Doorn.

Doch Sloot bestand darauf, dass alles völlig legal sei. »Ich kann dir leider nicht mehr erzählen«, meinte er geheimnisvoll, »das Ganze ist eine ziemlich heikle Angelegenheit.«

Van Doorn begriff erst, was sein Freund damit gemeint hatte, als Sloot eines Abends in Begleitung von zwei bulligen Kerlen den Saal betrat. Diese setzten sich sofort an einen Tisch, kauften ein Bingoheft und spielten mit.

»Jan, ich finde das die Höhe«, sagte van Doorn ärgerlich. »Du bringst zwei fremde Männer mit, die hier einfach bei uns Bingo spielen.« Sloot lächelte seinen Freund nur an. Am darauf folgenden Mittwoch saßen die beiden Fremden wieder im Gemeindehaus und spielten Bingo.

»Weißt du, wer das ist?«, fragte Sloot.

Van Doorn konnte nur mit den Schultern zucken.

»Das sind meine Bodyguards«, flüsterte Sloot ihm ins Ohr. »Ich bekomme Morddrohungen. Es geht um meine Erfindung. Wenn die Öffentlichkeit etwas davon erfährt, werde ich wahrscheinlich nicht mehr lange leben.«

Sloot erklärte van Doorn, dass seine Erfindung so gigantisch und mächtig sei, dass sie für Unternehmen wie Philips und Sony eine ernste Bedrohung darstelle. Als van Doorn ihn fragte, warum er sich in den vergangenen Wochen so verschlossen gegeben habe, wich Sloot aus.

»Die Bodyguards halten die Leute eben von mir fern«, war alles, was er entgegnete.

Obwohl Leon Sterk sich um das Geld und die Sicherheit kümmerte, begann er Jan auf die Nerven zu gehen. Sterks forsche Art und vor allem die komplizierten Strukturen, die er um Davoc herum errichten wollte, bereiteten Sloot Unbehagen. Er kannte zwar nicht alle Details, dennoch begriff er in groben Zügen, wie das Unternehmen in Zukunft aussehen sollte. Das Bild, das ihm sein neuer Finanzier ausmalte, erschreckte ihn. So wollte Sterk rund dreihundert Tochterunternehmen gründen. Alle Rechte an der Erfindung und die Lizenzen sollten unter diesen Firmen aufgeteilt werden. Davoc Research & Development BV würde als Dachgesellschaft fungieren und alle Anteile an den Firmen halten. Aus steuerlichen Gründen würde der Hauptsitz der Firma Curaçao sein. Zusätzlich wollte Sterk noch einige Verflechtungen zu englischen Ltd.-Gesellschaften auf den Kanalinseln knüpfen.

Von den finanziellen Angelegenheiten verstand Sloot wenig. Das alles war zu kompliziert für den Erfinder, der nicht einmal den wirklichen Unterschied zwischen einer Kapital- und einer Personengesellschaft kannte.

Leon Sterk seinerseits hatte einige Mühe, sich zu beherrschen, wenn er Sloot zum tausendsten Mal erklären musste, welches Ziel er mit seinen Plänen verfolgte. Er konnte ihm nur schwer verständlich machen, welchen Businessplan er um die Erfindung des Jahrhunderts konstruiert hatte. Die äußere Erscheinung von Sterk, kombiniert mit seinem humanistisch geprägten Gedankengut, machten es für Sloot nicht einfacher, die Pläne zu akzeptieren. Hinzu kamen die ständigen Diskussionen um mehr Geld.

»Wie soll ich bei all den Geldsorgen an meiner Erfindung weiterarbeiten?«, war die Standardfrage, mit der Sloot von Sterk und Herweijer Geld forderte. Er brauchte das Geld vor allem, um sich seine alten Gläubiger vom Leib zu halten. Doch davon wussten seine neuen Partner immer noch nichts.

Für Leon Sterk spielte Geld glücklicherweise keine Rolle.

»Wie viel brauchst du? Eine Million? Sag's einfach, ich regele das schon«, kam es stets stakkatohaft aus seinem Mund.

Doch auch Sterk musste bald einsehen, dass die Gründung von dreihundert Unternehmen, die Investitionen in Sloots Entwicklungen und alle anderen Ausgaben nicht nur auf Kredit finanziert werden konnten. Wenn er Davoc mittelfristig auf das Niveau von Unternehmen wie Microsoft bringen wollte, brauchte er dringend Geld. Sein juristischer Berater Freek van Zweeden und sein Wirtschaftsprüfer Gerard Kakisina hatten ihn bereits in unzähligen Konferenzen darauf hingewiesen.

Sterk hätte schon noch einige Möglichkeiten gehabt, an ›neues Geld‹ zu kommen. In dieser frühen Phase wollte er einfach keine Investoren, die jede seiner Handlungen verfolgten und kommentierten.

Natürlich hätte er nichts gegen jemanden einzuwenden gehabt, der ohne weitere Fragen eine Million Gulden auf den Tisch legen würde, jemanden, der seiner Intuition vertraute und nicht alles genaustens wissen wollte.

Und Freek van Zweeden kannte sogar jemanden, der diesem Profil entsprach.

Als Immobilienspekulant, Projektmanager und Bauunternehmer hatte sich Leen Mooijaart nie vor einem kleinen Abenteuer gescheut. Er war es gewohnt, Risiken einzugehen. Schon öfter hatte er Grundstücke in verrufenen oder einsamen Gegenden gekauft, denen seiner Meinung nach eine glänzende Zukunft bevorstand. Natürlich hatte er sich auch oft geirrt. Für solche Geschäfte brauchte man ein bestimmtes Gespür, das man nicht erlernen konnte. Mooijaart verfügte über dieses Gespür. Das hatte er bereits bewiesen.

Leen Mooijaart stammte aus einer Bauunternehmer-Familie aus Oude Tonge, einer kleinen Stadt auf der Insel Goerree-Overflakkee, die von der großen Überschwemmung 1953 schwer betroffen war.

Mooijaarts Vater hatte die Familie gerade noch in Sicherheit bringen können. Er sorgte auch dafür, dass im Hause Mooijaart eine strenge Disziplin herrschte. Vater Mooijaart arbeitete hart und erwartete von jedem Familienmitglied den gleichen Einsatz, insbesondere von seinem ältesten Sohn.

Nach seiner Berufsschulausbildung in Vlissingen studierte Mooijaart an der Technischen Fachhochschule Wasser- und Straßenbautechnik. Nach seinem Abschluss stieg er nicht in das Unternehmen seines Vaters ein, sondern gründete ein eigenes Bauunternehmen. Er baggerte Hafeneinfahrten aus und legte Abwasserkanäle an. Als die Geschäfte im Baugewerbe immer schlechter liefen, stieg Mooijaart in den Immobilienhandel ein. Viele Jahre verdiente er damit ›gutes Geld‹. Probleme hatte er nur mit der Personalführung. Als er 1996 Ärger mit seinen Mitarbeitern bekam und zudem neue Gesetze für den Immobilienhandel erlassen wurden, verlor Mooijaart die Freude an der Firma. Er gab sein Unternehmen in den Niederlanden auf und gründete zusammen mit einem Partner einen Ingenieurbetrieb in Indonesien. Die meiste Zeit verbrachte Mooijaart allerdings weiterhin in den Niederlanden, wo er mehr denn je nach neuen Ideen Ausschau hielt.

Leen Mooijaart hatte Freek van Zweeden das erste Mal vor einigen Jahren in der Anwaltskanzlei getroffen, deren Klient er war. Sie hatten öfter Geschäfte miteinander gemacht, und van Zweeden schätzte Mooijaart als jemanden ein, der dem Investoren-Profil von Sterk entsprach. Er traf schnelle Entscheidungen, verfügte über die nötigen Mittel und war bestimmt kein Pedant.

»Leen, ich bin da an einer heißen Sache dran, etwas Besonderes, in das ich dich gerne einweihen möchte«, sagte van Zweeden, als Mooijaart ihn in seinem Büro in Laren besuchte. »Es geht um eine revolutionäre Erfindung.« Van Zweeden erzählte, dass einer seiner Klienten eine wirklich außergewöhnliche Technologie entwickelt habe. Anfangs habe er selbst Bedenken gehabt, doch jemandem von Samsung zufolge solle die Technik – wenn sie erst marktreif sei – sehr viel Geld wert sein.

Schon am nächsten Tag arrangierte van Zweeden ein Treffen zwischen seinem Klienten Leon Sterk und Leen Mooijaart. Sterk residierte mit seinem Büro im World Trade Center (WTC) in Schiphol. Zum Amsterdamer Flughafen ließ sich Mooijaart von seinem Freund Leo Mierop begleiten.

Mierop schob einen Bauch wie eine Abrissbirne vor sich her. Mit äußerst konzentrierten Schritten setzte er jedes Mal seine hundertfünfzig Kilo Gewicht in Bewegung. Er hatte dunkles Haar, einen Dreitagebart, stechende Augen und einen kräftigen Händedruck. An seiner Unterlippe klebte gewöhnlich eine selbst gedrehte Zigarette. Mierop verfügte über einen wachen Verstand, und das wollte Mooijaart bei dem Gespräch gerne nutzen.

Mooijaart und Mierop betraten das zweihundert Quadratmeter große Büro im WTC. Ein ausgelassener Leon Sterk empfing die beiden. Er hatte eine enge Hose und ein langes, glänzendes Seidenhemd an, und um seine Mundwinkel und das Kinn wuchs ein kleiner Bart. Mit einer Fernbedienung öffnete er die Jalousien vor den Fenstern, die einen Panoramablick auf den Flughafen freigaben.

»Setzen Sie sich bitte. Champagner?«, begrüßte Sterk seine Gäste.

In Sterks Büro thronten zwei riesige Eichenholzschreibtische. Darauf standen große TFT-Monitore, die jeweils mindestens dreißigtausend Gulden gekostet haben mussten. Neben einer eleganten Sitzgruppe der italienischen Designermarke Giorgetti stand ein Konferenztisch aus Mahagoni mit hohen schwarzen Lederstühlen. In eine lange Anrichte war ein kleiner Kühlschrank eingebaut, der immer mit ein paar Flaschen Dom Perignon – in Sterks Jargon einfach nur DP – gefüllt war.

Mooijaart und Mierop lehnten den Champagner ab und nahmen auf der Giorgetti-Couch Platz. Sterk war in Gesellschaft einer blonden Dame in engen Leggings, die er als seine Freundin vorstellte. Sie setzte sich direkt Mierop gegenüber, der krampfhaft versuchte, seinen Blick von ihren Beinen abzuwenden.

Sterk kam schnell zur Sache. Es dauerte eine gute halbe Stunde, bis er seine Ausführungen beendet hatte. In dieser Zeit hatte er eine

Revolution vorhergesehen, die internationalen Börsen einstürzen lassen und den Friedensnobelpreis bekommen. Mooijaart war sprachlos angesichts dieser Euphorie. Mierop dagegen traute Sterk noch nicht so recht. Mit seinem Gehabe erinnerte er ihn an einen orientalischen Prinzen. Sowohl Mooijaart als auch Mierop erkannten jedoch, dass eine Investition in Davoc die Chance war, um innerhalb kurzer Zeit dem Club der Milliardäre beizutreten.

»Ein Prozent der Anteile kostet euch hunderttausend Gulden«, sagte Sterk. »Sechs Prozent könnt ihr maximal haben.«

»Acht«, sagte Mooijaart. »Acht Prozent für sechshunderttausend Gulden.«

»Nein, ich will darüber nicht verhandeln. Mein Angebot steht. Ihr habt gehört, worum es geht, und das ist ein Festpreis. Entweder, ihr steigt ein … oder ihr geht wieder.«

»Also gut, einverstanden«, sagte Mooijaart nach kurzer Bedenkzeit und nickte zustimmend. Mierop brummte irgendwas, und Sterk lief schon zu seinem kleinen Kühlschrank, um einen DP zu holen.

Leo Mierop war verwundert gewesen, als Mooijaart ihn fragte, ob er mit zu dem Treffen in Schiphol komme. Er kannte den Investor aus Oude Tonge noch nicht lange und hatte nicht erwartet, so schnell in dessen Geschäfte involviert zu werden. Sie hatten sich ein halbes Jahr zuvor auf einem Empfang kennen gelernt. Wenig später hatte Mierop Kontakt mit Mooijaart aufgenommen. Er wollte ihn warnen. Zufällig hatte er ein Gespräch mitbekommen, in dem es darum ging, den ehemaligen Bauunternehmer »aufs Kreuz zu legen«. Mierops Warnung war berechtigt gewesen, und seitdem trafen sie sich regelmäßig.

Mierop betrieb ein Küchenstudio in Rockanje. Davor verlief seine Karriere auf einigen Umwegen. Im südholländischen Goedereede Stellendam hatte er zehn Jahre auf einem Fischkutter gearbeitet, bevor er eine Stelle als Inspektor beim Algemene Inspectie Dienst (AID) annahm. Dort entwickelte sich der unbedarfte Fischer zu einem Spezialisten in der Aufklärung von Betrügereien. Er holte die polizeiliche Ausbildung nach und studierte Wirtschafts- und Strafrecht. Neun

Jahre hielt es Mierop als Untersuchungsbeamter aus. Doch als seine beiden Söhne älter wurden, reichte sein Verdienst nicht mehr, und an die bürokratischen Strukturen des AID hatte er sich ohnehin nie gewöhnen können. Das Küchenstudio in Rockanje betrieb er nun schon sechs Jahre. Rockanje war eine kleine Gemeinde auf der Insel Voorne Putten, südlich des Rotterdamer Hafens und seiner petrochemischen Rauchschwaden. Mierop wartete schon lange auf eine Gelegenheit, seine finanzielle Lage zu verbessern. Über Mooijaarts Bitte, ihn zu Sterk zu begleiten, musste er deshalb nicht lange nachdenken.

Mierop fand, dass Mooijaart bei der Verhandlung mit Sterk zu schnell nachgegeben hatte. Sechs Prozent waren in seinen Augen viel zu wenig. Sterk war danach auch verdächtig fröhlich gewesen. Champagner, kubanische Zigarren – er hatte jedem von ihnen zum Abschied reichlich davon mitgegeben. Wenn diese Erfindung tatsächlich so revolutionär war, hätte er doch auch ganz leicht irgendwo anders Geld auftreiben können. Warum gab sich dieser Sterk mit Leen zufrieden? Mierop und Mooijaart diskutierten auf der Heimfahrt noch lange darüber.

Leon Sterk brauchte den zusätzlichen finanziellen Spielraum, der durch Mooijaarts Investition entstanden war, um Davoc einen würdigen Auftritt zu verschaffen. Damit wollte er das Interesse zukünftiger Großinvestoren wecken. Das Unternehmen sollte einen seriösen Eindruck vermitteln. Das war keine leichte Aufgabe, denn Sloot verfügte immer noch nicht über ein vorzeigbares Demo-Modell. Seine simplen Präsentationen mit Laptop und Lesegerät waren nicht überzeugend genug. Die Bilder konnten genauso gut von der Festplatte des Computers stammen. Sie brauchten eine professionellere Version, doch dafür hatte Sloot laut Vertrag noch ein Jahr Zeit.

Bis dahin mussten Sterk und Herweijer improvisieren. Sie beschlossen schließlich loszulegen, ohne dass sie etwas in der Hand hatten.

Zunächst wollte Sterk einige prominente Geschäftsleute gewinnen, um seinen Plänen einen seriösen Anstrich zu verleihen. Er versuchte, Investoren mit internationalem Renommee an Land zu ziehen. Als erfahrener Verkäufer hatte Sterk keine Berührungsängste und rief seine *Prospects*, wie er potenzielle Geldgeber nannte, einfach an.

»Haben Sie Interesse? Wir kommen zu Ihnen.« Sterk versprühte einen aufdringlichen, aber zur gleichen Zeit ansteckenden Enthusiasmus, der andere neugierig machte. Niemand wusste, wer er war, doch es gelang ihm tatsächlich, mit einigen einen Gesprächstermin zu vereinbaren.

Einer, den Sterk mit seiner Kalt-Akquise überraschte, war ein Mann, den er wegen seiner Unabhängigkeit und seines Individualismus hoch schätzte. Ein Mann, der trotz – oder gerade wegen – seines außergewöhnlichen Charakters große Erfolge in der Welt der Informations- und Kommunikationstechnologie gefeiert hatte: der Gründer des Automatisierungsunternehmens BSO, Eckart Wintzen.

Wenn es darum ging, in der Geschäftswelt Kontakte zu knüpfen und Türen zu öffnen, dann bezeichnete sich Wintzen gern selbst als ›Instrument‹. Mit solchen Worten konnte Sterk etwas anfangen. Obwohl Wintzens Hippie-Look – schlampige Kleidung, Augenbrauen wie zwei dichte Büsche, lange graue Haare und ein Stoppelbart – nicht ganz Sterks Geschmack entsprach, machten ihn sein weltoffener Charakter und sein technisches Know-how zum idealen Partner für Davoc. Wintzen war außerdem ein Verfechter der ›sauberen Industrie‹. Schon seit einiger Zeit verkündete er, dass die Einsen und Nullen, die weltweit durch die Computer produziert wurden, den Wohlstand der Menschheit vermehren könnten, ohne die Rohstoffe des Planeten zu verschwenden. Computer waren seit der Gründung von BSO fast hunderttausendmal schneller und leistungsfähiger geworden. Selbst ein Mann wie Wintzen würde staunen, wenn er erfuhr, wie viele Einsen und Nullen Sterk mit der Technik von Davoc würde verschwinden lassen können … Zudem verfügte der Gründer von BSO über die nötigen finanziellen Mittel; 1996 hatte er seine Anteile an BSO-Origin für viele Millionen verkauft.

Sterk rief Wintzen eines Morgens an, und noch am selben Mittag saßen er und Herweijer an einem langen Holztisch im Speisesaal von Schloss Moersbergen, wo Wintzen sein Büro hatte. In dem Saal gab es einen riesigen Kamin, in dem man leicht einen Ochsen hätte grillen können, und einige antike Ledersessel. Wintzen hatte sich für das Gespräch eine Stunde in seinem Terminkalender freigehalten und brachte zwei seiner Techniker mit. Zu dritt folgten sie den Erläuterungen von Sterk und Herweijer.

»Machen Sie sich auf etwas gefasst, das Ihre bisherige Weltsicht grundlegend verändern wird«, eröffnete Sterk das Gespräch. Er begann Verhandlungen öfter mit dieser offensiven Art. Es war ihm egal, wer ihm gegenübersaß. Und wenn er eine negative Antwort bekam, machte ihm das nichts aus. Er hatte die passenden Worte parat: »Dann danke ich Ihnen für das Gespräch. Auf Wiedersehen.« Für gewöhnlich verließ er in solchen Fällen ohne ein weiteres Wort den Raum. Doch Eckart Wintzen gehörte nicht zu dieser Sorte Verhandlungspartner. Er schien interessiert zu sein. Sterk berichtete in groben Zügen über Jan Sloots Erfindung. Herweijer machte ein paar Ergänzungen, obwohl er im Grunde nicht wirklich wusste, worüber er sprach.

Wintzen hörte den beiden geduldig zu.

»Schöne Geschichte«, sagte er schließlich, als Sterk fertig war. Er war beeindruckt von der Direktheit und Überzeugungskraft, mit der Sterk den ›brennstofflosen Motor‹ der digitalen Welt hier anpries. Auch der emotionale Appell, die Technologie dürfe nicht dem Großkapital in die Hände fallen, sondern müsse der gesamten Menschheit zukommen, hatte Wintzen imponiert.

»Sie wissen, wie man jemanden einwickelt«, sagte Wintzen. »Diese Technologie besitzt wirklich ein gewaltiges Potenzial – falls sie denn tatsächlich funktioniert. Und genau das bezweifle ich. Sie haben keinen einzigen Beweis für Ihre Behauptungen. Also, liefern Sie mir eine überzeugende Präsentation, oder verschwenden Sie nicht meine Zeit!«

Wintzens kleiner Auftritt war eher rhetorischer Natur – mit einem diplomatischen Hintergedanken. Der steinreiche Umweltschützer war überzeugt, gerade das Vorspiel eines dubiosen geschäftlichen Abenteuers zu erleben. Er glaubte keinen Augenblick daran, dass Sterk und Herweijer die Bedingungen, die sein technologischer Berater – der

Multimediaexperte Henk Alles – an die Präsentation stellte, würden erfüllen können.

»Wir bringen einen Film mit, und dieser Film muss vor unseren Augen codiert und decodiert werden«, hatte Alles verlangt. Sterk war einverstanden und versprach, schnell einen neuen Termin zu vereinbaren.

> *»Dieses gewaltige Potenzial, das man der Erfindung andichtete, war für mich nur eine leere Worthülse. Man muss kein Computerexperte sein, um zu wissen, dass man unmöglich solch große Datenmengen auf so kleinem Raum unterbringen kann.«*
> Eckart Wintzen

Die unmissverständliche Botschaft von Eckart Wintzen hatte Leon Sterk beeindruckt. Die Worte klangen noch immer in seinem Gedächtnis nach: »Liefern Sie mir eine überzeugende Präsentation, oder verschwenden Sie nicht meine Zeit!« Das war wirklich imposant gewesen. Schade nur, dass dieses Gespräch so bald keine Fortsetzung finden würde. Ein funktionierendes Demo-Modell gab es einfach noch nicht.

Obwohl Sterk wusste, dass sie noch viele Monate ohne einen Prototyp auskommen mussten, wollte er auch weiterhin prominente Geschäftsleute für Davoc gewinnen. Vielleicht wäre es keine schlechte Idee, den zweiten Einstein einem prominenten Publikum und potenziellen Lizenznehmern einfach einmal vorzustellen. Irgendwo in einer Top-Location.

Zum ersten Mal würde das ambitionierte Davoc-Projekt öffentlich gemacht werden, zum ersten Mal würde Jan Sloot seine Erfindung einer größeren Gruppe von Menschen präsentieren. Den passenden Ort hatte Sterk bereits gefunden: das Sheraton in Schiphol. Er kannte das Hotel, und das Hotel kannte ihn. Nun musste er nur noch genügend Leute mit entsprechendem Ansehen einladen und sie für Davoc begeistern. Zum Beispiel Leute, die jeder aus dem Fernsehen oder Radio kannte. Prominente Köpfe mit ›Grips‹, die großen Industriekapitäne, die permanent in den Medien waren. Männer wie der ehemalige Frontmann von Philips, Jan Timmer. Oder der frühere Finanzminister Onno Ruding, der jetzt *Vice President* der City Bank in New York war. Und warum sollte er nicht auch Wouter ›Mickey‹ Huibregtsen von McKinsey & Company einladen?

Sterk setzte sich sofort ans Telefon und verschickte unzählige Faxe. Und tatsächlich gelang es ihm, einige Top-Manager für die große Präsentation zu interessieren.

Mierop und Mooijaart warteten bereits seit Monaten auf eine Gelegenheit, den Erfinder einmal persönlich kennen zu lernen. Leon Sterk hatte Sloot sorgfältig vor den beiden abgeschirmt. Vor allem Mierop wurde immer ungeduldiger. Was geschah mit dem Geld, das sein Freund Mooijaart investiert hatte? Gab es endlich Fortschritte in der Entwicklung? Sterk wich ihm stets mit vagen Antworten aus. Er gab keine Auskunft darüber, womit Sloot sich gerade beschäftigte und wie es ihm ging. Diese Geheimniskrämerei brachte den ehemaligen AID-Inspektor Mierop zur Weißglut.

Während der Konferenzen, bei denen Mierop und Mooijaart regelmäßig im Büro von Kakisina und van Zweeden dabei waren, stellten sie – vor allem Mierop – immer wieder dieselbe Frage: Wann würden sie endlich den Erfinder persönlich kennen lernen? Doch jedes Mal vertröstete Sterk die beiden und bat sie um Geduld.

»Sloot ist völlig paranoid«, erklärte er. »Beim geringsten Anlass wird er hysterisch. Wenn ihr beide bei ihm auftaucht, wird er glauben, ihr wollt seine Erfindung klauen. Wie soll er da einen klaren Kopf für seine Entwicklungen behalten? Es ist besser, wenn wir ihn isolieren. Das ist in eurem eigenen Interesse.« Mierop und Mooijaart gaben sich noch ein letztes Mal mit dieser Erklärung zufrieden. Bei der Präsentation würden sie Sloot ohnehin treffen. Es waren ja auch nur noch ein paar Wochen, bis das große Ereignis stattfand.

»Jungs, das wird eine irre Party«, sagte Sterk. Was genau er damit meinte, sollten Mierop und Mooijaart erst erfahren, als sie am Eingang des Sheraton Hotels von zwei kräftigen Männern mit Stöpseln in den Ohren empfangen wurden.

»Sterk hätte es am liebsten gesehen, wenn wir weiterhin Geld in Davoc gepumpt und ansonsten die Klappe gehalten hätten. Aber ich wollte endlich diesen Erfinder sehen und das am besten gestern. Wir wollten verdammt noch mal wissen, worauf das alles hinauslief.«
Leo Mierop

Das Sheraton hat zwei Eingänge: einen im Erdgeschoss, der zum Konferenzzentrum führt, und einen auf der ersten Etage, wo sich die Rezeption und ein kleiner Empfang mit schwarzen Le-Corbusier-Lederstühlen befinden. Der Eingang auf der ersten Etage ist durch einen breiten Tunnel mit dem Bahnhof am Flughafen verbunden. Normalerweise stößt man schon beim Betreten des Hotels mit hektischen Gästen zusammen, mit Koffern oder Reisetaschen in der Hand. In der Lobby mit ihrem vornehmen Terrazzo-Boden wimmelt es für gewöhnlich von Konferenz- und Seminarteilnehmern in schlecht geschnittenen Anzügen und schlecht geschnittenen Kostümen – eben jene Sorte Büromenschen, die immer eine rechteckige Schultertasche mit einem Laptop bei sich trägt und fieberhaft die elektronischen Anzeigetafeln studiert, um anschließend in einen der Konferenzräume zu eilen.

An diesem Morgen jedoch war alles anders. Mooijaart hielt mit seinem Mercedes 500 SL unter dem Vordach des Sheraton. Vor dem Eingang wartete ein muskelbepacktes Empfangskomitee – fünf stämmige Rausschmeißertypen des Sicherheitspersonals. Mooijaart überließ den Wagen dem Parkservice. Die zwei Sicherheitsleute mit den Ohrstöpseln begleiteten ihn und seinen Partner Mierop zum Konferenzzentrum. Dort sahen die beiden zu ihrer Überraschung noch mehr Bodyguards. Am Aufzug, an allen Ein- und Ausgängen und versteckt zwischen großen Kübeln mit Zierpflanzen standen Männer in schwarzen Anzügen.

Hinter dem Absperrband vor dem Eingang hatte sich eine neugierige Menschenmenge angesammelt, die von den Luxuslimousinen und Bodyguards angezogen worden war.

Der übliche Urwald von weißen Schildern, die den Seminarteilnehmern den Weg zu ihren Veranstaltungen wiesen, war spurlos verschwunden. Es war niemand zu sehen, abgesehen von einigen wenigen Hotelgästen und dem Personal. Auf den elektronischen Hinweisschildern leuchtete nur der Name Davoc. Sterk hatte das gesamte Erdgeschoss angemietet und alle Säle auf Wanzen und andere Abhöreinrichtungen hin durchsuchen lassen.

Mierop und Mooijaart waren sprachlos. Es gab sogar einen Scrambler, eine Art Keksdose von einem halben Meter Durchmesser, die jeden Mobilfunkverkehr im Umkreis von hundert Metern unmöglich machte. Niemand im gesamten Hotel konnte sein Handy benutzen. Das Personal wurde beim Betreten oder Verlassen des Hotels durchsucht, und wenn jemand zur Toilette musste, kam einer von Sterks Männern mit.

Der Küchenstudiobetreiber und der Projektmanager waren erschrocken; sie hatten nicht erwartet, dass Leon Sterk derart strenge Sicherheitsvorkehrungen für diese Veranstaltung treffen würde. Das Personal informierte sie, dass »der Herr Sterk« noch oben auf seinem Zimmer sei. Er schien das beste Zimmer im gesamten Hotel zu haben: die Royal Suite.

Mooijaart fing an, sich unwohl zu fühlen.

»Ich werde das Gefühl nicht los, dass ich diese kleine Party hier mit bezahle«, sagte er zu seinem Freund Mierop. »Ich werde das mal in Erfahrung bringen.«

Mooijaart fuhr mit dem Aufzug in die oberste Etage und klopfte an die Tür der Royal Suite. Sterk öffnete und schaute erschrocken, als Mooijaart »Hallo, Leon« murmelte und das Zimmer betrat. »Das ist meine Privatsphäre, raus hier«, schrie Sterk, doch Mooijaart stand bereits mitten in der Suite und schaute sich um. Auf einem riesigen Bett rekelte sich eine halb nackte Frau. Wer auch immer das war, die

Blonde, die Sterk wenige Monate zuvor als seine Freundin präsentiert hatte, war sie nicht.

»Was willst du hier?«, rief Sterk.

»Ich will nur wissen, wofür unser Firmenchef das Geld ausgibt«, sagte Mooijaart. »Schöne Aussicht von hier oben.« Er sah durch das Fenster auf die Landebahn von Schiphol herunter. Dann schaute er noch in verschiedene Schubladen und verließ danach das Zimmer. »Wir sehen uns unten.« Mehr sagte er nicht.

Leon Sterk hatte für die Präsentation den größten Konferenzsaal des Hotels gewählt, einen, in dem zwei Fußballmannschaften ein Hallenspiel hätten austragen können. Bis auf einen langen Tisch und ungefähr zwanzig Stühle war der Raum leer. Es war dunkel. Nur über dem Tisch brannte Licht. Vor der geöffneten Saaltür stand ein etwa sechzigjähriger Mann an einem Büfett.

Mierop stieß Mooijaart an. »Guck mal, wen wir da haben. Mister Olympisches Komitee. Wouter Huibregtsen, von Freunden auch Mickey genannt. Was zum Teufel macht der hier?« Huibregtsens Gesicht war nicht das einzige bekannte an diesem Abend.

»Die Welt ist tatsächlich ein Dorf«, sagte Mierop, während er sich eine Zigarette drehte. »Weißt du, wer da drüben sitzt? Chriet Titulaer.« Er deutete mit einer beiläufigen Kopfbewegung auf den prominenten Wissenschaftler und Publizisten.

Hinter einem großen Amerikaner mit Cowboyhut und Schlangenlederstiefeln sahen Mierop und Mooijaart endlich Leon Sterk zum Vorschein kommen. Er hatte eines seiner teuren Seidenhemden angezogen.

»Dieser Idiot stolziert herum wie ein Pfau«, flüsterte Mierop. Inzwischen hatte er auch herausgefunden, wer Jan Sloot war, und sprach sofort dessen Sohn Ben an.

»Hör mal, Junge«, sagte Mierop in saloppem Tonfall, »was macht dein Vater eigentlich mit all dem Geld, das er von uns bekommt?« Die Frage traf genau ins Schwarze. Keine fünf Minuten später saßen Mierop und Mooijaart neben den Sloots am Konferenztisch.

Sterk hatte ihnen gegenüber immer behauptet, Sloot werde den Prototyp in wenigen Monaten fertig stellen. Doch nun erfuhren sie, dass der Erfinder für die Entwicklung noch wesentlich mehr Zeit brauchte. Sloot gab ihnen zu verstehen, dass es ihm noch immer an ausreichenden finanziellen Mitteln fehle. Offenbar war von dem Geld, das Mooijaart investiert hatte, nur ein Bruchteil bei Sloot angekommen.

Mooijaart saß direkt neben Jan, Mierop neben Ben. Rechts von Mierop nahm Chriet Titulaer Platz. Huibregtsen und der Amerikaner setzten sich ebenfalls an den Konferenztisch. Letzterer stammte offensichtlich aus Texas und kannte Sterk aus der Hardware-Branche. Die anderen Gäste waren Vertreter verschiedener Hightech-Konzerne wie Samsung oder Oracle – alles potenzielle Lizenznehmer. Sterk und Herweijer betraten als letzte den Saal.

Mit gemischten Gefühlen verfolgten Mierop und Mooijaart die Präsentation. Sterk begann seine detaillierten Ausführungen über die große Erfindung, die die Welt so sehnsüchtig erwartet habe. Herweijer unterstützte ihn mit einer PowerPoint-Präsentation, in der er die Vermarktungsmöglichkeiten der Codierungstechnologie beschrieb. Die beiden waren sich einig, dass die Erfindung zum Standard in der modernen Kommunikationstechnik werden würde. Schließlich durfte auch Jan Sloot noch einige Worte sagen. Stotternd erzählte er, wie er bei der Arbeit an dem Repabase-System nach einer effizienteren Speichermöglichkeit gesucht und schließlich eine revolutionäre Form der Bildcodierung entdeckt habe. Es wurden einige Fragen gestellt, die Sloot nur sehr umständlich beantworten konnte.

»Kann das überhaupt stimmen, was Jan da erzählt hat«, wandte sich Mierop flüsternd an Titulaer.

»Nun, es könnte tatsächlich funktionieren«, wisperte der Mann aus Limburg. »Soviel ich weiß, sind die Koreaner schon ziemlich weit mit so einer Technologie. Was er sagt, kann also möglich sein.« Titulaer hatte Besuch von Sterk und Herweijer gehabt und war von ihnen zu der Präsentation eingeladen worden. Bis auf einige kurze Bemerkungen schwieg er während Sloots Vortrag. Sterk und Herweijer waren auch bei Huibregtsen gewesen. Sie hatten ihn gebeten, den Wert von Davoc zu ermitteln.

»Zwischen zehn und hundert Milliarden«, hatte Huibregtsen geantwortet. »Vorausgesetzt natürlich, die Erfindung funktioniert und kann sich auf dem Markt etablieren.«

»Diese Präsentation im Sheraton war eine ziemlich merkwürdige Angelegenheit.«
Wouter Huibregtsen

Die Präsentation dauerte noch keine Dreiviertelstunde, und es gab mehr offene Fragen als Antworten. Es herrschte eine Stimmung zwischen Verblüffung und Unglauben. Eine Demonstration der viel beschworenen Erfindung bekamen die Gäste allerdings nicht zu sehen. Aber warum liefen dann überall diese Muskelpakete mit Ohrstöpseln herum? Leon Sterk gab seinen Zuhörern keine Zeit, länger darüber nachzudenken oder sich über den Vortrag zu äußern. Nach seinem Schlusswort lud er alle zu einem »kleinen Umtrunk und ein paar Häppchen« ein.

»Für das abschließende Dinner wurden ganze LKW-Ladungen Dom Perignon angekarrt. Sterk und Herweijer soffen wie die Stiere. Sie kippten ein Glas nach dem anderen hinunter. Alle soffen Champagner und stopften sich mit Kaviar voll. Selbst die Familie Sloot frönte dem Jetset.«
Leo Mierop

Die meisten Gäste waren tief beeindruckt von den Kontakten, über die Sterk und Herweijer verfügten. Sie genossen den im Überfluss vorhandenen Champagner und das pompöse Büfett.

»Da geht dein Geld hin«, prostete Mierop seinem Freund Mooijaart zu, der als Investor von dem Schauspiel wenig amüsiert war. Mooijaart bekam keinen Schluck von dem teuren Champagner herunter, und auch das exquisite Büfett schmeckte ihm nicht.

»Na, Sterk, heute hast du aber allen gezeigt, wo der Hammer hängt«, rief er plötzlich Sterk zu. Der tat so, als habe er die Bemerkung nicht gehört, und stieß mit seinen Gesprächspartnern an.

»Ja, lass dich ruhig auf unsere Kosten voll laufen«, platzte es aus Mierop heraus, der mit seinem Freund fühlte. »Meine Frau wird sich freuen, wenn sie das hört.« Es wurde kurz still im Saal, woraufhin Mierop und Mooijaart den Ausgang aufsuchten. Kurz bevor sie den Saal verließen, hörten sie Sterk noch rufen: »Leen, bezahlst du schon mal die Rechnung?«

Nun ja, leimen. Die Leute beschwatzen und sie dann unterschreiben lassen. Und wenn sie unterschrieben haben, bekommen sie es auch wirklich nach Hause geliefert.

Willem Elsschot

DIE GROSSE PRÄSENTATION

Auf dem Heimweg begriffen Mierop und Mooijaart, dass sie gerade etwas erlebt hatten, was sie so schnell nicht vergessen würden. Die Art von Leon Sterk fanden sie zwar von Anfang an seltsam, doch hatte ihr Unbehagen sie nicht davor bewahrt, ihm sechshunderttausend Gulden anzuvertrauen. Nach der Präsentation im Sheraton kamen sie zu dem Schluss, dass Sterk ernsthaft verrückt war. Die Schamlosigkeit, mit der er das Geld buchstäblich zum Fenster hinauswarf, machte Mierop und Mooijaart rasend. Sie mussten so schnell wie möglich herausfinden, mit wem genau sie es hier eigentlich zu tun hatten. Mierop machte sich Vorwürfe, weil er Sterks Hintergrund nicht schon früher überprüft hatte. Als erfahrener Ex-Ermittler bei AID hatte er noch genügend ›Freunde‹, die ihm zu den nötigen Informationen verhelfen konnten. Ein paar Telefonate würden genügen, um etwas über das Vorleben des Davoc-Bosses herauszufinden. Nach der Veranstaltung im Sheraton aktivierte Mierop umgehend sein Recherche-Netzwerk, und bereits am folgenden Tag wusste er, dass Leon Sterk mehr als nur eine Leiche im Keller hatte. Mierop erfuhr, dass es über Sterk eine Akte gab. Demnach hatte er sein Geld mit dubiosen Branchenverzeichnissen verdient und war auch in einen Bankbetrug in Friesland verwickelt gewesen. Außerdem gab es einen Zeitungsartikel, der ein halbes Jahr früher erschienen war.

Algemeen Dagblad, 11. November 1997

Rätselraten bei Computerhersteller Tulip um mysteriösen Auftrag

Schiphol – Ein Großauftrag sorgte gestern für Verwirrung beim Computerhersteller Tulip. Die wegen zwielichtiger Geschäfte bereits in die Schlagzeilen geratene Firma Silicon Technologies verkündete, dass sie bei Tulip Commodore-Computer im Wert von rund 120 Millionen Dollar (234 Millionen Gulden) bestellen würde. Tulip hingegen wies solche Berichte entschieden zurück.

Am frühen Nachmittag bekräftigte Silicon Technologies seine Behauptungen noch einmal in einer Presseerklärung. Darin hieß es, das Unternehmen habe diesen Großauftrag auf der führenden Elektronikmesse Comdex in Las Vegas vergeben. »Die Entscheidung liegt nun bei Tulip, auf unser Angebot zu reagieren«, erklärte Leon Sterk von Silicon Technologies.

Tulip stellte noch einmal klar, nichts über einen solchen Auftrag zu wissen. »Dieser Leon Sterk ist ein einziges Mal bei uns gewesen und hat einen kurzen Vortrag gehalten. Seitdem haben wir keinen Kontakt mehr zu ihm gehabt«, sagte der Pressesprecher des Unternehmens.

Leon Sterk hatte bereits früher für Aufsehen gesorgt. So war der 29-Jährige vor vier Jahren mit seinem Unternehmen Uitgeverij Industriële Branchevoorzieningen (IBN) in die Schlagzeilen geraten, weil er umstrittene Branchenverzeichnisse veröffentlichte. Firmen konnten sich bei Sterk kostenlos in einem Branchenverzeichnis ihrer Region registrieren lassen. Die Verträge verpflichteten sie allerdings, für mehrere tausend Gulden auch Inserate in Verzeichnissen anderer Regionen zu schalten.

Durch die Stiftung Eerlijk Zaken Doen konnten Sterks dubiose Geschäfte schließlich beendet werden. IBN unterlag in mehreren Prozessen und wurde vom Gericht und der Gewerbeaufsicht verurteilt. Leon Sterk tauchte in Frankreich unter, angeblich mit einer halben Million Gulden. Sterk wollte gestern seine umstrittene Vergangenheit nicht kommentieren. Er verwies auf seinen Anwalt, der allerdings nicht erreichbar war.
Sterk ist Geschäftsführer von Silicon Technologies. Darüber, wer der Inhaber des Unternehmens ist, das erst am 1. Oktober dieses Jahres gegründet wurde, wollte er allerdings keine Auskunft geben. Nach Angaben der Industrie- und Handelskammer ist die Mehrheit der Anteile im Besitz der Weizmann Invest Ltd., Gibraltar. Wer sich hinter dieser Firma verbirgt, ist nicht bekannt. [...]

Für den Wirtschaftsprüfer Gerard Kakisina war die Situation, die sich aus dem Zeitungsbericht über seinen Klienten Leon Sterk ergeben hatte, eine »außergewöhnliche Erfahrung« gewesen. Plötzlich riefen Fernsehjournalisten und Reporter verschiedener Zeitungen an, unter anderem auch vom *Wall Street Journal*, und wollten ein Interview. Sogar die Börsenaufsichtsbehörde hatte vor seiner Tür gestanden. Die Erklärung seines Klienten, wie die Meldung über den Großauftrag überhaupt nach draußen gedrungen war, klang alles andere als überzeugend.

»Ich hatte die Pressemitteilung schon mal vorläufig verfasst, weil ich dachte, dass der Deal mit Tulip zustande kommt«, hatte Sterk gegenüber Kakisina gesagt. »Was ist daran falsch, PR für sein Unternehmen zu machen? Das macht jeder Geschäftsmann.« Sterk hatte die Pressemitteilung angeblich auf das Faxgerät gelegt, allerdings nicht in der Absicht, sie dann auch sofort zu versenden. Dass seine Sekretärin aus Versehen auf den Knopf gedrückt hat, sei ja wohl nicht seine Schuld gewesen.

Leon Sterk war ein unberechenbarer Typ. Das wussten nicht nur Mierop und Mooijaart. Die Stiftung Eerlijke Zaken Doen (EZD) verdankte ihre Existenz einzig den dubiosen Geschäften des jetzigen Davoc-Chefs.

In der Chronik von EZD stand geschrieben: »Die Stiftung Eerlijk Zaken Doen (EZD) ist aus der Aktion ›Gemeinsam Stark Gegen Sterk‹ aus dem Jahr 1993 hervorgegangen. Mehr als tausend Unternehmer aus den Niederlanden haben sich damals zusammengeschlossen, um die mafiosen Geschäfte von IBN sowie eines weiteren kriminellen Anzeigenbüros (UBG) aufzudecken. EZD wird den Kampf gegen Betrüger auch weiterhin fortsetzen!«

Auch Leen Mooijaart machte eine Entdeckung. Er war mit einem Bankdirektor befreundet, dessen Schwiegersohn Manager im Sheraton Hotel war. Von ihm erfuhr Mooijaart, dass Leon Sterk bereits seit Monaten die Royal Suite bewohnte und regelmäßig Damenbesuch hatte.

Mooijaart wurde allmählich klar, dass er auf einen professionellen Betrüger hereingefallen war. Jetzt galt es, den Schaden zu begrenzen. Die Kosten der Veranstaltung im Sheraton schätzte er auf mindestens hunderttausend Gulden. Für einen einzigen Tag! Hinzu kamen die Rechnungen für die monatelange Nutzung der Royal Suite, die noch nicht beglichen worden waren und sich mittlerweile ebenfalls auf rund hunderttausend Gulden beliefen. Wie viel Geld Sterk noch ausgegeben und wo er weitere Schulden hatte, konnte Mooijaart nicht abschätzen. Eines wusste er dagegen mit Sicherheit: Bei dem Lebensstil, den der Ex-Marinesoldat hatte, würden die Ausgaben astronomische Höhen erreichen.

Zwei Tage nach der Präsentation im Sheraton verabredeten sich Mierop und Mooijaart mit Jan Sloot und seinem Sohn. Sie trafen sich an einer abgelegenen Autobahnraststätte bei Meerkerk, ungefähr zwanzig Minuten von Sloots Haus in Nieuwegein entfernt. Für Mierop und Mooijaart gab es nichts Wichtigeres, als einen persönlichen Kontakt zu Sloot herzustellen. Sie wollten den Schaden so weit wie möglich begrenzen, und je größer ihr Einfluss auf Jan Sloot sein würde, desto besser standen die Chancen, dieses finanzielle Abenteuer zu einem guten Ende zu führen.

Zunächst wollten Mierop und Mooijaart Sloots Sohn Ben von ihren Absichten überzeugen. Sloot wartete in der Zwischenzeit im Wagen. Ben erklärte, dass sein Vater unbedingt mehr Geld brauche. Während des Gesprächs stellte er fest, dass Mierop und Mooijaart für Leon Sterk genauso wenig übrig hatten wie er und sein Vater. Ein paar Minuten später kam auch Sloot hinzu.

Auch Jan Sloot war an einem engeren Verhältnis mit Mierop und Mooijaart interessiert. Er hatte das Vertrauen in Leon Sterk verloren, und es missfiel ihm, dass die finanziellen Verhandlungen immer schwieriger wurden. Sterk überwies Sloot schon lange nicht mehr einfach so Geld, wie er es anfangs getan hatte. Er und auch Herweijer verlangten jetzt genaue Auskünfte, wozu er das Geld benötigte, und prüften persönlich, ob er es dann auch nur dafür verwendete. Sie waren dahinter gekommen, dass Sloot von dem Davoc-Geld seine Gläubiger abbezahlte, Gläubiger aus ERS-Zeiten wie Jos van Rossum. Dadurch verzögerte sich die Entwicklung der Erfindung, denn Sloot hatte schließlich nicht mehr genügend Geld, um sich Geräte für seine Forschungen anzuschaffen. An ein geregeltes Gehalt war unter diesen Umständen erst recht nicht zu denken. Sehr viel hatte er also nicht. Wieder einmal profitierten andere von seiner Arbeit, war sein verbittertes Resümee. Jetzt, da er sozusagen der Quelle des Geldflusses gegenübersaß, hoffte er, dass sich seine Situation endlich änderte.

Abgesehen von dem gemeinschaftlichen Misstrauen gegen Leon Sterk verband Sloot noch etwas anderes mit Mierop und Mooijaart: Keiner von ihnen verfügte über einen ordentlichen Vertrag. Sterk hatte ein unentwirrbares Geflecht an Tochterfirmen und Ltd.-Gesellschaften errichtet. Aber bei wem lagen eigentlich die Rechte an der Erfindung? Weder Sloot noch Mooijaart konnten diese Frage beantworten. Es war kaum etwas schriftlich festgehalten. Sloot ging einfach davon aus, dass die Rechte an seiner Technologie für immer bei ihm lagen. Immerhin war er der Erfinder, und was ihn betraf, würde er immer Eigentümer seines geistigen Produkts bleiben. Dass er ein Stück Papier unterzeichnet und anderen im Tausch für Geld bestimmte Rechte an seiner Technologie eingeräumt hatte, vergaß er gerne. Jetzt, da er Mühe hatte, von Sterk Geld zu bekommen, begriff er, dass man ihn mit dem Vertrag betrogen hatte. Er war an Sterk gebunden. Am liebsten wäre er aus dem Vertrag ausgestiegen und hätte nur mit Mierop und Mooijaart weitergemacht. Zu der Zeit wusste er freilich noch nicht, dass Leo Mierop gar nichts in Davoc investiert hatte.

Mooijaart wollte Sloot gerne weiterhin finanziell unterstützen, ihm war nur nicht klar, wie. Niemand war an einer direkten Konfrontation mit Leon Sterk interessiert, jedenfalls Mooijaart nicht, zumindest jetzt noch nicht. Ein Bruch mit Sterk würde bedeuten, dass er von seinem gesamten investierten Geld Abschied nehmen konnte, und bei diesem Gedanken bekam er Magenschmerzen. Daher vereinbarten sie Folgendes: Sloot sollte sich vorläufig vollkommen auf seine Arbeit konzentrieren. In der Zwischenzeit würden sich Mierop und Mooijaart um Sterk kümmern – ihn zu seinen Präsentationen begleiten und ihm kritische Fragen über seine Ausgaben stellen. Außerdem wollten sie selbst eine aktivere Rolle beim Aufbau des Unternehmens spielen, vor allem bei den finanziellen Angelegenheiten. Mierop und Mooijaart waren fest entschlossen, bei der *Road Show* von Davoc mitzumischen.

> *»Wenn mein Vater Leon Sterk erreichen wollte, musste er das Telefon manchmal über achtzig Mal klingeln lassen. Mit Leo und Leen war das anders. Wenn mein Vater sie brauchte, standen sie oft noch am selben Abend bei ihm vor der Tür.«*
>
> Ben Sloot

Mierop und Mooijaart gingen nun auch ihre eigenen Kontakte durch auf der Suche nach Personen, denen sie die revolutionäre Erfindung von Jan Sloot schmackhaft konnten. Allerdings hatten sie nicht die geringste Ahnung davon, wie ein Router funktionierte, was ein Internetprovider war oder wie die Wertentwicklung von Firmen wie America Online oder Cisco an der New York Stock Exchange oder der Nasdaq zu erklären war. Auch der Multimedia-Experte und Zukunftsforscher Nicholas Negroponte war ihnen unbekannt – obwohl sein Buch *Total Digital* 1995 weltweit als »der meist verkaufte Leitfaden für das Überleben auf der Datenautobahn« gelobt wurde. Und auch von Kevin Kelly, dem Autor des gerade erschienenen Buches *NetEconomy. Zehn radikale Strategien für die Wirtschaft der Zukunft*, hatten sie noch nichts gehört.

Der Internet-Reformer Kelly hatte seine zehn Regeln für die New Economy ein halbes Jahr zuvor veröffentlicht. Es war eine Revolution, die gerade stattfand, und der Küchenstudiobesitzer Mierop und der Immobilienspekulant Mooijaart befanden sich mittendrin, mit einem verrückten ehemaligen Marinesoldaten an ihrer Seite und mit dem Versprechen einer fantastischen Erfindung. Die Erfindung eines halb autistischen Kleinbürgers, der es trotz krampfhafter Versuche in seinem Leben noch nicht wirklich weit gebracht hatte.

Mierop, Mooijaart und Sloot mussten sich erst noch richtig kennen lernen, bevor sie zusammen loslegen konnten. Sterk war außer sich vor Wut gewesen, als er von Sloots Bodyguards erfuhr, dass der sich heimlich mit Mierop und Mooijaart getroffen hatte. Doch er fand sich damit ab. Mooijaart war Sterks wichtigster Geldgeber, und er hatte deutlich gemacht, dass er und sein Berater Mierop nicht mit sich spaßen ließen.

Die ersten Gespräche mit großen Unternehmen verliefen trotz des gegenseitigen Misstrauens problemlos, ohne diese Art von Szenen, wie sie sich im Sheraton Hotel abgespielt hatten. Sterk präsentierte seine Ideen eindrucksvoll und für jeden verständlich. Er schilderte, auf wie vielen Gebieten die Codierungstechnik Verwendung finden und das gesamte Leben verändern würde. Sterk war sich sicher, dass die Computerchips, die Davoc produzieren würde, das Herz vieler elektronischer Geräte darstellen würden – egal, ob Computer, Videorecorder oder Mobiltelefon.

Sterks Ziel war es, möglichst viele der großen Elektro-, Kommunikations- und Computerunternehmen als Lizenznehmer zu gewinnen, um über sie die Technik überallhin zu verbreiten. Bis es so weit war, wollte er das Unternehmen durch kleinere Investoren finanzieren und sich nicht an einzelne große Geldgeber binden. Mierop und Mooijaart war es letztendlich egal, mit wem Davoc Geschäfte machte – vor allem Mierop, der Mooijaart einen Teil seiner Anteile an Davoc abgekauft hatte. Der Umfang war marginal und hatte für Mierop eher Referenzcharakter. Jetzt mussten sie unbedingt Partner finden, die bereit waren, viel zu investieren.

> *»Wenn Sterk einmal in Schwung kam, dann konnte er eine beeindruckende Vorstellung abliefern.«*
> Balthasar Gerard Kakisina

Die Präsentation, die Leo Mierop bei Shell New Business Development arrangiert hatte – er kannte dort jemanden, der jahrelang für ihn Waschmaschinen transportiert hatte –, ging bei den Zuhörern mit der üblichen Skepsis einher. Auch das Gespräch bei Johan Enschede en Zn. – das über Mooijaarts Notar zustande gekommen war – endete ohne konkrete Ergebnisse. Die Gesprächspartner gingen mit dem höflichen Versprechen auseinander, sich in Zukunft noch einmal zu treffen. Davon, eine Absichtserklärung zu unterzeichnen, war noch keine Rede.

Kurze Zeit später hatten Mierop und Mooijaart einen zweiten Termin bei Shell, dieses Mal ohne Leon Sterk. Der Konzern bekundete durchaus Interesse an der Codierungstechnik, doch die Verantwortlichen machten auch deutlich, dass es einige Zeit dauern würde, das Davoc-Projekt intern zu kommunizieren. Von Shell war also vorläufig nicht viel zu erwarten, doch das beunruhigte Mierop und Mooijaart nicht. Sie hatten einen anderen Investor gefunden.

Freek van Zweeden hatte seine Beziehungen spielen lassen und einen Termin mit der Spitze des Schweizer Chipfabrikanten EM Microelectronics vereinbart. Der Sitz des Unternehmens befand sich in Marin, direkt am Ufer des Lac de Neuchâtel. EM hatte mehr als zwanzig Jahre Erfahrung in der Herstellung von so genannten *Ultra Low Power ICs*, energiesparenden Chips, die unter anderem in Smartcards und Uhren eingesetzt werden. Aus diesem Grund hatte irgendwann die Swatch Group EM übernommen. Doch EM beschränkte sich seitdem nicht auf das Geschäft des Mutterkonzerns, sondern produzierte auch Chips für die Telekommunikationsbranche und die Automobilindustrie.

Ein Treffen mit der Führungsetage des Schweizer Konzerns war die große Chance, auf die Mierop und Mooijaart so lange gewartet hatten. Wenn alles glatt lief, würden sie vielleicht endlich den großen Durchbruch schaffen. Womöglich würde sogar die Swatch Group Interesse an Davoc bekunden und ihre Infrastruktur mit Forschungszentren sowie Marketing- und Vertriebsnetzwerken Davoc zur Verfügung stellen. Bei einem Engagement der prominenten Uhrenmacher würde der Wert von Davoc endlich schlagartig steigen.

Sterk freute sich auf das Treffen mit den Schweizern. Einem solchen Anlass wollte er sich unbedingt mit dem nötigen Stil nähern. Deshalb hatte er einen kleinen Privatjet gechartert, der ihn und seine Partner in die Schweiz bringen würde. In dem Flugzeug saßen neben Leon Sterk Gerard Kakisina, Freek van Zweeden und ein Anwalt, der Sterk bereits früher schon einmal geholfen hatte: Chris Koers, ein Spezialist für Finanz- und Wirtschaftsstrafrecht. Mierop und Mooijaart fuhren lieber mit dem Auto in die Schweiz. »Mich kriegst du nicht in dieses Flugzeug«, hatte Mierop gesagt, und so stiegen die beiden in Mooijaarts Mercedes und fuhren über Belgien, Luxemburg und Frankreich in Richtung Schweiz.

Gegen zwei Uhr nachmittags wurde die Davoc-Delegation in der Hauptgeschäftsstelle von EM erwartet, wo sie von einem Vorstandsmitglied und einigen Technikern empfangen werden sollten.

Mierop und Mooijaart trafen als Erste, weit vor zwei Uhr, in Marin ein. Zu ihrem Erstaunen befand sich der größte Teil des weitläufigen EM-Firmensitzes unter der Erde. Es wimmelte von Menschen in weißen Laborkitteln und mit Stoffkappen auf den Köpfen. Mierop und Mooijaart wurden in einen Konferenzsaal geführt, wo sie auf den Rest des Davoc-Teams warteten.

»Sterk kommt schon wieder zu spät. Wo bleibt dieser Scheißkerl bloß?«, fluchte Mierop und schaute nervös auf die Uhr. Es war Punkt zwei, und die Schweizer hatten sich bereits um den Konferenztisch versammelt.

»Da nimmt der Typ schon das Flugzeug und kommt trotzdem zu spät«, zischte Mierop in Mooijaarts Ohr. »Mann, die Leute hier haben das Uhrwerk erfunden!« Mierop begann, sich – mit Erlaubnis der Schweizer – eine Zigarette zu drehen. Acht Minuten nach zwei erschien Sterk, dieses Mal in einem glänzenden goldfarbenen Hemd. Hinter ihm betraten seine Berater den Raum. Sie setzten sich an den langen Konferenztisch.

»Sprechen Sie Deutsch?«, erkundigte sich einer der Schweizer.

»Selbstverständlich!«, rief Sterk. Nachdem sich alle miteinander bekannt gemacht hatten, stand er auf und begann mit seinem Vortrag. Milliardenbeträge flogen in Niederländisch, gebrochenem Deutsch und ein paar Brocken Englisch durch den Raum. Freek van Zweeden erklärte ab und zu in Deutsch, was der Davoc-CEO überhaupt meinte. Die Schweizer stellten technische Fragen, die die Niederländer in Verlegenheit brachten. Niemand von ihnen konnte die ›Supererfindung‹ technisch näher erläutern. Sterk begann daher zu bluffen. Sie seien nicht nach Marin gekommen, um jetzt schon über technische Details zu sprechen. Das Treffen solle einem ersten Kennenlernen dienen. Dann fing er plötzlich an zu erzählen, dass er eine große Präsentation auf dem Amsterdamer Flughafen Schiphol plane, bei der sogar der Dalai Lama erwartet werde.

»Leon, würdest du bitte …«, versuchte Kakisina Sterk noch zu bremsen, doch der prophezeite bereits, dass Seine Heiligkeit aus Tibet in Zukunft einen Posten im Aufsichtsrat von Davoc einnehmen werde. Die Schweizer hörten aufmerksam zu. Zu aller Überraschung erkundigten sie sich am Ende der Präsentation, wie viel EM investieren müsse, um Anteile an Davoc zu bekommen.

»Wollen Sie uns kaufen?«, fragte Sterk. »Niemand kann uns kaufen. Wir kaufen Swatch! Was wollen Sie für diesen Karnevalsverein haben?« Sterk nannte die milliardenschwere Swatch Group in Gegenwart eines Vorstandsmitglieds der Swatch-Tochter EM einen »Karnevalsverein«. Verstanden hatte der Swatch-Chef das nicht, aber die Botschaft war deutlich. Leen Mooijaart verschluckte sich an seinem Kaffee und prustete ihn quer über den Konferenztisch. Dann war es still.

»Leon Sterk nannte Swatch tatsächlich einen ›Karnevalsverein‹ … einen Milliardenkonzern. Er sagte es wörtlich in seinem Bauarbeiterdeutsch. Mooijaart war zu Tode erschrocken. Das Gespräch sollte einer ersten Orientierung dienen. Wir waren schon froh, dass uns diese Leute überhaupt empfingen.«
Leo Mierop

Für Leon Sterk war die Reise in die Schweiz ein voller Erfolg gewesen. Dass einer der erfolgreichsten Konzerne Europas Interesse an Davoc gezeigt hatte, bestätigte ihn in seiner Stärke und seiner Vision. Doch warum sollte er seine Firma in diesem frühen Stadium einem internationalen Konzern wie Swatch in den Schoß legen?

»Diese Erfindung darf unter keinen Umständen in die Hände der Kapitalisten gelangen. Die wollen damit nur Geld vedienen oder sie der Welt vorenthalten. Diese Technik muss der gesamten Menschheit zugute kommen«, war das immer wiederkehrende Thema in seinen strategischen Analysen, die er seiner langsam, aber sicher wachsenden Gruppe von Mitarbeitern präsentierte. Wenn er das Geschütz Davoc erst einmal in Position gebracht habe, würden Firmen wie EM auf Knien um eine Lizenz betteln.

In seinen ausführlichen Erläuterungen ließ Sterk immer häufiger sein Interesse für die japanische Reiki-Heilmethode, das Sternbild des Orion und die buddhistische Lehre des Dalai Lama durchblicken.

Sein größtes Anliegen war jedoch der Weltfrieden. Obwohl er selbst nur Dom Perignon trank, sah er mit Davoc die Chance gekommen, sein altruistisches Weltbild in großem Stil zu verbreiten. War sein Lebensstil ein Problem? Das glaubte Sterk nicht. Für ihn schloss das eine das andere nicht aus. Das hatte er von seinem hedonistisch veranlagten Reiki-Meister – einem ehemaligen Hasch-Schmuggler – gelernt.

Sterk war durch den Buddhismus und die Reiki-Sitzungen zu der Einsicht gekommen, dass die Leiden der Menschheit ihre Ursache in dem egoistischen Streben nach persönlichem Glück auf Kosten der anderen hatten.

Ein Unternehmen zu gründen, dessen einziges Ziel Gewinnmaximierung war, wäre für ihn also einer Gotteslästerung gleichgekommen. Oberste Priorität für Davoc musste das Wohl der Menschheit sein. Und durch Sloots Erfindung würde Sterk dieses Ziel erreichen. Er arbeitete bereits seit Wochen daran, Seine tibetanische Heiligkeit für den Vorsitz des Aufsichtsrats bei Davoc zu begeistern. Der Dalai Lama sollte der Botschafter aller guten Taten sein, die Sterk vollbringen würde. Ihn würde er auch zu der nächsten, diesmal richtig großen Präsentation einladen, die er im Namen von Davoc vor einer auserlesenen Gruppe einflussreicher Geschäftsleute geben wollte. Bei dieser Gelegenheit sollte ein für allemal deutlich werden, wie Sloots Codierungstechnologie zum Weltstandard erhoben werden würde und wie uneigennützig er, Leon Sterk, damit umging.

Die Präsentation sollte wieder am Flughafen stattfinden, nur wenige Meter von Sterks Büro entfernt. Als Sterk seine Pläne für die Präsentation Kakisina und van Zweeden darlegte, war dem Wirtschaftsprüfer Kakisina sofort klar, dass ihm eine schwere Aufgabe bevorstand. Aufgrund von Sterks Temperament musste er seine Einwände vorsichtig anbringen. Seinen Klienten im Beisein von anderen zu kritisieren, konnte problematisch werden. Mehr als einmal schon hatte Kakisina durch die Luft fliegenden Teilen eines Kaffeeservices ausweichen müssen, weil er eine Bemerkung zur Wortwahl seines Klienten gemacht hatte. Der reicherte seine Ausführungen gerne facettenreich mit *fuck* oder *shit* an. Sterk erzählte, dass er nicht nur den Dalai Lama einladen und das gesamte Sheraton Hotel für zwei Tage anmieten wolle, darüber hinaus solle auch eine komplette Landebahn des Flughafens reserviert werden. Mit dem Direktor von Schiphol, Gerlach Cerfontaine, hatte er bereits gesprochen. Als Sterk deutlich machte, dass er mitten auf dem Rollfeld ein pompöses Feuerwerk entfachen wollte, begann sich Kakisina allmählich unwohl zu fühlen. Doch die geringste Form von Kritik konnte unter Sterks Schädeldecke alle Sicherungen durchbrennen lassen.

»Leon«, sagte Kakisina, »Schiphol ist ein internationaler Flughafen. Du kannst dort nicht einfach so Raketen losgehen lassen.«

»Und ob ich das kann«, kreischte Sterk und sprang von seinem Stuhl hoch. »Warum sollte ich das nicht können? Erklär mir bitte, warum zum Teufel das nicht möglich sein sollte?«

»Okay, okay. Ich weiß, dass du eine Rakete auf der Rollbahn abfeuern kannst. Aber der Punkt ist doch: Es ist schlicht und einfach verboten, Leon! Raketen abschießen, während links und rechts Flugzeuge landen? Sie können doch nicht deinetwegen den gesamten niederländischen Luftraum eine halbe Stunde sperren! Wo sollen die ganzen Flugzeuge in der Zwischenzeit landen? In Eindhoven oder wo?«

»Das ist mir doch egal, wo die Scheißflugzeuge landen! Kapierst du eigentlich, worum es hier geht? Davoc wird die Welt verändern! Falls Idioten wie du das überhaupt begreifen. Ich will einfach die abgefahrenste Show der Welt veranstalten!«

In einem persönlichen Brief erklärte der Dalai Lama, dass er von einer Reise in die Niederlande absehe. Die Direktion des Flughafens Schiphol war von Sterks Plänen ebenfalls wenig begeistert. Und es kam noch schlimmer: Das Sheraton Hotel hatte endgültig genug von dem Zeitgenossen, der bereits seit Monaten die Royal Suite blockierte, ohne auch nur einen Cent zu zahlen. Die Mietrückstände – zweitausend Gulden pro Übernachtung, inklusive Champagnerfrühstück in der VIP-Lounge – beliefen sich mittlerweile auf mehr als einhunderttausend Gulden. Und Leon Sterk musste noch eine Enttäuschung hinnehmen. Der Vermieter seiner Büroräume im WTC-Schiphol bereitete ihm Ärger. Auch hier summierten sich die Mietschulden auf eine horrende Summe. Das WTC-Management setzte Sterk kurzerhand vor die Tür.

Die Umstände zwangen Sterk, sich von der großen Präsentation auf dem Flughafen zu verabschieden. Er musste sich nach einem neuen Davoc-Hauptquartier umsehen. Und nach einem neuen interessanten Ort für die *Grande Ouverture*.

Zur gleichen Zeit, als Sterk bemerkte, dass ihm seine Mietrückstände zunehmend Probleme bereiteten, begann er geschäftliche Beziehungen mit den Multimedia-Experten Mark Deinum und Leo Habers. Deinum, ein studentisch wirkender Mittdreißiger mit streng gekämmten Haaren, und sein Partner Habers – Mitte vierzig und Stoppelbart – arbeiteten schon einige Zeit zusammen an verschiedenen Internet- und Kommunikationsprojekten.

Nach einem Herzanfall hatte Habers eine aufreibende Karriere in der Werbebranche beendet. Bei Ogilvy & Mather hatte er unter anderem die erfolgreiche *Shell-hilft*-Kampagne entworfen, doch das unregelmäßige Leben in der Werbebranche war ihm zu viel geworden. Er gründete ein Website-Hosting-Unternehmen und hatte zusammen mit Deinum, der sich auf das Design von Websites spezialisierte, ein Büro im Zentrum von Haarlem bezogen.

Das exzentrische Verhalten von Leon Sterk störte Habers nicht. Während seiner Zeit in der Werbebranche war er einer Reihe skurriler Figuren begegnet. Den Auftrag, mit dem Sterk an ihn herantrat, fand er allerdings seltsam. Sterk wollte ein Komplettpaket: einen Videofilm, Texte, Animationen und eine Website. Sie sollten eine große Präsentation organisieren, Broschüren drucken und ein Logo entwerfen. Aber sie durften darüber mit niemandem sprechen. Das Projekt befinde sich noch in einem geheimen Stadium, fügte Sterk nachdrücklich hinzu. Das einzige, was Sterk verriet, war, dass es etwas mit einer Erfindung zu tun habe, einer revolutionären Technologie, mit der man riesige Datenmengen auf wenig Speicherplatz unterbringen könne.

»Wenn ihr eine Million wollt, könnt ihr die nun haben«, sagte

Sterk, bevor er wieder zur Tür hinausging. »Tut einfach, was ich euch sage. Ich will auf jeden Fall einen Sternenhimmel als Hintergrund auf der Website. Macht einfach mal. Geld spielt keine Rolle.«

Und so begannen Deinum und Habers, mit nur einigen vagen Angaben über eine Erfindung und einen Sternenhimmel als Hintergrund, mit der Arbeit an dem Videofilm und der Website *www.davoc.com*. Die Seite sollte das Aushängeschild des Unternehmens werden.

Sterk kam mehrere Male pro Woche vorbei, um sich die Entwicklung der Arbeit anzuschauen und nach wenigen Minuten wieder zu verschwinden.

»Jungs, in einer Stunde bin ich wieder da«, sagte er bei einem der Besuche. »Da kommen ein paar Faxe an. Legt die für mich mal beiseite.«

Sterk war noch nicht zur Tür hinaus, als das Faxgerät einen ganzen Stapel Papier ausspuckte – eine Sendung, die aus Japan zu kommen schien. Es war ein Fax von Toshiba: Das Unternehmen wollte Davoc für fünfhundert Millionen Dollar übernehmen. Leon Sterk schlug das Gebot wenig später beleidigt aus.

»Was bilden sich diese Leute bloß ein?«, rief er empört.

»Uns wurde schnell klar, dass Leon Sterk seine Geschäfte auf eine Art und Weise betrieb, die nur eine begrenzte Anzahl Menschen verstehen würde.«
Leo Habers

Zu seiner großen Zufriedenheit hatte Sterk ein neues Quartier für Davoc gefunden, einen seiner Meinung nach geeigneten Ort, um seinen Ambitionen Gestalt zu verleihen. In der Czaar Peterstraat im Osten von Amsterdam stand ein Gebäude, das seinen hohen Ansprüchen genügte. Es war eine verlassene Fabrikhalle von der Größe eines Fußballfeldes und mit über zehn Meter hohen Decken, in der die Firma Stork noch bis vor einigen Jahren Dieselmotoren für Schiffe und Gasturbinen hergestellt hatte. Sterk hatte die Fabrik in nahezu demselben

Zustand angetroffen, in dem sie von Stork hinterlassen worden war. Er hatte beschlossen, den gesamten Komplex anzumieten; nur der Preis bereitete ihm Magenschmerzen. Deshalb machte er Deinum und Habers das Angebot, als Untermieter in seine neue Bürohalle einzuziehen – für hunderttausend Gulden Miete im Jahr.

Bei ihrer Besichtigung fanden sich Deinum und Habers in einer gigantischen, nach Dieselöl stinkenden Fabrikhalle wieder. Auf dem aus schweren Betonplatten bestehenden Boden verliefen Bahngleise, auf denen noch Waggons standen. Unter dem Dach hing ein monströser Lastenkran. Mitten in der Halle sahen sie die elegante Giorgetti-Sitzecke und die Schreibtische aus Nussbaumholz, die früher im WTC gestanden hatten. Die Büroinsel wirkte nicht größer als ein Stecknadelkopf in dieser enormen Halle. Sterk war bei seiner Ankunft mit über hundert Stundenkilometern in die Halle hereingerast und mit quietschenden Reifen direkt vor seinen Schreibtischen zum Stehen gekommen. Er hatte alle vier Türen seines Autos aufgerissen und die Stereoanlage auf maximale Lautstärke gedreht. Dann führte er Deinum und Habers durch die Halle und sogar auf das Dach hinauf. Hier, so erklärte Sterk, sollte bald in riesigen Buchstaben der Name Davoc prangen, in einer Größe von mindestens sechs mal vier Metern. Die Expedition endete in dem Raum, den Sterk für Deinum und Habers vorgesehen hatte. Die hatten ihm in der Zwischenzeit deutlich gemacht, dass es seinerseits noch einige unbezahlte Rechnungen gab.

»Nehmt doch bitte irgendwo Platz«, sagte Sterk nur. »Macht es euch gemütlich, und fühlt euch wie zu Hause. Ich verrechne das dann mit der Miete.« Und damit war das Thema Rechnungen zunächst erledigt.

Deinum und Habers war aufgefallen, dass in der Fabrikhalle ein Dutzend Zwanzigjähriger herumlief, umhüllt von blauen Marihuanaschwaden.

»Das sind Mitglieder von *The Underground*«, sagte Sterk. »Ich erkläre euch später, was es damit auf sich hat. Wir werden die gesamte Finanzwelt platt machen. Totale Anarchie, fantastisch!«

Deinum und Habers arbeiteten nun schon seit einem Monat für Davoc, ohne dass sie eigentlich wussten, wofür ihre Entwürfe gedacht waren. Habers reichte es nun. Sterk hatte ihnen bisher nur wenige Informationen gegeben, und Habers hatte das Gefühl, er werde nicht ernst genommen. Bei einem von Sterks Besuchen zog Habers ihn in sein Büro, fegte mit dem Arm den Schreibtisch leer und stellte ein paar Flaschen Bier auf den Tisch.

»So, Leon«, sagte er. »Entweder du erzählst mir jetzt alles, oder wir trennen uns von dir.«

»Bist du unzufrieden?«

»Ja, das kann man wohl sagen. Wir wissen überhaupt nicht, woran wir hier arbeiten. Du erzählst immer nur was von einem Erfinder und einer seltsamen Codierungstechnik. Damit können wir nichts anfangen. Wir wissen ja nicht mal, ob es diesen Mann überhaupt gibt. So wollen wir eigentlich nicht weitermachen.«

Sterk war erschrocken. Er zündete sich eine Zigarette an.

»Nun gut, dann werden wir unsere graue Maus mal anrufen. Sprich ganz ruhig mit ihm, und versuch nicht, ihn mit irgendwelchen komplizierten Fragen zu verwirren«, schärfte Sterk ihm ein. Dann nahm er den Telefonhörer ab und wählte die Nummer von Sloot.

Habers sprach als Erster mit Sloot, der mit sanfter Stimme von seiner Erfindung erzählte. In dem Multimedia-Experten hatte Sloot einen interessierten und fachkundigen Zuhörer gefunden.

»Sie haben also ein überaus gut funktionierendes Kompressionsverfahren entwickelt?«, fragte Habers.

»Nein, damit hat das nichts zu tun«, sagte Sloot müde. »Das ist, was jeder denkt. Um meine Erfindung zu verstehen, müssen Sie völlig umdenken.«

Habers sprach eine Viertelstunde mit Sloot, der darüber redete, was er mit ›umdenken‹ meinte. Der Mann aus Nieuwegein hatte etwas entwickelt, das ausschließlich auf Hardware-Basis und mit einer anderen Art von Codierung arbeitete. Man könne es auch als ›Sieb‹ bezeichnen. Das Wort ›Daten‹ mochte Sloot ebenfalls nicht. Daten stellten Einsen und Nullen dar, und gerade die wollte Sloot nicht länger verwenden. Nullen und Einsen, das war zweidimensional. Er erklärte, dass es drei Dimensionen gebe. Seine Codierung erfolge durch eine Farbabstufung. Jede Farbe entspreche einem bestimmten Wert, der wiederum an einer bestimmten Stelle hinterlegt sei. Sloot behauptete, dass sein System ohne bewegliche Teile, wie zum Beispiel eine Festplatte, auskam.

»So etwas nennt man Solid State Technology«, sagte Sloot. »Darauf basiert der Prototyp, den ich gerade entwickle. Ein kleiner Kasten, mit dem ich jeden verblüffen werde.«

Sterk, der über den Lautsprecher des Telefons mithörte, konnte seine Begeisterung kaum verbergen, als er bemerkte, dass endlich jemand in der Lage war, ein normales Gespräch mit Jan Sloot zu führen.

Habers hatte Sterks Behauptungen in Bezug auf die Erfindung bisher nur wenig Glauben geschenkt. Er wusste, dass so etwas unmöglich war. Aber nun, da er Sloot zuhörte, konnte er nicht mehr mit Sicherheit sagen, ob sein Auftraggeber nur hohle Phrasen von sich gab.

Einen Tag später kam Sterk mit einer Mappe voller Diagramme, Zeichnungen und Texte, die Leo Habers von Sloot als Grundlage für die Texte auf der Website angefordert hatte. Habers und Deinum zitierten ausführlich aus diesem Material und stellten das Ganze auf die Website. Ein paar Tage später erhielt Habers einen hysterischen Anruf von Sloot.

»Da stehen Texte auf der Internetseite, aus denen die Leute ableiten können, wie meine Erfindung funktioniert«, schrie Sloot. »Und wenn jemand das herausfindet, ist alles verloren. Nehmt diese Seite aus dem Netz!«

Weil Sloot keine Details auf der Website haben wollte, zierten fortan nur noch die Worte von Leon Sterk das Davoc-Aushängeschild im Internet: »Bisher hat sich die Informationstechnologie als miserabler Meister erwiesen. Davoc bietet nun ein Verfahren, mit dem wir die Informationstechnologie zu einem perfekten Sklaven machen.« So stand es auch in einer Pressemitteilung, die Sterk an den Computermagazin-Verlag IDG senden wollte. In derselben Mitteilung war zu lesen: »Was, zum Teufel, ist Davoc?« Die Erklärung stand gleich darunter: »Unsere Technologie wird die Welt verändern. Jeder kann sich uns, U.S., anschließen, aber niemand kann U.S. kaufen.«

Die Abkürzung U.S. stand für *Underground Signal*, jenes Signal, das von *The Underground* an die Außenwelt ausgehen sollte. Mit *The Underground* bezeichnete Sterk all jene Mitarbeiter, die offiziell nicht zu Davoc gehörten, in der Praxis jedoch für das Unternehmen einsatzbereit sein sollten. Sterk betrachtete *The Underground* als seine persönliche konterrevolutionäre Organisation; die Mitglieder waren überwiegend Anfang zwanzig und rebellierten als Aktivisten gegen das Großkapital. Die Kommunikation zwischen diesen Mitarbeitern nannte Sterk das *Under Us Signal*.

Wirklich wichtig für den Erfolg des Unternehmens war natürlich nur das *Davoc Digital Signal* (DDS), das von Sloot codierte Signal auf dem Chip der Smartcard.

Ende 1998 schrieb Leon Sterk ein Memo an alle offiziellen Davoc-Mitarbeiter und an *The Underground*. In seinem nahezu interpunktionsfreien Text machte er deutlich, dass das Unternehmen der Welt bald ein erstes Lebenszeichen von sich geben werde.

> 25:10 Head Quarters 10.34
>
> Fast geschafft ...
> Gruß, Leon
> Am 31-10 H.Q. 01-31 ist es so weit das Unternehmen mit dem neuen digitalen Signal DDS wird sich der Weltöffentlichkeit präsentieren ... Wie gewohnt werden wir dabei mit allen gängigen Konventionen brechen.
> [...]
> Ziel ist es die Menschen (also die Weltbevölkerung) direkt mit der Philosophie von Davoc vertraut zu machen und ihnen unsere Technologie nahe zu bringen (für jeden ver-

fügbar keine Kontrolle/Manipulation durch das Großkapital) Vergesst die Organisation nicht, wer zum Teufel das auch immer ist

[...]

Es muss davon ausgegangen werden dass die Zielgruppe vermutlich keine Informationen darüber besitzt was sie erwartet man ist also nicht so gut unterrichtet wie The Underground etc. ... Wir müssen also unsere Vision deutlich machen (GELD = die böse Geschäftswelt) Denkt hier vor allem daran warum es The Underground gibt Auf dieser Basis könnt ihr das Under US (U.U.) Signal verstärken und natürlich auch das Underground Signal (U.S.)

[...]

Wir haben lange Zeit im Untergrund gearbeitet Jetzt ist es an der Zeit der Welt zu offenbaren was sie erwartet. Davoc Digital Signal ist bereit zum Start!

Die Website *davoc.com* ging am 31. Oktober 1998, um genau 1:31 Uhr, online. Im gleichen Augenblick öffnete Deinum die Schleusen für ein wahres E-Mail-Bombardement und legte damit den Server der Seite lahm. Die Symmetrie der Ereignisse, so war sich Sterk in seiner transzendentalen Weltsicht sicher, würde von vielen Gleichgesinnten als Zeichen aufgefasst werden, dass etwas Besonderes passieren würde.

Es sollte in der Tat etwas Besonderes geschehen.

Die gesamte Kampagne rund um die Website war nur der Auftakt für das Ereignis, von dem Sterk bereits seit Monaten träumte: die große Davoc-Präsentation. Sloot würde zum ersten Mal seinen kleinen Kasten mit der *Solid State Technology* vorzeigen und die Welt veblüffen.

Hinter den Kulissen beobachteten Mierop und Mooijaart die Vorbereitungen des Davoc-Chefs. Sie selbst würden ihre Kontakte spielen lassen und für eine ganze Busladung mit Investoren sorgen – hauptsächlich solche aus dem Süden und von den Küstengebieten Hollands und speziell aus dem Immobiliengeschäft. Außerdem wollten Mierop und Mooijaart genau wie Sterk durch die Präsentation das Interesse der Elektronikbranche wecken und die Aufmerksamkeit potenzieller Geldgeber erregen. Sie hofften, ihre Anteile an einen großen Investor zu verkaufen und so ihre eigene Investition zu Geld zu machen.

Diese Hoffnung wurde genährt durch den Fortschritt, den Sloots Entwicklungen in der Zwischenzeit gemacht hatten. Er hatte endlich einen Prototyp der Erfindung fertig gestellt. Es war ein kleiner schwarzer Kasten aus Edelmetall, kaum größer als eine Zigarrenkiste. Er hatte einen orange leuchtenden Kippschalter und ein Laufwerk für die Smartcard. Aus dieser kleinen Kiste würde Sloot mit einer Smartcard einen codierten Videofilm zaubern. Kein Herumhantieren mehr mit einem Laptop, bei dem nicht klar war, woher der Film nun kam. Mit der Präsentation wollte Sloot die Diskussion über die Herkunft des Bildmaterials ein für allemal beenden.

Jeder bei Davoc erwartete die Vorführung mit großer Spannung. Doch wenige Wochen vor der Präsentation erhielten Mierop und Mooijaart einen nervösen Anruf von Sterk. Offenbar hatte er seinen Mitarbeitern schon seit einer ganzen Weile keine Gehälter mehr gezahlt, und nun war trotz des ›zusammenschweißenden‹ *Under-Us*-Signals und der narkotisierenden Arbeitsbedingungen eine kleine Meuterei ausgebrochen. Zudem verlangte Sloot mehr Geld, und auch die Lieferanten für die bevorstehende große Show musste Sterk noch bezahlen.

Sterk stand finanziell mit dem Rücken an der Wand. Das Geld seiner Investoren hatte er schon längst verbraucht, und privat besaß er ebenfalls nichts. Die meisten Ausgaben für Davoc hatte er auf Kredit finanziert. Mark Herweijer wollte nicht noch mehr locker machen und hatte sich schon lange nicht mehr bei Davoc blicken lassen. Kakisina riet Sterk, Mierop und Mooijaart um weitere Unterstützung zu bitten. Die beiden sollten quasi vorläufig ein paar Millionen Dollar einzahlen – sozusagen als Vorschuss auf den Ertrag, den der Verkauf der Erfindung später einbringen würde. Mierop und Mooijaart lehnten ab. Inzwischen stand allerdings die große Davoc-Show auf der Kippe. Also fuhren die beiden nach Amsterdam, um sich von der kritischen Situation selbst ein Bild zu machen.

Mierop und Mooijaart wussten zwar, dass Sterk einen recht ungewöhnlichen Bürokomplex bezogen hatte, sie hatten jedoch keine Ahnung, worum es sich dabei genau handelte. Als sie vor der riesigen Fabrikhalle standen, konnten sie ihre Verblüffung nur schwer verbergen. Nachdem Sterk sie durch seine eindrucksvolle ›Hauptgeschäftsstelle‹ geführt hatte, waren sie endgültig sprachlos. Mitten in der Halle sahen der Küchenstudiobesitzer und der Immobilienmakler die ihnen bekannten italienischen Designermöbel. Darauf saß eine Gruppe jüngerer Mitarbeiter, die sich wie ein Rudel Wölfe auf das Mittagessen stürzte.

»Das ist wohl das rebellierende Personal«, stellte Mooijaart stirnrunzelnd fest. Etwas abseits sahen sie einen fast nackten, langhaarigen Jungen an einer Kette von einem Lastenkran baumeln.

Die Gruppe beendete die Mahlzeit mit einer Zigarette. Das jedenfalls glaubte Mooijaart. Denn nach ein paar Zügen an der ziemlich groß geratenen ›Tüte‹ von Sterk fing er vor Lachen an zu wiehern – und an dem Ganzen hier zu zweifeln.

Als Moijaart sich wieder klar im Kopf fühlte, beschloss er, die finanzielle Situation von Sterk auszunutzen. Er drängte darauf, die Unternehmensstruktur zu vereinfachen, und verlangte für Mierop und sich mehr Mitspracherecht. Im Gegenzug würde er hunderttausend Gulden an Sloot überweisen, um den Erfinder von seinen Geldsorgen zu befreien. Sterk bekam den gleichen Betrag, vorausgesetzt, er nahm die Schulden als Privatperson auf sich. Erst wenn ein neuer Investor für Davoc gefunden war, würde er die Schulden an die Firma abtreten können.

Mit diesem Handel wurde Sterk von Mooijaart und Mierop von seinem Thron gestoßen. Zähneknirschend akzeptierte der Ex-Marinesoldat den Deal. Mierop und Mooijaart waren zufrieden. Sie glaubten, die Situation zu ihren Gunsten verändert zu haben.

Doch das war ein Irrtum. Einen Tag vor der Präsentation war erneut Panik ausgebrochen. Sloot sah plötzlich die Demonstration seines Zauberkastens gefährdet. Laut Habers war Sloot verzweifelt damit beschäftigt gewesen, die Fehler aus seinem System zu beseitigen. Offenbar war ihm das nicht gelungen. In dem Film erschienen schwarze Schatten um die Profile der Akteure, und manchmal ruckelte das Bild. Diese Fehler frustrierten Sloot maßlos. Er schien seinen Laptop immer noch zu brauchen. Als Habers nachfragte, bestätigte Sloot, dass das System noch nicht eigenständig arbeitete. Der Präsentation würde es also an Überzeugungskraft fehlen. Was Sloot anging, konnte man den ganzen Kram abblasen.

Sloot war nicht der einzige, der in Panik verfiel. Ein paar Tage vor der Präsentation bekam Habers, der sich gerade in Düsseldorf aufhielt, einen Anruf von Leon Sterk.

»Sie lassen mich alle im Stich. Du musst sofort zurückkommen«, sagte er aufgeregt. »Sie spielen hinterhältige Spielchen, vielleicht sollte ich mich besser auf eine einsame Insel absetzen.« Es war das erste Mal, dass Sterk Habers gegenüber eine Schwäche zeigte.

Die hunderttausend Gulden, die er von Mierop und Mooijaart bekommen hatte, schienen schon wieder aufgebraucht zu sein. Mittlerweile waren neue Lieferungen für die Präsentation eingegangen, und Sterk hatte eine hohe Rechnung zu begleichen. Ihm blieb keine andere Wahl, als Mooijaart erneut anzurufen. Der Immobilienspekulant explodierte, als er den um Geld bettelnden Sterk am Telefon hatte. Da die Präsentation aber schon am nächsten Tag stattfinden sollte, sah er keinen anderen Ausweg. Zusammen mit Mierop stieg er in den Mercedes und raste nach Amsterdam, um eine Regelung mit den Gläubigern zu treffen.

Zwischen den zwei Besuchen in der Fabrikhalle hatte Leen Mooijaart Hilfe bei einem Freund gesucht: Carl de Vries. Den Anwalt aus Nieuwegein kannte Mooijaart bereits seit vielen Jahren. So hatten sie zusammen erreicht, dass während des Guerillakriegs im Dschungel von Surinam für einen Teil des Dschungels ein Waffenstillstand geschlossen wurde, sodass die Abholzung des Basralocus-Baums wieder aufgenommen werden konnte. In der ehemaligen niederländischen Kolonie standen sich damals die streitenden Parteien von Militärmachthaber Desi Bouterse und Rebellenführer Ronnie Brunswijk gegenüber.

Später hatte de Vries dem Immobilienspekulanten einige Male aus der Klemme geholfen, als dieser Probleme mit zu schnell getätigten Investitionen hatte – etwas, das de Vries' Meinung nach bei Mooijaart sehr häufig vorkam. Mittlerweile war der Anwalt auch im Bilde, welch holprigen Ritt sein Geschäftsfreund mit Sterk und Sloot da hinlegte. Carl de Vries kannte nämlich Freek van Zweeden, der früher bei ihm gearbeitet hatte, und es war van Zweeden gewesen, der Mooijaart das Geschäft mit Sterk vorgeschlagen hatte. Ein anderer Partner von de Vries hatte zufällig eine von Sloots Firmenpleiten abgewickelt. Das alles zusammengenommen, war es ein Wunder, dass de Vries noch nicht früher mit der ›Erfindung des Jahrhunderts‹ in Berührung gekommen war.

»Leen trifft immer schnelle Entscheidungen. Doch er versteht nicht das Geringste von Technik. Er weiß noch nicht einmal, wie man einen PC bedient.«
Carl de Vries

Mooijaart suchte de Vries nicht auf, weil er hoffte, einen weiteren Investor zu finden. Er wollte ihn vielmehr fragen, ob er vielleicht jemanden kannte, der Sloots Erfindung einmal kritisch beurteilen konnte. Jemanden, der nicht nur über gute Kontakte in der Computerbranche verfügte, sondern auch selbst etwas von Technik verstand. Mit der Erfindung musste endlich etwas passieren, sonst würde Davoc in einem Fiasko enden.

De Vries – der sich gerne mit dem Satz »Ich bin eigentlich mehr Unternehmer als Anwalt« vorstellte – kannte jemanden, der dem vorgegebenen Profil entsprach: Bart van Rheenen. Der ehemalige Metzger war auf einigen Umwegen in die Automatisierungsbranche gekommen und beschäftigte sich nun schon seit fünfzehn Jahren erfolgreich mit Computerelektronik.

Seit ein paar Monaten war er Geschäftsführer des Softwarevertriebs Dupaco. Er hatte sich in die Firma eingekauft, nachdem die Vertragsverhandlungen mit seiner ehemaligen Arbeitgeberin Nina Brink, einer niederländischen Top-Managerin, im Sande verlaufen waren.

Es war nicht das erste Mal, dass de Vries seinen Freund um dessen fachliche Meinung bat. Wann immer er ein Unternehmen oder einen Businessplan beurteilen musste, aber nicht den technischen Sachverstand besaß, rief er van Rheenen an. So waren sie zum Beispiel 1993 nach Barcelona geflogen, um sich dort ein Unternehmen anzuschauen, das Zugänge ins Internet anbot: Servicom, ein so genannter Internet-Service-Provider. De Vries hatte das Gefühl gehabt, dass dem Internet eine große Zukunft bevorstand. Die Pläne, mit denen er und van Rheenen zurück in die Niederlande reisten, legten später den Grundstein für ein Unternehmen, das unter dem Namen World Online Geschichte schreiben sollte.

»Kannst du heute Abend um acht Uhr in die Czaar Peterstraat in Amsterdam kommen?«, fragte de Vries am Telefon.

»Sorry, Carl, keine Zeit. Da habe ich eine Konferenz.«

»Bart, du musst kommen. Du schuldest mir was«, sagte de Vries.

Van Rheenen wusste, dass ihn de Vries nicht ohne triftigen Grund irgendwohin bestellen würde.

»Dort wird eine einzigartige Erfindung vorgeführt«, fuhr de Vries fort. »Man wird die Technik einigen ausgewählten Leuten vorstellen. Es könnte wirklich eine ganz große Sache sein. Ein Bekannter von mir hat bereits in die Firma investiert, sie brauchen aber noch mehr Geld. Das Problem ist, dass mein Freund nichts von Technik versteht und deshalb das Potenzial der Erfindung nicht beurteilen kann. Deshalb brauchen wir heute Abend deinen Rat, Bart.«

Gegen neunzehn Uhr befand sich Bart van Rheenen mit seinem Auto auf dem Weg nach Amsterdam. Eine Dreiviertelstunde später näherte er sich im Schritttempo dem Schlagbaum eines dunklen Industrieterrains. In einem Wachhäuschen standen Männer in schwarzen Anzügen. Van Rheenen öffnete das Fenster, als einer von ihnen auf ihn zukam.

»Guten Abend. Herr de Vries erwartet mich«, sagte van Rheenen.

»Können Sie sich ausweisen?«

Van Rheenen zog seinen Führerschein aus der Innentasche seines Jacketts und gab ihn dem Wachmann.

»Bart van Rheenen«, sprach der Mann in das Mikrophon seines Headsets. »Blauer BMW 740 iL. Nicht bekannt?« Der Mann ging zurück ins Wachhäuschen. Van Rheenen zündete sich eine Zigarette an. Es dauerte ein paar Minuten, bis der Wachmann zurückkehrte.

»Sie dürfen weiterfahren.«

Van Rheenen zog noch einmal kräftig an der Zigarette, dann startete er den Motor.

»Folgen Sie einfach der Beleuchtung.« Van Rheenen sah eine Reihe Scheinwerfer, die auf dem stockdunklen Fabrikgelände aufgestellt waren. »Am Ende des Geländes werden Sie erwartet.«

Der Dupaco-Geschäftsführer fuhr an mehreren verlassenen Fabrikhallen vorbei. Auf der linken Seite ging der Weg plötzlich in den Hafen über. Van Rheenen konnte gerade noch rechtzeitig bremsen. Erneut kam ein Mann in einem dunklen Anzug mit einem Headset auf ihn zu.

»Folgen Sie mir bitte«, sagte er knapp.

Ein riesiges Rolltor öffnete sich. Van Rheenen sah erstaunt in eine gewaltige Halle mit einem dunklen, bedrohlich wirkenden Industriedekor. Der Wachmann bedeutete ihm hineinzufahren. Gelbe Kräne hingen wie Galgen auf beiden Seiten der Halle. Hoch oben unter der Decke schwebten zwei enorme Lastenkräne an armdicken stählernen Kabeln, und links von van Rheenen wanden sich Rohre und Leitungen an den Wänden entlang. Es schien, als könne die bedrohliche Maschinerie jeden Moment mit lautem Krachen und Zischen zum Leben erwachen.

Oben auf einer Galerie, in Höhe der gelben Lastenkräne, entdeckte van Rheenen erneut Wachpersonal. Er parkte den BMW neben drei anderen Wagen. In der Halle stank es nach Öl. Weiter hinten, wo ein schwaches Licht schimmerte, waren mehrere Tische rechteckig angeordnet – zehn mal zehn Meter, mit schwarzen Tüchern bedeckt. In der Mitte stand eine Weltkugel. Auf dem Boden waren Unmengen alter Computer verteilt: ZX Spectrum- und Commodore-Rechner, ATs, XTs und alte Terminals.

Van Rheenen trug wie gewöhnlich einen exakt sitzenden Nadelstreifenanzug. Sein Schnurrbart und die sorgfältig gekämmten dunklen Locken, die im Nacken etwas länger waren, verliehen ihm eine vornehme, mediterrane Ausstrahlung. Einsam schritt er durch das Dekor der spärlich beleuchteten Halle. Er sah kaum andere Gäste. Nach ein paar Minuten sprach er einen Kellner an und bestellte eine Tasse Kaffee. Dann zündete er sich eine Zigarette an.

Die Halle füllte sich langsam, doch es schien, als ob sich niemand kannte. Es war nur leises Stimmengewirr zu hören. Van Rheenen war erleichtert und erstaunt zugleich, als er ein bekanntes Gesicht entdeckte: Radio-DJ Jeroen van Inkel war auch gekommen.

Eine halbe Stunde später stand er zusammen mit hundert Menschen neben den alten Computern um die Tische herum. Es waren vor allem Männer in Anzügen, einige mit einem Rotary-Abzeichen am Revers – unter ihnen auch welche, denen van Rheenen lieber nicht alleine begegnen wollte. Er sah de Vries in Gesellschaft von drei Männern auf ihn zukommen. De Vries stellte sie als seine Klienten Leo Mierop und Leen Mooijaart sowie einen Partner aus dem Büro vor.

Mierop und Mooijaart erzählten, dass sie zusammen mit einer Busladung Geschäftspartner aus dem Süden und Zeeland gekommen waren. Mierop war sichtbar schlechter Laune. Er brummte, dass Sterk ihnen ein Büfett versprochen hatte. Doch das schien bereits die Underground-Crew verputzt zu haben. Van Rheenen drehte sich zu de Vries um.

»Was ist denn nun eigentlich der Anlass für diese Veranstaltung?«

»Das wirst du gleich sehen. Wir wissen es ehrlich gesagt selbst nicht ganz genau.«

»Ich musste unweigerlich an den Zweiten Weltkrieg denken. In meiner Fantasie malte ich mir aus, wie plötzlich dunkle Gestalten aus der Düsternis hervorträten und automatische Waffen unter ihren langen Mänteln hervorzögen, um uns sofort zu erschießen.«

Bart van Rheenen

Aus den Lautsprechern an der Hallendecke ertönte eine Stimme, die die Anwesenden aufforderte, sich auf eine Art Podium zu begeben. Dort hinauf führte eine provisorische Treppe, errichtet aus unzähligen Paletten. Die Stimme bat die Gäste daraufhin, einen Augenblick dort oben stehen zu bleiben. Rund um das Podium standen Männer mit schwarzen Rollkragenpullovern, die ihre Hände hinter dem Rücken hielten. »So, jetzt werden wir alle exekutiert«, meinte van Rheenen scherzhaft zu de Vries.

»Sorgen Sie dafür, dass Sie einen sicheren Stand haben«, sagte die Stimme. Plötzlich setzte sich das Podium in Bewegung. Erst jetzt erkannte van Rheenen, dass sie auf der Ladefläche eines Bahnwaggons standen. Das Fahrgestell war durch schwarze Tücher und die Paletten den Blicken entzogen gewesen. Langsam rollte der Waggon durch einen Tunnel aus schwarzen Tüchern. Es war vollkommen dunkel. Am Ende des Tunnels erschien ein Licht. Sie rollten in eine weitere Halle, auf deren Boden kniehoch Rauchschwaden waberten. An einer Verladerampe kam der Waggon zum Stillstand. Zwei Reihen roter Blinklichter schienen durch den Rauch und markierten einen Weg. Mitten in der Halle standen Leon Sterks Schreibtische aus Nussbaumholz mit großen, bläulich flimmernden TFT-Monitoren darauf. Um die Tische hatte sich eine Gruppe von Menschen versammelt, in deren Mitte ein Mädchen mit einer Zigarette im Mund einen Kinderwagen schaukelte. Vor den Schreibtischen standen Dutzende verchromte Barhocker mit Sitzbezügen aus Skaileder. Alles schien schwerelos auf den dichten Rauchschwaden zu treiben. Auf der anderen Seite der Halle war eine

Bar aufgebaut. Auch hier standen wieder fünfzehn dunkel gekleidete Wachmänner.

Auf einmal wurde van Rheenen klar, warum der Radio-DJ Jeroen van Inkel hier war. In der Halle hing eine gigantische Lichtinstallation. Laserstrahlen zuckten durch den Raum, und aus Lautsprechern erklang spirituelle Musik.

Die roten Markierungslichter führten die Besucher zu den Barhockern. Als sich alle hingesetzt hatten, erklang wieder die Stimme aus den Lautsprechern.

»Meine Damen und Herren … in wenigen Augenblicken werden Sie Davoc kennen lernen.« Die Musik schwoll an. Auf einer großen Leinwand wurde ein Film gezeigt: Junge Frauen in langen Röcken und lachende Jungen in wehenden Hemden tanzten zu euphorischen keltischen Klängen von Trommeln und Violinen.

»Was mach ich hier bloß?«, flüsterte van Rheenen de Vries zu.

»Jetzt warte einfach mal ab«, sagte der Anwalt.

Wieder ertönte die Stimme aus den Lautsprechern. Jeder würde nun Zeuge einer neuen Technologie werden. »Einer revolutionären Technologie, die die Welt verändern wird!«

Die Stimme begann zu erklären, was es mit Davoc auf sich hatte. Auf der Leinwand erschienen schematische Darstellungen. Davoc, so wurde van Rheenen klar, war eine Verschlüsselungstechnik, mit der große Datenmengen auf minimalem Speicherplatz untergebracht werden konnten.

Auf der anderen Seite der Halle wartete Jan Sloot auf seinen großen Auftritt. In wenigen Augenblicken würde er live auf der Leinwand erscheinen und zeigen, dass er mithilfe seines kleinen Kastens, der kaum größer als eine Zigarrendose war, komplette Filme von einer Chipkarte abspielen konnte. Seine Demonstration sollte der Höhepunkt der Veranstaltung sein.

Krampfhaft hielt der Erfinder den Kasten vor seine Brust gepresst. Er hatte sich geweigert, den Apparat im Voraus anzuschließen. Zu riskant, hatte er gemeint. Mit verbissenem Gesichtsausdruck schritt er durch den Nebel zu den Bürotischen hinüber.

Plötzlich machte er eine ruckartige Bewegung.

Die hervorstehende Betonplatte auf dem Boden war bei all dem Rauch kaum zu sehen.

Ohne dass es einem der Gäste auffiel, verschwand Jan Sloot im Trockeneisnebel.

Das wahre Potenzial des Pixels liegt in seiner molekularen Natur: Ein Pixel kann ein Teil von allem sein, von Text über Linien bis hin zu Fotografien. »Pixel sind Pixel«, das trifft ebenso zu wie »Bits sind Bits«.
Nicholas Negroponte

NEUE PARTNER

»Hey, dafür habe ich meine Konferenz abgesagt?« Bart van Rheenen klang verärgert. Und den Blicken um ihn herum nach zu urteilen, war er nicht der Einzige. Was hatte diese Präsentation zu bedeuten? Was wollten die Organisatoren von ihm und den anderen Gästen? Ging es nur darum, Geld für Davoc aufzutreiben? Aber darüber war an diesem Abend kein Wort gefallen. Mittlerweile war das Licht in der Halle wieder angegangen, und die Musik wurde leiser gedreht. Die verdutzten Besucher, die in kleinen Gruppen zusammenstanden, fingen an, hektisch durcheinander zu reden. Auf beiden Seiten der Halle wiegten noch einige Mitglieder von *The Underground* ihre Hüften im Takt der Musik.

Etwas weiter weg stand Leo Habers mit Jeroen van Inkel. Der DJ verließ kurz darauf, sich schüttelnd vor Lachen, die Veranstaltung. Er hatte sich als einer der wenigen an diesem Abend amüsiert.

Zwei Ingenieure von Philips waren von der Präsentation weniger angetan.

»Eine unglaubliche Vorstellung, der reinste Betrug«, sagte einer von ihnen.

Van Rheenen, de Vries und sein Partner waren in der Zwischenzeit an die Bar gegangen und besprachen das Schauspiel, das sich ihnen soeben geboten hatte. Die Show hatte keine zwanzig Minuten gedauert. Wenn sie der Stimme aus den Lautsprechern Glauben schenkten, hatten sie auf der Leinwand gerade Bilder gesehen, die von einer Chipkarte stammten. Was die drei Männer allerdings nicht wussten: Der wichtigste Teil der Präsentation hatte wegen Jan Sloots Sturz ausfallen müssen. Während der Erfinder unter den Stickstoffwolken die Einzelteile seines Kastens zusammensuchte, hatte Sterk der Präsentation ein improvisiertes Ende verliehen. Niemand war also Zeuge davon geworden, wie Sloot die Bilder auf die Chipkarte brachte. »Fortsetzung folgt« hatte am Ende auf der Leinwand gestanden, und damit hatten sich die rund einhundert geladenen Gäste zufrieden geben müssen.

»Ein unglaublicher Übergang«, stellte van Rheenen fest. Dennoch hatte ihn die Präsentation fasziniert. Diese kleine Party hatte sichtbar eine Menge Geld und Mühe gekostet. Es musste also einen triftigen Grund für diesen ganzen Aufwand geben. Da er nun einmal hier war, wollte er auch den Mann kennen lernen, der für dieses Spektakel verantwortlich war.

Als van Rheenen schließlich auf Leon Sterk zuging, hatten die meisten Besucher die Halle bereits verlassen. Der Davoc-Chef trug ein silbern glänzendes Hemd mit hohem Stehkragen. Er stand in einer kleinen Gruppe und unterhielt sich. Van Rheenen, mit de Vries im Schlepptau, unterbrach ihr Gespräch.

»Guten Abend. Bart van Rheenen. Ich frage mich schon den ganzen Abend, was das alles zu bedeuten hat. Anders ausgedrückt, was wollen Sie eigentlich von uns?«

Sterk zog kräftig an seiner Zigarette, schaute van Rheenen an und antwortete: »Nichts. Ich will gar nichts von Ihnen. Ich will nur, dass Sie wissen, dass diese Technologie existiert.« Er ließ die Worte mit dem Rauch der Zigarette aus seinem Mund entweichen.

»Aber soviel ich verstanden habe, ist diese Technologie noch nicht fertig entwickelt«, sagte van Rheenen halb fragend. »Und ich glaube, dass ich einiges von Datenspeicherung verstehe. Falls wir beide in dieser Angelegenheit ein gemeinsames Interesse haben, werden Sie sich sicher bei mir melden.« Er zog eine Visitenkarte aus der Innentasche seines Jacketts, gab sie Sterk und drehte sich zum Gehen um.

»Ich glaube, ich weiß, wer Sie sind«, sagte Sterk nach einem Blick auf die Visitenkarte.

Van Rheenen wendete sich überrascht wieder Sterk zu und antwortete dann: »Dann werden Sie ja wissen, wie Sie mich finden.«

Vier Tage später, an einem Freitagnachmittag, saß Sterk in einer Art Militäruniform in Bart van Rheenens Büro in Leusden. Van Rheenen hatte sich auf diesen Besuch gut vorbereitet. Von Mierop und Mooijaart hatte er erfahren, das sie diejenigen waren, die die Veranstaltung in der Czaar Peterstraat finanziert hatten. Und mittlerweile wusste er auch, dass Sterk früher, wie er selbst, mit Computerhardware gehandelt hatte. Deutlich war, dass Mierop und Mooijaart Sterk nicht mehr vertrauten und dass sie keine Ahnung hatten, bei wem die Rechte an Sloots Erfindung lagen. Sie wussten nicht einmal, wie die Technologie überhaupt funktionierte, wenn sie denn überhaupt funktionierte. Sie hatten van Rheenen all diese seltsamen Fragen gestellt, um herauszufinden, wo sie ihr Geld nun eigentlich investiert hatten.

Das fragte sich van Rheenen mittlerweile auch.

»Um gleich mit der Tür ins Haus zu fallen«, begann der kahl geschorene Mann, der ihm gegenübersaß, das Gespräch. »Toshiba hat mehr als eine Milliarde Gulden für diese Technologie geboten, und wir sind darauf nicht eingegangen. Wir waren bei Shell und sogar bei der Swatch Group, denen ich den Mittelfinger gezeigt habe – mit der Aufforderung, ihn sich in den Hintern zu schieben.« Sterk zeigte van Rheenen ein Fax, worauf das beachtliche Angebot von Toshiba stand. Van Rheenen schaute sprachlos auf das Stück Papier. Das Ganze war eine absolute Lachnummer. Kein Unternehmen würde jemals auf diese Weise ein Angebot machen, schon gar nicht, wenn es um einen so hohen Betrag ging.

»Warum sollten Sie ein so tolles Angebot ablehnen?«

»Weil wir in Zukunft viele Milliarden mehr wert sein werden«, sagte Sterk. »Legen Sie zehn Millionen Gulden hin, dann dürfen Sie sich mit mir an einen Tisch setzen.«

»Wenn Sie von solchen Summen reden, müssen Sie mir schon mehr zeigen. Nur das Angebot, mich mit Ihnen an einen Tisch setzen zu dürfen, überzeugt mich nicht«, antwortete van Rheenen. »Und soviel ich weiß, brauchen Sie dringend Geld.«

»Das stimmt.«

»Ich kann Ihnen mit Sicherheit helfen, aber mir scheint, wir haben ein kleines Kommunikationsproblem.«

»Wie meinen Sie das?«

»Ich glaube nicht, dass die Kontakte, die ich habe, auf jemanden warten, der sie mit ausgestrecktem Mittelfinger begrüßt. Außerdem sind diese Leute es gewohnt, dass ihre Gesprächpartner Anzug und Krawatte tragen.«

»Dummes Geschwätz«, sagte Sterk und machte eine wegwerfende Handbewegung. Daraufhin erzählte er die übliche Geschichte, wie ihm die Welt zu Füßen liegen und die Gesellschaft durch die Erfindung verändert werden würde. Van Rheenen hörte amüsiert zu. Sie unterhielten sich mehrere Stunden miteinander, doch das Gespräch gab keinen Anknüpfungspunkt für eine Zusammenarbeit. Van Rheenen verabschiedete sich von Sterk und würde ihn nie wiedersehen.

»Leon Sterk war schon ein seltsamer Kerl. Andererseits erzählte er seine Geschichte so voller Inbrunst und Überzeugung, dass er sehr lange darüber nachgedacht haben musste. Er war also nicht völlig verrückt.«

Bart van Rheenen

Die Frage von Mierop und Mooijaart schien teilweise beantwortet: Sie hatten ihr Geld in eine Art ›Witz‹ investiert. Um sich völlige Klarheit zu verschaffen, wollte van Rheenen den Erfinder treffen. Bei der Beschreibung, die Mierop und Mooijaart von Jan Sloot gegeben hatten, hatte er einen ganz bestimmten Typ vor Augen: zerstreut, ängstlich, in sich gekehrt, ungeduldig. Aber Sloot schien auch auf eine gewisse Art verrückt zu sein, ein Typ, der sich selbst mit einigen geschickten Tricks als der neue Thomas Edison zu profilieren wusste. Van Rheenen fand, dass Jan Sloot sich und seine Erfindung endlich einmal vernünftig präsentieren musste, damit man das Ganze beurteilen konnte.

Zwei Wochen später hatte sich eine Gesellschaft in dem Büro von Carl de Vries versammelt, einem großen Raum mit umfangreicher technischer Ausstattung, teuren Teppichen und hölzernen Wandvertäfelungen. Alle Augen waren auf einen Mann gerichtet, der sich am liebsten unsichtbar gemacht hätte: Jan Sloot. Er wurde umringt von sieben Männern in Anzügen, von denen er die meisten noch nie getroffen hatte. Sloot war kreidebleich und schwitzte. Seine zitternden Hände verbarg er unter der glänzenden Holzplatte des großen Konferenztisches. Er vermied jeglichen Augenkontakt und sah nur gelegentlich zu Mierop oder seinem Sohn Ben hinüber, die neben ihm saßen und mit ausdruckslosen Gesichtern vor sich hin starrten.

Der Mann mit dem Schnurrbart und den blitzenden Manschettenknöpfen ergriff das Wort. Bart van Rheenen verfügte über etliche Kontakte in der Automatisierungsbranche und hatte drei Leute vom US-amerikanischen Unternehmen Oracle eingeladen, einem der größten Software-Hersteller der Welt.

Jan Sloot war ununterbrochen besorgt, dass jemand seine Erfindung kopieren könne. Seine Angst war mittlerweile auch auf Mierop übergegangen, der in der vergangenen Woche sorgfältig Bart van Rheenens Hintergrund überprüft hatte. Über Leon Sterk hatte er sich viel zu spät informiert. Eine solche Nachlässigkeit konnte er sich kein zweites Mal erlauben.

Mierop fand, dass der Besuch der drei Typen von Oracle äußerst risikoreich war. Er hatte de Vries dazu gedrängt, das Gespräch mit Videokameras aufzuzeichnen, damit jedes Wort und jede Bewegung dokumentiert werden konnten. Mit Vertretern eines möglichen Konkurrenzunternehmens konnte man nicht vorsichtig genug umgehen. Doch Mierops Vorschlag ging dem Anwalt de Vries zu weit. Er ließ sich lediglich dazu überreden, eine Geheimhaltungsklausel aufzusetzen, die jeden Verstoß mit einer Million Gulden ahndete. Bei ihrer Ankunft hatte die Oracle-Delegation das Dokument kopfschüttelnd unterschrieben.

Sloot schien jedoch noch immer nicht beruhigt zu sein und reagierte panisch auf die Anwesenheit der drei Männer.

»Jan ist in der Vergangenheit schon oft ausgenutzt und betrogen worden«, erklärte Mierop Sloots Verhalten. »Bitte haben Sie Verständnis dafür, wenn er nicht jedem ohne weiteres vertraut.« Nach ein paar beschwichtigenden Worten des Oracle-Trios war Sloot schließlich bereit, seine Codierungstechnik zu demonstrieren.

Von den drei Oracle-Experten hatte Dick Vesters die Aufgabe zu beurteilen, ob Sloot ein Hochstapler war, oder tatsächlich das große Genie, wie alle erhofften. Der Programmierer war Spezialist für Operating Systems (OS), Betriebssysteme, die Basis jedes Computers sind und die Funktion der einzelnen Hardware-Komponenten steuern. Vesters hatte viele Jahre Anwendersoftware entwickelt und hunderttausende Zeilen Programmcodes geschrieben. Bei mehr als zwanzig Jahren Erfahrung mit Speichersystemen galt er als einer der wichtigsten Datenbank-Experten von Oracle in den Niederlanden. Nachdem er also beinahe seine gesamte Karriere in das Innenleben von großen und kleinen Computern geschaut und daneben in seiner Freizeit die Entwicklung von Kompressionstechniken verfolgt hatte, konnte er seine Kollegen davon überzeugen, dass er der richtige Mann war, diese ›fantastische Speichertechnologie‹ zu beurteilen. Eine Demonstration, so hatte es Bart van Rheenen versprochen, sollte er heute zu sehen bekommen.

Aus ›Sicherheitsgründen‹ hatte man Vesters im Unklaren darüber gelassen, was genau ihm präsentiert werden würde. Selbst der Ort der Vorführung war bis zuletzt geheim gehalten worden. Das einzige, was er erfahren hatte, war, dass es sich um etwas ›Unglaubliches‹ handelte. Die Geheimniskrämerei um das Treffen hatte ihn in Erregung versetzt, ein Gefühl, das jedoch schnell wieder verflog, als er im Büro von de Vries den beiden angeblich wichtigsten Investoren des Projekts vorgestellt wurde.

»Leen Mooijaart«, sagte der grauhaarige Mann mit der goldenen Brille.

»Leo Mierop«, brummte der andere.

Der Datenbankexperte schaute ungläubig, als er Sloot eine Chipkarte in die Höhe halten sah und ihn sagen hörte, dass darauf mehrere Filme gespeichert waren.

Unmöglich, war sein erster Gedanke.

Er wusste, dass man mit der neuesten Kompressionstechnik MPEG-2 einen Film von zwei Stunden Länge auf einer 4,7 Gigabyte großen DVD speichern konnte. Die Daten beziehungsweise den Schlüsselcode eines ganzen Films auf einem 64-Kilobyte-Chip unterzubringen, war schlichtweg unmöglich. Von mehreren Filmen erst gar nicht zu sprechen. Es wäre einfacher gewesen, Homers *Ilias* auf einen Bierdeckel zu drucken. Sloot behauptete ernsthaft, den Schlüsselcode eines Spielfilms auf ein Kilobyte verkleinern zu können. Das bedeutete einen Kompressionsfaktor von grob zwei Millionen! Völlig verrückt!

Vesters verfolgte genau die Handgriffe von Sloot. Der Erfinder schob den Chip in einen Cardreader, den er durch ein Kabel mit einem Laptop verbunden hatte. Er drückte ein paar Tastenkombinationen, und auf dem Monitor erschien ein Bild. Alle starrten wie gebannt darauf. Nur Vesters richtete seinen Blick auf etwas anderes.

Konzentriert beobachtete er die LED-Anzeige des Laptops, jene Lampe, die aufleuchtet, wenn Informationen von der oder auf die Computerfestplatte gespeichert werden. Er wusste, dass die Leuchte funktioniert, das hatte er gesehen, als Sloot den Laptop hochgefahren hatte. Doch jetzt brannte die LED-Leuchte nicht, auch nicht, als auf dem Monitor ein gestochen scharfer Film lief. Viele Dutzende von Megabytes an Informationen wurden verarbeitet, ohne dass die Festplatte aktiv war, so schien es zumindest. Es war, als ob die Daten direkt aus dem RAM-Speicher des Computers abgespielt wurden. Vesters kannte die Leistung eines Intel-Pentium-I-Prozessors und die maximale interne Speichermenge, die dieser Laptop erfassen konnte. Es wäre nicht einfach, eine solche Präsentation aus dem internen Speicher zu laden. Aber genau das passierte hier anscheinend! Die Augenbrauen in Vesters rundem Gesicht zogen sich zusammen, und sein Blick verengte sich. Er schaute auf den Laptop, wo der Film minutenlang über den gesamten Bildschirm mit einem hellen, kontrastreichen und völlig wackelfreien Bild abgespielt wurde. So etwas hatte er noch nie gesehen. So etwas war auch mit der Microsoft-Software, die 1999 verfügbar war, nicht möglich.

Das kann nicht sein, ging es Vesters durch den Kopf, als der Erfinder mit einem Tastendruck vorführte, wie er vor- und zurückspulte, im Bruchteil einer Sekunde. Sloot drückte eine andere Taste und zeigte noch einen Film. Vesters zermarterte sich das Hirn: Was zum Teufel ist hier los? Wie hatte dieser Sloot das fertig gebracht? Ein ganzer Bildschirm ausgefüllt mit einem scharfen, sich schnell bewegenden Bild – das war Vesters zufolge einfach nicht möglich, zumindest nicht mit einem PC und Windows als Betriebssystem.

Nach einer Viertelstunde beendete Sloot seine Demonstration. Im Büro von de Vries herrschte absolute Stille. Vesters schaute seine Kollegen auf der anderen Seite des Tisches fassungslos an. Aber alle Augen richteten sich nur auf ihn, der als Sachkundiger ein Urteil aussprechen sollte. Doch das einzige, was er hervorbrachte, war: »Das ist unglaublich, einfach unglaublich.«

Während Vesters nach Worten suchte, blickte sich Jan Sloot schüchtern um und lotete die Reaktionen seines Publikums aus.

Als sich Dick Vesters wieder gefangen hatte, bombardierte er Sloot mit Fragen. Doch der gab nur vage Antworten.

Van Rheenen schaltete sich in das Gespräch ein. »Eine sehr schöne Präsentation«, sagte er. »Aber für mich ist das noch lange kein Beweis. Ich weiß, dass Davoc Geld braucht. Dieser Sterk hat mich schon um zehn Millionen gebeten. Wenn wir über solche Beträge verhandeln, will ich aber auch hundertprozentig sicher sein, dass das, was ich gerade gesehen habe, echt ist. Diese Bilder können doch von überall her kommen.«

Sloots Augen sprühten Feuer. »Die Filme kommen von der Chipkarte!«, fauchte er.

»Tut mir Leid, aber die Bilder alleine beweisen das nicht«, sagte van Rheenen ruhig. »Darf ich vielleicht einen Blick in Ihren Computer werfen? Dann kann ich nachprüfen, ob sich dort eine CD-ROM befindet oder andere Dinge, an die ich nicht gedacht habe. Vielleicht besteht ja eine drahtlose Verbindung zu einem Server?«

»Es gibt keine CD-ROM in diesem Computer und keine drahtlose Verbindung zu einem Server!« An Sloots Hals traten die Adern hervor. »Und ich werde Sie bestimmt nicht in das Geheimnis meiner Technologie einweihen!«

»Bitte, Herr Sloot. Sie verstehen doch sicher auch, dass allein auf der Basis von dem, was Sie uns gezeigt haben, kein einziger seriöser Investor sagen würde: ›Hier haben Sie mein Geld‹. Ich schlage deshalb vor, dass Sie eine unserer Konferenzen mit einer Kamera aufnehmen und den Film anschließend mithilfe Ihrer Technik codieren. Anschließend spielen wir den Film von dem Chip ab. So können wir hundertprozentig sicher sein, dass die Bilder von dem Chip stammen und Sie in der Lage sind, einen Film darauf zu speichern. Denken Sie, dass Sie das hinbekommen?«

Der skeptische Ton von van Rheenen war für Sloot wie ein Schlag in die Magengrube. Wut und Frustration flammten in seinem Gesicht auf. Mierop machte van Rheenen brummend deutlich, sich zurückzuhalten. Im selben Moment konterte Sloot: »Natürlich kann ich das!«

»Bart und ich sind nach dem Gespräch noch mit den Oracle-Leuten essen gegangen. Sie unterhielten sich die ganze Zeit darüber, was sie eben gesehen hatten. Als wir das mitbekamen, wussten wir, dass wir den nächsten Schritt machen konnten. Doch da gab es noch ein kleines Problem. Leen und Leo trauten Bart nicht ganz über den Weg. Sie sprachen das Misstrauen mir gegenüber natürlich nicht offen aus, weil ich Bart ins Boot geholt hatte. Aber die beiden bestanden darauf, dass sich Bart von Sloot fernhielt. Er sollte ihren Einfluss auf den Erfinder nicht stören.«

Carl de Vries

»Carl, wenn du davon überzeugt bist, dass das Ganze revolutionär ist, dann komme ich natürlich nach Nieuwegein«, versprach der Investor Marcel Boekhoorn, obwohl er sich mit Computertechnik kaum auskannte. Einen kompletten Film auf einem Kilobyte zu speichern – damit konnte er nicht so viel anfangen.

Marcel Boekhoorn und Carl de Vries kannten sich seit vielen Jahren und hatten bereits gemeinsam in einige Unternehmen investiert. Ein bisschen über eine ›revolutionäre Erfindung‹ zu sprechen, konnte nicht schaden.

Im Büro von de Vries erläuterte Bart van Rheenen – dem Vesters klar gemacht hatte, dass Sloots Demonstration eine Sensation war –, welche grenzenlosen Möglichkeiten die neue Technologie offenbarte. Zumindest, wenn es funktionierte, wie der Erfinder behauptete. Einen Beweis gab es bislang allerdings nicht dafür.

Zu dem Treffen mit de Vries war auch Boekhoorns Freund Martjo Siemons gekommen, Experte im Bereich Automatisierung. Mit den Fähigkeiten, die Sloots Erfindung nachgesagt wurden, konnte er etwas anfangen. Er hatte Boekhoorn erklärt, dass man einen Film auf einem Speicherplatz von einem Kilobyte am besten mit einem kraftstofflosen Motor vergleichen könne. Das regte die Fantasie des Investors an.

»Ich hatte meine Hausaufgaben gemacht und wusste daher, dass Jan Sloot schon ein paar Mal Pleite gegangen war. Als ich ihn zum ersten Mal traf, war er ein Häufchen Elend. Dennoch machte er auf mich einen sehr intelligenten Eindruck.«

Marcel Boekhoorn

Marcel Boekhoorn traf Sloot zum ersten Mal im Motel Meerkerk. De Vries, Mierop und Mooijaart waren auch wieder mit dabei, und Sloot erklärte seine Erfindung.

Anderthalb Stunden später willigte Boekhoorn ein, Sloot ein Darlehen in Höhe von fünfundzwanzigtausend Gulden zu gewähren. Das Geld sollte zumindest kurzfristig die finanziellen Sorgen des Erfinders lindern. Später, nach einer überzeugenden Demonstration der Technologie, würde Boekhoorn weitere siebenhundertfünfundzwanzigtausend Gulden überweisen.

Marcel Boekhoorn hatte sich vierzehn Jahre als Wirtschaftsprüfer bei Deloitte & Touche abgemüht, bevor er 1995 seine eigene Unternehmensberatung gründete. Seine Firma hieß Boekhoorn M&A und war spezialisiert auf Fusionen und Übernahmen.

Branchenkenner bezeichneten sein Investitionsportfolio als nicht besonders sexy. Während die Zeitungen in ihren Kolumnen täglich spektakuläre Erfolgsgeschichten über das Internet und den E-Commerce verbreiteten, verdiente Boekhoorn sein Geld mit Schubkarren, Türen, Fensterrahmen, Zigarrenkisten, Schokolade, Sprühdosen, Reinigungsmitteln, Immobiliengesellschaften und Bäckereien. Aber er verdiente viel Geld. Boekhoorn hatte sich eine simple Investitionsstrategie zu Eigen gemacht. Er nannte sie »Boekhoorns Gesetz«, und er verdiente sich damit »dumm und dämlich«, wie er selbst sagte.

Meistens suchte er sich zwei konkurrierende Firmen, denen es nicht allzu gut ging. Dabei war es ihm egal, was sie produzierten, solange sie damit Geld verdienten. Er kaufte die Unternehmen auf, fusionierte sie miteinander, sicherte sich die Vorherrschaft auf dem jeweiligen Markt, setzte einen Top-Manager ein und erhöhte die Preise. Die Gewinne nahmen meist schnell zu, und auf dem Höhepunkt verkaufte Boekhoorn dann »die ganze Bude«. Für diese Art von Geschäft hatte er ein sicheres Gespür.

Innerhalb von vier Jahren hatte Boekhoorn ein Vermögen von rund hundertfünfzig Millionen Gulden angehäuft. Seine Unternehmen trugen Namen wie Bowolar (Boekhoorn wird ohne lange Anstrengung reich) oder Satis Habeo (Ich habe genug).

Doch in Wirklichkeit konnte Marcel Boekhoorn niemals genug bekommen. Der süße Geschmack des Erfolges ließ den Sohn eines Zimmermanns nach größeren Reichtümern streben. Viel Geld zu verdienen, war für ihn zu einer Sucht geworden. Für ihn war es, als würde er einen kleinen Krieg gewinnen, wenn er ein Geschäft zu seinen Konditionen abschloss. ›Boekie‹, wie ihn seine Freunde nannten, trug meist unauffällige, weite Anzüge und knöpfte nie den obersten Knopf seines Hemds zu. Samstagmorgens streifte er sich regelmäßig seine Sporttasche über, um mit seinen alten Mannschaftskameraden des Fußballvereins Oranje Blauw aus Geldern irgendwo einen Acker umzupflügen. Natürlich war Boekie einer der Stürmer des Teams. Mit abgewetzten Stollen blitzschnell am Gegner vorbeischießen und dann einen Schuss auf das Tor abfeuern – solche Manöver hatten ihm früher einmal den Spitznamen ›der Floh‹ eingebracht, eine Zeit, in der ihm das erfolgreiche Geschäftsleben noch nicht in Form eines Bierbauchs über den Hosenbund schwappte.

Bei Oranje Blauw erhielt Boekhoorn auf dem Spielfeld Rückendeckung von seinem alten Schulfreund Martjo Siemons, dem Rechtsaußen der Elf. Siemons begleitete nun Boekhoorn auch zu der anstehenden Demonstration der Erfindung in Nieuwegein. Sie unterhielten sich ein paar Stunden mit Sloot, doch abgesehen von einem defekten Chip konnte der ihnen keine Demonstration seiner Technik präsentieren.

Zusammen mit dem Erfinder hatte Siemons eine Hand voll Zigarren weggeraucht, sehr viel schlauer war er dadurch aber auch nicht geworden.

»Wenn das stimmt, was Sloot behauptet, dann hast du es hier mit einem Weltwunder zu tun«, sagte Siemons, nachdem sie sich von Sloot und den anderen verabschiedet hatten. »Die Chance ist zwar äußerst gering, aber dieser Typ könnte tatsächlich das Rad neu erfunden haben.«

Boekhoorn dachte an diesem Tag noch bis spät in die Nacht über diese Worte nach. Eine Woche später bekam er dann von Sloot die gewünschte Demonstration und sagte definitiv seine Teilnahme an dem Projekt zu. Am nächsten Tag überwies er den restlichen Betrag an Jan Sloot.

Boekhoorn fand bei Davoc ein völliges Chaos vor. De Vries hatte ihn schon davor gewarnt. Womit befasste sich Davoc eigentlich genau? Bei wem lagen die Rechte an der Erfindung, und wie viele Leute hielten Anteile an der Firma? Mierop und Mooijaart räusperten sich. Sie hatten keine detaillierten Kenntnisse über die Situation. Selbst für raffinierte Finanzexperten wie Boekhoorn und de Vries war das Netz an Tochterfirmen und Ltd.-Gesellschaften, das Sterk gesponnen hatte, nur schwer zu durchschauen. Eigentlich waren sie daran auch gar nicht interessiert. Denn falls sie als Investoren in das Projekt einsteigen sollten, dann musste zunächst mit einem bestimmten Kapitel abgeschlossen werden: mit Davoc und Leon Sterk, mit Mark Herweijer, Freek van Zweeden und Gerard Kakisina sowie mit einer Reihe von Gläubigern.

Sterk hatte offenbar noch Schulden bei Kakisina und van Zweeden und hatte ihnen Anteile an der Firma in Aussicht gestellt. Kakisina und van Zweeden waren inzwischen in Streit über den Kontostand ihrer Sozietät geraten. Zudem gefielen Kakisina die Kontakte nicht, die sein Partner hatte. Er glaubte, dass es die zwielichtigen Geschäftsfreunde von van Zweeden gewesen waren, die das Toshiba-Fax mit dem 500-Millionen-Dollar-Angebot in mühsamer Bastelarbeit gefälscht hatten.

Leon Sterk flüchtete derweil vor den Steuerfahndern. Seine Gläubiger Leo Habers und Mark Deinum ließ er wissen, »dass es ihm zurzeit nicht so gut geht«. Deshalb begebe er sich mit einer durchzugskräftigen Motocross-Maschine auf »die Suche nach sich selbst« in den Urwald von Costa Rica.

Sloot erzählte Boekhoorn selbst von seiner chaotischen Situation. Boekhoorn wollte Ruhe in der Mannschaft. Deshalb verlangte er von Sloot Offenheit in der Buchhaltung und die Begleichung seiner Schulden. Die Miete für das Bürogebäude in Nieuwegein hatte Sloot anscheinend noch nie bezahlt. Und es gab noch mehr Gläubiger im Leben des Genies. Mit einem Privatkredit von siebenhundertfünfzigtausend Gulden, den Boekhoorn dem Erfinder eingeräumt hatte, glaubte er, das Durcheinander beseitigen zu können.

»Wir erkennen einfach keine einzige Vereinbarung an und fügen alles zu einer neuen Gesellschaft zusammen«, sagte Boekhoorn. »Und was die Gläubiger betrifft: Warten wir doch einfach ab, wer seine Schulden überhaupt einfordert.«

Boekhoorn war Inhaber eines Unternehmens namens Dipro das kein operatives Geschäft ausübte. Unter dem Dach von Dipro errichtete er eine neue Organisation und übertrug auch die Rechte an Jan Sloots Erfindung an die Firma. Das alles geschah auf die finanziell günstigste Art und Weise.

Eine Bedingung für den Kredit an Jan Sloot war, dass er die alleinige Verantwortung für seine geschäftliche Vergangenheit übernahm. Abmachungen, die er mit Leuten wie Leon Sterk getroffen hatte, waren von nun an sein persönliches Problem.

»Sieh zu, wie du das regelst«, sagte Boekhoorn, »denn ich möchte mit diesem Mist nichts mehr zu tun haben.«

»Marcel hat schließlich mit seinem energischen und durchgreifenden Auftreten alles enorm vereinfacht.«
Carl de Vries

Es gab Momente, in denen Mooijaart am liebsten alles hingeworfen hätte. Einfach abhaken und von vorn anfangen. In seiner Karriere hatte er schon öfter einen harten, aber nötigen Schnitt gemacht. Ein kleiner Eingriff, der erst einmal wehtut, nach dem man aber wieder frei atmen kann.

Doch Mierop widersetzte sich mit aller Kraft einem solchen Szenario. Zwar hatte er es bisher Mooijaart überlassen, kräftig in Sloot zu investieren, doch auch Mierop träumte vom großen Reichtum. Natürlich verdiente er mit dem Küchenstudio in Rockanje nicht schlecht, doch zu mehr als einem Reihenhaus im Neubaugebiet von Hellevoetsluis hatte es bisher nicht gereicht.

»Ich möchte ja kein Milliardär werden«, sagte Mierop schon einmal unter Freunden. »Mit einer Million bin ich auch zufrieden.« Das meinte er ernst. Über den Einstieg von Marcel Boekhoorn war er deshalb sehr erfreut gewesen. Endlich jemand, der Ahnung von der Materie hatte und das nötige Durchsetzungsvermögen besaß, jemand mit einer beeindruckenden Laufbahn und Geld im Rücken. Mierop hatte Respekt vor diesem Mann. Boekhoorn war kein Schwätzer und hielt sich an Absprachen. Außerdem hatte er Mierop und Mooijaart, ohne dass sie weiteres Geld investieren mussten, einen Anteil von achtundzwanzig Prozent an dem neuen Unternehmen eingeräumt, wesentlich mehr als die sechs Prozent, mit denen Leon Sterk sie beide abgespeist hatte.

Boekhoorn war seinerseits froh, Mierop und Mooijaart dabei zu haben. Es war ihm nicht entgangen, dass zwischen Sloot und Mierop ein enger Kontakt bestand. Der kettenrauchende Dickkopf schien das uneingeschränkte Vertrauen des Erfinders zu genießen. Das konnte in Zukunft noch sehr nützlich sein, denn Boekhoorn hatte sich in der kurzen Zeit, die er Sloot kannte, bereits oft über dessen krankhaftes Misstrauen geärgert. Allein seine Körpersprache verriet Ängstlichkeit und eine absolut negative Einstellung. Und wenn er das Geheimnis seiner Technologie erklären sollte, weigerte er sich konsequent, das zu tun. Überall witterte er Verrat, und seiner pessimistischen Weltsicht nach versuchten alle, ihn aufs Kreuz zu legen. Er litt an permanentem Verfolgungswahn. Ein lebensfroher Mensch wie Marcel Boekhoorn kam damit nur schwer zurecht. Deshalb gab es für ihn keinen Zweifel, dass der Küchenstudio-Besitzer in Zukunft noch eine wichtige Rolle spielen würde. Mierop sollte fortan als ›Verbindungsoffizier‹ zwischen Boekhoorn und Sloot agieren und dafür sorgen, dass sich der Erfinder ungestört um die Entwicklung seiner Technik kümmern konnte.

»Ich verlor schnell die Geduld mit Sloot, doch Leo … der hatte wirklich eine Engelsgeduld mit dem Kerl.«
Leen Mooijaart

Nach dem Gespräch mit den Oracle-Leuten war Bart van Rheenen klar, dass Sloot tatsächlich etwas Besonderes entwickelt haben musste. Sogar Dick Vesters war äußerst beeindruckt, obwohl auch er noch einige Zweifel hatte. Van Rheenen pochte deshalb auf einen Demonstrations-Aufbau, der endlich eindeutig bewies, dass Sloots Technik funktionierte. Erst danach wollte er in das Projekt investieren. Aber Jan Sloot trat den Beweis nicht an.

Van Rheenen hatte bald genug davon, wochenlang, Abend für Abend mit Männern wie Mierop und Mooijaart Pläne zu schmieden, obwohl die nicht das Geringste von der Technologie verstanden und den Erfinder wie ihr persönliches Eigentum behandelten. In seiner neuen Funktion war er zu beschäftigt, als dass er für solche Spielchen Zeit gehabt hätte. Außerdem misstraute er diesem Jan Sloot. Deshalb drängte er weiterhin auf einen Beweis für die Technologie, auf eine unwiderlegbare Demonstration und eine Beschreibung der Funktionsweise. Doch Sloot zeigte sich wenig kooperativ. Er fühlte sich in die Enge getrieben und in seiner Integrität verletzt. Van Rheenen hoffte inständig, dass Jan Sloot kein Hochstapler war – diese technische Revolution wollte er unbedingt miterleben. Mit World Online hatte er ja schon einmal ein Abenteuer mitgemacht …

Da van Rheenen noch Mitinhaber und Geschäftsführer eines Automatisierungsunternehmens war, war seine Zeit knapp. Er hatte andere Sorgen im Kopf als die ständige Auseinandersetzung darüber, wem nun die Rechte an einer Erfindung gehörten, für die es noch keinen eindeutigen Beweis gab. Bei Davoc musste erst einmal richtig aufgeräumt werden. »Ruft mich wieder an, wenn ihr eine vernünftige Organisation geschaffen habt«, hatte er zu de Vries gesagt. Dass Boekhoorn sein Interesse an der Erfindung schnell in Taten umsetzen würde, erwartete er nicht. Deshalb war er auch überrascht, als de Vries ihn anrief und völlig unerwartet mitteilte: »Wir sind raus aus dem Davoc-Geschäft.«

Für van Rheenen war es keine Option, die Erfindung oder Teile davon selbst zu vermarkten. Dafür war die Technologie zu komplex. Wenn Sloot wirklich imstande war, einen Videofilm ohne Qualitätsverlust auf einem 64KB-Speicherchip unterzubringen, dann hielt er den Heiligen Gral der Computertechnik in den Händen. Was der Tüftler in seiner

Speicherkammer entwickelt hatte, würde die Welt der Telekommunikation, der Computer und des Fernsehens gehörig durcheinander wirbeln.

Für einen Kabelnetzbetreiber wie UPC, der für Milliarden Gulden in ganz Europa Ressourcen aufkaufte, würde die Technologie gigantische Perspektiven eröffnen. Video on Demand – kein Problem, dazu mehr Fernsehkanäle als irgendjemand braucht, unbeschränkter Internetzugang mit ebenso uneingeschränkter Bandbreite. Auch Telekommunikationsunternehmen wie KPN würden eine Lizenz erwerben und über ihre Kupferdrahtverbindungen genau dasselbe anbieten können. Für andere Unternehmen dagegen, die ihre Milliarden in Glasfaserkabel investiert hatten (Worldcom, Global Crossing, Level3), würde die Codierungstechnik das Aus bedeuten. Diese Unternehmen hatten riesige Kapazitäten geschaffen, in der Annahme, dass die Nachfrage nach Bandbreite enorm zunimmt. Mit dem gleichen Verkleinerungsfaktor, mit dem Sloot einen Film auf einen Chip zwängte, würde der Wert ihrer Investitionen abnehmen.

Im Grunde würde jedes Unternehmen, dessen Geschäft auf binären Codes, also auf Nullen und Einsen, basierte, gründlich umdenken müssen: Produzenten von Speicherchips (Siemens, Hitachi), Festplatten (Seagate), Microprozessoren (Intel, AMD), Set-Top-Boxen (General Instrument, Scientific Atlanta), Modems, Routern und Switches (Cisco, Lucent), Videorekordern und DVD-Playern (Philips, Sony), Mobilfunknetzen (GPRS, UMTS) und Mobiltelefonen (Nokia, Ericsson, Motorola). Sogar jemand, der nur mit Mühe den Stromschalter seines Computers fand, begriff, dass Sloots Codierungssystem die technologische Welt kräftig erschüttern würde.

Doch wie brachte man eine solche Erfindung erfolgreich auf den Markt?

Nach dem Neuanfang, den Boekhoorn eingeleitet hatte, lagen die Rechte an der Technologie bei der neuen Gesellschaft Dipro – davon ging Boekhoorn zumindest aus. Doch wie formte man aus Dipro ein schlagkräftiges Unternehmen? Boekhoorn und van Rheenen kamen unabhängig voneinander zu dem Schluss, dass sie nicht die Leute hatten, um eine derart revolutionäre Erfindung auf den Markt zu bringen. Selbst wenn einige das nötige Talent besäßen: Wer hatte schon die Erfahrung und die Energie, weltweit um Patentrechte zu streiten, strategische Allianzen zu schmieden, Verträge auszuhandeln und schließlich Teile der Erfindung erfolgreich zu lizenzieren? Das Ziel, Sloots Erfindung im Alleingang auf dem Weltmarkt einzuführen, war viel zu hoch gesteckt. Viel einfacher wäre es, das gesamte Unternehmen zu verkaufen.

Boekhoorn vertraute schon seit Jahren auf eine goldene Regel: »Wer Gewinne macht, kann nicht Pleite gehen.« Was ihn anging, gab es für Dipro nur eine Strategie: den Laden auf einen Schlag verkaufen. Natürlich zum Höchstpreis. Jan Sloot gefiel dieser Plan überhaupt nicht. Er befürchtete immer noch, dass seine Erfindung in einem gepanzerten Tresor der großen Konzerne verschwinden würde. Ging es nach Boekhoorn, Mierop, Mooijaart und de Vries, wäre das zu verschmerzen gewesen. Doch natürlich hätten auch sie sich lieber als die Auslöser der technologischen Revolution gesehen.

Wenn Sloot seine Technologie erst einmal zur Marktreife entwickelt und weltweit Patente darauf angemeldet hatte, dann würde jeder Mensch, der zumindest eine halbe funktionierende Gehirnzelle besaß, diese Erfindung kaufen oder zumindest Aktionär der Firma werden wollen, die diese Technologie vertrieb. Doch solange Sloot nicht nachgewiesen hatte, dass seine Erfindung auch wirklich funktionierte, und es folglich auch keine Patente gab, musste man vorsichtig sein. Niemand hatte das Bedürfnis, sich in einem amerikanischen Gerichtssaal mit den Top-Anwälten von Unternehmen wie Oracle oder Microsoft zu streiten. Wenn es überhaupt zu solchen Prozessen kommen musste, dann doch lieber auf bekanntem Terrain, vor einem niederländischen Richter. Das begriff auch Jan Sloot.

In den Konferenzen, die entweder im holzvertäfelten Büro von de Vries oder in der grauen Werkstatt von Jan Sloot stattfanden, wurde eines deutlich: Am klügsten war es, die Erfindung in den Niederlanden zu verkaufen, am besten an ein großes, kapitalkräftiges niederländisches Unternehmen, das viel Erfahrung mit Patenten, Lizenzen und der Vermarktung von technisch hochwertigen Produkten hatte. Viel Auswahl war nicht. Es gab natürlich Niederlassungen von Microsoft, Oracle, Worldcom oder Sony, und diese Unternehmen wurden dann auch in die engere Wahl gezogen, genau wie KPN Telecom. Aber letztendlich gab es in den Niederlanden nur ein Unternehmen, das den Kriterien in jeder Hinsicht entsprach: Philips Electronics NV.

Mit einem so großen Unternehmen wie Philips in Kontakt zu treten, machte nach Meinung von Boekhoorn und van Rheenen nur Sinn, wenn man sich von Beginn an auf demselben Niveau bewegte – nämlich auf dem höchsten. Carl de Vries wusste, dass van Rheenen jemanden kannte, der ihnen bei diesem Schritt behilflich sein konnte. Er hatte van Rheenen deshalb angerufen und ihm mitgeteilt, dass das Chaos rund um Jan Sloot mittlerweile beseitigt war. Van Rheenen kannte tatsächlich jemanden, der sie bei Philips ins Gespräch bringen konnte: René Bickel. Er kannte Bickel noch aus jener Zeit, als er übergangsweise für das Automatisierungsunternehmen A-Line von Nina Brink gearbeitet hatte.

Gemeinsam mit Carl de Vries war van Rheenen damals in seiner Freizeit monatelang mit einem vielversprechenden Projekt beschäftigt gewesen: Sie hatten in den Niederlanden einen Internet-Provider nach dem Vorbild der spanischen Servicom gründen wollen. Mit einem Businessplan versuchten sie, finanzkräftige Investoren zu begeistern, doch zu ihrer Überraschung interessierte sich niemand für das Projekt. Van Rheenen ging mit dem Plan deshalb zu seiner eigenen Chefin Nina Brink.

»Am besten verpacken wir die Idee mit ein paar komplizierten juristischen Formulierungen«, hatte er noch zu de Vries gesagt. »Brink soll nicht gleich alle Details erfahren, ansonsten macht sie es selbst.«

Und tatsächlich tat Nina Brink das dann. Die Mitarbeiter von A-Line setzten den Businessplan um, und damit begann der Aufstieg des Internet-Providers World Online – ohne dass de Vries oder van Rheenen im Geringsten davon profitierten.

Für van Rheenen war diese geschäftliche Niederlage allerdings kein Grund, A-Line zu verlassen. Er blieb als Leiter des profitabelsten Teilbereichs in der Firma und traf bei einer Gelegenheit den Vorstand von World Online, René Bickel.

René Bickel – World-Online-Mitarbeiter Nr. 8 – war fünfzehn Monate Vorstand des Unternehmens gewesen. Doch ständig hatte Nina Brink ihre Nase in seine Angelegenheiten gesteckt und ihn immer unter Beschlag genommen. Sie rief ihn überall an. Frühmorgens, spätabends, wenn er unter der Dusche stand oder bei jemandem zu Besuch war, es war ihr völlig egal. Sogar wenn Bickel mit seinem Zweimaster auf der Nordsee kreuzte und zwischen Terschelling und Vlieland die Wellen bedrohlich über das Deck schwappten, musste er mit ihr telefonieren. Nach fünfzehn Monaten Nina Brink hatte Bickel genug und verließ World Online.

Vor seinem Job bei Nina Brink war er sechs Jahre lang Marktforscher bei Interview gewesen, dem Unternehmen von Maurice de Hond. Bickel saß in der Abteilung ›Automatisierung‹. Auf diese Weise konnte er eine Menge Erfahrung sammeln, die er anschließend als unabhängiger Marketingberater einsetzte. Nach der Trennung von Nina Brink begann Bickel dann, sein eigenes Unternehmen zu planen. Er entwickelte einen Businessplan für eine Online Community, die sich auf Forschung und Entwicklung spezialisieren sollte. Bickel hatte Glück. Ein Freund, der bei der US-amerikanischen Firma Tandem Computers arbeitete, schlug vor, den Businessplan – der nicht viel mehr als eine DIN A4-Seite umfasste – an einen einflussreichen Mann weiterzugeben: Roel Pieper, seinerzeit CEO von Tandem.

Zwei Wochen später bezog Bickel ein Büro bei Tandem in Amsterdam. Dort arbeitete er ein Jahr lang zusammen mit drei anderen Leuten an der Gründung seines Unternehmens Governmind. Doch im Sommer 1997 – nachdem Pieper Tandem an Compaq verkauft hatte – wurde Bickel vom Compaq-Management aufgefordert, seinen Arbeitsplatz zu räumen.

Als van Rheenen René Bickel im Februar 1999 anrief, arbeitete dieser bereits seit sechzehn Monaten für KPN Telecom, einen ehemaligen Projektpartner von Governmind. Mit einigem Abstand beobachtete Bickel nun, wie die Aktien-Kurse der Internet-Unternehmen in astronomische Höhen schossen. Junge Typen mit kindischen Geschäftsideen, die noch nicht einmal ein Zehntel seiner Berufserfahrung besaßen, stopften sich wie betagte Ölbarone die Taschen voll mit Geld. Sein ehemaliger Arbeitgeber World Online hatte irgendwo über hundert Millionen Gulden Investitionskapital aufgetrieben, und irgendwann in den kommenden zwölf Monaten würde Nina Brink ihren lang ersehnten Börsengang feiern und zu einer steinreichen Frau werden. Bickel vergeudete unterdessen seine Zeit als eine Art Berater in der angeschlagenen Internet-Abteilung von KPN. Etwas, das ihn mächtig in seinem Stolz kränkte.

Van Rheenen musste daher nicht viele Worte machen, um René Bickel zu einem Gespräch nach Nieuwegein zu locken. Er hatte den ehemaligen World-Online-Vorstand nicht aus den Augen verloren. Van Rheenen war klar, dass Bickel bei KPN unterfordert war, und er wusste auch, dass Bickel und der Mann, den Philips ein Jahr zuvor als Kronprinzen angeheuert hatte, einen guten Draht zueinander hatten. Van Rheenen brauchte Bickel, damit der ihm den Weg zum Amsterdamer Rembrandt-Turm ebnete, jenem Ort, wo die Vorstandsetage des multinationalen Elektronikriesen Philips ihren Sitz hatte.

»›*Wenn du den Job bei KPN satt hast*‹, *riet ich René,* ›*dann solltest du bei diesem Projekt einsteigen. Du kannst deine Erfahrung einbringen und suchst ja auch etwas Langfristiges.*‹ *Er hat zugesagt, und von da an hatte ich mit der ganzen Sache eigentlich nicht mehr viel zu tun.*«
Bart van Rheenen

Wer immer strebend sich bemüht, den können wir erlösen.
Johann Wolfgang von Goethe

ROEL PIEPER

Eine Reihe dumpfer Geräusche ertönte, als Roel Pieper mit seiner Maus die Webseite davoc.com anklickte. Langsam baute sich eine große, mit Sternen gesprenkelte Chipkarte auf.

»*Greetings from the Underground*«, las Pieper. »*Davoc Digital Signal, the other way of going digital.*« Begleitet von einem hypnotisierenden Brummen, fernöstlichem Glockengeläut und dumpfen Explosionsgeräuschen, klickte sich Pieper durch das sonderbare Davoc-Universum. »Jesus, das ist ja unheimlich ... René. Was zum Teufel ist das?« Piepers amerikanischer Akzent kratzte durch den Telefonhörer.

Er klickte auf die Abbildung der Smartcard, worauf sofort ein Text erschien: »... bisher hat sich die Informationstechnologie als miserabler Meister erwiesen. Davoc bietet nun ein Verfahren, mit dem wir die Informationstechnologie zu einem perfekten Sklaven machen.« Und: »Revolutionäre Konsequenzen ... Denken Sie darüber nach ... Wie wird die Industrie darauf reagieren?«

»Ich weiß es auch nicht genau«, antwortete Bickel dem Vorstandsmitglied von Philips Electronics. »Diese Seite ist von einem ehemaligen Investor. Inzwischen sind an dem Unternehmen andere Leute beteiligt. Wir arbeiten jetzt unter dem Namen Dipro. Also ... Roel, wie ich bereits sagte, es geht um eine Art Codierungstechnik, mit der Film- und Videobilder auf eine irrsinnig kleine Datenmenge komprimiert werden können. Der Erfinder behauptet, dass er rund zwölf Filme auf den Chip jeder x-beliebigen Kreditkarte speichern kann.«

»Wirklich?«, fragte Pieper. »Kann der Typ das auch demonstrieren?«

»Ja. Das ist ja gerade das Besondere an dieser Geschichte, Roel! Der Erfinder besitzt einen funktionierenden Prototyp.«

»Aha ... Und, hat dich das Teil überzeugt?«

»Ähm, nein, ich meine ... Ich selbst hab den Apparat noch nicht gesehen. Ich bin erst seit kurzem bei dem Projekt mit dabei.«

»Und was ist mit dem Erfinder? Hast du den schon getroffen?«

»Nein. Aber es ist wirklich was ganz Besonderes, Roel. Darum rufe ich dich an. Ich glaube, es gibt nur ein Unternehmen in den Niederlanden, das imstande ist, diese Technik weltweit zu patentieren und auf den Markt zu bringen. Das klingt bestimmt alles absurd, das weiß ich. Doch dieser Mann hat wirklich etwas Einzigartiges zusammengeschraubt.«

»Hm. Was für Leute arbeiten noch an diesem Projekt?«

»Es gibt da ein paar Investoren. Marcel Boekhoorn ist sicher der Wichtigste von ihnen. Er ist Anfang vierzig und hat in kurzer Zeit einige sehr erfolgreiche Deals abgeschlossen.«

»Versteht er was von Technologie?«

»Nein, er kommt aus der Old Economy. Sein Geld steckt in Bäckereien, Türen- und Fensterfabriken und ähnlichem Zeug.«

»Ist denn auch jemand dabei, der in Hightech investiert oder zumindest etwas von Technologie versteht?«

»Ja. Bart van Rheenen. Er ist Geschäftsführer von Dupaco und verkauft unter anderem Speicher- und Verschlüsselungstechnologien. Bart ist ein guter Bekannter von mir. Ich kenne ihn noch von World Online. Durch ihn bin ich auch zu diesem Projekt gekommen. Er hat die Erfindung schon mal im Einsatz gesehen.«

»Und, wie dachte er über die Sache?«

»Bart hat ein paar Experten von Oracle hinzugezogen. Die waren ziemlich beeindruckt und hätten die Technik am liebsten gleich mit nach Kalifornien genommen.«

»Okay, René. Wir treffen uns am Donnerstag. Um zwei Uhr kommst du mit diesem Boekhorst und so nach Amsterdam. Und sorg dafür, dass dieser Erfinder sein Zeug mitbringt.«

Roel Pieper hatte eine Vorliebe für neue Technologien und außergewöhnliche Geschäftsideen. Er scheute sich nicht davor, schnelle Entscheidungen zu treffen. Als er noch bei Tandem war, hatte Bickel ihm einen Businessplan in die Hand gedrückt, der lediglich eine DIN A4-Seite umfasste. Dennoch hatte Pieper ihn sofort abgesegnet. Er hatte ein Gespür für neue Trends. Und bisher hatte dieser Instinkt seiner glanzvollen Karriere nicht geschadet.

Schon als Kind hatte Roel Pieper – Jahrgang 1956 – immer besser sein wollen als die anderen. Auf der Jan Ligthart School in Vlaardingen hatte er nur Einsen und Zweien auf dem Zeugnis, sogar im Handarbeitsunterricht und in Gymnastik. Gegenüber Journalisten erzählte er gerne, was die Basis für seinen steilen Aufstieg in die Top-Liga der internationalen Computerbranche gewesen war. Bereits in jungen Jahren konnten ihm die Lehrer nur wenig Neues vermitteln: Während andere Kinder noch mühsam mit dem gewöhnlichen Lehrstoff beschäftigt waren, interessierten ihn bereits komplexere Zusammenhänge. Außerdem kümmerte er sich um die Schulkasse und war dadurch schon früh verantwortungsbewusst.

»Einer muss schließlich der Klügste sein.«
Roel Pieper

Es verging kein Tag, an dem Roel Pieper nicht alles dafür gab, den anderen voraus zu sein. Er wollte immer gewinnen, ständig die Nummer eins sein. Eine wichtige Voraussetzung für den Sieg ist ein guter Start, das wusste er als Segler nur zu gut. Im Alter von fünfzehn Jahren hatte er seinen Vater auf das Vorschiff verbannt und sich selbst zum Steuermann ernannt. Sein Vater verstand nichts vom richtigen Start beim Segeln, er riskierte zu wenig. Sein Vater war kein Siegertyp. Sein Vater war Leiter der Serviceabteilung von Simca Nederland, ein Monteur in höherer Position. Roel hatte größere Pläne.

Martin Meijsen begriff nicht, warum ihm Roel Pieper im ersten Jahr seines Mathematik-Studiums nicht aufgefallen war. Man konnte Roel nicht übersehen: fast zwei Meter groß, lange, blonde Haare. Noch dazu bewegte er sich mit dem krummen Gang eines verwundeten Tieres durch die Gänge der Technischen Hochschule in Delft. Der hagere Martin war von dem ausgeprägten Selbstbewusstsein des langen Jungen, der sich mit schlaffem Händedruck als ›Roel‹ vorstellte, beeindruckt.

Roel erzählte, dass er in seinem ersten Jahr an der TH Delft einen unglücklichen Unfall mit seinem Motorrad gehabt hatte. Er war mit einem Geisterfahrer zusammengestoßen. Während sein Mitfahrer vom Motorrad geschleudert wurde und mit seiner Sporttasche über den Asphalt rutschte, landete Roel nach einem Flug durch die Windschutzscheibe des Geisterfahrers auf dessen Beifahrersitz. Bei dem Aufprall waren seine Unterarmknochen wie dünne Zahnstocher zerbrochen, und sein linker Oberschenkelknochen hatte sein Becken durchbohrt. Zum Glück blieben Rücken, Kopf und Hals unverletzt. Deshalb hatte er das Krankenhaus zwei Monate später auf beiden Beinen gehend verlassen können. Roel war bewusst, dass er dem Tod gerade so entkommen war. Im Krankenbett hatte er viel Zeit gehabt, um über seine Zukunft nachzudenken.

Roel spielte in der niederländischen Basketball-Liga für die Greeneagles aus Maassluis. Er war der Center, der größte und körperlich stärkste Spieler, der zielgenaue Pässe verteilte und aus dem Sprung heraus sauber den Korb traf. Er hatte die Einstellung eines Gewinners und konnte seine Mitspieler zu Höchstleistungen motivieren. Doch ihm war auch bewusst, dass seine athletischen und technischen Leistungen nicht ausreichten, um jemals zu den Großen dieses Sports zu gehören, auch nicht, wenn er sich vollständig von seinem Unfall erholen sollte. Er hatte zwar einige Auswahlspiele für die niederländische Jugendnationalmannschaft bestritten, doch einen festen Platz im Team hatte er nicht bekommen. Und selbst wenn es ihm gelungen wäre, sich in die Eliteklasse des niederländischen Basketballs zu spielen – in den Niederlanden war Basketball nur eine schlechtbezahlte

Randsportart, die in grauen Mehrzweckhallen und unter geringem öffentlichem Interesse ausgetragen wurde.

Nein, seine Zukunft lag in der Welt der Computer. Eine Welt, die in der Fantasie der meisten Menschen aus einem hektischen Flugleitzentrum in Houston oder Apparaten mit blinkenden Lichtern in James-Bond-Filmen bestand. Nur wenige wussten, dass sich in einem Tal südlich von San Francisco eine mächtige Hightech-Industrie entwickelte. Dort machten 1974 – dem Jahr, in dem Pieper sein Studium in Delft begann – immer mehr Aprikosen- und Walnussbäume den Gebäuden der aufstrebenden Hightech-Unternehmen Platz. Dieses ausgedehnte Sammelbecken füllte sich langsam mit Menschen, die einer modernisierten Form des amerikanischen Traums nachjagten. Der nach Kalifornien ausgewanderte Niederländer Ralph Vaerst hatte diesem Phänomen aufsteigender Hightech-Unternehmen in der Zeitschrift *Electronic News* den Namen *Silicon Valley* gegeben.

Als Roel Pieper aus dem Krankenhaus humpelte, hatte er von den Entwicklungen in Kalifornien noch keine Ahnung. Dennoch war er überzeugt, dass die Computertechnologie die Gesellschaft durchdringen würde. Als er seinem Kommilitonen Meijsen die Hand schüttelte, wusste er genau, welchen Schwerpunkt er in seinem Mathematik-Studium wählen würde: Informatik.

»Roel wollte immer gewinnen, und das tat er auch. Egal, ob beim Kartenspielen, Radfahren, Fußball oder bei der Arbeit – ihn interessierte nur der Sieg. Nur mit mir hat er sich nie gemessen. Ich bin niemand, der einen Wettstreit unbedingt gewinnen muss. Bei mir würde die Energie in einem großen schwarzen Loch verschwinden. Außerdem arbeiteten Roel und ich zusammen. Anders hätte es auch nicht funktioniert.«

Martin Meijsen

Schon bald nach ihrer ersten Begegnung waren Pieper und Meijsen zu einem starken Team zusammengewachsen. Sie arbeiteten im gleichen

Tempo und hatten auch das gleiche Interesse für praxisnahe Fächer. Wenn sie die Wahl zwischen einer Klausur und einem Programmierauftrag hatten, entschieden sie sich stets für Letzteren. Durch ihre Zusammenarbeit konnten sie größere Projekte stemmen, und so entschlossen sie sich, die letzten Semester ihres Studiums gemeinsam anzugehen. Mit Professor Israël Samuel Herschberg fanden sie den idealen Mentor. Er war kein Theoretiker, sondern jemand, der Wert auf eine praxisnahe Ausbildung legte. Herschberg kam selbst aus der Wirtschaft und hatte erst vor kurzem seine Karriere bei Unilever beendet.

Im Privatleben verbrachten Meijsen und Pieper nicht so viel Zeit miteinander. Pieper wohnte in Vlaardingen, südlich von Delft, zusammen mit seiner Freundin in einem kleinen Reihenhaus des Arbeiterviertels. Meijsen lebte nördlich von Delft, in Voorschoten. Tagsüber kamen sie nach Delft, um zu studieren, doch abends trennten sich ihre Wege wieder.

»Roels Terminplan war bis obenhin voll. Er studierte eifrig, ging segeln und spielte Basketball. Und dann war da natürlich noch Etke, seine Freundin. Viel Platz für andere Dinge war da nicht.«
Martin Meijsen

Etke Klok und Roel Pieper hatten sich im Sommer 1975 kennen gelernt, am Anlegesteg des Molenhaven am Brielse Meer. Sie hatte alleine versucht, ihre Schakel-Jolle an den Steg zu ziehen, als ihr ein großer, blonder Junge auffiel.

»Hey, du! Kannst du vielleicht mal mit anfassen?«, rief die Siebzehnjährige ihm zu.

Roel half ihr gerne. Doch anstatt die Schakel-Jolle zum Anleger hinüberzuziehen, zog er aus Spaß an Etke. Als er sie wieder losließ, fiel sie der Länge nach auf den Steg. Die Narbe von der Wunde, die der Sturz an ihrem Knie hinterließ, sollte ein Andenken an ihre erste Begegnung bleiben.

Die beiden verliebten sich ineinander, und Roel konnte die ambitionslose Etke sogar dazu motivieren, ihren Realschulabschluss anzugehen. »Fliege mit den Adlern oder kratze mit den Hühnern«, waren die Worte, mit denen er ihr oft Mut zusprach.

Nach einem Jahr zogen sie zusammen, in ein kleines Fischerhaus in der Marisstraat. Es stand in der Altstadt von Vlaardingen, unweit des Reihenhauses im Ketelweg, wo Roels Eltern wohnten. Roel und Etke mieteten das Haus für fünfundsiebzig Gulden im Monat. In das enge Wohnzimmer stellten sie einen Esstisch sowie die elektrische Orgel von Roel und seine Stereoanlage, aus der oft der Gitarrenrock von Status Quo schallte. Weiter hinten im Haus befanden sich eine Küche und ein kleines Schlafzimmer. Ein Badezimmer gab es nicht.

Etke arbeitete im Außendienst eines Baufachhandels. Von den siebenhundert Gulden, die sie verdiente, und der Studienförderung von Roel konnten sie gut leben. An den Wochenenden feuerte Etke, zusammen mit den Freundinnen der anderen Spieler, die Greeneagles bei ihren Basketballspielen an. Und manchmal, wenn es ihm das Studium und das Basketballspielen erlaubten, ging sie mit Roel segeln.

Die schönste Erinnerung, die Etke von ihrer Zeit mit Roel bleiben sollte, waren ihre gemeinsamen Urlaube. Auf einer Honda 500 CC, mit zwei voll bepackten Motorradtaschen, einem Zelt auf dem Gepäckträger und die Arme um Roels Hüften geschlungen, überquerte sie zum ersten Mal in ihrem Leben die niederländische Grenze. Wochenlang fuhren sie durch ganz Europa. Es wurde ein jährliches Ritual.

Anfangs besuchten die beiden noch regelmäßig Roels Eltern. Mit seinem Vater und seinem Bruder Rik kam Etke gut aus. Roels Vater war ein interessierter und hilfsbereiter Mann. Mit Roels Mutter hatte Etke dagegen einige Schwierigkeiten. Dickie Pieper hatte zu allem eine Meinung und war eine sehr penible Frau. Das Haushaltsbuch im Ketelweg 63 wurde bis auf den Cent genau geführt, und sie wusste von jedem Gegenstand in dem Haus, wo er sich befand. Die besitzergreifende, ja, oft gierige Art von Mutter Pieper verängstige Etke – eigentlich seltsam, steckte in ihrem Roel doch viel von seiner Mutter.

Jan Pieper sollte den Studienabschluss und die Hochzeit seines ältesten Sohns nicht mehr erleben. Die Ärzte hatten bei ihm Lungenkrebs diagnostiziert. Das einzige Mal, dass Etke Roel weinen sah, war an jenem verregneten Tag im Mai 1979, als sein Vater nach langer Krankheit starb.

Professor Herschberg begleitete Roel und Martin zwei Jahre lang als Mentor. Er verschaffte den Studenten ein Praktikum bei seinem ehemaligen Arbeitgeber Unilever. Der niederländisch-britische Konzern beauftragte die beiden, ihre IBM-Software mit einem entsprechenden System der deutschen Software AG (SAG) zu vergleichen. Roel und Martin sahen sich beide Programme genau an und machten einige Tests. Mit den Fragen, die sie selbst nicht beantworten konnten, reisten sie in die Zentrale der Software AG nach Darmstadt.

»Roel kauerte mit angezogenen Beinen in meinem Renault 5. Der Bequemlichkeit halber hatte er sich ein Sitzkissen zwischen seine Knie und das Armaturenbrett geklemmt.«
Martin Meijsen

In Deutschland führten Roel und Martin zwei Tage lang Gespräche mit den Experten der Software AG. Anscheinend stellten sie die richtigen Fragen, denn wenige Tage später erhielten sie von SAG einen Anruf mit der Bitte, sich dem Vorstand vorzustellen. Das klang vielversprechend. Sie hatten noch nicht einmal ihr Studium abgeschlossen und bekamen bereits ein Flugticket nach Frankfurt angeboten, um die Chefs der Software AG, Peter Schnell und Peter Pagé, zu treffen.

Kurz nach dem Gespräch mit Schnell und Pagé lagen bei Roel und Martin die Arbeitsverträge im Briefkasten. Für ein Jahresgehalt von siebzigtausend Gulden konnten sie in Deutschland als Programmierer arbeiten. Das war wesentlich mehr, als sie bei Unilever verdient hätten. Natürlich musste Roel noch mit Etke darüber sprechen, doch sein Entschluss stand bereits fest.

Bevor sie nach Deutschland umzogen, gaben Roel und Etke zusammen mit Martin noch ein Abschiedsfest. Es dauerte allerdings nicht lange, bis Roel und Etke wieder in die Niederlande zurückkehrten – um zu heiraten. Es war die einzige Möglichkeit, Etke eine Aufenthaltsgenehmigung in Deutschland zu verschaffen. Mit den Hochzeitsgeschenken im Kofferraum ihres weinroten Peugeot 404 fuhren sie zurück nach Zeilhard, eine Kleinstadt, in der sie ihr neues Haus bezogen hatten. Die Wohnung in Deutschland war wesentlich größer als das Vlaardinger Fischerhaus. Sie war sogar so geräumig, dass Martin – der sich gut mit Etke verstand – im Keller wohnte.

Roel und Martin arbeiteten oft bis spät in die Nacht, während Etke sich nur mühsam in ihrer neuen Umgebung zurechtfand. Tagsüber arbeitete sie ein bisschen im Garten und kümmerte sich um den Haushalt. Sie freundete sich mit den Nachbarn an und begleitete Roel wieder zu Basketballspielen. Schließlich begann sie sogar, selbst zu spielen.

Die Geburt ihres ersten Sohns Bart bedeutete das Ende ihrer Wohngemeinschaft mit Martin. Roel kaufte ein Haus in Ober-Klingen, zehn Kilometer von ihrem alten Wohnort entfernt. Die Entfremdung zwischen den beiden jungen Männern hatte indessen schon eher begonnen. Obwohl sie sich früher versprochen hatten, weiter als Team zu arbeiten, waren sie bei SAG getrennter Wege gegangen. Martin betreute einen Kunden in Heidelberg, Roel blieb weiterhin in Darmstadt. Abends zu Hause waren sie mit ihren eigenen Dingen beschäftigt.

Die Software AG hatte bald auch international Erfolge und erlebte zu Beginn der achtziger Jahre eine enorme Wachstumsphase. Hierin sah Roel seine persönliche Chance. Nach zwei Jahren hatte er genug vom Programmieren. Er wollte mehr erreichen und meldete sich zu einem Managementkurs in Delft an, einen Crashkurs für Leute mit technischem Hintergrund, die Führungsqualitäten erlangen wollten.

»Seine Teilnahme an diesem Kurs hängte Roel nicht an die große Glocke. Ich wusste zwar davon, aber Pagé hat er es nicht erzählt. Damit war eine Konfrontation eigentlich schon vorprogrammiert. Denn den Posten, den Roel gerne einnehmen wollte, besetzte seinerzeit Peter Pagé.«
Martin Meijsen

Roel Pieper bewunderte seinen charismatischen Chef Peter Pagé. Pagé kombinierte sein technisches Know-how mit einem ausgeprägten Geschäftssinn. Außerdem besaß er Überzeugungskraft und Führungsinstinkt. Trotz der deutschen Vorliebe für formelle Umgangsformen sprach er seine Mitarbeiter am liebsten beim Vornamen an.

Formell war der SAG-Gründer Peter Schnell der oberste Chef, doch Pagé bestimmte die Marschrichtung. Schnell spielte inzwischen die Rolle des brillanten Technikers, der sich mit der Entwicklung der Datenbank-Software beschäftigte. Es war Peter Pagé, der SAG zu einem international erfolgreichen Unternehmen gemacht hatte. Er war ›Mister Software AG‹. Und das war es, was Pieper auch anstrebte.

Pieper suchte die Nähe zu seinem Chef. Er wusste Pagé für sich einzunehmen und kaufte sogar mit ihm gemeinsam ein Segelschiff, eine kanadische CS 36. Das Schiff lag im Yachthafen von Hellevoetsluis, nur wenige Kilometer von Piepers Elternhaus entfernt. An den Wochenenden segelten der Meister und sein Schüler regelmäßig in Richtung Voorne Putten. An Bord der *Favonius* – so hatte Pieper die Yacht getauft – kehrten sich die Rollen des Vorgesetzten und seines Angestellten um. Obwohl Pagé den größten Teil des Schiffs finanziert hatte, musste er Roel als erfahreneren Skipper anerkennen. Bei SAG hielt Pagé dagegen das Ruder fest in der Hand.

Als Etke zum ersten Mal wahrnahm, dass ihre Ehe mit Roel Risse hatte, war sie im achten Monat mit ihrem zweiten Sohn Koen schwanger. Roel war gerade aus den Vereinigten Staaten zurückgekommen, wo er an einer Konferenz teilgenommen hatte. Etke begleitete Roel schon seit langem nicht mehr auf seinen Geschäftsreisen. Sie fühlte sich unter den Frauen seiner Kollegen nicht wohl. Und seit der Geburt ihres ersten Sohns hatte sie dafür ohnehin keine Zeit mehr. Nun beichtete Roel ihr nach seiner Heimkehr einen Seitensprung. Etke war am Boden zerstört.

Einige Monate später sagte Roel ihr, dass er eine andere Frau kennen gelernt hatte. Sie arbeitete ebenfalls bei SAG, im Münchner Büro, wo sie eine leitende Funktion ausübte. Genau wie Roel hatte sie einen technischen Hintergrund. Ihr Name war Ricka Katharina Schmid, und sie war die Tochter eines Obst- und Gemüsegroßhändlers.

»Ricka war einfach bezaubernd.«
Roel Pieper

Roel brauchte Zeit, bevor er eine Entscheidung traf. Etke war mittlerweile zum dritten Mal schwanger und glaubte, dass Ricka Roel deshalb aufgeben würde. Sie täuschte sich. Als Robbie zur Welt kam, stand Ricka als eine der Ersten mit einem Strauß Blumen neben Etkes Wochenbett.

Roel beteiligte Etke an seiner Partnerwahl. Er lud Ricka zu ihnen nach Hause ein, sie machten einen gemeinsamen Segeltörn und fuhren sogar mit den Kindern in den Urlaub nach Lanzarote.

Etke realisierte, dass sie den Kampf mit Ricka verlieren würde. Ricka war hochgebildet, ambitioniert und immer makellos gekleidet. Sie war für Roel begehrenswerter als sie selbst, die gerne bei einer Tasse Kaffee mit der Nachbarin strickte. Nein, der Kampf war entschieden, eigentlich schon lange bevor Ricka selbst schwanger wurde und Roel Etke davon berichtete.

Es dauerte noch ein halbes Jahr, bis Roel das Haus verließ und mit Ricka zusammenzog. Seit seiner ersten Begegnung mit Etke auf dem Jollensteg waren genau zwölf Jahre vergangen. Roel nahm seinen ältesten Sohn Bart mit, Koen und Robbie blieben bei ihrer Mutter. Die Scheidungspapiere landeten erst zwei Jahre später in Etkes Briefkasten. Da wohnten Roel, Bart und Ricka bereits in den Vereinigten Staaten und Etke wieder in den Niederlanden in Hellevoetsluis. Als Koen und Robbie heranwuchsen, merkte Etke irgendwann, dass beide nicht vollkommen gesund waren.

Mit dem Wechsel zur amerikanischen Abteilung von SAG in Reston, Virginia begann der zweite Abschnitt von Roel Piepers Leben. Er war jetzt zweiunddreißig Jahre alt und Leiter der SAG-Forschungs- und Entwicklungsabteilung im Land der unbegrenzten Möglichkeiten.

Pieper arbeitete sich bis zum *Vice President* der Abteilung hoch und entdeckte bald neue Wachstumsmöglichkeiten für SAG: innovative Produkte und Technologien, ein verbessertes Steuerungssystem für bestehende Produktlinien. Er hatte genügend Pläne. Doch zum ersten Mal in seiner Karriere stieß er auf Vorgesetzte, die seine Pläne nicht unterstützten. In Piepers Augen trafen Pagé und Schnell nicht mehr die richtigen Entscheidungen. Es war an der Zeit, dass jemand anderes die Verantwortung übernahm. Und Pieper war der Meinung, dass bei SAG nur eine Person dafür infrage kam: er selbst. Zwangsläufig musste er nun den Kampf mit dem Mann antreten, mit dem er sich noch immer eine Yacht von zwölf Metern Länge teilte.

»Sobald jemand Roel herausfordert, nimmt er den Kampf an. Bei ihm ist das beinahe eine Obsession. Wenn man es mit Roel länger aushalten will, muss man seine Autorität anerkennen. Anderenfalls gerät man mit ihm aneinander. Und zwar sehr heftig. Was die damalige Situation anging: Ich sah das alles ein wenig anders. Er war derjenige, der meinen Posten anstrebte. Dafür musste er erst mal an mir vorbei, und ich war keineswegs gewillt, meinen Posten zu verlassen.«

Peter Pagé

Zu Pagés großem Missfallen versuchte Pieper, das Vertrauen von Schnell zu gewinnen. Pagé hatte das Gefühl, dass sein Zögling sich hinter seinem Rücken zu profilieren versuchte. Und darüber war der Deutsche überhaupt nicht erfreut. Er hatte den Eindruck, dass Pieper in den USA eine Entwicklung nahm, worauf er keinen Einfluss mehr hatte. Pieper war noch karrierebewusster geworden.

»Roel, du willst alles so schnell«, sagte Pagé eines Tages zu Pieper. »Stell dir vor, du bist vierzig und hast schon alles erreicht. Was willst du dann noch machen?«

»Roel kannte nur ein Ziel, und darüber sprach er auch regelmäßig: Er wollte dazugehören. Sein Name sollte in einem Atemzug mit den ganz Großen der Computerbranche genannt werden.«
Peter Pagé

Männer wie Bill Gates, Steve Jobs oder Larry Ellison – Pieper sprach über sie, als ob sie seine besten Freunde wären. Zu dieser Gruppe zu gehören, so ließ er Pagé wissen, war sein Ziel. Und er fand, dass er, angesichts seiner Möglichkeiten, auch Anspruch darauf hatte.

»Ich habe ihm damals in aller Offenheit gesagt, dass er mit seinen Ambitionen und Forderungen bei der Software AG fehl am Platze ist. Ich war davon überzeugt, dass er seine Talente bei einem anderen Unternehmen besser zur Geltung bringen kann. Dazu kam, dass ich einige Projekte von Roel abgeblasen hatte. Er war jemand, der sofort auf neue Dinge ansprang, selbst wenn die Technologie noch nicht ausgereift war. Roel hatte es eilig, und er wollte Treffer landen, auch wenn er in der Verteidigung stand. Wäre es nach Roel gegangen, wären wir mit der Software AG in Konkurrenz zu Microsoft getreten. Ich hielt nichts von solchen Plänen. Die Software AG bestand schon seit zwanzig Jahren. Die Geschwindigkeit und Flexibilität

eines Unternehmens wie Microsoft hatten wir Ende der achtziger, Anfang der neunziger Jahre. Wenn wir gegen Bill Gates angetreten wären, hätte das unseren sicheren Untergang bedeutet.«
Peter Pagé

Pieper verließ SAG, während Ricka schwanger mit seinem fünften Sohn und seine Aufenthaltsgenehmigung in den USA noch immer an ein festes Arbeitsverhältnis gebunden war. Ein findiger Headhunter führte ihn Ende 1991 in das Zentrum des Machtkampfs um das wichtigste Computer-Betriebssystem der Welt: Unix. In seiner ersten Funktion als *Executive Vice President Marketing and Sales* von Unix Systems Laboratories (USL) erhielt er wichtige Entscheidungsbefugnisse. USL war Teil der weltbekannten Bell Laboratories von AT&T und der einflussreichste Hersteller von Unix. Der amtierende CEO, Larry Dooling, hatte elf andere Computerunternehmen gefunden, die sich an USL beteiligen wollten. Von nun an sollte USL unabhängig agieren, ohne die mächtige Muttergesellschaft AT&T und unter dem vertrauensvollen internationalen Management von ... Roel Pieper.

Von dem Moment an, als Pieper das Management des Unternehmens übernahm, war es sein Ziel, aus dem reinen Forschungs- und Entwicklungsunternehmen ein marktorientiertes Unternehmen zu formen. Er ergriff seine Chance, nun den Kampf mit Microsoft aufzunehmen. Wie ein Prediger verbreitete er seinen Plan, mit USL den Markt für PC-Betriebssysteme zu erobern, jenen Bereich, den Microsoft bisher praktisch als Alleinherrscher regierte. Obwohl es USL gelang, die AT&T-Unix-Version System V zum Industriestandard zu bringen, misslang der Plan, einen Fuß in den Desktop-Bereich zu bekommen. AT&T, die noch immer die meisten Anteile an USL hielten, beschlossen Ende 1993 wegen ausbleibenden Erfolgs, sich von dem Tochterunternehmen zu trennen. Pieper wickelte das Geschäft ab und verkaufte USL für dreihundertfünfzig Millionen Dollar an Novell. Während der Übernahme gab es Gerüchte, dass Roel Pieper potenzieller Nachfolger von Novell-Chef Raymond Noorda wird. Doch es sollte anders kommen …

> *»Man kann nicht früh genug damit anfangen, allen zu verkünden, wer man ist und was man tut. Sobald man eine Neuigkeit zu verkünden hat, sollte man dies auch tun.«*
> Roel Pieper

Schon seit seiner Zeit bei SAG war Roel Pieper regelmäßig bei Messen, Seminaren und Pressekonferenzen aufgetreten. Seine beinahe zwei Meter Körperlänge und seine lockere Haltung beeindruckten die Zuhörer. Mühelos formulierte er amerikanische Weisheiten, die er meist in leicht verständliche Einzeiler packte. Wie ein Lehrer verkündete er seine Botschaft. Er sprach von *Boxes of Truth*, jenen Perioden, in denen Unternehmen aufgrund technischer Entwicklungen richtungsweisende Entscheidungen treffen mussten.

Bei einer dieser Gelegenheiten, als Roel etwas Neues zu verkünden hatte, traf er den Tandem-Gründer Jimmy Treybig. Dieser war früher beim niederländischen Elektronikmarkt Makro auf die Idee gekommen, Computer zu bauen, die nicht abstürzen. Tandem war berühmt für seine störungssicheren Computer, in denen alle wichtigen Teile doppelt vorhanden waren. Nahezu alle großen Banken und Wertpapierbörsen verwendeten diese Systeme.

Der Texaner Treybig war sehr beeindruckt von Piepers Elan und seiner Überzeugungsfähigkeit. Er sah in ihm den neuen Mann für die angeschlagene Tandem-Tochter Ungermann Bas Networks (UB Networks).

> *»Ich sah da diesen Kerl, der Chef von Unix war und damit beschäftigt, sein Unternehmen medienwirksam in Szene zu setzen. Seine Art, mit der Presse umzugehen – genau so jemanden brauchten wir zu der Zeit bei Tandem.*

Wenn man wie ich ein Unternehmen aus dem Nichts aufgebaut und jetzt zehntausend Angestellte hat, dann weiß man, wer geeignet ist.«
Jimmy Treybig

Für Roel Pieper brachen 1993 sonnige Zeiten an. Er zog von der Nordost-Küste der USA nach Silicon Valley in Santa Clara, Kalifornien und wurde dort CEO von UB Networks.

Seit seinem letzten Studienjahr hatte der selbstsichere Europäer ein seltsames Haarbüschel auf seiner Oberlippe stehen lassen – eine völlig unübliche Erscheinung im ›Valley‹, wo Gesichtsbehaarung bei den Krawattenträgern ebenso merkwürdig war wie ein dreiteiliger Nadelstreifenanzug bei den Computerfreaks.

»*We make networks work*«, verkündete Pieper in seiner neuen Position auf internationalen Messen und Pressekonferenzen.

Gleichzeitig nahm er bei UB Networks tief greifende Einschnitte vor: Von den eintausendsiebenhundert Mitarbeitern blieben nach sechs Monaten noch eintausendeinhundert übrig. Die Entlassungen waren nötig gewesen. UB Networks produzierte wichtige Technologien für ATM-Netzwerke, die unter anderem für Geldautomaten genutzt wurden, sowie Bausteine für die elektronische Datenautobahn, wie zum Beispiel große Schalteinheiten (*Switches* und *Hubs*). Doch die Konkurrenz auf diesem Markt war groß, und UB Networks fuhr hohe Verluste ein.

Nach der Sanierung wollte Pieper neue Märkte erobern. Sein Ziel war, in größere, profitablere Segmente vorzustoßen: Breitbandkommunikation für den E-Commerce, interaktive Software, Virtual Reality. UB Networks sollte interaktive, dreidimensionale Plattformen entwickeln, die von mehreren Benutzern gleichzeitig verwendet werden konnten.

»Roel hatte eine Vision rund um Dinge wie Virtual Reality oder Video on Demand. Diese Technologien standen alle kurz vor der Marktreife. Deshalb lud er Bill Gates zu einer unserer Konferenzen ein. Roel arbeitete ständig daran, seine Visionen zu verbreiten.«

Jimmy Treybig

Die Medienpräsenz eines CEO und die Art und Weise, wie dieser seine Pläne erläuterte, waren in den Augen von Roel Pieper bestimmende Erfolgsfaktoren. Ein gutes Image sorgte automatisch für ein gutes Verhältnis zu Kunden, der Presse, dem Personal und der Finanzwelt.

Im Juni 1995 kam in die so genannte ›Visibility-Kampagne‹ von Roel Pieper frischer Wind, als er sich im Namen von UB Networks als Mäzen präsentierte. Auf einer gut besuchten Veranstaltung in Hollywood gab UB Networks, zusammen mit dem Telekommunikationsunternehmen Sprint, dem Chiphersteller Intel Corporation und dem Virtual-Reality-Entwickler Worlds Inc., seine Teilnahme an dem Wohltätigkeitsprojekt Starbright World bekannt.

Steven Spielberg war Vorsitzender dieser Stiftung, die sich das Ziel gesetzt hatte, »chronisch kranken Kindern den täglichen Umgang mit den Schmerzen, der Einsamkeit, dem Stress und dem Verlust ihrer Jugend zu erleichtern«, so die Pressemitteilung. Die Kinder – oft geschwächt von Chemotherapien, Operationen oder einer schleichenden Krankheit – bekamen durch die vier Technologieunternehmen die Möglichkeit, vom Krankenbett aus mit Freunden auf einem virtuellen Spielplatz zu spielen. Die CEOs der Firmen beteuerten vor der versammelten Presse, wie wichtig ihnen die Teilnahme an diesem Wohltätigkeitsprojekt sei. Pieper erklärte im Namen von UB Networks, dass er stolz darauf sei, eine Netzwerktechnologie entwickelt zu haben, die dazu beitrage, das Leid der Menschen auf der Erde zu verringern. Das Projekt Starbright World wurde in allen Ländern von der Presse hoch gelobt.

»Ich war dreiundzwanzig Jahre lang Chef von Tandem, und nach Meinung unseres Aufsichtsratsvorsitzenden Tom Perkins war es an der Zeit, jemand anderem das Steuer zu überlassen. Er hatte auch schon einen Nachfolger im Blick. Tom verstand sich bestens mit Roel. Sie gingen beide gern segeln und hatten auch privat sehr viel Kontakt. Ich fand auch, dass Roel ein netter Kerl war. Das fand ich schon, als ich ihn einstellte. Er war zwar keine Person, die geduldig an einer Wachstumsstrategie arbeitete, aber ein Mann, der Visionen zu verkaufen wusste.«

Jimmy Treybig

Tandem, das Mutterunternehmen von UB Networks, war durch sein spezialisiertes Produktangebot in einem schwierigen Bereich der Computerindustrie gelandet. Tandem-Systeme wurden durch Wertpapierbörsen, Banken und Finanzinstitute genutzt. Neunzig Prozent der weltweiten Börsengeschäfte und achtzig Prozent des Geldautomatenbetriebs wurden mit Tandem-Computern durchgeführt, weshalb man das System auch *The Fort Knox of Moving Money* nannte. Doch kleine Computer wurden immer schneller und leistungsfähiger. Andere Hersteller kamen auf den Markt, die für die großen Systeme von Tandem immer bedrohlicher wurden. Zwar hatte Tandem noch einen beträchtlichen technologischen Vorsprung, vor allem im Softwarebereich, doch der Umsatz sank und die Gewinne gerieten unter Druck. Langfristig gesehen war es besser, wenn Tandem sich unter die Fittiche eines großen Computerkonzerns begab. Dafür kam allerdings nur eine sehr begrenzte Anzahl von Kandidaten infrage, und zwar die größten Computerhersteller, wie Sun Microsystems, Hewlett Packard und IBM, Unternehmen, die selbst auf den Markt von Tandem drängten. Treybig und Perkins hatten bereits mit Compaq in Houston verhandelt, doch es war ihnen nicht gelungen, den texanischen Computerhersteller zu überzeugen.

Nun war es an Pieper, einen Übernahmepartner zu finden. Im Januar 1996 löste er Treybig als CEO von Tandem ab. Sein Auftrag: aus Tandem eine attraktive Beute machen und das Unternehmen so teuer wie möglich verkaufen. Der Arbeitsvertrag, den Pieper unterschrieb, enthielt größtenteils Paragraphen, die eine eventuelle Übernahme betrafen.

> *»Tom Perkins war für mich eine Art Mentor, und meinen Aufstieg bei Tandem hatte ich in erster Linie ihm zu verdanken.«*
> Roel Pieper

Nach dem Verkauf von UB Networks hatte Pieper das Starbright-World-Projekt für todkranke Kinder mit zu Tandem genommen. Der Kontakt, den er über Steven Spielberg zu Hollywood hergestellt hatte, wurde durch ein neues Projekt noch enger. Der Begriff ›elektronische Datenautobahn‹ war schon seit geraumer Zeit durch den des ›Internet‹ ersetzt worden, und 1996 dann gründeten Tandem und die Filmstudios das gemeinsame Tochterunternehmen Planet Hollywood Online. Gemeinsames Ziel war es, Filme über das Internet zu verbreiten.

Mit den Himalaya-Systemen von Tandem konnten große Datenmengen, wie eben Filme, schnell über gesicherte Netzwerke versandt werden. America On Line benutzte das System zum Beispiel, um gigantische Mengen an E-Mails zu verarbeiten. Tandem verfügte außerdem über ein Abrechnungssystem, mit dem man bestellte Filme online bezahlen konnte. Mit diesen Trümpfen wusste Pieper die Filmindustrie, die sich vor der Verbreitung von Raubkopien im Internet fürchtete, für sich zu gewinnen.

Pieper wollte mit Tandem auch andere neue Märkte erobern, doch dazu musste er den Bekanntheitsgrad der Firma steigern. Er investierte Millionen in Werbespots, sponserte das legendäre Yachtrennen *Whitbread Race Around The World* und reiste um die Welt, um Tandem der Öffentlichkeit vorzustellen. Auch die TV-Networks wurden auf ihn aufmerksam. Mit unvergleichlicher Regelmäßigkeit durfte der niederländische CEO von Tandem – die Amerikaner sprachen seinen Namen »Rule Paiper« aus – der kritischen Öffentlichkeit erklären, was er mit dem Erbe von Treybig anfangen wollte.

Pieper wusste, dass er nur durch die Entwicklung neuer Produkte und den Einstieg in neue Märkte Tandem zu einem interessanten Übernahmekandidaten machen konnte. Und so wagte er seinen bis dahin einfallsreichsten, aber auch riskantesten Schachzug. Pieper sprang in die Arme jenes Unternehmens, das von vielen Firmen in der Computerbranche, darunter auch Tandem, als Feind betrachtet wurde: Microsoft.

»Wenn man auf Steve Ballmer[1] zugeht, dann tut man das nicht, weil man denkt, dass er so ein netter Typ ist. Ich wusste genau, was ich von Microsoft wollte, und ich wusste auch, welchen Nutzen Microsoft von uns haben sollte.«
Roel Pieper

Microsoft wusste, dass die eigene Software nicht für den Einsatz auf Großrechnern geeignet war. Im Bereich der großen, professionellen Computersysteme sah man auf die instabilen Applikationen und Betriebssysteme des Softwareriesen mit einem Lächeln herab. Pieper selbst beschrieb das Windows NT-System einmal überheblich als »nicht viel mehr als einen gelungenen PR-Gag«. Microsoft fehlte es an Glaubwürdigkeit; man traute dem Giganten nicht zu, Unternehmens-Software zu entwickeln. Tandem dagegen verfügte über eine hochwertige Software und genoss – was noch viel wichtiger war – das Vertrauen des Marktes. Pieper seinerseits wollte mithilfe von Microsoft auf den Markt für kleinere PC-Systeme gelangen. Doch dazu musste er die Kronjuwelen von Tandem – die patentierte Non-Stop-Software – an den Erzfeind ausliefern und den ausgezeichneten Ruf des Unternehmens als Lieferant fehlerfreier Computer aufs Spiel setzen. Microsoft kaufte Tandem die Software für fünfzig Millionen Dollar ab. Die Programmierer fingen daraufhin sofort an, die Tandem-Technologie anzupassen.

---

[1] CEO von Microsoft; Anm. d. Übers.

Der Deal mit Microsoft war ein Durchbruch. Tandem wurde plötzlich ein hoch attraktiver Übernahmekandidat. Durch weitere Einschnitte wurde das Unternehmen auch wieder gewinnbringend, und Pieper konnte sich dem zweiten Teil seines Auftrags widmen: dem Verkauf von Tandem.

Der Deal mit Microsoft führte dazu, dass Pieper ein Dreivierteljahr später eine Einladung zum ersten ›Microsoft-CEO-Gipfeltreffen‹ in Seattle erhielt. Der Microsoft-Gründer und mächtigste Geschäftsmann der Welt, William Henry Gates III, lud Anfang Mai 1997 über hundert der einflussreichsten CEOs weltweit zu einer geschlossenen Veranstaltung in das Four Seasons Olympic Hotel in Seattle. Die Schwergewichte der Wirtschaft wollten über »die Herausforderungen und Chancen in einem neuen technologischen Zeitalter« beraten.

Auf der streng geheim gehaltenen Gästeliste befanden sich Namen wie Steve Case (AOL), John Chambers (Cisco), Michael Dell (Dell Computers), Eckhard Pfeiffer (Compaq), Richard Grasso (NYSE), Cor Boonstra (Philips) und zahlreiche andere Namen der Bosse milliardenschwerer Unternehmen.

Roel Pieper und Eckhard Pfeiffer hatten sich vor der Konferenz in Seattle nur ein einziges Mal getroffen. Der deutsche Chef von Compaq war sofort begeistert von Pieper, mit dem er sich ohne Probleme in seiner Muttersprache unterhalten konnte.

Pfeiffers Unternehmen arbeitete schon länger mit Tandem zusammen. Die Partnerschaft hatte bisher allerdings nicht zu einem ernsthaften Flirt zwischen den beiden Computerkonzernen geführt.

»Hör mal, Eckhard«, sagte Pieper, nachdem sie gerade über die Kooperation der beiden Unternehmen gesprochen hatten. »Lass uns morgen beim Frühstück noch einmal über die Sache reden. Bisher läuft die Zusammenarbeit noch nicht optimal. Und das bringt uns beide nicht wirklich weiter.«

Zunächst fand aber an diesem Abend erst einmal die Einweihungsparty von Bill Gates statt. Dessen fünfundfünfzig Millionen Dollar teures, am waldreichen Ufer des Lake Washington gelegenes Haus war kurz vor der Konferenz fertig gestellt worden, und König Bill hatte alle Teilnehmer zu einer angemessenen Einweihung des siebentausenddreihundert Quadratmeter großen Luxusanwesens eingeladen.

Am nächsten Morgen saßen Pieper und Pfeiffer wie verabredet gemeinsam am Frühstückstisch. Pfeiffer schien große Wachstumspläne für Compaq zu haben, jenes Unternehmen, bei dem er schon seit vierzehn Jahren arbeitete und das er seit 1991 leitete. Ihm war es gelungen, das sich in einer Krise befindende Unternehmen in wenigen Jahren zum größten PC-Hersteller der Welt zu machen. Und nun wollte er in die Liga der ganz Großen aufsteigen. Solange er sich erinnern konnte, hatten immer die drei Buchstaben von IBM auf Platz eins der Weltrangliste der erfolgreichsten Computerproduzenten gestanden. Das wollte Pfeiffer ändern. Es gab nur ein Problem: Compaq verfügte nicht über die Technologien und Produkte, die solche Ambitionen rechtfertigten.

Das Gespräch war für beide Männer sehr aufschlussreich. Am 11. Juni, knapp vier Wochen später, flog Pieper mit seinem Stellvertreter Enrico Pesatori nach Houston. Dort gelang den beiden etwas, was Treybig und Perkins in der Vergangenheit nicht geschafft hatten: Sie verkauften Tandem an Compaq.

Pieper und Pfeiffer wählten das neubarocke St. Regis Hotel in der 5th Avenue in New York, um die Übernahmegespräche abzuschließen. Umgeben von poliertem Marmor, blitzendem Kupfer, mit Seide verhüllten Mauern und reserviert lächelndem Hotelpersonal, verkaufte Pieper Tandem in einem *All Stock Deal* für drei Milliarden Dollar an Compaq, fünfzig Prozent mehr, als der Börsenwert des Unternehmens zu jener Zeit betrug. Die Aktionäre von Tandem, die vollständig mit Compaq-Aktien abgefunden wurden, sahen den Kurs ihrer Anteile in den Monaten nach der Übernahme sich mehr als verdoppeln.

Bald nachdem Tandem von Compaq geschluckt worden war, begannen die Vermutungen um Piepers Zukunft.

»Pieper: Kronprinz von Pfeiffer«, titelte das niederländische Magazin *Computable*. »Der vierzigjährige ehemalige Basketballnationalspieler wird von vielen als Nachfolger von Compaq-CEO Eckhard Pfeiffer (57) gesehen.«

Nach der Übernahme wurde Pieper zum *Senior Vice President* ernannt. Zudem leitete er das ehemals eigenständige Unternehmen Tandem auch weiterhin. Als Pieper im September die Verantwortung für die weltweiten Verkaufs- und Marketingstrategien anvertraut wurden, entstanden sofort die ersten Gerüchte, er werde Pfeiffer vom Thron stoßen.

Eckhard Pfeiffer musste sich zunächst daran gewöhnen, auf welche Art Roel Pieper die Dinge anging. Der reservierte Deutsche – er hatte seine Karriere einst als Controller begonnen – hatte nicht viel übrig für Piepers spektakuläre öffentliche Auftritte.

»Tandem war an einigen öffentlichen Aktivitäten beteiligt, die nach der Übernahme selbstverständlich eingestellt wurden. So hatte das Unternehmen zum Beispiel Roels Segelambitionen, wie das Whitbread Race Around The World und andere solcher Aktivitäten, gesponsert. Ich kann mich auch noch gut erinnern, dass ich für einen Vortrag auf der Computermesse Comdex in Las Vegas einen Berater anheuerte, den Roel immer für seine Las-Vegas-Auftritte nutzte. Ich traf mich mit dem Mann, um über die Details meiner Präsentation zu sprechen. Dieser PR-Fuzzi zeigte mir das Konzept und das Budget …
›Was ist das?‹, fragte ich. ›Wie kommen Sie auf diese Zahl hier unten?‹
Ich konnte mich nur mit viel Mühe beherrschen.
›Das ist das Budget, das wir brauchen‹, sagte dieses PR-Jüngelchen.
›Sind Sie vollkommen übergeschnappt?‹, sagte ich. ›Das kann doch nicht wahr sein. Müssen wir so viel Geld für eine Präsentation ausgeben? Wofür zum Teufel brauchen wir das alles?‹
Das Geld war anscheinend für eine extra für den Vortrag entworfene Bühne nötig. Dann waren da auch noch die eigenartige Dekoration und die Geschenke für die anderen Gastredner und was nicht alles noch. Ich fragte den Mann, was ihm durch den Kopf gegangen sei, dass er mit so etwas ankomme.
›Tja, so mussten wir es auch immer bei Roel machen‹, war seine Antwort.

Roel liebte große Auftritte. Es musste eine Show sein. Seine Meinung ist: Entweder man haut richtig auf die Pauke, oder man lässt es lieber bleiben.«
Eckhard Pfeiffer

Pfeiffer setzte die Prioritäten anders. Es musste noch viel an der Integration der beiden Unternehmen und der Ausarbeitung der beabsichtigten Strategie getan werden. Doch Roel wohnte mit seiner Familie immer noch in Kalifornien und reiste als Marketingdirektor um die Welt, um mit Kunden und Managern zu sprechen. In Houston war er nur selten.

»Ich hätte gewollt, dass er öfter da gewesen wäre. Das Unternehmen befand sich in einer wichtigen Phase. Die Integration von Tandem war in vollem Gang, und uns war in diesem Moment bewusst, dass die Übernahme noch lange nicht abgeschlossen war. Außerdem waren wir damit beschäftigt, Digital Equipment Corporation (DEC) zu übernehmen. Da hätten wir ihn gern mehr einbezogen.«
Eckhard Pfeiffer

Pieper war kein Befürworter der DEC-Übernahme. Seiner Meinung nach folgte sie viel zu schnell auf die Akquise von Tandem. Daher war es auch nicht verwunderlich, dass er sich um die anstehende Übernahme weniger kümmerte. Trotzdem war er jemand, der sich gerne auf hohem Niveau unterhielt. Pieper liebte es, Kunden zu treffen und mit ihnen über Technologien, Märkte und die Zukunft zu reden.

»Ich erinnere mich noch daran, wie wir uns über bestimmte Aktivitäten unterhielten, darüber, wohin das Unternehmen in Zukunft steuern sollte und wie wir am besten unsere Strategie kommunizierten. Es stellte sich

heraus, dass Roel ein regelmäßiger Besucher des Aspen Institute war, einer Art Diskussionsclub für politische Visionäre, der ein hohes Ansehen genoss. Solche Dinge kennzeichneten ihn als jemanden, der gerne der ›visionäre Führer‹ sein wollte.«

Eckhard Pfeiffer

Das Aspen Institute ist eine Art *Think Tank* für *High Potentials* und Top-Leute aus der Wirtschaft. Der Preis für die elitären Seminare in einem Bergdorf in Colorado beträgt einige tausend Dollar.

Unter der Anleitung von Mentoren können sich die Teilnehmer tagelang in die Werke großer Philosophen, Wissenschaftler, Politiker und Künstler vertiefen – mit dem Ziel, »... einer Führungsfigur Zugang zu ihrer eigenen Menschlichkeit zu verschaffen, und zwar durch ein höheres Selbstbewusstsein, mehr Selbstkritik sowie eine höhere Selbstzufriedenheit«, so der Gründer des Instituts.

Ehemalige Politiker wie Robert McNamara, Henry Kissinger oder Madeleine Albright trafen hier mit einflussreichen Vertretern aus der Wirtschaft zusammen.

Im Sommer 1997 wurde Pieper unter mehreren hundert Kandidaten für das prestigeträchtige Henry Crown Fellowship-Programm des Aspen Institute nominiert. Von den Anwärtern, die nicht älter als fünfundvierzig Jahre sein durften, alle einen außergewöhnlichen Hintergrund hatten und über Führungsqualitäten verfügten, blieben schließlich noch zwanzig übrig. Sie durften als erste am Crown Fellowship teilnehmen. Zu seiner großen Enttäuschung wurde Pieper jedoch, weil er einige Pflichtseminare verpasste, später nicht in das Netzwerk aufgenommen.

Drei Monate nach seiner Beförderung zum Marketing- und Verkaufsdirektor verließ Pieper Compaq. Die Börsenanalysten waren trotz der Gerüchte, dass Pieper Pfeiffer vom Thron stoßen werde, nicht überrascht. Nur wenige Insider hatten ernsthaft erwartet, dass Pieper als ehemaliger Chef von Tandem nach der Übernahme bei Compaq bleiben würde. Lediglich die Kürze der Verweildauer überraschte sie. Warum verließ er das Unternehmen schon nach drei Monaten? Er war doch mitverantwortlich für die Integration von Tandem.

Pfeiffer selbst dagegen verwunderte das nicht.

> *»Er wurde doch als jemand gesehen, der nach dem Verkauf eines Unternehmens, bei dem er die Führung innehatte, weiterzog. Manche wunderte das. War er nun jemand, der Unternehmen aufbaute, oder jemand, der sie auflöste? War er nur auf den schnellen Erfolg aus, um dann festzustellen, dass es für ihn nichts mehr zu holen gab?«*
> Eckhard Pfeiffer

»Meine größte Stärke ist die Führung und das Formen eines Unternehmens. Der Stellvertreter, die Nummer zwei zu sein, ist nicht schlecht, ich jedoch bin lieber die Nummer eins«, erklärte Pieper gegenüber der Zeitung *De Volkskrant*, nachdem er Compaq verlassen hatte. Aber war Pieper überhaupt die Nummer zwei bei Compaq gewesen, wie seine Aussage suggerierte?

> *»Nein, das war er nicht. Sicherlich war seine Arbeit im Vorstand sehr wichtig und für alle von großem Nutzen. Und mit seinen vielen Fähigkeiten war er auch ein möglicher Kandidat für meine Nachfolge. Aber ich glaube, dass Roel die Situation sehr genau analysierte, bevor er eine Entscheidung über seine Zukunft traf. Als er sah, dass es bei Tandem noch mehr kompetente Leute gab und dass er wohl noch eine ganze Weile auf seine Chance warten muss, hat er wahrscheinlich seine Schlussfolgerung daraus gezogen. Einmal CEO, immer CEO, sagt man, und das hat viel für sich.«*
> Eckhard Pfeiffer

In Wahrheit war Roel Pieper schon seit dem Sommer in Verhandlungen mit Philips. Kurz vor seinem Abflug nach Seattle hatte Cor Boonstra einen Anruf von jenem Mann erhalten, der Pieper früher zu Tandem geholt hatte: Philips-Aufsichtsrat Tom Perkins. »Du wirst einen neuen Mann kennen lernen, der dir dabei helfen kann, das Unternehmen zu restrukturieren«, versprach Perkins.

Boonstra befand sich auf dem Weg zum Microsoft-CEO-Gipfeltreffen, wo Pieper und Pfeiffer über die Tandem-Übernahme verhandeln würden. Boonstra hatte großes Vertrauen in Tom Perkins und legte viel Wert auf dessen Urteil. Perkins glaubte, dass Philips jemanden brauche, der dem Unternehmen beim Entwickeln einer zusammenhängenden Strategie half. Cor Boonstra war zwar jemand, der ein Unternehmen mit harter Hand restrukturieren konnte. Doch er war nicht die ideale Person, um für den für ihn noch unbekannten Bereich der neuen Technologien einen Langzeitplan zu formulieren. Und Perkins war der Meinung, dass Roel Pieper der Richtige war, um Boonstra dabei zu helfen. Boonstra war daher gespannt auf den neuen Mann, den er in Seattle treffen würde.

Nachdem Bill Gates, Al Gore und Steve Forbes im Four Seasons Hotel ihre Ansprachen gehalten und einige Roundtable-Gespräche stattgefunden hatten, erblickte Cor Boonstra die lange Gestalt von Roel Pieper zwischen den Gästen. Pieper sprach lächelnd mit den anderen CEOs und schüttelte eifrig Hände.

Am Abend dann befand sich Boonstra, wie die meisten anderen Gäste, auf einem luxuriösen Fährboot und wurde vom Seattler Hafen zu Bill Gates riesigem Anwesen übergesetzt. Boonstra sah, wie die hell erleuchtete Silhouette der Stadt immer kleiner wurde.

»Hi Cor!«, sagte plötzlich jemand neben ihm. Der große Mann mit Schnurrbart schüttelte ihm die Hand und grinste, als ob er Dinge wusste, die niemand anderem bekannt waren.

Er erzählte Boonstra, dass er mit einigen großen Sachen beschäftigt sei, und nannte beiläufig die Namen von Bill Gates, Steve Forbes und Tom Perkins. Dann kam er auf die Niederlande zu sprechen. Trotz der fantastischen Deals, die er angeblich in Aussicht hatte, deutete er an, dass es für ihn und seine Familie allmählich Zeit wurde, nach Europa zurückzukehren.

Boonstra hörte aufmerksam zu. Perkins hatte vermutlich Recht. Dieser Pieper schien ein interessanter Typ zu sein, der Philips möglicherweise sehr nützlich sein konnte.

Ein paar Monate später lud Boonstra Pieper in seine Villa auf den Bahamas ein. Sie unterhielten sich mehrere Stunden lang. Pieper berichtete leidenschaftlich von der Tandem-Übernahme, davon, was Compaq unternahm, um der größte Computerhersteller der Welt zu werden, und dass es bei dem Unternehmen einige Veränderungen in der Führungsspitze geben werde, von denen auch er zweifellos profitiere. Doch in seinem tiefsten Inneren wolle er nach wie vor in die Niederlande zurückgehen, wo seine Kinder eine vernünftige Schulausbildung bekämen.

Boonstra fand es an der Zeit, um über eine mögliche Position im Vorstand von Philips zu sprechen. Sie trafen sich innerhalb kurzer Zeit einige Male, bei Pieper zu Hause in Los Altos Hills und in den Niederlanden.

Stundenlang unterhielten sich die beiden Männer über ihre beruflichen Erfahrungen in den USA, über Philips, darüber, was dem Unternehmen noch fehle und welche Rolle Pieper hier in Zukunft spielen könne. Boonstra interessierte sich immer mehr für diesen Mann, der so leidenschaftlich über moderne Technologien sprach und weitreichende Zukunftsvisionen entwarf. Bald gab es für ihn keinen Zweifel mehr, dass ihm gegenüber ein zukünftiges Vorstandsmitglied von Philips saß. Vielleicht sogar der zukünftige Vorstandsvorsitzende.

»Damals dachte ich: Roel ist jetzt 41 Jahre alt. Wenn er in die Niederlande zurück will und wir ihm einen Sitz im Vorstand verschaffen, dann kann in einigen Jahren ein erfahrener Philips-Mann mein Nachfolger werden. Denn wer das wird, war zu dem Zeitpunkt noch völlig offen. Ich war, auch durch

meine eigenen Erfahrungen, überzeugt, dass es jemand aus den eigenen Reihen sein musste. Wenn wieder jemand von außen den Posten übernehmen würde, hätte ich das als Niederlage für Philips gesehen. Ich dachte: Wenn Roel nun wirklich so ein Kraftmeier ist, wie es scheint, dann kann er in fünf Jahren, wenn er das Unternehmen kennen gelernt hat, … vielleicht Kandidat für meine Nachfolge sein. Seine Chancen waren hier genauso gut wie die der anderen Vorstandsmitglieder.«

Cor Boonstra

Nicht alle Mitglieder des Vorstands waren auf ›den Neuen‹ gut zu sprechen. Einige sahen ihn als ›Jobhopper‹. Wie lange würde er es bei Philips aushalten? Nach einigen heftigen Debatten einigte sich das Gremium im Dezember 1997 schließlich darauf, den Zögling von Tom Perkins in seine Reihen aufzunehmen. Die Nachricht gelangte sofort an die Öffentlichkeit.

»Roel Pieper ist der wahrscheinlichste Kandidat für die Nachfolge von Philips-Top-Mann Cor Boonstra«, schrieb das *NRC Handelsblad* am 18. Dezember 1997. Der Journalist hatte die Nachricht im Familienkreis von Pieper aufgeschnappt.

Philips wurde durch den Artikel unangenehm überrascht, man wusste jedoch nicht, wer der Informant war. Boonstra hatte Piepers Kommen noch bis zur Aktionärsversammlung im April geheim halten wollen. Daher blieb dem Pressesprecher von Philips, dem ehemaligen Journalisten Ben Knapen, nichts anderes übrig, als die Behauptung zurückzuweisen.

Bald darauf, Ende Dezember, trat Tom Perkins wegen eines Interessenkonflikts zwischen Compaq und Philips von seinem Posten im Aufsichtsrat von Philips zurück.

Bei Philips erwartete man von dem neuen Top-Mann vor allem innovative Pläne. Die Computer-, Kommunikations- und Konsumententechnologien verschmolzen miteinander, und Pieper sollte bestimmen, welche Märkte in Zukunft für das Unternehmen wichtig waren.

Als einziges Mitglied des Vorstands besaß Pieper, obwohl von großer Bedeutung für die langfristige Strategie, keine operative Verantwortung. In aller Ruhe konnte er sich auf größere Aufgaben vorbereiten, ohne sich Sorgen um Umsatz und Geschäftsergebnisse machen zu müssen. In den Gesprächen mit Boonstra ließ er allerdings Ungeduld und Tatendrang erkennen. Er wollte eine Top-Position, eine, die ihn von den anderen Vorstandsmitgliedern unterschied. Boonstra wies Pieper darauf hin, dass es im Vorstand noch andere qualifizierte Personen gab, die genauso ambitioniert waren wie er.

Anfang Januar 1998 vereinbarten Boonstra und Pieper, Piepers Wechsel zu Philips auf der Bilanzpressekonferenz im Februar offiziell bekannt zu geben. In der Zwischenzeit sollten beide Seiten die Angelegenheit geheim halten. Im April, einen Monat vor seinem ersten Arbeitstag, sollte sich Pieper dann auf der Aktionärsversammlung der Öffentlichkeit vorstellen. Doch es kam alles ganz anders.

Bereits im Januar, nach Piepers Abschied von Compaq, spekulierten die Zeitungen ausgedehnt über den Wechsel zu Philips.

»Pieper will Boonstra von der Firmenspitze ablösen«, titelte *Trouw* am Dienstag, dem 13. Januar.

»›Jeder Niederländer, der behauptet, es wäre keine Ehre, an der Spitze von Philips zu stehen, der lügt‹«, zitierte *The Wall Street Journal* Roel Pieper einen Tag zuvor.

Boonstra war davon unangenehm überrascht. Er wusste, dass es in der Presseabteilung von Philips keine undichten Stellen gab. Und Pieper hatte ihm gegenüber versichert, nicht mit der Presse gesprochen zu haben. Das Zitat in der amerikanischen Wirtschaftspresse sei eine allgemeine Aussage gewesen, woraus keine Schlüsse gezogen werden könnten.

Hans Wijers, der damalige Wirtschaftsminister der Niederlande, hatte Pieper ein Dreivierteljahr zuvor auf einer Studienreise nach Silicon Valley kennen gelernt. Pieper war jung, erfolgreich, besaß Charisma und kannte alle Entscheidungsträger in der Hightech-Branche. Gleichzeitig war er ein Mann, der »den Niederlanden gerne etwas zurückgeben wollte«. Pieper war für Wijers die geborene Führungskraft, die ideale Leitfigur für sein Twinning-Projekt. Nach amerikanischem Vorbild sollte Twinning ein Inkubator für junge Technologieunternehmen werden, subventioniert durch das Wirtschaftsministerium. Wijers hatte Pieper gebeten, den Vorsitz von Twinning zu übernehmen. Pieper willigte gerne ein und übte die Funktion neben der im Vorstand von Philips aus.

Am Mittwochmorgen, dem 11. Februar, wurde Pieper von seinen beiden persönlichen PR-Beraterinnen vom Schipholer Flughafen abgeholt. Er arbeitete bereits seit seiner Zeit bei UB Networks mit ihnen zusammen. Gemeinsam hatten sie viele Jahre Strategien für seine Medienpräsenz entwickelt. Die PR-Beraterinnen hatten in Den Haag zusammen mit dem Wirtschaftsministerium eine Pressekonferenz organisiert, um die Pläne für Twinning offiziell bekannt zu gegeben.

In Den Haag wurde Pieper wie ein Popstar von scharenweise erschienenen Presseleuten empfangen. Durch ein Spalier von Journalisten musste er sich den Weg in den Konferenzraum bahnen. Dort präsentierte ihn der Wirtschaftsminister als den ersten Vorsitzenden von Twinning und ernannte ihn damit offiziell zum wichtigsten Mann der New Economy in den Niederlanden.

Am Mittag prangte Piepers Kopf auf den Titelseiten. »Morgen Piepers Ernennung bei Philips«, hieß es im *NRC Handelsblad*. Der Artikel stammte von demselben Journalisten, der knapp zwei Monate zuvor schon als Erster die Nachricht über Piepers Wechsel zu Philips gebracht hatte.

Boonstra konnte ein Fluchen kaum unterdrücken, als er an diesem Mittag im Restaurant Parkheuvel in Rotterdam das *NRC Handelsblad* aufschlug. Eigentlich war er dort mit Pieper verabredet, doch der hatte gerade mitgeteilt, dass er sich wegen einiger Verpflichtungen in Den Haag verspäten werde.

Pieper war schockiert, als ihm Boonstra wenig später die Schlagzeile vor die Augen hielt. Nein, er wisse nicht, woher die Presse die Information habe. Irgendwo müsse es eine undichte Stelle geben. Boonstra sah das überraschte Gesicht seines neuen Vorstandsmitglieds und nahm sein Glas zur Hand. Am selben Abend unterzeichneten beide Roel Piepers neuen Arbeitsvertrag.

Ben Knapen, Pressechef von Philips, klappte der Unterkiefer herunter, als am nächsten Tag die beiden PR-Beraterinnen von Pieper in sein Büro kamen. Der ehemalige Chefredakteur des *NRC Handelsblad* war gerade mit den letzten Vorbereitungen für die anstehende Bilanzpressekonferenz beschäftigt. In anderthalb Stunden würde Cor Boonstra im Technologie-Museum Evoluon in Eindhoven die sensationellen Jahreszahlen von Philips bekannt geben. Verwirrt lief Knapen in den Konferenzraum, wo Boonstra eine Vorbesprechung hatte.

»Hier sind zwei Damen, die angeblich für Roel arbeiten«, sagte Knapen. »Sie machen für ihn die PR.«

»Wie meinst du das? Zwei PR-Beraterinnen von Pieper?«, fragte Boonstra. »Seine eigenen Leute?«

»Ja«, sagte Knapen. »Sie kümmern sich offenbar um seine Pressekontakte und wollen wissen, ob sie uns noch mit irgendetwas helfen können.«

Ursprünglich hatte Pieper bei dieser Pressekonferenz überhaupt nicht erscheinen sollen. Nachdem seine Ernennung bei Philips durchgesickert war, hatte Boonstra ihn dann aber doch gebeten, nach Eindhoven zu kommen. Lieber wäre es dem Vorstandsvorsitzenden gewesen, Pieper der Öffentlichkeit erst im April auf der Aktionärsversammlung vorzustellen. Doch damit hatte Boonstra nun absolut nicht gerechnet, dass sich Piepers persönliche PR-Abteilung einschalten würde. War Pieper verrückt geworden?

Seit der Zeit, als Wisse Dekker in den achtziger Jahren Vorstandsvorsitzender bei Philips war, hatte man langsam begriffen, dass die Firmenspitze in der Öffentlichkeit präsent sein musste. Wisse Dekker war der erste Philips-Boss gewesen, der zu einer Person des öffentlichen Interesses wurde. Später dann wurde sein Nachfolger Jan Timmer, der

Philips aus der Krise führte, eine weltweite Galionsfigur der niederländischen Wirtschaft. Und auch Boonstra scheute sich nicht vor dem Medienrummel. Doch nun kam Pieper, ein gewöhnliches Vorstandsmitglied, und brachte einen persönlichen PR-Apparat mit? Was ging in seinem Kopf vor? Wusste er nicht, dass es in einem börsennotierten – traditionell pressescheuen – internationalen Konzern wie Philips eine Abteilung Corporate Communications gab, die selbst die kleinste Äußerung in Richtung Öffentlichkeit genau unter die Lupe nahm? Boonstra wurde wütend. Knapen war es bereits.

»Wenn man für ein großes Unternehmen arbeitet, dann nutzt man auch dessen Dienstleistungen. Also muss man sich auch anpassen. Man verfolgt doch nicht nur seine eigenen Interessen, so als ob man Kuckuckseier in ein fremdes Nest legt. Das geht einfach nicht.«
Cor Boonstra

Boonstra hatte inzwischen auch erfahren, dass das *Wall Street Journal* an diesem Morgen eine halbe Seite mit einem äußerst positiven Artikel über Pieper veröffentlicht hatte. Nach der Vertragsunterzeichnung am Abend zuvor hatte Pieper der renommierten Wirtschaftszeitung ein ausführliches Interview gegeben. Allerdings hatte er Boonstra davon nichts erzählt – und das, nachdem ihn Boonstra erst wenige Stunden zuvor mit dem NRC-Artikel konfrontiert hatte.

»Eine halbe Seite im *Wall Street Journal*. Es gibt nur wenige Menschen, denen das gelingt«, triumphierte Pieper einige Wochen später im Magazin *Elsevier*. Im selben Interview riet er Philips dazu, der Presse gegenüber offener zu sein, da es ansonsten in Zukunft für das Unternehmen schlecht aussehen werde.

Auf der Bilanzpressekonferenz präsentierte Boonstra die Rekordzahlen von Philips (2,83 Milliarden Dollar Gewinn) sowie den Namen des neuen Vorstandsmitglieds. Nach der Pressekonferenz richteten sich die Journalisten nicht an Boonstra, sondern an den Newcomer, der mit einem breiten Lächeln im Gesicht und den Händen in seinem Anzug in den Saal getrottet kam.

Die Kamerateams, Fotografen und Berichterstatter scharten sich um den gerade ernannten Philips-Vorstand. Boonstra sah den Tumult rund um den arrivierten ›Kronprinzen‹ und eilte schleunigst hinzu. Mit eisigem Lächeln trat er zwischen die ganzen Leute. Er musste improvisieren. Boonstra führte seinen Neuzugang auf das Podium, wo sie sich vor einer riesigen CD und unter einem beleuchteten Werbebanner mit den Worten *Let's make things better* fröhlich die Hände schüttelten. Es kostete Boonstra Mühe, denn innerlich kochte er vor Wut.

Als er später den Saal verließ, packte er eine von Piepers PR-Beraterinnen am Arm und nahm sie zur Seite. »Liebe Frau Fränkel, das ganze Theater muss nun wirklich ein Ende haben«, zischte er ihr ins Ohr. »Bei Philips dulden wir keine persönlichen PR-Abteilungen, und niemand wird besonders hervorgehoben. Auch Roel Pieper nicht!«

Nach der Pressekonferenz im Evoluon machte Boonstra Pieper unmissverständlich klar, dass dieser seine private Medienkampagne beenden müsse – in seinem eigenen Interesse und im Interesse von Philips. Zehn Stunden nach der Pressekonferenz war Pieper jedoch schon wieder prominenter Gast in der Nachrichtensendung *Nova*. Der Fernsehauftritt war bereits vorher vereinbart worden. Die Journalisten hatten, mit Unterstützung von Piepers hilfsbereiter PR-Abteilung, einen über zehnminütigen Bericht über »den Mann, der von vielen als Nachfolger von Cor Boonstra gesehen wird«, vorbereitet.

In der Anmoderation von Maartje van Weegen tauchte unter anderem der Begriff ›Wunderknabe‹ und Piepers Ausspruch »Ich bin lieber die Nummer eins« auf.

Doch damit war Piepers Presseoffensive noch nicht beendet. Auch in dem TV-Interview, dass Boonstra am selben Abend mit Paul Witteman hatte, war Roel Pieper das beherrschende Thema. Boonstra erklärte mit Nachdruck, dass Pieper mit Sicherheit nicht sein Kronprinz sei.

Der Medienzirkus ebbte auch in den folgenden Tagen nicht ab. Anlässlich der Bilanzpressekonferenz titelten die Zeitungen unter anderem »Piepermania« und »Pieper: Philips' neuer Chefstratege«. Noch nie war über ein neues Vorstandsmitglied von Philips so ausführlich in der Presse berichtet worden.

Obwohl Boonstra versucht hatte, die Gerüchte zu entkräften, ließen die meisten Artikel nur einen Schluss zu: Der Newcomer würde sein Nachfolger werden. Roel Pieper war der Richard Löwenherz der niederländischen Hightech-Branche, und er war endlich in seine Heimat zurückgekehrt.

Obwohl schon in Deutschland deutlich wurde, dass Roels Söhne Koen und Robbie schlecht hören und sprechen konnten, ging Etke mit den Kindern erst nach ihrer Rückkehr in die Niederlande, 1989, zu einem Arzt. Koen besuchte inzwischen einen Kindergarten für schwerhörige Kinder in Rotterdam, wo er anfangs auch gut zurecht kam. Sein Bruder Robbie hatte größere gesundheitliche Probleme. Er sah schlecht und litt unter Gleichgewichtsstörungen. Er war zwei Jahre alt und konnte sich nur mit Mühe hochziehen, wenn er aufstehen wollte.

Im Sophia-Kinderkrankenhaus diagnostizierten die Ärzte zunächst bei Robbie und wenig später auch bei Koen das Infantile Refsum Syndrom, eine seltene, unheilbare Stoffwechselerkrankung, die erblich bedingt ist. Die Krankheit verursacht einen langsamen Verfall des Körpers. Es war unwahrscheinlich, dass Robbie und Koen älter als 25 Jahre werden würden, teilten die Spezialisten Etke mit.

Roel hatte am Telefon nicht viel sagen können, als Etke ihm die Nachricht übermittelte. Die Ärzte hatten ihr erklärt, dass beide Eltern ein bestimmtes abweichendes Gen haben mussten, das die Krankheit verursachte. Roel konnte und wollte das alles nicht wahrhaben. Der Grund für die Krankheit seiner Söhne sei das Reaktorunglück in Tschernobyl während Etkes Schwangerschaft. Dann legte er auf.

Im Nachhinein konnte Etke Roels Reaktion verstehen. Er war nun endlich dort angelangt, wo er immer hin wollte: in Amerika. Und er war mit wichtigen Dingen beschäftigt. Sie verstand sogar, dass er seinen todkranken Söhnen deshalb nur wenig Platz in seinem Leben einräumen konnte. Die große Entfernung, seine Arbeit, sein Unvermögen, mit seinen kranken Söhnen zu sprechen – das alles sah sie ja noch ein. Doch dass er Koen und Robbie nach 1992 überhaupt nicht mehr sehen wollte, konnte Etke nicht begreifen. Darüber war sie fassungslos.

»Ich hatte kein besonders enges Verhältnis zu den Kindern. Ich fand es anstrengend, jedes Mal dieses emotionale Auf und Ab durchzumachen. Solche Treffen hatten einfach zu viele negative Seiten.«
Roel Pieper

Etke hatte Roels Karriere weiterhin verfolgt. Sie hatte immer gewusst, dass er seine Ambitionen verwirklichen würde. Aber warum weigerte er sich, als steinreicher Geschäftsmann einen finanziellen Beitrag zum Leben seiner kranken Söhne zu leisten? Jeden Freitag holte Etke die Jungen aus dem Internat ab, mit einem verrosteten Lieferwagen, der nur provisorisch für den Transport von Behinderten umgerüstet worden war. Sie wohnte jetzt wieder auf dem Bauernhof, wo sie aufgewachsen war. Mithilfe eines Bauunternehmers und ihres Freundes hatte sie an ihre eigene Wohnung zwei Zimmer angebaut, in denen Koen und Robbie die Wochenenden verbringen konnten.

»Als Roel wieder in den Niederlanden wohnte, habe ich ihm noch einmal einen Brief geschrieben. Besuchst du uns noch einmal? Willst du noch Kontakt zu deinen Kindern? Ich hab nie eine Antwort bekommen. Ich hatte so gehofft, dass er anrufen würde und die Jungen wiedersehen wollte. Das erste halbe Jahr, nachdem ich den Brief abgeschickt hatte, habe ich jedes Mal, wenn das Telefon klingelte, gehofft, dass es Roel wäre.«
Etke Klok

Nach einem einwöchigen Segeltörn rund um die Karibikinsel Antigua trat Roel Pieper Anfang Mai 1998 seine neue Stelle bei Philips an. Zu seinen Aufgabenbereichen gehörte unter anderem das Management der weltweiten Forschungsabteilung des Unternehmens. Das bedeutete, Pieper musste zusammen mit der Führungsriege des namhaften NatLab technologische Strategien entwickeln, Forschungspläne aufstellen und dafür sorgen, dass die neue Technologie auch ein kommerzieller Erfolg wurde.

NatLab hatte in der Vergangenheit viele technologisch außergewöhnliche Produkte hervorgebracht, die jedoch in einigen Fällen wegen fehlender marktwirtschaftlicher Kompetenz als kommerzielles Desaster endeten. Der Video 2000 und der Cd-i trugen nicht so sehr zu Philips' gutem Ruf bei wie zum Beispiel die Erfindung der Tonbandkassette oder der Compact-Disk. Wegen seiner kommerziellen Talente und seinem beachtlichen technologischen Wissen betrachtete man Pieper als ideale Person, um gemeinsam mit den dreieinhalbtausend eigensinnigen Wissenschaftlern von Philips Research Pläne für den zukünftigen Erfolg zu schmieden.

»Vor allem die jüngeren Mitarbeiter waren begeistert, dass Pieper zu Philips wechselte. Pieper kam aus der Computerbranche, aus der wir uns vor einigen Jahren zurückgezogen hatten. Sein Kommen schürte bei vielen die Hoffnung, dass Philips sich wieder auf dieses zukunftsträchtige Terrain begeben würde. Außerdem war Pieper jung und umgeben von der Aura des Erfolgs. Die Erwartungen an ihn waren besonders hoch.«
Adri Baan (Vorstandsmitglied bei Philips)

Das neue Vorstandsmitglied, dessen Medienpräsenz auch den NatLab-Mitarbeitern nicht entgangen war, hatte vom ersten Moment an ein rigoroses Auftreten. Kees Bulthuis, der NatLab-Direktor, musste fortan Pieper persönlich Bericht erstatten. Bulthuis war nicht entgangen, dass sein neuer Chef sich innerhalb der Forschungsabteilung eine kleine

Lobby aufbaute, um eigene Ideen durchzusetzen – ein Vorgehen, das in Bulthuis' Augen an Manipulation grenzte.

Auch inhaltlich war er mit Pieper nicht auf einer Linie. Bulthuis fiel regelmäßig auf, wie Pieper seine nur schlecht untermauerten techno logischen Erläuterungen mit einer viel zu großen Vehemenz anbrachte.

»Ich habe Pieper in einem persönlichen Gespräch ganz offen gesagt, was ich von ihm hielt. Und das war gar nicht gut. Es war sogar furchtbar. Ich glaube nicht, dass er es gewohnt war, dass ihn jemand so anging. Er begriff nicht, dass ich derjenige war, der bestimmte, was bei Philips Research passierte. Nicht Pieper. So ist das bei Philips eben. Er konnte nicht einfach daherkommen und uns vorschreiben, mit welchen Forschungen wir uns beschäftigen sollten.«
Kees Bulthuis

»Wenn man bei Philips etwas erreichen will, aber die gesamte Forschungsabteilung gegen sich hat ... nun ja, ich würde sagen, dann hat man eine kurze Karriere.«
Roel Pieper

Bulthuis, der kurz vor seiner Pensionierung stand, hatte keine Lust auf zähe Auseinandersetzungen. Nach sechs Wochen Zusammenarbeit mit Pieper hatte er genug.

Boonstra war erschrocken über die Querelen bei NatLab. Das jüngste Vorstandsmitglied gab keine Ruhe: Pieper war entschlossen, sich nicht nur außerhalb, sondern auch innerhalb des Unternehmens Geltung zu verschaffen.

Neben der strategischen Positionierung der Forschungsabteilung hatte Pieper die Aufgabe, in den USA einige Dinge zurechtzurücken.

Die Aktivitäten der verschiedenen Abteilungen mussten mit denen der Zentrale in New York und den ›neuen Geschäftsentwicklungen‹ an der Westküste abgestimmt und in Einklang gebracht werden.

Pieper richtete in Sunnyvale im Silicon Valley eine Strategieabteilung ein, die dazu bestimmt war, neue Technologien, Produkte und Märkte aufzuspüren und zu kartieren. Was Pieper offenbar nicht wusste, war, dass es bei Philips eine solche Abteilung bereits gab.

Bei Philips wiederum wusste niemand, dass Pieper nun Dutzende Mitarbeiter einstellte, mit denen er Technologien wie Breitband-Internet, Satellitenkommunikation, Spracherkennung und intelligente Software erforschte. Wo nötig, wollte er – als eine Art Risikokapitalgeber – in Firmen investieren, die für Philips von strategischer Bedeutung waren.

All diese Aktivitäten lagen durchaus im Rahmen der ihm zugewiesenen Funktion. Pieper ›vergaß‹ lediglich, die übrigen Mitglieder des Vorstands davon in Kenntnis zu setzen.

»Ich erfuhr über zehn Ecken, dass Roel in den USA sehr viele Leute eingestellt hatte – eine Art Investmentfonds à la Tom Perkins, ohne dass ein Budget dafür existierte und ohne dass darüber je ein Wort gefallen wäre.«
Cor Boonstra

Philips war ein komplexer Konzern mit hunderttausenden Mitarbeitern und einem Jahresumsatz von über sechzig Milliarden Gulden. Das Unternehmen war gut zehnmal so groß wie Tandem, fast doppelt so groß wie Compaq, mit einem Sortiment aus so unterschiedlichen Produkten wie Glühbirnen, Computerchips und Röntgenapparaten.

Piepers Aktivitäten fielen hier zunächst nicht auf.

Monatelang blieb es still um seine Person. Vorstandsmitglied Adri Baan wies Pieper bei einem der Vorstandstreffen darauf hin, sich lieber auf ein Projekt zu konzentrieren.

»Roel wollte alles ganz schnell. Ich riet ihm: Pack ein, vielleicht zwei Projekte an, und setz dann die Räder langsam in Bewegung. Die Erwartungen an ihn waren hoch, also wollte er möglichst rasch sichtbare Erfolge vorweisen.«
Adri Baan

Roel Pieper hatte eine große Vision für die technologische Zukunft. Danach sollten verschiedene Medien und Geräte zu einem einzigen kleinen Kasten verschmelzen, der problemlos auf dem Fernseher im Wohnzimmer Platz fand: die Set-Top-Box. Wie viele andere in der Branche prophezeite auch er schon seit Jahren eine solche Entwicklung. Mit der Set-Top-Box wollte er eine Brücke zwischen dem Computer und der Unterhaltungselektronik bauen. Piepers Ansicht nach lag die Zukunft von Philips in diesem kleinen Kasten. Davon war er felsenfest überzeugt. Es war daher wenig verwunderlich, dass Pieper sich dieses Projekts schließlich persönlich annahm. Dieser Bereich stand allerdings unter der Aufsicht von Adri Baan, dem Leiter der Abteilung Business Electronics.

Im Oktober hatte Baan auch die Verantwortung für den Bereich Consumer Electronics bekommen, da Doug Dunn, ebenfalls Mitglied im Vorstand, wegen eines missglückten Joint-Ventures mit Lucent diesen Bereich abgeben musste. Nach gemeinsamer Überlegung bestimmte der Vorstand nun, dass Pieper mit dem Set-Top-Box-Projekt betraut werden würde.

Seit 1994 schon hatte das Entwicklungsteam unter Leitung von Adri Baan eifrig an der digitalen Set-Top-Box gearbeitet, die Daten von Satelliten empfangen und verarbeiten konnte. MTV Europe war der erste Kunde, den die Unterabteilung Digital Networks vermerken konnte. Dem Musiksender folgten bald weitere Interessenten. Spätestens mit dem Auftrag des französischen Fernsehsenders Canal Plus klingelte bei Philips die Kasse. Das Unternehmen rüstete die Studios von Canal Plus für mehrere Millionen Gulden mit digitaler Technologie aus und verkaufte von da an jährlich über hunderttausend Set-Top-Boxen an den Sender. In ganz Europa standen die Geräte auf den Fernsehern der Canal-Plus-Abonnenten. 1997 dann wiederholte Philips das erfolgreiche Geschäft in Malaysia.

Für Philips stand fest, dass die Set-Top-Box nicht nur Decoder für Kabel- und Satellitenfernsehen war. Das Gerät sollte in Zukunft auch den Zugang zum Internet ermöglichen und gleichzeitig einen digitalen Videorekorder mit einer Festplatte enthalten, auf der man mithilfe intelligenter Software Filme und Programme speichern und abspielen konnte. Das Gerät ähnelte damit immer mehr einem Computer. Deshalb war Pieper mit seiner Erfahrung in der Computerbranche der ideale Mann, um die Set-Top-Box weiterzuentwickeln – davon war nicht nur er überzeugt, bei Philips waren viele derselben Ansicht.

In den USA, dem Land, wo Pieper beruflich groß geworden war und wo sich Philips traditionell die Butter vom Brot nehmen ließ, hatte das Unternehmen mit der Set-Top-Box noch keinen Fuß in die Tür bekommen.

Adri Baan hatte es jahrelang probiert. Teilweise war es ein technologisches Problem. Der amerikanische Technologie-Standard wich stark von dem europäischen DVB-Standard ab. Philips blieben drei Möglichkeiten: Sie konnten die US-amerikanischen Kabelbetreiber davon überzeugen, in Zukunft auf den europäischen Standard umzurüsten. Diese Überlegung war schon im Voraus zum Scheitern verurteilt. Die zweite Option war, mit amerikanischen Technologien ein eigenes Produkt zu entwickeln. Doch das würde noch Jahre dauern. Es blieb die dritte und am ehesten Erfolg versprechende Variante: Philips musste einen amerikanischen Hersteller von Set-Top-Boxen übernehmen. Adri Baan hatte auch schon umfassende Nachforschungen angestellt und mit möglichen Übernahmekandidaten Gespräche geführt. Bei einigen dieser Gespräche war auch Pieper dabei gewesen.

Von dem Moment an, als Pieper die Verantwortung für das Set-Top-Box-Projekt übernahm, plädierte er ununterbrochen für eine Übernahme. Er hatte nur das Pech, dass die Aktienkurse der wichtigsten US-amerikanischen Set-Top-Box-Hersteller gegen Ende des Jahres in astronomische Höhen stiegen. Die Nummer eins auf Piepers Kandidatenliste – General Instruments (GI), wo Pieper auch im Aufsichtsrat saß – hatte Ende 1998 einen Börsenwert von rund fünf Milliarden Dollar. Obwohl Cor Boonstra mit dem Verkauf der Plattenfirma Polygram mehr als 11,5 Milliarden Gulden verdient hatte, hielt er es für keine gute Idee, einen Großteil dieses Betrags für die Übernahme von General Instruments auszugeben. Riskante Übernahmen dieses Umfangs gehörten nicht zur Unternehmenspolitik von Philips. Der Plan, GI aufzukaufen, fiel daher bereits unter den Tisch, bevor überhaupt Verhandlungen aufgenommen wurden.

Anfang Januar sorgte Pieper dennoch für Schlagzeilen, als er ankündigte, dass Philips in Tivio investieren werde, ein Unternehmen, das intelligente Software für Set-Top-Boxen produziert (und an dem Pieper, wie sich später zur großen Überraschung einiger Vorstandsmitglieder von Philips herausstellte, selbst einige Anteile hielt). Doch mit Tivio allein war Pieper nicht zufrieden.

Der zweite große Spieler auf dem US-amerikanischen Markt für Set-Top-Boxen war Scientific-Atlanta (SA). Mit einem Börsenwert von ungefähr drei Milliarden Dollar fiel das Unternehmen eigentlich auch aus dem Rahmen, den Boonstra als gesundes Investitionsvolumen betrachtete.

Dennoch kam das Top-Management von SA am 26. Januar zu intensiven Gesprächen mit Boonstra und Pieper nach Amsterdam.

Weil Boonstra Zweifel hatte, wollte er die Entscheidung für eine Übernahme nicht alleine treffen. Beschlüsse, die den Verkauf von einzelnen Konzernteilen betrafen, hatte er in der Vergangenheit selbst gefasst. Doch wenn es um komplette Übernahmen ging, vor allem in solchem Umfang, dann wollte er das durch die übrigen Vorstandsmitglieder abgesegnet wissen. Ansonsten gab es keinen Deal.

In den Tagen nach den Beratungen mit SA lud Boonstra jedes Vorstandsmitglied zu einem persönlichen Gespräch ein. Piepers Kollegen stimmten fast einstimmig gegen eine Übernahme von SA. Lediglich

Arthur van der Poel, Chef der Halbleiter-Abteilung, fand das riskante Abenteuer nicht uninteressant. Den anderen war SA zu teuer und das Übernahmerisiko zu groß. Wie zum Teufel sollte Philips die Amerikaner managen? Waren die meisten Übernahmen durch europäische Firmen in den USA nicht gescheitert? Vier der sechs Vorstandsmitglieder stimmten daher gegen eine Übernahme. Auffallend war, dass sogar Adri Baan, der sich selbst lange für eine Set-Top-Box-Übernahme eingesetzt und zusammen mit Pieper mögliche Kandidaten aufgesucht hatte, zu den Gegnern gehörte.

Pieper hatte immer Respekt vor Boonstra gehabt. Boonstra war dem Wesen nach ein Darwinist, genau wie er. Wie er hatte sich Boonstra aus eigener Kraft nach oben gearbeitet. Und auch er hatte in der US-amerikanischen Geschäftswelt Erfahrungen gemacht. Er kannte die harten Spielregeln dort. Boonstra war jemand, der ein Unternehmen mit Begeisterung umstrukturierte. Und genau wie Pieper liebte er das Segeln. Ein Kapitän, der genau wusste, wann er Ballast über Bord werfen musste. Derselbe Boonstra hatte ihn jetzt jedoch mit den Set-Top-Boxen im Regen stehen lassen. Und das tat weh.

Pieper hatte sich innerhalb des Unternehmens und in der Öffentlichkeit für dieses Projekt stark gemacht. Er konnte jetzt nicht zu seinen Mitarbeitern zurückkehren und ihnen sagen »Jungs, Pech gehabt, wir machen jetzt wieder was anderes«. Das war inakzeptabel. Das lief seiner Natur zuwider. Seine Karriere bei Philips war in eine Sackgasse geraten.

Sollte er deshalb den Kopf in den Sand stecken? Nein. Pieper war ein positiv denkender Mensch, überzeugt von seinem eigenen *Can Do Spirit*. Wie kein Zweiter konnte er Dinge in Bewegung setzen, und die Welt lag ihm zu Füßen. Und wenn er mittags die Eröffnungsnotierungen der meisten Technologieunternehmen an der New York Stock Exchange und der Nasdaq sah, war er sicher, dass er nicht der einzige Mensch war, der so optimistisch in die Zukunft blickte.

Als René Bickel am letzten Samstag im Februar 1999 mit Roel Pieper telefonierte und mit ihm die Davoc-Website anschaute, konnte er nicht ahnen, dass Piepers visionäre Set-Top-Box-Mission kurz zuvor in einer Vorstandssitzung beerdigt worden war.

Der Berater konnte zufrieden sein. Innerhalb einer Woche, die er sich nun mit Jan Sloots Erfindung beschäftigte, war es ihm gelungen, das heiß begehrte Gespräch mit Roel Pieper bei Philips zu arrangieren.

Probieren geht über Studieren.

DIE PHILIPS-KONFERENZEN

»Philips?«, brummte Jan Sloot.

Er erinnerte sich noch gut daran, wie ihn der Elektronikriese vor zwei Jahren abgewiesen hatte. Natürlich hatte er damals nur eine dürftige Demo-Version auf seinem Laptop zeigen können. Doch die Skepsis der beiden NatLab-Mitarbeiter hatte ihn geärgert. Nur allzu gerne würde er Philips nun seine Applikation präsentieren und dann, wenn sie ganz überrascht waren, den ganzen Kram wieder einpacken. Die verstanden seine Erfindung doch gar nicht. Andererseits war Sloot auch stolz, dass Philips ihn empfangen wollte. Sein Lebenswerk jemandem wie Roel Pieper vorführen zu dürfen, das war schon etwas Besonderes. Und wenn er Pieper am Donnerstag beeindrucken wollte, hatte er noch einiges zu tun. Es sah danach aus, dass er in den kommenden Tagen nicht viel Schlaf bekommen würde.

Leo Mierop und Leen Mooijaart konnten es fast nicht glauben, als René Bickel ihnen von Philips erzählte. Kommenden Donnerstag würden sie in der Philips-Zentrale in Amsterdam Roel Pieper treffen. Endlich kam die Sache ins Rollen. Mierop hatte gleich einen besorgten Anruf von Sloot bekommen: Philips könne auch eine Bedrohung darstellen. Habe Leo daran schon mal gedacht?

»Mach dir keine Sorgen, Jan«, hatte Mierop geantwortet. »Wenn irgendjemand deine Erfindung anrührt, dann wird das das Letzte sein, woran sich diese Person erinnert.«

Mierop hatte noch vor einigen Jahren als Türsteher in der Diskothek De Kwak in Hellevoetsluis gearbeitet. Aus dieser Zeit kannte er noch jemanden, den er als Verstärkung mit nach Amsterdam nehmen wollte.

Bart van Rheenen gratulierte Bickel. Er würde selbst auch gerne nach Amsterdam kommen, doch sein Terminkalender sei voll. Er hatte es furchtbar eilig und wünschte Bickel daher alles Gute. Sie wollten miteinander in Kontakt bleiben. »Ich hab's gewusst!«, rief Boekhoorn, nachdem Bickel ihn angerufen hatte. Er ballte die Faust. Nur gut, dass er die Berater von Arthur Anderson damit beauftragt hatte, ein *Information Memorandum* zu verfassen. In Gedanken hatte Boekhoorn bereits ein hübsches Preisschild an Sloots Erfindung gehängt: Eine Milliarde Dollar war nichts für eine Technologie, mit der Philips ein Vielfaches verdienen würde.

Ich werde sie alle verrückt machen, dachte Boekhoorn. Wenn es jemanden gab, der es verstand, ein Unternehmen an den Mann zu bringen, dann war er das – selbst wenn dieses Unternehmen noch sein Briefpapier drucken lassen musste.

Donnerstag, 4. März 1999. Im Schatten des Rembrandt-Turms fahren drei Wagen über den Amstelplein. Etwas später verschwinden sie in der Tiefgarage unter dem grauen Gebäude. Die Wagentüren öffnen sich, und sieben Männer steigen aus. Hinter dem Steuer eines Renault Espace kommt René Bickel hervor. Mit sorgenvollem Blick schaut er in den geöffneten Kofferraum des Mercedes, der neben ihm geparkt ist.

»Müssen wir das Ding mitnehmen?«, fragt er. »Die haben hier bestimmt einen guten Monitor, den du benutzen kannst.«

»Ich nehme ihn auf jeden Fall mit!«, antwortet Sloot. Im Kofferraum liegt ein Compaq-Monitor von der Größe eines kleinen Koffers. »Ich brauche diesen 24-Zoll-Monitor mit dieser Auflösung.« Sloot runzelt die Stirn.

»Wenn Jan den Kasten mitnehmen will, dann nehmen wir ihn mit«, brummt Mierop, während er aus Boekhoorns BMW steigt. Dann nickt er kurz seinem kleinen, untersetzten Türsteherkollegen zu, der den Monitor vorsichtig aus dem Kofferraum hebt.

Der Aufzug hält auf der 28. Etage. Eine kleine asiatische Frau in einem roten Kostüm erwartet die Gruppe bereits.

»Die Herren möchten alle zu Herrn Pieper?«, erkundigt sie sich mit einer freundlichen, hohen Stimme.

»Richtig«, sagt Bickel und setzt einen ernsten Blick auf.

»Würden Sie mir bitte folgen?« Die Frau führt die Gruppe in einen Raum, in dem ein riesiger ovaler Tisch steht. »Herr Pieper befindet sich noch in einem Gespräch. Darf ich Ihnen Kaffee oder Tee anbieten?«

Die großen Fenster des Zimmers bieten einen Panoramablick auf Amsterdam und Umgebung. Hundert Meter weiter schlängelt sich die Amstel durch graugrüne Felder in die Stadt hinein.

Es ist noch nicht lange her, dass Cor Boonstra die Philips-Zentrale von Eindhoven in das Finanzzentrum der Niederlande verlegt hat. Im eckigen Rembrandt-Turm – dem mit Abstand höchsten Gebäude Amsterdams – besetzt der internationale Elektronikkonzern die acht oberen Stockwerke.

»Ich glaube, hier darf man nicht rauchen«, sagt Bickel, während er besorgt auf das Päckchen mit schwarzem Tabak in Mierops Händen schaut.

»Oh, tatsächlich?«, brummt Mierop. »Das werden wir ja noch sehen. Ich muss jetzt eine rauchen.« Er verschwindet auf den Flur hinaus, und wenig später riecht die kleine Teeküche einige Meter den Gang hinunter wie ein Bauarbeiterwagen.

Sloot interessiert sich nicht besonders für die Aussicht. Auf dem großen ovalen Tisch breitet er seine Sachen aus, gleich neben dem Monitor, den der Türsteher gerade abgestellt hat. Alle schauen nun auf den kleinen schwarzen Kasten, den Sloot behutsam aus seinem Samsonite-Koffer holt. Für einen Moment ist es vollkommen still in dem Raum. Nur einige der Anwesenden haben den Apparat schon im Einsatz gesehen. Marcel Boekhoorn dagegen hat den Kasten überhaupt noch nicht gesehen. Er fühlt sich plötzlich ein bisschen unwohl. Was genau macht dieses Ding nun eigentlich? Funktioniert es überhaupt? Boekhoorn hat die Leitung der Delegation übernommen und hat keine Lust, vor dem viel gepriesenen Roel Pieper eine Bauchlandung zu erleben.

»Freust du dich auf die Präsentation, Jan?«, fragt Boekhoorn.

Sloot ist vollkommen darauf konzentriert, die Geräte anzuschließen, und blickt nicht auf, als er antwortet: »Glaubt ihr, dass dieser Raum sicher ist?«

»Sicher? Was meinst du mit ›sicher‹?« Der heitere Ausdruck verschwindet aus Boekhoorns Gesicht.

»Na ja, vielleicht zeichnen sie alles auf. Das ganze Zimmer kann doch voller Überwachungselektronik stecken.«

»Jan hat Recht«, schaltet sich Mierop ein, der aus der Teeküche zurückgekommen ist. »Es ist allgemein bekannt, dass in der Geschäftswelt abgehört wird. Warum sollte Philips das nicht tun?«

»Jungs, lasst uns bitte ein bisschen auf die Präsentation konzentrieren«, stöhnt Bickel. »Ich hab keine Lust auf Genörgel oder überspanntes Getue.«

Mierop läuft schweigend durch den Raum.

»Und was ist das hier?«, fragt er, als er hinter einer Wandvertäfelung eine Reihe von Schaltern, Knöpfen und Leitungen entdeckt.

»Die braucht man für Präsentationen, für Videokonferenzen oder ähnliche Dinge«, sagt Bickel und verdreht die Augen. »Das hat absolut nichts mit Spionage zu tun, glaub es mir.«

Mierop brummt etwas und will sich neben Sloot und dessen Sohn auf einen Stuhl fallen lassen. Mooijaart stößt ihn in die Seite. »Leo, hast du das Bild dort drüben gesehen?«, flüstert er in Mierops Ohr. »Hast du nicht auch das Gefühl, dass dieser Frits Philips einem mit seinen Augen überallhin folgt?«

Mierop schaut grinsend auf das Bild am anderen Ende des Zimmers und setzt sich dann hin.

Mooijaart nimmt auf der anderen Seite des Tisches neben Bickel und Boekhoorn Platz, die Augen von Frits Philips in seinem Rücken. Alle sitzen nun. Nur Mierops untersetzter Türsteherfreund steht zum Ärger von Bickel noch wie ein Parkplatzwächter mit verschränkten Armen an der Tür.

»Wo bleibt der Typ denn nur?«, fragt Boekhoorn. »Wir warten jetzt schon eine halbe Stunde. Ich hab auch noch andere Termine.«

In dem Moment geht die Tür auf. Der Freund von Mierop tritt einen Schritt zur Seite, um dem fast zwei Meter großen Pieper und einem NatLab-Ingenieur Platz zu machen. Bickel steht auf und geht dem berühmten Philips-Vorstandsmitglied mit ausgestreckter Hand entgegen.

»Hey, René«, begrüßt Pieper ihn. »Alles klar bei dir? Offenbar hast du Gesellschaft mitgebracht.« Pieper wendet sich dem fröhlichen Gesicht neben Bickel zu.

»Marcel Boekhoorn.«

»Freut mich. Roel«, sagt Pieper locker und streckt seinen langen Arm über den Tisch, um die anderen zu begrüßen.

»Sie sind also derjenige, der sich das alles ausgedacht hat?«, sagt Pieper, während er die Hand von Jan Sloot schüttelt und ihm seine Visitenkarte gibt. »Herr Sloot, ich bin sehr gespannt darauf, was ich zu sehen bekomme.« Pieper setzt sich auf den Stuhl gegenüber von Sloot. »Meine Herren, ich habe zwanzig Minuten Zeit für Sie. Let's get started!«

Boekhoorn ergreift als Erster das Wort, erklärt kurz die Positionen der Anwesenden bei Dipro und händigt Pieper das auf dem Papier seiner eigenen Firma Boekhoorn M&A gedruckte *Information Memorandum* aus, in dem das so genannte Sloot Digital Coding System (SDCS) beschrieben ist. Dem Ausdruck ist eine Geheimhaltungserklärung angefügt, die Pieper kurz überfliegt.

»Das sind hohe Forderungen, die ihr hier stellt«, bemerkt er, während er das Papier zur Seite schiebt. Wenn er den Vertrag unterschriebe, dürfte Philips an keiner Technologie dieser Art mehr arbeiten.

»Zeigt mir erst einmal, was ihr habt«, sagt Pieper und schaut zu Sloot und auf den riesigen Monitor neben ihm.

Sloot beginnt seine Präsentation. Er erzählt über seine Vergangenheit als Elektrotechniker, dass er früher einmal selbst für Philips gearbeitet hat, wie er mit seinem Repabase-System eine Experten-Datenbank für Elektrotechniker entwickelt hat und über welche Umwege er schließlich zu seinem revolutionären Algorithmus gelangt ist.

»Nach jahrelangen Experimenten habe ich eine Methode entwickelt, mit der ich auf Basis bestehender Technologien Daten aller Art auf einen Chip speichern und wieder abspielen kann. Und das, ohne die Daten zu komprimieren und ohne, dass es einen Qualitätsverlust gibt. Mit meiner Methode kann ich von jedem beliebigen Film oder Programm einen Schlüsselcode generieren, der nicht größer als ein Kilobyte ist«, sagt Sloot, ohne Pieper und den NatLab-Ingenieur anzusehen.

Einen Film oder eine DVD auf ein Kilobyte zu reduzieren, bedeutet einen Verkleinerungsfaktor von rund zwei Millionen. Pieper hört Sloot sagen, dass er mehrere komplette Filme auf einen 64KB- oder 128KB-Chip speichern könne. Sloot hält eine weiße Chipkarte in die Höhe.

»Auf diesem Chip befinden sich sechzehn Filme«, sagt er. »Es hätten ohne weiteres noch mehr darauf gepasst. Die Schlüsselcodes dieser Filme werden an ein Programm in diesem Kasten weitergegeben, das auf einer Anzahl Chips gespeichert ist. *Solid State*. Es gibt keine beweglichen Teile, also auch keine Festplatte, in meinem Apparat. Das Programm decodiert die Schlüsselcodes mit extrem hoher Geschwindigkeit zu exakt derselben Information, die vorher codiert wurde. Damit habe ich eine neue Technik entwickelt, die beweist, dass Datenkompression endgültig der Vergangenheit angehört. Nur diese Technik hat eine Zukunftsperspektive.«

Pieper und der NatLab-Ingenieur lächeln mitleidig, doch das bemerkt Sloot nicht. Trotz seines Argwohns ist er froh, seine Erfindung endlich einem fachkundigen Publikum präsentieren zu können. Sloot kommt in Fahrt.

»Sie ahnen sicher, was diese Technik für die Zukunft von audiovisuellen Geräten, Computern, Camcordern und ähnlichen Geräten bedeutet. Heutige Speichermedien wie Disketten, Festplatten, CD-ROMs oder DVDs werden auf einen Schlag überflüssig sein. Es wird Videorekorder im Taschenformat geben, mit kleinen Batterien, die nur wenig Energie verbrauchen. Filme können in wenigen Sekunden aus dem Internet oder über Mobilfunknetze gegen Bezahlung heruntergeladen, auf einer Chipkarte gespeichert und zu Hause auf entsprechenden Geräten abgespielt werden. Es gibt so unendlich viele Einsatzmöglichkeiten ...«

Sloot redet bereits seit über zehn Minuten, als Mierop ihn anstößt: »Los, Jan, komm zur Sache. Wir haben nicht den ganzen Tag Zeit!«

Pieper sieht verärgert auf. »Nein, Jan. Erzähl in Ruhe zu Ende.« Er wirft Mierop einen kurzen Blick zu. Die Technik klingt vielversprechend genug, um mehr darüber zu erfahren.

»Ich war ohnehin am Ende meines Vortrags«, sagt Sloot. »Ich werde nun demonstrieren, dass die Technik funktioniert.«

»Soll ich einen Computer holen lassen?«, fragt Pieper, der seinen Blick auf den kleinen schwarzen Kasten und den Monitor gerichtet hat.

»Nein, das hier ist alles, was ich brauche«, sagt Sloot und legt den orangefarbenen Kippschalter auf dem Kasten um. Dann nimmt er die weiße Chipkarte vom Tisch und schiebt sie in den Schlitz des Apparats. Auf dem 24-Zoll-Monitor tauchen sechzehn kleine Felder auf. Sie scheinen sich zu bewegen. Die Anwesenden erkennen, dass es Filmszenen sind.

»Sind das alles kurze Filmausschnitte, die du da gespeichert hast?«, erkundigt sich Pieper, der sich noch immer entspannt in seinen Stuhl zurücklehnt. Mit der Frage trifft er bei Sloot einen wunden Punkt.

»Sie glauben doch nicht, dass ich Sie betrügen will? Auf diesem Chip befinden sich sechzehn komplette Filme«, keucht er.

»Kann man das Bild auch anhalten und vor- oder zurückspulen?«, fragt Pieper weiter.

Sloot nimmt die Funkmaus und klickt auf eines der Felder. Auf dem Monitor erscheinen in voller Bildschirmgröße Whitney Houston und Kevin Costner. Im Bruchteil von Sekunden spult Sloot den Film vor und zurück. Pieper richtet sich langsam in seinem Stuhl auf.

»Was wollen Sie sehen? Den Anfang? Das Ende?« Sloot klickt ein weiteres Mal, und auf dem Schirm erscheint ein anderer Film. Wieder spult er mit einem einzigen Mausklick den Film vom Anfang ans Ende. Beim dritten Film hat sich Pieper nach vorne gebeugt und betrachtet mit zusammengekniffenen Augen den Monitor. Langsam klappt ihm die Kinnlade herunter.

»Das ist … Das hast du super gemacht, Alter«, wispert Pieper.

Der NatLab-Ingenieur Carel-Jan van Driel starrt schweigend auf das Bild und den kleinen Kasten. Was Sloot eben gezeigt hat, ist absolut lächerlich. Jeder, der nur das Geringste von Computertechnik versteht, kann berechnen, dass es unmöglich ist, einen ganzen Film auf einen Schlüsselcode in der Größe eines Kilobytes zu reduzieren. Jedes Bild in einem Film besteht aus tausenden, wenn nicht sogar zehntausenden einmaligen Bildpunkten. Ein einziges Lächeln von Whitney Houston ergibt bereits eine Unmenge einmaliger Bildpunkte. Ein kompletter Film umfasst viele hundert Millionen solcher einmaligen Bildpunkte. Wer behauptet, man könne all diese einmaligen Bildpunkte mit einem einzigen Schlüssel von einem Kilobyte wieder sichtbar machen, träumt also. Funktionieren könnte das Ganze nur, wenn man irgendwo noch weiteren Speicherplatz zur Verfügung hat, auf dem man den Rest des Films speichern kann. Ein Speichermedium, das drahtlos mit dem Kasten in Verbindung steht. Aber in diesem kleinen Kasten können auf keinen Fall sechzehn Filme gespeichert werden. Vielleicht hat Sloot das Ding ja so konstruiert, dass es nur mit diesen sechzehn Filmen funktioniert. Der Schlüsselcode würde dann nur den Film abspielen, der bereits auf den Chips in dem Kasten programmiert ist. Aber dann müsste der Kasten trotzdem noch über eine enorme Speicherkapazität verfügen. Was Sloot eigentlich dafür bräuchte, ist eine Festplatte, zumindest eine CD-ROM. Merkwürdig ist jedoch, dass der Apparat offensichtlich keine beweglichen Teile enthält. Sloot hat verschiedene Filme abgespielt, und nie war ein einziges Summen zu hören gewesen, als er vor- und zurückgespult hat. Also hat Sloot vielleicht doch die Wahrheit gesagt: Es gibt keine Festplatte in seinem Kasten.

Das Hin- und Herspulen ging auch so unglaublich schnell, im Bruchteil einer Sekunde. Mit einer CD-ROM oder einer Festplatte wäre das unmöglich. Eine einzelne Festplatte kann niemals so große Datenmengen auf einmal verarbeiten. Dann müssten sich zumindest mehrere Platten in dem Kasten befinden, die gemeinsam die Arbeit verrichten. Und selbst dann: Die modernsten Mikroprozessoren sind nicht schnell genug, um eine solche Datenmenge so schnell zu bewältigen. In diesem Kasten geschieht also etwas Seltsames. Ob darin nun etwas decodiert wird oder nicht, in jedem Fall passiert es mit einer nie gekannten Geschwindigkeit.

Allerdings besitzt das Bild auch keine wirkliche Broadcast-Qualität. Vielleicht also deshalb die hohe Geschwindigkeit. Ein weniger scharfes Bild enthält weniger Bildpunkte, und weniger Bildpunkte brauchen weniger Speicher. Andererseits: Das Bild wackelt nicht. Und das bedeutet, dass der Kasten eine hohe Anzahl Vollbilder pro Sekunde produzieren kann.

Wie auch immer, beeindruckend ist das Ganze, denkt van Driel. Sloot hat eine außergewöhnliche Applikation zusammengeschraubt – umso beachtlicher für einen Autodidakten ohne nennenswerten Hintergrund. Es ist zu schön, um wahr zu sein, denn die Behauptungen, die Sloot aufstellt, sind wissenschaftlich gesehen vollkommen unmöglich.

»Jungs, ich hab genug gesehen«, sagt Pieper. Auf der Vertraulichkeitserklärung, die er noch vor einer halben Stunde nicht unterschreiben wollte, prangt schon seine Unterschrift.

»Herr Sloot«, setzt van Driel an. »Können Sie mir sagen, wie groß der Speicher in dieser Box ist?«

»Keine hundert Megabyte«, antwortet Sloot.

»Welches andere Speichermedium benutzen Sie dann, um die Filme zu speichern, und wo befindet sich dieser Speicher?«

Sloot schaut, als ob ihm jemand eine Nadel unter den Daumennagel bohrt.

»Ich sehe schon. Wieder jemand, der nichts davon verstanden hat. Die Leute wollen es einfach nicht begreifen. Ich habe Ihnen doch gerade erklärt, dass ich lediglich einen 128KB-Chip auf dieser weißen Karte und das Programm auf den Speicherchips des Kastens als Speicher benutze! Und ich habe Ihnen auch gerade erklärt, das ich ein Codierungssystem entwickelt habe, mit dem ich einen ganzen Film auf ein Kilobyte verschlüsseln kann. Es gibt also kein anderes Speichermedium!«

»Carel-Jan, wenn ich mich richtig erinnere, hast du noch ein paar wichtige Termine«, greift Pieper ein. »Lass doch mich das Gespräch mit den Herren eben zu Ende bringen.«

»Als Pieper Sloots Präsentation gesehen hatte, war er plötzlich ein anderer Mann. Er unterschrieb sofort die Vertraulichkeitserklärung.
Van Driel begann dann, diese komplizierten Fragen zu stellen, woraufhin Jan gleich wütend wurde. Das war ziemlich oft so. Man durfte ihm keine dummen Fragen stellen, ansonsten stand ihm innerhalb von Sekunden der Schaum vorm Mund. Pieper hatte dafür eine gute Antenne. Van Driel musste gehen. Dann begann Roel, seine Fragen zu stellen.«
Leo Mierop

Leo Mierop sitzt Pieper genau gegenüber und sieht zu seiner großen Freude, wie Piepers anfängliche Skepsis in ehrliches Interesse umschlägt.

Pieper stellt in gewichtigem Ton einige Fragen. Sloot antwortet ausführlich, als würde er eine Vorlesung halten. Sein Gesicht erhellt sich. Doch er geht nicht zu sehr ins Detail. Bickel und Boekhoorn versuchen, dem Gespräch zu folgen. Mierop versteht schon lange nicht mehr, worum es eigentlich geht, und lässt seinen Blick ab und zu über das Porträt von Frits Philips schweifen.

Plötzlich schiebt Pieper seinen Stuhl zurück und steht auf.

»Sorry, aber ich muss eben meine nächsten Termine absagen.« Er verschwindet aus dem Raum und ist eine Minute später wieder da. Er setzt sich wieder hin. »Jan, meiner Meinung nach hast du den besten Videorekorder der Welt.«

»Es gibt noch viel mehr Möglichkeiten«, sagt Sloot und setzt seine Erläuterungen fort. Das Gespräch dauert noch eine halbe Stunde.

»Ihr habt etwas Fantastisches in der Hand«, sagt Pieper, als er sich schließlich von der Gruppe verabschiedet. »Seid vorsichtig damit.« Sie verabreden, dass René Bickel und Carel-Jan van Driel als Vertreter der beiden Parteien innerhalb der nächsten vierzehn Tage Kontakt miteinander aufnehmen werden.

Als die Wagen aus der Tiefgarage fahren, läutet das Autotelefon von Boekhoorn. Es ist Roel Pieper. Er bekräftigt nochmals, dass er sehr beeindruckt ist, und drängt auf ein schnelles Zusammenkommen.

> *»Es ist ein schöner Gedanke, später vielleicht einmal in den Geschichtsbüchern nachschlagen zu können, dass man an der Erfindung des Jahrhunderts beteiligt war.«*
>
> Marcel Boekhoorn

Fünf Tage nach der Präsentation im Rembrandt-Turm telefoniert René Bickel mit Carel-Jan van Driel. Der Philips-Ingenieur schlägt ein zweites Treffen vor, das dieses Mal im naturwissenschaftlichen Laboratorium der Firma in Eindhoven stattfinden soll, um acht Uhr morgens. Jan Sloot soll abermals seine Erfindung präsentieren. Allerdings will Philips diesmal selbst das Testmaterial stellen: eine DVD, die Sloot codieren und noch am selben Tag abspielen soll. Van Driel möchte auch einige »Messungen« an dem Gerät vornehmen, um eine »bessere Einsicht in die Technik zu erhalten«. Alle weiteren Fragen will van Driel in einem Brief zusammenfassen. Bickel bittet van Driel, die wichtigsten Fragen vorab an ihn per E-Mail zu schicken.

»Ich treffe mich heute Mittag mit Sloot«, erklärt Bickel. »Für einen reibungslosen Ablauf wäre es gut, wenn ich ihm vorab schon einige Fragen vorlegen könnte.«

> *»Ich begriff schnell, dass ich es mit einem sehr intelligenten Mann zu tun hatte. Darüber bestand kein Zweifel. Aber ich hatte auch Bedenken. Sloot war paranoid. Er fürchtete, jemand könne hinter das Geheimnis seiner Erfindung kommen. Und das konnte ein Problem werden.«*
>
> Marcel Boekhoorn

Neben Boekhoorn, Sloot und Bickel sind Sloots jüngste Tochter Jolanda und sein Sohn Ben im ERS-Gebäude auf dem Industriegelände Overijsselhaven anwesend. Sloot möchte, dass Jolanda, genau wie Ben, eine Funktion in seiner Firma bekommt. An diesem Tag ist sie Protokollantin der Konferenz. Jeder bekommt einen Ausdruck Kopien von van Driels E-Mail, und sofort entsteht eine Diskussion. Die Präsentation zu wiederholen ist kein Problem, die DVD von Philips codiert Sloot gerne. Jolanda notiert: »Jan Sloot wird fünfzehn Filme und das Quellmaterial von Philips codieren.«

Aber seine Applikation für die Wissenschaftler öffnen? Nein, das sei vollkommen ausgeschlossen. Auch Messungen dürften nicht vorgenommen werden. Van Driels Frage, ob er den numerischen Algorithmus beschreiben könne, grenze an reinen Wahnsinn. Und darum will Sloot auf keinen Fall das Gelände des NatLab auch nur betreten.

»Sie werden mit Sicherheit versuchen, die Applikation zu durchleuchten«, sagt Sloot. »Ich bin mir sicher, dass sie dafür die entsprechende Technik haben. Die Erfindung ist dort nicht sicher.«

Boekhoorn macht einen vergeblichen Versuch, Sloot auf andere Gedanken zu bringen. Dessen Argwohn zu zerstreuen ist keine leichte Aufgabe. Sloot schlägt vor, sich an einem geheimen, gesicherten Ort zu treffen, von dem die Philips-Leute erst in letzter Minute erfahren. Er traue Philips nicht und wolle auch nicht, dass seine Technik exklusiv an Philips verkauft wird.

»Die werden meine Erfindung wegschließen und vorläufig nichts damit anfangen.«

Boekhoorn stößt einen tiefen Seufzer aus. Der Investor aus Nijmegen denkt lieber in Lösungen, nicht in Problemen. Deshalb schlägt er Sloot auch eine Lösung vor: einen alternativen Veranstaltungsort. In einem Industriegebiet im Nordwesten von Eindhoven, höchstens zehn Minuten Autofahrt vom NatLab entfernt, befindet sich die Picus-Zigarrenkisten-Fabrik. Mit der Investition in dieses Unternehmen hat Boekhoorn seine ersten Millionen verdient. Seiner Meinung nach sind die Fabrikhallen von Picus ein ausgezeichneter Ort für das nächste Treffen mit Philips.

Zu seiner Erleichterung ist Sloot einverstanden. Er besteht allerdings darauf, zusammen mit Ben seine Geräte bereits einen Tag zuvor in der Fabrik testen zu dürfen. Jolanda notiert:

»Jan Sloot wird versuchen, eine Art Störsender zu installieren, durch den es unmöglich wird, Signale aus dem Apparat aufzufangen. Philips soll erst am 16. März erfahren, wo die Präsentation stattfindet – eine reine Sicherheitsmaßnahme.«

(Aus den Konferenzprotokollen von Dipro)

Sloot ist nicht der Einzige, der sich Sorgen macht. Auch Boekhoorn äußert seine Bedenken: »Stell dir vor, dir stößt etwas zu und du bist dann nicht mehr in der Lage, an der Applikation zu arbeiten«, fragt er Sloot und schaut dann in die Runde. »Könnte Dipro dann mit dem Projekt weitermachen?«

»Sollte Jan Sloot etwas zustoßen, kann Dipro das Projekt auch alleine weiterführen. Sowohl Ben als auch Jolanda besitzen einen Schlüssel zum Safe.«

(Aus den Konferenzprotokollen von Dipro)

Am 11. März, an einem Donnerstagmorgen, schreibt Carel-Jan van Driel im Namen seiner Abteilung Philips Digital Signal Processing den versprochenen Brief an Dipro.

»Nach der Demonstration am 4. März 1999 sind einige Fragen offen geblieben.« Aus dem Brief geht hervor, dass sich der Ingenieur Sloots Technik ernsthaft anschauen will. Dafür hat er sich einen ganzen Tag freigehalten. Am selben Morgen ergreift auch sein Chef Roel Pieper die Initiative und schreibt über seinen MSN-Account eine E-Mail an Bickel.

Von: Roel Pieper ‹roelpieper@email.msn.com›
An: Rene B. Bickel ‹rbickel@governmind.com›
Datum: Donnerstag, 11. März 1999 9:13
Betreff: SDCS-Pläne

René:
Wir sollten einmal in Ruhe darüber nachdenken, wie man hiermit richtig Geld verdienen kann.
Bei allem Respekt vor Boekhorst: Er kennt niemanden in den USA, der diesem Projekt den richtigen Schub verpassen kann.
Ich hoffe, dass die NatLab-Leute die Technik genau analysieren und bewerten. Und ich hoffe, sie werden zugreifen.
Falls das nicht so sein sollte und etwas schief geht, dann – und nur dann – möchte ich mit dem Firmengründer und dem Erfinder ein Gespräch unter vier Augen führen, um zu sehen, wie ich persönlich euch unterstützen kann.
Es wäre sehr schade, wenn eine gute Idee aus den Niederlanden nicht in die Welt hinausgetragen wird.
Wie denkst du darüber?
Roel

Bickel greift sofort zum Telefonhörer und berichtet Boekhoorn aufgeregt über Piepers Interesse.

Boekhoorn spricht seinerseits mit Pieper. Zu seiner großen Freude bekräftigt das Vorstandsmitglied von Philips sein großes Interesse an der Erfindung.

Am Sonntagabend, dem 14. März sendet Pieper Bickel erneut eine E-Mail.

Von: Roel Pieper ‹roelpieper@email.msn.com›
An: Rene B. Bickel ‹rbickel@governmind.com›
Datum: Sonntag, 14. März 1999 18:27:50
Betreff: Re: SDCS-Pläne

René,
(Du kannst diese Mail gerne an Marcel weiterleiten, weil die wichtigsten Punkte unseres Gesprächs sich um das folgende Thema drehen werden.)
Einmal angenommen, die Sache ist ›echt‹ und kann durchgesetzt werden:

1.
Philips ist auf jeden Fall ein potenter Kunde/Vertriebspartner.

2.
Die Anwendungsbereiche dieser Technologie sind natürlich vielfältig, vorrangig sind hier Satelliten- und Breitbandnetzwerke zu nennen, habe da schon zwei großartige Ideen, die ziemlich schnell umgesetzt werden können.

3.
Diese Situation ist so einzigartig, dass ich bereit bin, dem Projekt meine vollständige Aufmerksamkeit zu widmen und die Erfindung zu einem internationalen Erfolg zu machen, auf den unser Land noch lange stolz sein kann. Das bedeutet aber, dass es für das Projekt-Team ein angemessenes Anteils- und Optionspaket geben muss. Die Frage ist, ob so etwas überhaupt in die Wege geleitet ist. Angesichts des aktuellen Stands und der noch ziemlich niedrigen Unternehmensbewertung kann mit Optionen gearbeitet werden. Die Verantwortlichen müssen dann selbst dafür sorgen, dass diese einmal einen entsprechenden Wert erreichen.

4.
Der größte Anteilseigner (der Erfinder) muss sich darüber im Klaren sein, dass er für eine erfolgreiche Durchführung des Projekts ein erstklassiges Team braucht. Die wichtigsten Ziele müssen in den USA realisiert werden. Das bedeutet auch, dass die Anteile ausgewogen verteilt sein müssen, derart, dass ›keine überraschenden und seltsamen Entscheidungen‹ getroffen werden können. Die Entscheidungsfindung für die ›neue Firma‹ muss also gesondert festgelegt werden, sodass wir etwa auch für News Corp, Direct TV oder Canal + seriös wirken. Es wird schnell um mehrere Milliarden Dollar gehen.

5.
Die gute Nachricht ist, dass wahrscheinlich keine großen Finanzierungen notwendig sind. Das marktwirtschaftliche Potenzial dieser Technik ist so groß, dass wir alles mit Krediten und Vorschüssen finanzieren können. Das bedeutet, dass für das Projekt-Team ein sehr hoher Betrag auf dem Spiel steht. Ich habe sehr gute Beziehungen zu einigen hervorragenden Finanz- und Kreditinstituten, die sich unserem Projekt sofort annehmen.
Ich habe engen Kontakt zu Kleiner Perkins, dem größten Risikokapitalgeber der Welt. In seinem Portfolio befinden sich fünfundzwanzig Unternehmen, die direkt für unser Projekt herangezogen werden können (z.B. @Home).
Ich habe am Freitag mit den beiden Senior-Partnern über die Richtung, in die unser Plan gehen soll, gesprochen. Ihre erste Reaktion war, dass es hier nicht darum gehen soll, wie viel Geld nötig ist (die verschwenden wirklich keinen Gedanken daran), sondern dass das Wichtigste die richtige Auswahl an Unternehmen sein soll, die sich als Netzwerk zusammenschließen. Ich denke, dass die Fertigkeiten des Projekt-Teams darauf auch ausgerichtet sein sollten.

Wenn die ganze Sache ins Rollen kommt, werden wir wohl am besten erst einmal ›untertauchen‹ und einen Businessplan mit Produktionsplänen konzipieren und dann den Markt stürmen, ohne dass jemand die Zeit hat, ›Verwirrung‹ zu stiften. Ich denke, dass wir uns Dienstagmorgen um 07:00 im Amstelhotel treffen können …

Ruf mich an, 0655853200
Roel

Pieper ist gierig. Er spricht bereits von ›wir‹ und möchte am liebsten so schnell wie möglich zur Sache kommen. Noch vor der zweiten Präsentation in Eindhoven will er eine gegenseitige Absichtserklärung aufsetzen. Dafür wählt er – wie gewohnt – einen Termin früh am Morgen. In Silicon Valley war es immer üblich, vor der Eröffnung der Börsen an der Ostküste, um sechs Uhr Ortszeit, aufzustehen. Und jetzt will Pieper auch René Bickel, den ehemaligen World Online-Vorstand, der früher schon die Strafexpeditionen von Nina Brink genießen durfte, mit seinem spartanischen Tagesrhythmus vertraut machen.

Doch Bickel lässt Pieper wissen, dass der Zeitpunkt ihm nicht gelegen komme. Er feiere an diesem Dienstag seinen Geburtstag und werde morgens um sieben mit seinen Kindern Geschenke auspacken. Schließlich treffen sie sich einige Stunden später. Pieper berichtet von seinen Plänen mit SDCS. Eines wird deutlich: Philips spielt darin in erster Instanz keine Rolle mehr.

Am gleichen Tag erhalten Carel-Jan van Driel und Roel Pieper von Boekhoorn eine Antwort auf die E-Mail und den Brief von van Driel. Sie erfahren, dass Sloot nur auf einige von van Driels Fragen eingehen möchte.

»Wir schlagen vor, dass Sie Ihre technischen beziehungsweise inhaltlichen Fragen während der Präsentation zur Sprache bringen«, schreibt Boekhoorn. Er gibt an, dass mittags noch eine zweite Präsentation stattfinden und bittet Pieper und die NatLab-Leute deshalb, zum Industriegebiet im Norden Eindhovens zu kommen.

> *»Angesichts der Entfernung zwischen dem ursprünglichen und dem jetzigen Ort der Präsentation hoffen wir, dass die Änderung für Sie kein Problem darstellt.«*
> Marcel Boekhoorn

Am nächsten Morgen, kurz vor acht, betreten Mierop und Mooijaart, Vater und Sohn Sloot sowie Bickel und Boekhoorn die Zigarrenfabrik in Eindhoven. Die Gruppe steigt eine Treppe hinauf und betritt den luxuriös ausgestatteten Empfangsraum von Picus. In Vitrinen stehen hübsche hölzerne Humidore, deren polierter Lack glänzt.

»Oh Mann, wer zum Teufel läuft hier mit Hundescheiße unter den Schuhen rum?«, schreit Boekhoorn durch die Halle.

Ben Sloot ist, ohne es zu merken, direkt vor dem Eingang in einen Haufen getreten. In aller Gemütsruhe ist er durch die gesamte Halle geschlurft, und nun folgt ihm eine duftende Spur bis hin zu den Vitrinen, vor denen er steht und neugierig die Zigarrenkisten bewundert.

»Ben … du Idiot! Da zieht der Kerl eine drei Kilometer lange Scheißspur hinter sich her!«, brüllt Mierop. »Mach den Mist sauber. Und zwar ein bisschen schnell, Pieper kann jeden Moment erscheinen!«

Wenig später kriecht Ben mit einem Schwamm und einem Eimer Wasser durch das Gebäude und verwischt seine Spuren. Er ist gerade fertig, als ein großer BMW vor dem Eingang von Picus hält.

Im Konferenzraum stellt Pieper die beiden Männer vor, die ihn begleiten: Dr. Stan Baggen und Dr. Ton Kalker, beide bekannte Codierungs- und Kompressionsspezialisten von Philips Research. Kalker forscht unter anderem an einem digitalen Wasserzeichen als Schutz vor illegalen Raubkopien. Später wird er hierfür internationale Anerkennung bekommen. Auch Baggen hat zahlreiche Publikationen veröffentlicht. Carel-Jan van Driel hat die beiden Spezialisten hinzugezogen, um die merkwürdige Vorführung zu beurteilen. Baggen und Kalker sind gespannt auf die Präsentation, die Sloot für diesen Tag vorbereitet hat.

Nach einer kurzen Einführung schiebt Sloot die Chipkarte in den Kasten. Auf dem Bildschirm erscheinen die Filme, die er zuvor codiert hat. Sloot beweist, wie schnell er mit dem Apparat vor- und zurückspulen kann, und zeigt dann die Bilder von der DVD, die er von Philips zugeschickt bekommen hat. Baggen und Kalker rücken dichter an den Monitor heran. Ihr Interesse scheint vor allem der Bildqualität zu gelten. Pieper schaut kopfschüttelnd zu.

»Einer dieser Männer legte dann sein Ohr auf den Kasten. Er wollte hören, ob es dort eine Festplatte gab.«
Leo Mierop

Sloot seufzt, als Kalker und Baggen ihn mit Fragen bombardieren. Sie sehen, dass Sloot ihre DVD codiert hat, aber sie verstehen nicht, wie. Sloot reagiert verärgert und schweigt schließlich.

»Wer mit extremen Behauptungen daherkommt, muss sie mit soliden Nachweisen untermauern.«
Ton Kalker

Obwohl van Driel in seinem Brief angekündigt hat, dem Treffen einen ganzen Tag einzuräumen, ist das Gespräch nach einer Stunde beendet. Pieper erklärt, dass sie »genug gesehen haben«. Er, Baggen und Kalker erheben sich von ihren Stühlen und verabschieden sich.

»Als sie den Raum verließen, zwinkerte Pieper mir zu. Sie stiegen alle in seinen BMW und fuhren wieder zurück ins NatLab. Keine halbe Stunde später stand Pieper wieder bei uns im Konferenzraum. ›Ich glaube nicht, dass sie viel schlauer geworden sind‹, sagte er. Dann haben wir uns die Hände geschüttelt. ›Ich steige bei euch ein‹, sagte Roel. ›Die Sache ist so groß, damit werden wir die Niederlande auf der Weltkarte neu positionieren.‹«
Leo Mierop

Das Unternehmen auf einen Schlag zu verkaufen ist nicht mehr nötig. Pieper ist jetzt an Bord. Mit seiner Hilfe kann Dipro selbst ein Top-Unternehmen werden. Boekhoorn ist so erfreut, dass er auf der Stelle jedem Anwesenden eine Zigarrenkiste mit eingraviertem Namen im Wert von mehreren tausend Gulden schenkt.

Pieper beginnt sofort, über seine Optionsscheine und zukünftigen Anteile an Dipro zu verhandeln. Er wendet sich an Sloot, doch der verweist auf Mierop. »Ich werde das regeln«, schaltet sich Boekhoorn ein. Er hat für das Treffen üppig belegte Brötchen bestellt, an denen sich Ben zu schaffen macht. Boekhoorn schaut verärgert zu, wie sich Sloots Sohn ein Brötchen nach dem anderen in den Mund schiebt und schließlich den Teller leer gegessen hat.

»Sag mal, Ben, kannst du vielleicht ein bisschen langsamer machen«, schnauzt er. »Wir versuchen hier, ein Gespräch zu führen.«

»Ich werde das mit euch zusammen groß herausbringen«, sagt Pieper. »Aber ich möchte natürlich auch ein Stück vom Kuchen abhaben. Ich gehe schließlich ein hohes Risiko ein.«

Mierop sieht, wie Sloot das Gesicht verzieht.

»Was ist los?«, fragt er.

Sie verschwinden eben aus dem Zimmer und laufen den Gang entlang.

»Das geht mir alles zu schnell. Ich traue dem Ganzen nicht«, sagt Sloot. »Wenn Pieper so mit Philips seine Spielchen treibt, dann wird er uns vielleicht auch irgendwann reinlegen.«

»Jan … dass Pieper dazukommt, ist fantastisch. Das siehst du doch auch so, oder?«

»›Ich werde Philips verlassen‹, sagte Pieper. ›Jetzt auf der Stelle. Nächste Woche sage ich es Cor Boonstra.‹ Wir anderen sollten in der Zwischenzeit unsere Klappe halten. ›Ich möchte meinen Abgang selbst in der Presse bekannt geben‹, sagte er. Dann haben wir alle den Konferenzraum verlassen. Das war am 17. März, gegen halb drei am Nachmittag.«
Leo Mierop

Am nächsten Tag nimmt Carel-Jan van Driel wieder Kontakt mit René Bickel auf. Er erzählt, dass Baggen und Kalker die Präsentation sehr interessant fanden, aber noch immer viele Fragen zur Funktionsweise des Sloot Digital Coding System hätten. Van Driel schlägt ein drittes Treffen vor, um SDCS einigen Tests zu unterziehen. Bickel soll dazu noch detaillierte Informationen bekommen.

Bickel ist leicht verwirrt über das anhaltende Interesse von Philips und ruft Boekhoorn an. Sie beschließen, sich mit Pieper in Verbindung zu setzen.

Von: rbickel@governmind.com
An: roelpieper@email.msn.com
Datum: Donnerstag, 18. März 1999 9:04
Betreff: Weiteres Vorgehen

Roel,
In Absprache mit Marcel möchte ich Folgendes zu einer dritten technischen Präsentation vor Philips bemerken:
Es erscheint wenig sinnvoll, noch weiter auf die spezifische Video-Applikation einzugehen. Es geht schließlich nicht um

die Bildqualität, über die sich eigentlich jeder im Klaren ist, sondern um das dahinter liegende System SDCS.
Ich schlage vor, nächsten Montag im Beisein von Jan Sloot die Grundlagen und das Verfahren seiner Technik schematisch darzustellen.
Wahrscheinlich werden seine tiefgründigen Erklärungen/Darlegungen der Philips-Crew nie ausreichen. Deshalb geht es meines Erachtens darum, diese Männer davon zu überzeugen, dass das Ganze funktioniert, sowie ihnen zu verdeutlichen, wie breit die Anwendungsbereiche von SDCS sind.
(Van Driel erkundigte sich heute bei mir, wie lange es gedauert hat, die Philips-DVD zu codieren und auf dem Chip zu speichern. Er denkt damit schon in die Richtung, die ich meine.)
Jan hat mit der Video-Applikation (unabhängig von Bild- und Tonqualität) bewiesen, dass SDCS funktioniert.
Wenn wir uns vor Augen führen, dass dies eine der schwierigsten Applikationen ist und er sie ›alleine‹ entwickelt hat, dann kann man sicher auch über eine Reihe anderer, davon abgeleiteter und weniger komplizierter Anwendungen nachdenken, die ›relativ‹ einfach sind.

Vielleicht können wir am Montag neben der vorhin erwähnten schematischen Darstellung auch auf eine Übersicht von möglichen Anwendungen zu sprechen kommen (Digital Broadcasting, Datenübertragung etc.). Hast du dafür Ideen? Ich könnte mit Jan Sloot einige Dinge vorbereiten.
René

Bickel hat in seiner E-Mail offenbar noch nicht ganz begriffen, dass sich die Situation geändert hat. Pieper, der zukünftige CEO von Dipro, hält Besprechungen mit Philips für überflüssig. Schließlich haben sie eine Vereinbarung getroffen: Pieper wechselt zu Dipro, aber nur, wenn der Kontakt zu Philips beendet wird. Und demzufolge hat das Treffen mit Jan Sloot, das für Montag, den 22. März anberaumt ist, aus Sicht des leicht verärgerten Pieper auch einen anderen Hintergrund, als Bickel denkt.

> Von: Roel Pieper ‹roelpieper@email.msn.com›
> An: ‹rbickel@governmind.com›
> Datum: Donnerstag, 18. März 1999 22:25
> Betreff: Re: Weiteres Vorgehen
>
> Das Treffen ist ein privates Gespräch zwischen Sloot und mir.
> Das geht niemand anderen etwas an.
> Wenn ich bei euch einsteigen soll, dann müsst ihr mit offenen Karten spielen.
> Also: Deine Mail ist verwirrend. Warum Montag, und warum Philips?
> Roel

Seit dem Treffen in der Zigarrenfabrik besteht zwischen Mierop und Sloot ein intensiver Telefonkontakt. Es vergeht kein Tag, an dem Sloot nicht den Küchenstudiobesitzer aus Rockanje anruft. Sie unterhalten sich vor allem über Roel Pieper. Sloot vertraut ihm noch immer nicht. Das geplante Treffen am Montag im Büro in Nieuwegein ist ihm deshalb auch zuwider. Er will kein Privatgespräch. Er will lieber eine Konferenz mit allen Beteiligten. Mierop ist mit Sloot einer Meinung. Für vertrauliche Gespräche ist es noch zu früh. Noch gibt es keine Verträge, und Pieper ist noch immer Vorstandsmitglied bei Philips. Er ist natürlich immer willkommen, aber nur, wenn das Gespräch mit Jan im Beisein der anderen stattfindet.

Pieper ist einverstanden. Das erste Treffen verläuft gut. Nun ist es sicher: Roel Pieper ist an Bord, und er hat große Lust auf das Projekt. »Diese Erfindung wird einen Erdrutsch auslösen«, erklärt er entzückt.

Pieper versucht, die Konferenz auf Englisch zu leiten. Von jetzt an soll Dipro ein internationales Unternehmen werden. Englisch muss also die Geschäftssprache sein. Das gehört sich so.

Mierop redet, genau wie Mooijaart, lieber auf Niederländisch. »Warum soll ich Englisch sabbeln, wenn doch nur Niederländer am Tisch sitzen?«

Noch ist Dipro kein internationaler Konzern, und Nieuwegein ist auch nicht Sunnyvale im Silicon Valley. Das im Industriegebiet abgelegene Gebäude von ERS ähnelt nicht dem Rembrandt-Turm, und das Abendessen beim örtlichen Chinesen ist keinesfalls mit einem Gedeck im japanischen Gourmet-Restaurant Nobu in New York zu vergleichen.

Wenigstens geht im Restaurant Asia Tower den rostfreien Blechschalen mit Babi Pangang, Tjap Tjoy und Foe Yong Hai mit Huhn ein Glas Champagner voraus. Pieper prostet allen zu und setzt sich neben Boekhoorn. Hin und wieder lacht er sogar über die Bemerkungen und anzüglichen Witze von Mierop. Ben Sloot kaut mit mahlendem Kiefer auf einem Stück gerösteten Spanferkel herum. Als der Alkohol zu wirken beginnt, schwärmen sie von ihrer gemeinsamen Zukunft bei Dipro.

Meine Lebensphilosophie orientiert sich eigentlich an Goethe. Wenn der Moment sich entwickelt, muss man versuchen, den Moment festzuhalten.
Roel Pieper

DER MOMENT ›X‹

Vier Tage später findet in Sloots Büro ein zweites Treffen statt. Außer Bart van Rheenen sind alle anwesend, auch Carl de Vries. Pieper zeigt eine PowerPoint-Präsentation. Ein Beamer wirft die Worte ›Businessplan, Ziele, Zeitplan‹ an die Wand.

In dreizehn Schritten erläutert Pieper seine Pläne für Dipro. Er erklärt, dass SDCS eine Marke werden müsse. Eine Art Dolby-System der Computer-, Mobilfunk-, Video- und Audio-Industrie, so wie Intel Inside. Eine weltweit patentierte ›Kerntechnologie‹. Ein komplett neuer Standard. Made in Holland. Pieper zufolge müssen einige Millionen Dollar in Produktentwicklung und Marketingmaßnahmen gesteckt werden. Er spricht über die Bedeutung eines Investorennetzwerks und die notwendige Unterstützung durch Partner aus der Industrie. Er nennt Namen wie Cisco, Microsoft, Gates, Perkins. Mit einem ›Weltklasseteam‹ könne eine optimale ›Wertschöpfung‹ erreicht werden. Der Beamer wirft eine Grafik in Form eines Hockeyschlägers an die Wand. Pieper verspricht, dass der Unternehmenswert innerhalb von vier Jahren einige Milliarden Dollar beträgt – erst an der Nasdaq in New York und dann an der Amsterdamer Börse. Selbstverständlich gehöre dazu für einen CEO seines Kalibers eine ordentliche zusätzliche Vergütung in Form von Aktienoptionen.

Boekhoorn findet Piepers Forderungen übertrieben. Zwischen den Partnern entbrennt eine heftige Debatte. In dem Memo der Sitzung, das Boekhoorn noch am selben Tag Sloot, Mierop, Mooijaart und Bickel zuschickt, hat er einen ersten Vorschlag ausgearbeitet, den er Pieper unterbreitet. Seine Berechnungen stützen sich auf Piepers Schätzung, wonach der Unternehmenswert von Dipro Ende 2004 vierundzwanzig Milliarden Dollar beträgt. Nach fünfeinhalb Jahren soll Pieper, wenn alles nach Plan läuft, zehn Prozent von Dipro – in Form von Optionen – erhalten und zweifacher Dollarmilliardär werden.

Boekhoorn lässt diese Ideen von seinem Anwalt in Vertragsform bringen. Pieper seinerseits hat einen US-Finanzexperten hinzugezogen und ist von Boekhoorns Vorschlag wenig begeistert. Er denkt eher an das Dreifache des genannten Betrags, und zwar an dreißig Prozent in Optionen. Nur mit Mühe kann Boekhoorn Pieper das ausreden. Er bietet ihm zweieinhalb Prozent extra. Damit würde Pieper, nach Ausübung der Optionen, einen Anteil von zwölfeinhalb Prozent an Dipro erhalten. (Sollte in Zukunft allerdings beschlossen werden, mehr Anteile an Investoren zu veräußern, dann würde sich Piepers Anteil verwässern, genau wie der der anderen Anteilseigner.)

Boekhoorn bietet Pieper auch die Möglichkeit, seine Optionen zu fünfzig Prozent des Ausgabekurses von Dipro an einem bestimmten Stichtag auszuüben. Der Wert des Unternehmens war bei der Konferenz in Nieuwegein auf dreihundertfünfundsiebzig Millionen Dollar festgelegt worden.

Pieper ist mit dem Verlauf der Verhandlungen nicht einverstanden. Er ärgert sich vor allem über die ›Erbsenzähler‹-Mentalität von Boekhoorns Rechtsanwaltsbüro Nauta Dutilh, die er zwischen den Zeilen des Vorvertrags zu erkennen glaubt. »Dieser Mann braucht dringend ein Briefing, und zwar darüber, was wir hier wollen und was wir nicht wollen. Ansonsten diskutieren wir am Ende nur noch über die Meinung eines Rechtsanwalts. Brrr«, schreibt Pieper in einer E-Mail an Boekhoorn.

Seine Kritik gilt vor allem der vorgesehenen steuerlichen Struktur. Der Schwerpunkt des Unternehmens muss nach Ansicht von Pieper selbstverständlich in den USA liegen und nicht in der Karibik oder den Niederlanden. Als Grund nennt er steuerrechtliche Gesichtspunkte:

»Ich will meine Optionen schließlich nicht in den Niederlanden erhalten, sicher nicht bei den Bewertungen, über die wir derzeit reden, das ist absurd.«
Roel Pieper

Ein anderer Streitpunkt ist der Unternehmenswert. Pieper möchte lieber zwölfeinhalb Prozent der Anteile bei einem hohen Unternehmenswert besitzen als bei einem zu niedrigen. Bei einem niedrigeren Wert würde Dipro schließlich schneller neue Anteile für Investoren ausgeben, und die bestehenden Anteile würden kleiner werden. Pieper versucht, Boekhoorn davon zu überzeugen, dass die Bewertung des Unternehmens höher sein muss als die zuvor festgelegten dreihundertfünfundsiebzig Millionen Dollar.

»Wir hoffen alle, dass die Bewertung des Unternehmens schon bei der ersten Finanzierungsrunde entsprechend hoch ist, da wir dann viel Gewinn bei minimaler Anteilsverwässerung machen.«
Roel Pieper

Einen Tag später antwortet Boekhoorn in einer E-Mail an Pieper:

Bezüglich des Unternehmenswertes erscheint es mir sinnvoll, schon jetzt einen festen Ausgabekurs festzulegen. Das bietet allen Beteiligten eine gewisse Sicherheit und steht der kommerziellen Preisbildung des Eröffnungskurses nicht im Weg. Ich schlage vor, den Ausgabekurs entsprechend dem während der Konferenz festgelegten Wert von 375 Millionen Dollar zu handhaben. Konkret bedeutet das: Dein Einstiegskurs beträgt

immer 187,5 Millionen Dollar, unabhängig davon, ob wir in der ersten Runde 250 Millionen, 500 Millionen oder welchen Betrag auch immer realisieren.
Diese Methode erscheint mir vernünftig, da du deine Optionen ohnehin erst nach der ersten Verwässerung der Anteile ausübst. Um Missverständnissen vorzubeugen, gehe ich von folgender Situation aus: Das derzeitige gezeichnete Kapital von 6000 Anteilen wird sich nach dem Moment ›X‹ wahrscheinlich auf 6600 Anteile erhöhen. Für dich werden deshalb 825 Anteile reserviert (zwölfeinhalb Prozent), die zu vier gleichen Tranchen von 206,25 Anteilen am 1. Juli eines jeden Jahres in einem Zeitraum von vier Jahren an dich ausgegeben werden. Hierbei gehe ich davon aus, dass der 1. Juli hoffentlich der Moment ›X‹ sein wird.

Als Moment ›X‹ bezeichnet Boekhoorn jenen Tag, an dem der erste Investor Anteile an Dipro erwerben wird. Nach seinen Schätzungen wird dieser Geldgeber für einen Betrag zwischen fünfundzwanzig und fünfzig Millionen Dollar maximal zehn Prozent der Firma erwerben. Die Anteilsverwässerung, die der ersten Finanzierungsrunde folgt, wird sich nicht auf die für Pieper reservierten Anteile auswirken.

Doch Pieper ist mit diesem Vorschlag noch nicht einverstanden und schreibt zwei Tage später eine E-Mail aus der Karibik:

Meiner Meinung nach könnten wir viel Zeit und Geld sparen, wenn wir nach dem amerikanischen beziehungsweise dem Silicon-Valley-Prinzip vorgehen. Wir können auch Wilson Sonsini Rosati [Anwaltskanzlei, die sich auf Hightech-Unternehmen spezialisiert hat, Anm. d. Verf.] hinzuziehen. Das wird etwas teurer, aber dann haben wir alles mit einem Mal

erledigt, so wie es die meisten Venture Capitalists, Partner und Mitarbeiter erwarten werden.
Du solltest nicht die Angst unterschätzen, die man in den USA nach dem Desaster mit Baan vor niederländischen Abenteuern hat. Auch Lernout & Hauspie aus Belgien sind kein Aushängeschild, deren Strukturen versteht niemand. Wir sollten diesen ganzen Unsicherheiten aus dem Weg gehen und nicht europäisch daherkommen. Das ist Shareholder Value in Prime Position.

Gleichzeitig vereinbart Pieper vorteilhaftere Konditionen in Bezug auf Kündigung und Abfindung in seinem Vertrag. Mit den drei bis sechs Monatsgehältern, die Boekhoorn ihm angeboten hat, ist er nicht zufrieden:

Was die Kündigungsfristen der oberen zwei Managementebenen angeht, wirst du überrascht sein. Du solltest von folgender Regelung ausgehen: Vorstand – zwölf Monate, die folgende Ebene – zwischen drei und sechs Monaten. Der CEO hat meist eine Kündigungsfrist von über zwölf Monaten. Um dir ein Beispiel zu geben: Bei Tandem hatte ich eine Frist von vierundzwanzig Monaten, bei Philips von achtzehn Monaten.

Zum Unternehmenswert von Dipro bemerkt Pieper noch Folgendes:

Mit der Höhe der Wertfestlegung bin ich so weit einverstanden. Allerdings solltest du verstehen, dass niemand – ich betone ausdrücklich niemand – einen Nachteil erfahren würde, wenn Sloot sein Produkt nicht fertig bekommt. Allein ich hätte mich dann total blamiert. Das erscheint mir nicht ganz gerecht. Wenn Sloot mit seinem Produkt erfolgreich ist, dann haben wir alle ein Interesse an einer guten Unternehmensbewertung. Je höher, desto besser, denn nur so können wir mehr Geld verdienen.

Während Pieper aus der Karibik – wo er an einer Regatta teilnimmt – emsig über seinen Vertrag verhandelt, denkt man im NatLab in Eindhoven noch immer über ein drittes Treffen mit Sloot nach. Carel-Jan van Driel weiß inzwischen, dass es sinnlos ist, Sloot detaillierte Fragen zu stellen.

Am 2. April schickt er einen Brief mit einem ausgearbeiteten Vorschlag für das dritte Treffen an René Bickel. Van Driel schlägt einen Präsentations-Aufbau vor, mit dem unumstößlich festgestellt werden kann, ob die Erfindung von Sloot wirklich so funktioniert, wie er selbst behauptet.

Ich schlage vor, einen ›News-On-Demand-Service‹ und einen ›Information-Retrival-Service‹ zu simulieren. Der Aufbau (Sloots Kasten, eine Maus und ein Monitor) befindet sich an einem Ort A, den wir auswählen. Die Installation, um zu decodieren und die Chipkarte zu programmieren, befindet sich an einem Ort B, den Sie auswählen. Wenn der Aufbau am Ort A einsatzbereit ist, erhalten Sie von uns das Testmaterial auf einem von Ihnen gewählten Medium (z.B. DVD, VHS oder S-VHS), das Sie anschließend zum Ort B mitnehmen. [...] Da wir jede Form von zusätzlicher Informationsübertragung ausschließen möchten, werden wir den Aufbau (Sloots Kasten, Maus und Monitor) in einem anechoischen Raum aufbauen. Ein anechoischer Raum ist von allen elektromagnetischen Wellen isoliert. Folglich können also keine Radiowellen oder andere Störungen herein- oder herausdringen.

Die Wissenschaftler von Philips wollen ausschließen, dass Sloot seinen Kasten drahtlos mit einer externen Datenbank kommunizieren lässt, auf der sich die Filmbilder befinden. Van Driel ist aber augenscheinlich nicht über die neuesten Entwicklungen rund um die Erfindung informiert. Sloot und die anderen verspüren nicht das geringste Verlangen, sich in einen anechoischen Raum bei Philips Research zu begeben. Eine positive Reaktion auf van Driels Schreiben bleibt daher auch aus. Er erhält überhaupt keine schriftliche Antwort auf seinen Brief. Bickel ruft zwar noch einige Male an, doch die Gespräche versanden allesamt in den Details eines eventuellen dritten Treffens. Nach einigen Wochen lässt van Driel Pieper in einer E-Mail wissen, dass er stark an dem Sloot-Projekt zweifele. Der Erfinder wolle die Details seiner Technik nicht offen legen, und da es ansonsten keine Anknüpfungspunkte gebe, die seine Behauptungen beweisen, sehe er keinen Anlass, mit diesem Projekt weiterzumachen.

Nach seiner Rückkehr aus der Karibik stimmt Pieper der Einschätzung von van Driel zu und fällt im Namen von Philips die Entscheidung, keine weiteren Initiativen rund um die SDCS-Technologie zu ergreifen.

»Philips hat die Erfindung abgewiesen, und Roel Pieper hat die Entscheidung getroffen.«

Carel-Jan van Driel

»Ich habe bei Philips mit offenen Karten gespielt. Sie können mich gerne an einen Lügendetektor anschließen. Ich habe versucht, sie zu überzeugen, aber sie wollten nicht. Man kann niemanden zu seinem Glück zwingen. Ich habe sogar mit Boonstra über die Sache gesprochen. Ich sagte: Ich habe etwas, das sich außergewöhnlich anhört. Ich weiß nicht, wie ich damit weitermachen soll, denn unsere Research-Abteilung will von der Technik nichts wissen. Deshalb haben wir gemeinsam beschlossen: Wenn Philips Research davon nichts wissen will, dann wird das Ganze nichts. Das wäre verlorene Liebesmüh. Ja, verlorene Liebesmüh.«

Roel Pieper

Es ist mittlerweile fünfzehn Jahre her, dass Jan Sloot Groningen verlassen hat, um sich in Nieuwegein eine neue Existenz aufzubauen. Auch heute denkt er noch oft an seine karge, vaterlose Jugend zwischen katholischen Kostgängern zurück. In der ganzen Zeit ist er seinem Lebensmotto treu geblieben: »Eines Tages werde ich Millionär sein.«

Lange Zeit hat er immer wieder betont, dass ihm das vor seinem fünfzigsten Geburtstag gelingen werde. Bisher ist es nicht geschehen. Doch jetzt, da er Pieper »eingestellt« hat, wie er seinem Freund Henk van Doorn an einem Bingoabend ins Ohr flüstert, kann es nicht länger als ein paar Monate dauern, dass sich sein Traum von den Millionen erfüllt.

In den ersten Wochen redet Marcel Boekhoorn nicht über Pieper. Doch schließlich – obwohl es gegen die Absprachen ist – kann er die Nachricht nicht mehr für sich behalten: Ab 1. Juni wird der Philips-Mann auf der Gehaltsliste von Dipro stehen, und das muss er einigen Freunden und Bekannten dann doch erzählen. Piepers Beteiligung an dem Projekt ist mehr, als sich Boekhoorn jemals erträumt hat.

Boekhoorn ist sich seiner eigenen Stärken und Schwächen wohl bewusst. Er versteht sich auf Bilanzierung und Buchhaltung, als Wirtschaftsprüfer hat er jahrelang nichts anderes gemacht. Und was noch viel wichtiger ist: Er besitzt ein feines Gespür dafür, wann er zuschlagen muss, und dabei ist es völlig egal, um welches Geschäft es geht.

Boekhoorn hat ein erprobtes Erfolgsmodell: Er sorgt dafür, dass in seinen Unternehmen immer ein Top-Mann aus der Wirtschaft an der Spitze steht, so arbeitet er schon seit Jahren. Ein wichtiges Teil des Puzzles liegt nun auf dem Tisch: Roel Pieper.

Pieper und Boekhoorn verhandeln den endgültigen Vertrag bei einem Gespräch im Sheraton Hotel, zufällig Piepers favorisierter Treffpunkt. Wenn alles nach Plan läuft und Pieper jede Benchmark erfüllt, gehören ihm zwölfeinhalb Prozent von Dipro. Ein königliches Angebot, wie Boekhoorn findet. Und dann ist Pieper mehr als ein Top-Mann, dann ist er eine Berühmtheit. Ein Mann, dem sich Türen öffnen. Mit Bill Gates ist er per du, mit Al Gore hat er nach eigenen Angaben erst vor kurzem noch gesprochen, und den ehemaligen Wirtschaftminister Hans Wijers hat er bereits eingeladen, sich Sloots Kasten persönlich anzuschauen.

Boekhoorn ist auch von Piepers Vision beeindruckt: Demnach stehen sie am Beginn eines Unternehmens, das mit der Erfindung des Jahrhunderts Geschichte schreiben wird. Ein Unternehmen, an dem Bart van Rheenen und René Bickel jeweils ein halbes Prozent halten, Carl de Vries ein Prozent, Mierop vier und Mooijaart vierundzwanzig, Boekhoorn selbst zwanzig und Sloot fünfzig Prozent. Boekhoorn sieht den richtigen Moment gekommen, um seinen eigenen Einsatz zu erhöhen.

Mierop und Mooijaart stehen dem Vorschlag, einen Teil ihrer Anteile vorläufig an den Mann aus Nijmegen zu verkaufen, nicht abgeneigt gegenüber. »Wer Gewinn macht, kann nicht ärmer werden«, haben sie Boekhoorn einmal sagen hören. Und ein Unternehmenswert von hundert Millionen Gulden ist immer noch zehn Mal so hoch wie der, für den Mooijaart seine Anteile an Sloots Erfindung erhalten hat. Für die drei Prozent, die Mooijaart Boekhoorn im April überlässt, kassiert er drei Millionen Gulden. Mierop, der vier Prozent von Mooijaart bekommen hat, erhält eine Million. Die erste von vielen, die noch kommen werden, denkt er.

Nach einem Fußballspiel feiert Boekhoorn das gerade abgeschlossene Geschäft in einem italienischen Restaurant in Arnheim mit seinen Freunden von Oranje Blauw und seinem Vater.

»Das wird ein Riesenerfolg, und ihr sollt alle daran teilhaben«, ruft er spontan in die Runde. Und noch bevor das Tiramisu auf dem Tisch steht, serviert Boekhoorn seinen jubelnden Freunden ein winziges Stück – ein Viertel Promille – des Dipro-Kuchens. Für den symbolischen Betrag von tausend Gulden. Den Schatzmeister ernennt er gleich mit: »Jungs, gebt das Geld einfach meinem Vater!«

»Marcel kam einmal zum Essen zu mir, bevor wir uns mit Roel trafen. Er fuhr mit seinem großen BMW vor. Ich wohne in einem großen Haus in einem schönen Viertel im Süden von Amsterdam. Boekhoorn schaute lachend aus dem offenen Fenster seines Wagens. ›Nettes Häuschen, René‹, schrie er über die Straße. ›Aber in einem Jahr kannst du dir was Besseres leisten.‹«
René Bickel

Mehrere Male pro Woche lenkt Boekhoorn seinen BMW den Kiesweg zu Piepers angemieteter Villa in Bloemendaal hinauf. Bickel begleitet ihn. Es ist meistens abends, denn tagsüber kommt Pieper seinen Verpflichtungen bei Philips nach. Boekhoorn ist schnell auf den Geschmack gekommen. Er muss sich sehr viel Mühe geben, um beim – in seinen Augen – aufregendsten Deal der Weltgeschichte ruhig zu bleiben.

In Piepers Villa philosophiert das Triumvirat langwierig über die Möglichkeiten von Sloots Erfindung. Oberste Priorität sei, das bisher problematische Patentierungsverfahren so schnell wie möglich abzuschließen. Ende März hatte Pieper gegenüber Boekhoorn, was Sloot angeht, bereits seine Bedenken geäußert:

Von: Roel Pieper ‹roelpieper@email.msn.com›
An: Marcel Boekhoorn ‹m.boekhoorn@wxs.nl›
Datum: Dienstag, 30. März 1999 20:12
Betreff: Re: Anmerkungen Konzept/Vertrag

Hi.
Ich habe noch mit Sloot gesprochen.
1. Er muss sich unbedingt um die Patentschrift kümmern. Wenn wir einen guten Entwurf haben, dann sollten wir nicht in den Niederlanden das Patent anmelden, sondern den Entwurf erst in den USA begutachten lassen. So können wir dann gleichzeitig Patente in NL / EU und den USA anmelden.
2. Sloot wartet noch immer auf den Prozessor. Das Ganze ist eine merkwürdige Geschichte. Ich frage ihn danach, und er sagt, dass es zwischen ihm und Taiwan ein Missverständnis gegeben habe. Die Taiwanesen hatten den Prozessor wohl überhaupt noch nicht losgeschickt. Jetzt geht der Zirkus also von vorne los. Hierum soll sich René Bickel schnellstens kümmern.
Ich hoffe auch, du siehst, dass eine hohe Bewertung bei dieser Art von Arbeitsweise eine interessante Note bekommt.
Wir sollten uns regelmäßig miteinander abstimmen, sodass alle offenen Fragen immer sofort auf den Tisch kommen.
Roel

Sloot soll nicht so viel von Nebensächlichkeiten wie dem Bestellen eines Mikroprozessors abgelenkt werden. Er soll sich vielmehr auf die Beschreibung seiner Algorithmen konzentrieren. Deshalb vereinbaren Pieper, Boekhoorn und Bickel, dass Letzterer Sloot unterstützt. Mindestens drei Mal pro Woche soll er in Sloots Werkstatt nach Nieuwegein kommen, um ihm administrative Angelegenheiten abzunehmen und ihn dazu anzuregen, sich vor allem mit seiner Erfindung zu beschäftigen. Schon bald beginnt Sloot jedoch zu protestieren. Er drängt darauf, dass Mierop, Boekhoorn und Pieper René Bickel zurückpfeifen.

> *»Mein Vater wurde von diesem Bickel ganz plemplem. Es war eine Katastrophe. Pa hielt es nicht lange mit ihm aus.«*
> Ben Sloot

Nach drei Wochen braucht Bickel nicht mehr nach Nieuwegein zu kommen. Viel hat er mit seiner Anwesenheit nicht erreicht. Trotz einiger Besuche der Herren vom Patentamt ist Sloot mit dem Antrag nicht vorangekommen. Sobald die Beamten sich nach den Spezifikationen seiner Technik erkundigten, hatte er jegliche Auskunft verweigert. Selbst die regelmäßigen Besuche von Pieper konnten das bisher nicht ändern.

»Ich kann nicht zu viel darüber erzählen. Es ist so simpel«, betont Sloot immer wieder Bickel gegenüber. »Erinnere dich, wie ich zu dieser Erfindung gekommen bin.«

Ein Entlassungsgespräch kann Cor Boonstra es eigentlich nicht nennen. Das vergangene Jahr ist er mit dem jüngsten Vorstandsmitglied wegen dessen Verhalten bei Philips diverse Male aneinander geraten. Zu oft hat Pieper treffsicher lang gepflegte Werte, geschriebene und ungeschriebene Gesetze achtlos über den Haufen geworfen und sich nicht an Vereinbarungen gehalten. Sein Alleingang bei der Errichtung der Strategieabteilung im Silicon Valley ist das beste Beispiel dafür. Piepers Verhalten verstößt gegen alles, wofür die Unternehmenskultur von Philips steht.

Die Gespräche sind nicht immer angenehm gewesen. Der von den Medien ernannte Kronprinz hat durchblicken lassen, dass er sich nicht als zweiten Mann betrachtet, und so benimmt er sich auch. Auf eine selbstzufriedene Weise ist er stets davon überzeugt, im Recht zu sein. Unerträglich. Unbelehrbar. Eigentlich hat Cor Boonstra schon nach vier Monaten gewusst, dass die Einstellung von Pieper ein Fehler war.

Anfangs hatten die Vorstandsmitglieder Piepers Präsentationen noch interessiert zugehört. Die Erwartungen an ihn waren hoch. Sein Hintergrund und seine Persönlichkeit erschienen wie das Versprechen, langfristig einen wichtigen Beitrag zu dem Unternehmen zu leisten. Pieper hat zweifelsohne große Pläne, doch kann es ihm nie schnell genug gehen. Deshalb gelang es ihm auch nicht, bei Philips etwas in Gang zu setzen. Seine Mitarbeiter konnten ihm nicht folgen. Niemand kann das, außer Pieper selbst.

Ein knappes Jahr nach seinem Dienstantritt bei Philips ist das Versprechen nur noch eine vage Erinnerung. Die Würfel sind gefallen. In den letzten Monaten konkurrieren Piepers Ausführungen vor dem Vorstand immer mehr mit dem, was sich außerhalb des Rembrandt-Turms abspielt.

»Niemanden interessierte mehr, was Roel zu sagen hatte. Aber egal, wir hatten eine schöne Aussicht über die Amstel, das Wasser und die Schiffe.«
Cor Boonstra

Das letzte Gespräch mit Pieper am Morgen des 20. April 1999 führt Cor Boonstra nicht in seiner Rolle als Vorstandsvorsitzender. Die Wut ist verraucht, die Frustration unter Kontrolle. Was übrig geblieben ist, ist Enttäuschung. Boonstra will sich ein letztes Mal persönlich mit Pieper unterhalten. Von Mann zu Mann. Nein, eher wie ein trauriger Vormund, der seinem widerspenstigen Pflegekind ein letztes Mal gut zuredet, bevor er es endgültig vor die Tür setzt.

»Ich hatte das Gefühl, dass ich ein Rennwagen war und Philips ein großer Parkplatz.«
Roel Pieper

Ende April schneidet der Bug der *Favonius* ein zweites Mal innerhalb von zwei Monaten durch das azurblaue Wasser des Karibischen Meeres. Die Teilnahme an der *Antigua Sailing Week* ist für Pieper ein alljährliches Ritual.

Mit seinem rechten Bein auf eine Bank gestützt, steht er am Ruder der *Swan 651*. Pieper fixiert mit scharfem Blick die Segel des Bootes vor ihnen. Sein gebräuntes, vom Salzwasser gegerbtes Gesicht ist vor Konzentration angespannt. Der Zielstrich ist bereits in Sichtweite, bisher liegt die *Favonius* auf dem sechsten Platz.

Neben alten Freunden und Bekannten, wie zum Beispiel Marius Abel, hat Pieper auch den fünfmaligen Segel-Weltmeister und America's-Cup-Veteranen Paul Cayard zu der Regatta eingeladen. Cayard hat ein Jahr zuvor als erster Amerikaner das *Whitbread Round The World Race* gewonnen. Tandem Computers war Subsponsor der berühmten Regatta, und es war Pieper, der Cayard im Namen von Tandem als einer der Ersten zu seinem Sieg gratulierte. Neben Cayard hat Pieper auch fünf Mitglieder des Teams von Top-Segler Roy Heiner aus den Niederlanden einfliegen lassen. Vor einem Jahr waren sie noch an Bord der *Brunel Sunergy* und segelten unter der Führung von Heiner einige spektakuläre Etappen beim *Whitbread Race*. Nun hören sie auf die Kommandos, die Pieper über das Deck aus Teakholz brüllt.

Einer der Bekannten, die Pieper zur Antigua Sailing Week eingeladen hat, ist Marc Wesseling. Es ist das zweite Mal, dass er bei dieser Regatta auf der *Favonius* mitsegelt. Wesseling leitet den Technologie-Fonds von Optimix, einer Investmentgesellschaft und Vermögensberatung in Amsterdam. Das Unternehmen verwaltet in erster Linie das Vermögen einiger besonders Wohlhabender.

Pieper arbeitet, gegen ein ansehnliches Honorar, schon seit seiner Zeit bei Tandem als Berater für den Technologie-Fonds von Optimix. Wesseling hat als einer der Ersten in den Niederlanden Kontakt zu seinem in Silicon Valley erfolgreichen Landsmann aufgenommen, in der Hoffnung, Zugang zu Piepers imponierendem Netzwerk zu bekommen.

Wesseling ist beeindruckt von der Cocktailparty, die Pieper am Abend auf dem Achterdeck des majestätischen Zweimasters *Andromeda La Dea* von Tom Perkins organisiert hat. Die einhundertvierundfünfzig Fuß lange Perini-Navi-Yacht liegt in Falmouth Harbour vor Anker, und Pieper hat die Gelegenheit genutzt, seine Gäste mit dem bis ins kleinste Detail perfekten Ambiente der italienischen Super-Yacht zu beeindrucken. Dort, auf dem Achterdeck des schönsten Schiffes, das er je betreten hat, hört Wesseling Pieper zum ersten Mal darüber reden: »Marc, ich hab da was, das ist so irre … Es ist noch geheim. Ich kann darüber eigentlich noch nicht reden …«

Zurück in den Niederlanden, Anfang Mai, trifft Wesseling Pieper wieder, dieses Mal in Bloemendaal, wo beide wohnen. In einem Restaurant unterhalten sie sich bei einem Bier über die Woche in Antigua. Doch eigentlich haben sich die beiden Männer nicht getroffen, um Segelerinnerungen auszutauschen. Pieper, noch immer Vorstand von Philips, will unbedingt Wesselings Interesse an seinem neuen Unternehmen Dipro wecken. Er erzählt, dass er die Leitung schon übernommen habe. Vor einiger Zeit hat Pieper in seiner Funktion als Berater Optimix davon überzeugt, Mitbegründer von Twinning zu werden – jenem Netzwerk, mit dem Wirtschaftsminister Hans Wijers vielversprechende junge Unternehmen fördern und finanziell unterstützen will. Der neue Plan von Pieper scheint allerdings von einer ganz anderen Größenordnung zu sein.

»Als Roel mir von der Erfindung erzählte, konnte ich das gar nicht glauben. Diese Geschwindigkeit und dieser Kompressionsfaktor … phänomenal. Wenn das funktionierte, was Roel sagte, dann hatten wir es hier mit dem Heiligen Gral der Computerindustrie zu tun. Ich leitete seinerzeit nicht nur den Technologie-Fonds, sondern auch den Venture-Capital-Fonds von Optimix. Ich war also unglaublich interessiert. Ich fand, dass Optimix investieren musste.«
Marc Wesseling

Einige Tage später trifft sich Wesseling erneut mit Pieper, der dieses Mal Marcel Boekhoorn mitgebracht hat. Die beiden erklären Wesseling, wie sie Dipro organisieren wollen und unter welchen Bedingungen Optimix investieren kann. Wesseling blickt nicht auf, als Pieper von einem geschätzten Unternehmenswert von mindestens einhundert Millionen Dollar redet. Er ist überzeugt, dass Optimix an dieser Sache viel verdienen kann und investieren muss.

»Roel, wenn Dipro startet, will ich unbedingt dabei sein«, sagt Wesseling. »Doch erst will ich das Wunder natürlich sehen. Warum zeigt ihr uns nicht, gemeinsam mit dem Erfinder, in unserem Büro eine Präsentation?«

Wesseling bekommt seine Präsentation, allerdings nicht in seinem Büro in Amsterdam, sondern in einem kleinen Konferenzraum im Mercure Hotel in der Nähe von Schiphol. Dort sieht Wesseling zum ersten Mal das Sloot Digital Coding System in Aktion.

Pieper will so schnell wie möglich ein Management-Team zusammenstellen, das der internationalen Top-Konkurrenz gewachsen ist. Das Team soll das Start-up-Unternehmen auf zwei Kontinenten gleichzeitig aufbauen. Einige Kandidaten hat Pieper bereits aus seiner Adresskartei herausgesucht. Auf einer der Visitenkarten steht der Name seines wichtigsten technologischen Beraters und Freundes: Marius Abel. Während nahezu seiner gesamten Karriere bei der Software AG ist Abel Pieper überallhin gefolgt. Nur den Schritt zu Philips hat er nicht gemacht. Er hat Pieper bereits gesagt, dass er gerne wieder mit ihm zusammenarbeiten möchte.

Pieper spricht mit Boekhoorn und Bickel über strategische Allianzen und geeignete Investoren. Er nennt den US-amerikanischen Softwareproduzenten Computer Associates – in dessen Aufsichtsrat er seit dem 16. März sitzt –, den PC-Hersteller Sun Microsystems und die bekannten Investoren Kleiner Perkins Caufield & Byers. Pieper will so schnell wie möglich nach Silicon Valley reisen, am besten schon Anfang Juli, wenn er Philips verlassen und den Vertrag mit Dipro unterschrieben hat.

Die Finanzierungsrunden werden nach Ansicht des noch inoffiziellen Dipro-CEO nicht länger als ein paar Monate dauern, und ein Börsengang sollte noch vor dem Sommer des kommenden Jahres möglich sein.

Was Boekhoorn angeht, gibt es nur einen logischen Kandidaten, der den Börsengang von Dipro begleiten kann: ABN Amro. Das niederländische Geldinstitut hat seit kurzem die Ambition, zu einer der größten Geschäftsbanken der Welt zu werden. Wilco Jiskoot, Vorstandsmitglied von ABN Amro und Ansprechpartner für Großkundengeschäfte, hatte noch keine zwei Jahre zuvor ein Joint Venture mit der renommierten britischen Bank Rothschild realisiert. Gemeinsam mit den Briten hat sich ABN Amro auf Börsengänge, Fusionen, Übernahmen und Privatisierungen spezialisiert. Ein sehr lukratives Geschäft, das vor allem bei steigenden Börsenkursen gefragt ist. Und zu Jiskoots großer Zufriedenheit steigen die Börsenkurse weiter. Es vergeht kaum ein Tag, an dem nicht irgendein Internet-, Telekommunikations- oder Softwareunternehmen unter lautem Jubel an die Börse geht und die begleitenden Banken in den meisten Fällen viele Millionen Dollar verdienen. Außer in den Niederlanden. Hier hat noch kein einziges Internetunternehmen den Gang an die Börse gewagt. Nun jedoch planen die beiden ehemaligen Chefs von René Bickel das *Initial Public Offering* (IPO) ihrer Firmen: Das ›Internet-Powerhouse‹ Newconomy von Maurice de Hond und der Internet-Service-Provider World Online von Nina Brink wollen an die Börse gehen. Und beide machen Geschäfte mit Wilco Jiskoot.

Boekhoorn hat schon einige Jahre gute Erfahrungen mit ABM Amro gemacht. Für seine Übernahmen und Fusionen leiht er sich gewöhnlich Geld bei ABM Amro. Erst vor wenigen Wochen hat er mithilfe von Wilco Jiskoots Kreditabteilung die Bäckereikette Bakker Bart für dreihundertsiebzig Millionen Gulden an das deutsche Unternehmen Kamps verkauft. Die Zeit ist gekommen, den ABM-Amro-Vorstand aufzusuchen.

»Wilco, hör mir zu. Es geht um eine sagenhafte Geschichte«, sagt Boekhoorn, der Jiskoot nach wenigen Sekunden ans Telefon bekommt.

»Das wird das Geschäft des Jahrhunderts [...] Du wirst es nicht glauben [...] Gigantisch [...] Du errätst nie, wen ich als CEO an die Angel bekommen habe [...] Es handelt sich um einen Prinzen, einen Kronprinzen, um genau zu sein [...] Ja, unglaublich, nicht? [...] Ab 1. Juni arbeitet er für uns [...] Wann können wir zu dir kommen?«

Keine vierundzwanzig Stunden später betreten Boekhoorn und Pieper das Hauptgebäude von ABN Amro in Amsterdam Bijlmer.

»Wilco fand es fantastisch, dass ich Roel mitgebracht hatte. Sie kannten sich nur vom Namen. Vom ersten Moment an hatten wir die volle Aufmerksamkeit. ABN Amro wollte nicht nur den Börsengang begleiten, sondern auch ernsthaft Geld reinbuttern.«

Marcel Boekhoorn

Am Nachmittag des 18. Mai 1999 ist es so weit. Die Presseabteilung von Philips verbreitet weltweit eine Mitteilung, die bei Dipro feixend aufgenommen wird.

»Das Management von Royal Philips Electronics gibt bekannt, dass Roel Pieper mit Wirkung vom 1. Juni 1999 von seinen Posten als Executive Vice President, Member of the Board of Management und Member of the Group Management Committee zurücktritt. Nach einem Jahr der erfolgreichen Zusammenarbeit haben Royal Philips Electronics und Roel Pieper in gegenseitigem Einverständnis beschlossen, das Vertragsverhältnis zu beenden.«

(Aus der Pressemitteilung von Philips)

Nähere Gründe werden wie üblich nicht genannt. Pieper und Boonstra haben vereinbart, darüber keine weitere Auskunft zu geben. Die niederländische Presse reagiert schockiert. Die Aufmacher der Nachrichten im Radio und Fernsehen behandeln alle das eine Thema: Piepers Ausscheiden bei Philips.

»Rückzug nach bester Philips-Tradition«, titelt das *Algemeen Dagblad* am nächsten Tag. »Roel Pieper verlässt Philips schon nach einem Jahr«, und »Drama bei Philips: Top-Manager Nummer acht ist weg«, melden nacheinander das *NRC Handelsblad* und *Trouw*. Sloot, Mierop und Mooijaart, de Vries, Boekhoorn, Bickel und van Rheenen verschlingen die Zeitungen gierig. In den Kolumnen werden gleichzeitig auch die Erinnerungen an das Medienspektakel rund um Piepers Wechsel zu Philips vor einem Jahr aufgefrischt.

> *»Wenn Roel sich in seiner Karriere behindert fühlt, dann geht er. Er hat oft genug gesagt, dass er zu jung dafür ist.«*
> Ricka Pieper-Schmid

Analysten, Gewerkschafter und Insider spekulieren ausgedehnt über die Gründe von Piepers Ausscheiden. Er soll mit vielen bei Philips Ärger gehabt haben, er soll aufgegeben haben, weil er nicht so schnell wie geplant Vorstandsvorsitzender werden konnte, und Boonstra und Pieper sollen sich nicht mehr über die Unternehmensstrategie einig gewesen sein.

Nach Aussage des Pressesprechers von Philips habe man »das Gefühl gehabt, die Zusammenarbeit nach einem Jahr besser zu beenden«. Pieper werde sich in Zukunft »als Investor für Start-up-Unternehmen aus dem Bereich der Informations- und Kommunikationstechnologie engagieren, sowohl in den Niederlanden als auch in den USA«.

> *»Vorläufig deutet alles darauf hin, dass die Familie Pieper in den Niederlanden bleiben wird. Erst gestern ist Ricka Pieper-Schmid auf dem Landgut Koekoeksduin gewesen, das Pieper im vergangenen Jahr für zwölf Millionen*

Gulden gekauft hat. Dort sind die Renovierungsarbeiten noch in vollem Gang. Angesichts des Chaos, das derzeit dort noch herrscht – das Gebäude ist teilweise abgerissen, und der Schutt türmt sich –, wird es wohl noch eine ganze Weile dauern, bevor die Familie Pieper dort einziehen kann.«
(Aus dem Algemeen Dagblad)

Das *Algemeen Dagblad* zitiert jedoch auch Insider, die von einem Wechsel Piepers zu Hewlett Packard sprechen. Angeblich soll er bereits mit dem Compaq-Aufsichtsratsvorsitzenden Ben Rosen, der kurz zuvor seinen CEO Eckhard Pfeiffer in den Ruhestand geschickt hat, Orientierungsgespräche geführt haben. Gegenüber dem Magazin *Quote* wird Pieper später selbst behaupten, dass er bereits im Februar 1999 von dem kalifornischen Unternehmen Software Technologies Corp. ein Angebot bekommen habe. Doch ein Umzug nach Silicon Valley ist jetzt, wo das neue Haus unter der kreativen Aufsicht von Ricka umgebaut wird, nicht sehr wahrscheinlich.

»Ich werde mich auf Dinge konzentrieren, die ich mit Freude und Energie tun kann.«
Roel Pieper

Innerhalb eines kleinen, hauptsächlich aus Geldern stammenden Personenkreises geht schon seit Wochen das Gerücht um, dass Pieper der CEO eines gerade gegründeten niederländischen Technologieunternehmens wird, das in Kürze eine Börsennotierung bekommen soll.

Einige Stunden, nachdem Piepers Ausscheiden bei Philips offiziell bekannt gegeben worden ist, halten die Anteilseigner von Dipro eine Konferenz in Nieuwegein ab. Ohne Pieper. In dem kleinen Konferenzraum im Obergeschoss des Bürogebäudes am Overijsselhaven herrscht eine triumphierende Stimmung. Es wird erst still, als der Vorsitzende der Konferenz, Ben Sloot, den ersten Punkt der Tagesordnung anschneidet: Leon Sterk.

»Wir warten einfach ab, wer vorbeikommt und Schulden eintreibt«, hatte Boekhoorn fünf Monate zuvor noch gesagt. Nun, der erste, der sich gemeldet hat, war der jähzornige ehemalige Marine-Soldat. Nachdem er von einem längeren Aufenthalt in Mittelamerika zurückgekommen ist, will er – auf Drängen seiner eigenen Gläubiger – einige Rechnungen beglichen haben. Aufgrund des Vertrags, den er vor über einem Jahr zusammen mit Jan Sloot unterschrieben hat, fordert er einen Betrag von 2,3 Millionen Gulden. Und zwar schnell. Noch vor dem 28. Mai soll Sloot die Summe an Sterk bezahlt haben.

Sloot schaut seine Zigarre an und erzählt stotternd, dass er außer Sterk auch das Finanzamt im Rücken habe und seine finanzielle Lage nicht besonders rosig aussehe. Mit den siebenhundertfünfzigtausend Gulden, die er sich bei Boekhoorn geliehen hat, habe er seine Gläubiger abgefunden und den Rest ausgegeben.

Boekhoorn bietet an, Sloots Kosten von Mai und Juni, insgesamt fünfzigtausend Gulden, an Sloot zu überweisen. Privat leiht er ihm noch einmal denselben Betrag, sodass der Erfinder mit dem Finanzamt keinen Ärger bekommt.

»Ich überweise den Betrag morgen direkt auf dein Konto«, sagt Boekhoorn. »Gleich morgen früh als Erstes.«

Die 2,3 Millionen, die Sterk haben will, sind allerdings ein sensibleres Thema.

»Lasst uns erst einmal abwarten, was übermorgen bei der Präsentation vor den Jungs von Optimix herauskommt«, schlägt Boekhoorn vor. »Nächster Tagesordnungspunkt.«

Sloot steht plötzlich auf. »Vor Ende des Monats will ich zwanzig Millionen Gulden auf mein Konto überwiesen haben«, sagt er entschlossen. Einige Tage zuvor habe er sich mit seinem Wirtschaftsprüfer Jelle Montsma ausführlich darüber beraten. Und Montsma finde zwanzig Millionen einen angemessenen Betrag für die Erfindung des Jahrhunderts.

»Jan, das klingt ganz schön überzogen«, sagt Boekhoorn. »Wir als Investoren haben noch keine einzige Sicherheit von dir. Wir haben eine schöne Präsentation gesehen, aber wann willst du eigentlich die Patente anmelden? Denkst du, dass es schneller geht, wenn die Verträge unterschrieben sind?«

»Du verstehst wirklich nicht, wie schwierig es ist, so etwas Kompliziertes auf einem Blatt Papier zu erklären. Ich meine, Leute, die keine Ahnung von Technik haben, müssen es auch verstehen.«

»Ja gut, aber glaubst du, das wird schneller gehen, wenn du ein paar Millionen auf deinem Konto hast?«

Sloot zieht an seiner Zigarre und stößt den Qualm Richtung Zimmerdecke aus.

»Ich habe hier mehr als zwölf Jahre hart dran gearbeitet. Das ist meine Erfindung, und ich habe noch immer hohe Schulden. Begreifst du das nicht?«

»Hör zu, Ende Juni, Anfang Juli bekommst du zehn oder fünfzehn Millionen Gulden überwiesen. Das verspreche ich dir. Bis dahin hat längst ein Investor angebissen«, sagt Boekhoorn. »Aber lass uns erst die Präsentation bei Optimix abwarten.«

Plötzlich schaltet sich Mierop in das Gespräch ein. »Da brauchen Mooijaart und ich ja nicht dabei zu sein.« Er schnippt die Asche seiner selbst gedrehten Van Nelle in den Aschenbecher. »Von diesem ganzen technischen Firlefanz kapieren wir sowieso nichts. Außerdem finde ich, dass ihr die Sicherheit außer Acht lasst. Jan ist Milliarden wert. Ihr solltet euch also um einen professionellen Schutz kümmern.«

Seit kurzem meidet Mierop auch die Treffen mit Pieper in Bloemendaal. Das hat weniger etwas mit dem Thema Technologie als vielmehr mit seiner Nikotinsucht zu tun. Ricka Pieper hat ihn dazu angehalten, sein Päckchen Van Nelle nicht anzurühren.

»Jan, da wir gerade über Sicherheit reden… Ich würde gerne wissen, wo du deine Unterlagen über die Erfindung aufbewahrst«, sagt Boekhoorn. »Die Anteilseigner sollten schon wissen, bei welchem Notar du das Zeug hinterlegt hast. Ich finde das wirklich wichtig.«

»Noch liegen sie im Safe von ABN Amro in Nieuwegein«, antwortet Sloot. »Ich will sie aber einem Notar geben, und in meinem Büro brauche ich einen feuerfesten und einbruchsicheren Tresor, wo ich eine Kopie aufbewahren kann.«

»So ein Tresor reicht aber nicht«, sagt Mierop. »Ein cleverer Einbrecher nimmt so ein Ding einfach mit. Jan braucht Personenschutz. Es geht hier schließlich um astronomische Beträge.«

Kaum jemand reagiert auf Mierops Bemerkung.

»Ich möchte übrigens auch noch etwas anderes ansprechen«, fährt er fort. »Ich bin überhaupt nicht damit einverstanden, dass Pieper die Finanzen von Dipro regelt. Mir ist es lieber, wenn du das machst, Marcel.« Einige nicken zustimmend.

»Seid ihr alle dieser Meinung?«, fragt Boekhoorn. »Okay, dann werde ich die Finanzen beaufsichtigen.«

Der Stift von Jolanda Sloot kratzt über das Papier, als Boekhoorn das Datum nennt, an dem der Philips-Vorstand sich ihnen offiziell anschließen soll.

»Der Vertrag mit Roel wird am Donnerstag, dem 20. Mai, nach der Präsentation bei Optimix unterzeichnet.«
(Aus den Konferenzprotokollen von Dipro)

Ben Sloot beugt sich nach vorn, um schon mal den nächsten Punkt der Tagesordnung vorzulesen.

»Bart van Rheenen.« Van Rheenen hat sich in den vergangenen Wochen nur wenig um Dipro gekümmert. Auch heute ist er nicht da. Boekhoorn fragt sich, ob er überhaupt noch zu Konferenzen von Dipro hinzugezogen werden sollte. Es gibt jedoch niemanden, der Einwände gegen seine Anwesenheit hat, und so soll er auch nächsten Donnerstag mit zu Optimix kommen.

Carl de Vries ist da schon ein anderes Thema. Pieper hat bereits erklärt, dass er de Vries als ›IT-Anwalt‹ für nicht geeignet hält. Er soll daher weder für Dipro noch für Jan Sloot weiterarbeiten. Seine Anwesenheit bei Konferenzen ist deshalb auch nicht mehr notwendig.

> *»Als Roel zu Dipro kam, wurde ich auf das Abstellgleis geschoben. Von diesem Moment an hatte ich also nicht mehr viel mit der Sache zu tun. Hin und wieder hab ich noch ein paar Sachen für Marcel durchgesehen, aber das war auch schon alles.«*
> Carl de Vries

Nachdem Bickel damit beauftragt worden ist, für Dipro ein geeignetes Gebäude zu finden, und beschlossen ist, dass Ben und Jolanda auf die Gehaltsliste kommen, endet die Konferenz um halb zwölf in der Nacht.

Einige der Optimix-Kunden, die Marc Wesseling zu der Präsentation eingeladen hat, stehen auf dem *Quote*-Index der fünfhundert reichsten Geschäftsleute. In dem kleinen Saal im Mercure Hotel haben sich unter anderem ein Vertreter der Lebensmittelhändler-Familie Heijn sowie Vertreter der Unternehmerfamilien Fentener van Vlissingen und Brenninkmeijer eingefunden. Wesseling bietet ihnen die Möglichkeit, als eine der Ersten in das neue Unternehmen von Roel Pieper zu investieren. Ein Glücksfall, der nur sehr wenigen vorbehalten sei, macht Pieper schnell deutlich.

Nach seinem Abschied von Philips hält Pieper sich nicht mehr an die übliche Kleiderordnung: Er hat seine graublonden Haare streng nach hinten gekämmt und trägt einen weiten schokoladenfarbenen Rollkragenpullover. Das Jackett hat er lässig über die Lehne eines Stuhls gehängt. Ehrfürchtig hören die Anwesenden den Erläuterungen Piepers zu und schauen sich die Filme an, die Sloot – gekleidet in sein bevorzugtes gelbes Hemd mit gelber Krawatte – innerhalb von Sekundenbruchteilen vor- und zurückspult.

Eine niederländische Technologie mit unfassbaren Möglichkeiten, wirbt Pieper. Innerhalb weniger Jahre könne sich das Unternehmen mit Cisco und Intel messen, auch in Bezug auf den Börsenwert. »Das Wachstumspotenzial ist gigantisch.« Viel mehr muss Pieper dazu gar nicht sagen.

Er erklärt den Leuten seine Dolby-Markenstrategie und spricht von Produkten, die bereits in einem Jahr auf den westlichen und den asiatischen Markt kommen sollen. Der Börsengang: im nächsten Jahr. Das sei eine ideale Ausgangsbasis für jemanden, der jetzt kurzfristig investieren wolle, macht Pieper deutlich. Das Emissionsvolumen von Dipro schätzt er auf einige hundert Millionen … Dollar.

Marc Wesseling ist überrascht. Er ist sich sicher, dass Pieper noch vor einer Woche von lediglich hundert Millionen gesprochen hat.

Wenige Stunden später fahren Vater und Sohn Sloot sowie Boekhoorn und Pieper zum Okura Hotel im Amsterdamer Süden, wo sie sich in einem kleinen Konferenzraum mit Bickel, Mierop, Mooijaart und Bart van Rheenen treffen wollen. Van Rheenen hatte eigentlich zugesagt, auch zu der Präsentation zu kommen, musste dann aber aus Zeitmangel absagen. Das Treffen verspricht eine fröhliche Runde zu werden. Pieper wird heute seine Unterschrift unter den Vertrag setzen, womit er offiziell CEO von Dipro ist. Mierop will den ›historischen Moment‹ mit seiner Video-8-Kamera aufzeichnen. Ben steht mit seinem Fotoapparat bereit. Die Verträge liegen auf dem Tisch, und in den Gläsern sprudelt der Champagner.

Als jeder um den Tisch herum Platz genommen hat und die Stifte hervorgeholt sind, beginnt Mierop zu filmen. Er richtet die Kamera auf Bickel, der kurz versucht, cool auszusehen, dann Mierop zuzwinkert und ihm einen Kuss zuwirft. Es ist still in dem Konferenzraum. Durch Mierops Kamera scheint jeder ganz auf sich konzentriert.

»Hast du dir extra eine neue Kamera für heute gekauft?«, fragt Boekhoorn scheinbar interessiert.

Sloot zieht an seiner Havanna und bläst einen Schwaden Rauch aus. Mierop richtet die Kamera auf das Gesicht von Sloot, um eine Profilaufnahme zu machen. Sloot versucht, starr vor sich hin zu blicken, schließt den Mund und führt die rechte Hand langsam an seine Schläfe. Aus den Augenwinkeln schaut er zu Mierop, ob der noch filmt.

Mierop geht ein Stück weiter. Ben Sloot und Leen Mooijaart schauen wie zwei Hasen, die in einen Autoscheinwerfer starren, in die Kamera. Nur Roel Pieper ist völlig locker. Entspannt sitzt er Sloot gegenüber und bittet ihn, sich neben ihn zu setzen.

»Sollen wir dann mal?«

Sloot drückt seine Zigarre aus und geht zu Pieper hinüber, der inzwischen aufgestanden ist.

»Von nun an werden wir dein Abenteuer gemeinsam bestreiten«, sagt Pieper laut und schüttelt Sloot die Hand. Sloot hat noch immer kein einziges Wort herausgebracht. Pieper beugt sich daraufhin nach vorn, um den Vertrag zu unterzeichnen.

»Sollen wir den heutigen Tag als Datum einsetzen?«, fragt er, den Kopf halb zu Boekhoorn gewandt.

»Das Datum steht doch schon drin«, antwortet Boekhoorn.

»Nein. Wann war die Ankündigung meines … ähm?«

»Am Sechzehnten«, ruft Ben. »Nein, am Achtzehnten.«

»Also … ist heute der Zwanzigste?«, fragt Pieper. Sloot holt seine goldene Armbanduhr unter der Manschette hervor und schaut auf das Zifferblatt. Er schweigt.

»Also ist heute der Zwanzigste?«, fragt Pieper noch einmal.

»Ja, ja, ja«, sagt Boekhoorn. »Das steht doch auch auf der ersten Seite.«

Pieper krümmt den Rücken und unterschreibt. Dann schüttelt er Sloot wieder die Hand.

»Okay, willst du das noch eben unterschreiben, Chef?«, fragt Pieper Boekhoorn, der um den Tisch herum kommt. Die beiden haben sich einige Tage vorher darauf geeinigt, dass Pieper einen Teil von Boekhoorns Anteilen übernehmen wird. Viereinhalb Prozent für viereinhalb Millionen Gulden.

Boekhoorn setzt sich neben Pieper, blättert routiniert durch den Vertrag und unterzeichnet.

»Okay, das hätten wir«, sagt Pieper.

Boekhoorn erhebt sich und schüttelt Pieper die Hand. »Auf eine gute Zusammenarbeit.«

Die anderen sind ebenfalls aufgestanden und halten die Champagner-Gläser in die Höhe.

»Meine Herren, auf SDCS«, prostet Pieper seinen neuen Partnern zu.

Mierop stellt inzwischen alle für ein Gruppenfoto zusammen. Nur er selbst ist noch nicht im Bild. Sloot nimmt ihm die Kamera aus der Hand.

»Muss ich den Knopf gedrückt halten?«, fragt er.

»Das ist eine Videokamera, Jan«, sagt Boekhoorn.

»Kennst du das, Jan, Video?«, fragt Pieper. Es dauert eine Sekunde, bis alle in schallendes Gelächter ausbrechen. Nur Jan Sloot lacht nicht.

Roel Pieper ist wahrscheinlich das niederländische Pendant zu Bill Gates – ein reicher und berühmter Technikfreak.
Justin Hibbard

2750 SAND HILL ROAD

Was ist das eigentlich für ein Name, Dipro? Klingt das nach einem erfolgreichen Technologieunternehmen? Das Thema ›Namensänderung‹ ist in den Konferenzen bereits ein paar Mal zur Sprache gekommen. Alle sind sich einig: Mit dem Namen Dipro wird man es nicht weit bringen. Dipro klingt nicht nach Erfolg. Dipro, das erinnert an eine verwitterte Aufschrift an einer abgelegenen Kühlhalle in einem großen Hafen und nicht an ein internationales Hightech-Wunder, das gerade entsteht.

Pieper drängt, jetzt, da er offiziell *Chairman* und CEO von Dipro ist, auf einen neuen Namen. Auf einen, der passend, bedeutungsvoll und inspirierend ist und dem anstehenden Abenteuer gerecht wird. Er erinnert sich an einen wissenschaftlichen Artikel, der am 27. Februar 1998 in der Zeitschrift *Science* erschien und weltweit für Aufsehen gesorgt hat. Der Bericht präsentierte die Forschungsergebnisse des High-Redshift Supernova Search Team. Die Forscher, fünfzehn Astronomen, erwarteten, dass die Supernovae (Explosionen von Sternen) unter Einfluss der Schwerkraft mit fortschreitender Zeit an Geschwindigkeit verlieren würden. Zu seiner großen Überraschung stellte das Team allerdings fest, dass sich die Supernovae mit immer größerer Geschwindigkeit von der Erde entfernten. Mit anderen Worten: Der Weltraum dehnt sich immer schneller aus. Doch diese Schlussfolgerung wurde von der astrophysischen Wissenschaftsgemeinde als unmöglich erachtet. Die moderne Physik kennt vier Kräfte: die starke und die schwache Wechselwirkung, die elektromagnetische Kraft und die Schwerkraft. Dass sich das Universum offensichtlich mit hoher Geschwindigkeit auszudehnen scheint, bedeutet nach Ansicht der Forscher, dass es noch eine fünfte, bisher unbekannte Kraft gibt. Eine Art Superanziehungskraft, viel stärker als die Schwerkraft, die den Umfang des Universums bestimmt. Die Wissenschaftsszene ist begeistert.

Die fünfte, unbekannte Kraft – The Fifth Force – soll Namenspatin des Unternehmens sein, das mit einer Codierungstechnologie, die gegen alle wissenschaftlichen Grundsätze verstößt, die Welt verändern wird. Pieper ist von seiner Idee begeistert.

Gilde ist im Jahr 1999 einer der erfolgreichsten Technologie-Investoren in den Niederlanden, und Pieper will selbstverständlich diesem Investor ›sein‹ neues Unternehmen vorstellen. Im Utrechter Büro von Gilde wundert man sich über den Namen, den Pieper für das Unternehmen gewählt hat. ›The Fifth Force‹, das klingt für Gilde-Geschäftsführer Toon den Heijer ein wenig unglaubwürdig. Genauso wie die Fähigkeiten, die Pieper jener Technologie andichtet, die er mit Boekhoorn und Sloot präsentiert. Den Heijer hatte schon öfter mit überdrehten Erfindern zu tun. Allerdings ist auch er von der Präsentation, die er zu sehen bekommt, letztendlich begeistert.

Den Heijer hat auch den ehemaligen Wirtschaftsminister Hans Wijers zu der Präsentation eingeladen. Er bemerkt, dass Sloots Demonstration auch Wijers nicht unbeeindruckt lässt. Als Minister hatte Wijers die Vision, die niederländische Wirtschaft in der weltweiten Top-Liga mitspielen zu lassen. Und nun, mit der Technologie von FifthForce, könnte diese Vision wahr werden.

Den Heijer war überzeugt, dass FifthForce mit der Technologie von Jan Sloot zu einem der führenden Hightech-Unternehmen aufsteigen kann – vorausgesetzt, die Erfindung funktioniert. In diesem Fall würde er mit Gilde gerne in die Firma investieren. Vor dem Wert, den Pieper und Boekhoorn für das junge Unternehmen festgesetzt haben, schreckt er jedoch zurück. Eine viertel Milliarde Dollar ist ein hoher Wert für ein gerade startendes Unternehmen. Ein sehr hoher sogar.

»Roel hatte für sich selbst schon einen Deal gemacht. Deshalb wollte er den Unternehmenswert so hoch wie möglich ansetzen. Da lagen unsere Interessen wohl ein bisschen weit auseinander.«
Toon den Heijer

»The FifthForce Inc. The New Digital Force«, steht auf der ersten Seite des vertraulichen Business-Plans, den Pieper am 5. Juni präsentiert und den er selbstverständlich in Englisch geschrieben hat.

FifthForce Inc. hat eine neue Technologie für *Digital Network Communications* entwickelt, die auf einem neuen digitalen Speicher-Format beruht. FifthForce wird eine neue Kommunikations-Technologie einführen, die viele gegenwärtige Wachstumsbarrieren, Sicherheitslücken oder Effizienzprobleme in jeder Art von Netzwerk beseitigt ... Wir erwarten, dass große und einflussreiche Partner mit uns zusammenarbeiten werden. Und wir scheuen uns nicht davor, internationalen Konkurrenten gegenüberzutreten und mit ihnen um die derzeit begehrtesten Technologiemärkte zu kämpfen ... Der Zeitplan bis zum Start ist sehr eng, wir rechnen mit ein oder zwei Monaten. Der Finanzplan sieht ein oder zwei Finanzierungsrunden vor. Wahrscheinlich wird es nur eine sein, da wir den IPO noch für das Jahr 2000 anvisieren.

Pieper stellt nicht nur an andere hohe Anforderungen, sondern auch an sich selbst. Er hat es sich in den Kopf gesetzt, den schnellsten Börsengang in der Geschichte der Niederlande zu verzeichnen. In ein paar Monaten muss die FifthForce-Maschine laufen. In der Zwischenzeit wird er auf dem improvisierten Briefpapier den Businessplan zu Ende schreiben. Auch das Patent fehlt noch. Es gibt noch kein Bürogebäude, und das Personal muss auch noch eingestellt werden. Innerhalb von sechs Monaten müssen sie den ersten Umsatz machen. Doch die Produkte gibt es derzeit nur in Piepers Kopf.

In seiner ersten offiziellen Arbeitswoche hat Pieper ein äußerst wichtiges Treffen organisiert. Das Ziel heißt New York. Genauer gesagt, Islandia, eine kleine Stadt auf Long Island, ungefähr neunzig Kilometer von New York City entfernt. In Islandia befindet sich die internationale Zentrale des Software-Riesen Computer Associates (CA). Dort hat Pieper am Mittwoch, dem 9. Juni 1999, einen Termin mit dem großen Boss von CA: Charles Wang.

Wang und Pieper kennen sich bereits seit einigen Jahren. 1996 hatte Pieper als CEO von Tandem eine wichtige strategische Allianz mit CA geschlossen, und ein paar Monate zuvor war er sogar in den Aufsichtsrat von CA gewählt worden. Wang und Pieper betrachten sich als Freunde, und abgesehen von gemeinsamen geschäftlichen Interessen und der Kämpfermentalität, die beide haben, teilen sie auch eine große Leidenschaft: Basketball. Genau wie Pieper wäre auch Wang am liebsten Spieler in der US-amerikanischen Profiliga NBA geworden.

Charles Wang ist der erste *Big Player*, von dem der frisch gebackene FifthForce-CEO die Gelegenheit bekommt, Sloots Technologie vorzustellen. Das Treffen ist ein erster Ansatz, breite Unterstützung aus der Computerindustrie zu bekommen und gleichzeitig einen einflussreichen Investor einzuspannen.

Boekhoorn ist begeistert und besorgt zugleich. Seit einer ganzen Weile schon ärgert er sich über die Anwesenheit von Sloot Junior. Er hält deshalb überhaupt nichts davon, Ben mit nach Islandia zu nehmen. Vorsichtig hat er das Thema zur Sprache gebracht.

»Ben kam nur mit, um seinem Vater die Hand zu halten. Doch dann saß der Typ bei Konferenzen immer nur wie ein nasser Sack auf seinem Stuhl und starrte Löcher in die Luft. Er begriff auch überhaupt nicht, worum es

bei den Gesprächen, die wir führten, ging, und er sprach kein Wort Englisch. Warum sollte man also so jemanden mit zu Charles Wang nehmen?«
Marcel Boekhoorn

Boekhoorn sieht Ben als überflüssigen Ballast. Er habe nichts in New York zu suchen und bleibe besser bei seiner Mutter in Nieuwegein. Außerdem spare man sich so ein teures Flugticket und eine Hotelübernachtung – ein Betrag von immerhin achttausend Gulden, argumentiert der ehemalige Wirtschaftsprüfer.

Kein Ben, kein Jan, sagt seinerseits Sloot Senior und telefoniert verärgert mit Mierop.

»Hör zu, Roel, die Sache ist ganz einfach«, sagt Mierop, der nach dem Gespräch mit Jan sofort Pieper anruft. »Wenn Ben nicht mitkommt, kommt Jan auch nicht mit. Und wenn Jan nicht mitkommt, bleibt auch die Erfindung zu Hause. Jan fühlt sich nun mal wohler, wenn Ben auch dabei ist.«

Die unumstößliche Logik von Mierop – der wegen seiner Flugangst von vornherein nicht mitkommen will – überzeugt Pieper. Er ruft sofort Boekhoorn an, der dafür sorgen soll, dass Dienstag nun doch fünf Tickets anstelle von vier in Schiphol bereitliegen.

»Boekhoorn war stinksauer, weil ich dafür gesorgt hatte, dass Ben nun doch mit in die USA reiste. Das war mir aber scheißegal. Die Vereinbarung war, dass Ben seinen Vater immer begleiten durfte. Und nicht zu vergessen: Die Sloots hatten mit uns zusammen die Anteilsmehrheit, eine Wahl hatte er also nicht.«
Leo Mierop

Dienstagabend stehen Jan und Ben Sloot, Pieper, Bickel und Boekhoorn lange vor der Abflugszeit vor dem Check-In-Schalter der KLM-Business-Class. Flug KL643 soll um 19.20 Uhr starten. Boekhoorn und

Pieper hängen wie die Kletten aneinander, und Bickel steht schweigend neben den Sloots, die sich auf ihren ersten Transatlantikflug freuen. Bisher haben Jan und Annie Sloot außer dem südspanischen Badeort Benidorm noch nicht viel von der Welt gesehen. Jan hat seiner Frau schon viele Male versprochen, mit ihr in die Staaten zu reisen, aber bisher ist es nie dazu gekommen. Und nun reist er zum ersten Mal mit seinem Sohn Ben dorthin – nach New York, wovon er seit Jahren träumt. Er wäre nur gerne ein paar Tage früher abgeflogen, um sich in aller Ruhe akklimatisieren zu können.

Wer allerdings mit Roel Pieper reist, darf solchen Luxus nicht erwarten. Wer Besichtigungen plane, müsse dafür Urlaub nehmen. Diese Reise sei eine Geschäftsreise, und das bedeute Arbeit. Dienstagabend hin, am nächsten Tag das Gespräch bei Computer Associates und anschließend gleich wieder nach Hause. Mittwoch, um 17.45 Uhr, stehen ihre Namen bereits wieder auf der Passagierliste von Flug KL642 nach Amsterdam.

Sloot steht mit gemischten Gefühlen vor dem Check-In-Schalter. Er hat kaum Gepäck dabei. Das größte Gepäckstück ist der Samsonite-Koffer, den er krampfhaft festhält. Pieper hat sich im Vorfeld dazu bereit erklärt, während der Reise auf Sloots Kasten aufzupassen.

»Auf keinen Fall«, hat Sloot gleich geantwortet. Was fiel Pieper eigentlich ein?

In Gedanken versunken steht Sloot mit seiner Bordkarte und dem Koffer in der Reihe vor der Sicherheitskontrolle. Sein Blick wandert zu den Metalldetektoren und dem Röntgengerät zur Durchleuchtung des Handgepäcks. In dem Moment schrillt in seinem Kopf eine Alarmglocke. »Der Apparat darf unter keinen Umständen durch das Röntgengerät kommen«, schreit der Erfinder.

Bickel versucht Sloot zu beruhigen. Er hat eine Sondergenehmigung für Sloots Apparat eingeholt, doch Sloot hört nicht auf zu protestieren.

»Nein, ich will das nicht. Die Erfindung wird beschädigt!«

Auch Pieper und Boekhoorn versuchen Sloot zu beruhigen. Es kostet viel Überzeugungskraft, bis Sloot endlich begreift, dass sein Kasten überhaupt nicht durch das Röntgengerät muss. Er holt seinen

Apparat mit rot angelaufenem Kopf aus dem Koffer und geht durch den Metalldetektor. Schweißperlen stehen auf seiner Stirn. Zusammen mit Ben schreitet er erleichtert in das zollfreie Einkaufsparadies im Wartebereich.

Bickel, Boekhoorn und Pieper laufen zum Flugsteig und beobachten wenig später amüsiert, wie Vater und Sohn Sloot zu ihnen hinübergetrottet kommen, jeder mit einem Bündel Einkaufstüten in der Hand. Sloot ist sichtbar erfreut über das Geld, das er im Duty Free gespart hat. Zwischen den gelben Plastiktaschen, die Ben lässig in der Hand hält, baumelt der Samsonite-Koffer mit der Erfindung.

Kurz nach 21 Uhr Ortszeit landet die Boeing 747 auf dem Kennedy Airport. Erst an der Sicherheitskontrolle bemerken Jan und Ben Sloot, wozu die grünen und weißen Karten gut sind, die sie in der Maschine liegen gelassen haben. Pieper, Bickel und Boekhoorn schauen entnervt auf die Uhr, als Vater und Sohn die Einreise- und Abfertigungsformulare erneut mit aller Sorgfalt ausfüllen.

»Ich weiß noch, dass ich weitergegangen bin. Das wurde mir später noch übel genommen. Aber ich dachte nur: ›Seht zu, wie ihr damit klarkommt.‹ Das ist schon amüsant, wenn jemand versucht, ein Dutzend Stangen Zigaretten durch den Zoll zu schleusen.«
René Bickel

Vor dem Terminal schlägt den fünf Niederländern die Hitze des New Yorker Sommerabends entgegen. Pieper hat ein langes weißes Lincoln Continental Town Car vorfahren lassen, in dem die Gruppe mit schweißnassen Hemden Platz nimmt. Jan und Ben versinken staunend in den schwarzen Ledersitzen der Limousine, die beinahe geräuschlos davongleitet. Langsam verschwindet die Sonne hinter dem Horizont, und in der Stadt gehen die Lichter an. Als der Lincoln auf den Van Wyck Expressway fährt, taucht hinter den verdunkelten Scheiben die Skyline von Manhattan auf.

Pieper hatte Boekhoorns Sekretärin aufgetragen, für sie Zimmer im Michelangelo Hotel auf der 51st Street zu reservieren, einem klassischen Fünf-Sterne-Hotel im italienischen Renaissance-Stil mit vielen handgefertigten Holzschnitzereien, Marmor, Samt und Seide. Die Übernachtung im Doppelzimmer kostet mindestens dreihundert Dollar. Boekhoorns Sekretärin hat allerdings fünf Zimmer bei einer unbekannten Hotelkette reserviert, nur ein paar Blocks vom Central Park und dem St. Regis Hotel auf der Fifth Avenue entfernt, wo Pieper noch vor knapp zwei Jahren mit Eckhard Pfeiffer die Übernahme von Tandem besiegelt hat.

Nach einigen Drinks und ein paar Zigarren fahren die Sloots als Erste in dem verspiegelten Aufzug auf ihre Zimmer. Sloot Senior sehnt sich nach einem Bett, doch es gelingt ihm nicht, mit der Keycard die Zimmertür zu öffnen. Erst mithilfe des Personals gelangt er schließlich hinein. Ben nimmt sich des Samsonite-Koffers an und schiebt ihn unter sein Bett.

Für Pieper ist es ein Morgen wie jeder andere, als er gegen sechs Uhr die Bettdecke zur Seite schlägt. Er zieht sich an und verlässt das Hotel wenig später für einen kurzen Spaziergang im Central Park.

Bickel erwacht ungefähr zum selben Zeitpunkt. Er hat das Gefühl, er habe die Nacht in einem Kühlschrank verbracht. Auch er beschließt, vor dem Frühstück noch eine Runde durch den Park zu drehen. Er genießt den frühen Morgen und den blauen Himmel und staunt über die Respekt einflößenden Appartementblocks der Upper East Side, die erhaben auf den Park hinunterblicken.

Nicht weit von ihm entfernt schnauft auch Boekhoorn durch den Park.

Inzwischen sind auch Jan und Ben wach geworden. Eine halbe Stunde später sitzen alle in Anzug und Krawatte am Frühstückstisch. Nur René Bickel trägt wie üblich einen blauen Blazer und eine khakifarbene Baumwollhose. Jan hat wieder sein gelbes Hemd mit der gelben Krawatte angezogen.

Alle wissen, dass ihnen ein spannender Morgen bevorsteht. Ben freut sich vor allem über das üppige Büfett.

Punkt halb neun fährt eine weiße, neun Meter lange Limousine vor dem Eingang des Hotels vor. Jan genießt die Fahrt durch Manhattan zur Helikopterplattform nahe der 34th Street. Er hat noch nicht begriffen, dass er in etwa zwanzig Minuten über den Dächern der Wolkenkratzer schweben wird. Als er den Sikorsky S76-Helikopter erblickt, klappt ihm der Unterkiefer herunter.

Ben zieht einen Fotoapparat aus der Innentasche seines Jacketts und platziert seinen Vater neben die geöffnete Tür des Helikopters. Jan lächelt verlegen. Der Pilot nimmt Ben die Kamera ab, und Ben stellt sich mit den anderen neben seinen Vater. Bickel ist der Einzige, der ein besorgtes Gesicht macht.

Dann beginnen die Motoren der Maschine aufzuheulen. Die Rotorblätter drehen sich immer schneller und heben die zitternde Kabine in die Luft. Der Helikopter macht eine scharfe Biegung über dem East River, steigt über die Skyline und nimmt Kurs auf Islandia.

Die Zentrale von Computer Associates ist von einem Rasen umgeben, der an das Tuch eines Billiardtisches erinnert und an einen Wald angrenzt. Mitten auf dieser Grünfläche befindet sich der Helikopterlandeplatz, der wie eine bemalte Kachel aussieht. Die FifthForce-Delegation wird in einen großen Konferenzsaal geführt. Sloot schließt sofort seine Applikation an. Charles Wang und Nancy Li betreten den Raum und werden von Pieper herzlich begrüßt. Nancy ist Charles' zweite Frau und *Chief Technology Officer* von CA. Sie arbeitet schon über zwanzig Jahre für das Unternehmen, wo sie auch ihren Mann kennen gelernt hat. Wenig später kommen noch zwei Männer dazu, die sich als Mitglieder des Forschungs- und Entwicklungsteams von CA vorstellen.

»Wir saßen da mit einigen Leuten zusammen. Dieser Charles Wang hatte seine … Ich glaube, es war seine Frau … Ja, er hatte seine Frau mitgebracht. Er blieb nur ganz kurz, weil er noch andere Termine hatte. Wir berichteten über die Erfindung, mein Vater führte sie vor, und Pieper sprach

noch mit den Leuten. Ich konnte dem Ganzen nur sehr schwer folgen ... Alles in diesem platten Amerikanisch, ich begriff nicht mal die Hälfte ... Sie stellten auch mir Fragen, natürlich in Englisch. Dann muss man ganz schnell umschalten ... vor allem mit diesen ganzen technischen Begriffen. Das war auch für meinen Vater schwierig.
Irgendwann kam dieser Wang dann wieder. Der war dermaßen an unserer Erfindung interessiert, dass er extra einige seiner Termine abgesagt hatte. Und dann ... Na ja, wir haben halt weiter zusammengesessen ... ein oder zwei Stunden, glaube ich. Das war echt super. Wang war wirklich interessiert. Ich hab zwar nicht alles verstanden, doch es ging um hohe Beträge, die er investieren wollte.«
Ben Sloot

Charles Wang war nicht bekannt als jemand, der schnell in neue Technologien investierte. Er versuchte sogar, der Aufregung rund um die nächste unvermeidliche ›Killer-Applikation‹ ganz aus dem Weg zu gehen. Es war nicht seine Art, einem Hype hinterherzujagen. Erst wenn ein paar ermüdete Tiere mit der Herde nicht mehr mithalten konnten, war er bereit, sich die Beute zu holen. Als sehr progressiv konnte man Computer Associates demnach nicht bezeichnen. Durch Wangs Übernahmen glich das Unternehmen eher einem riesigen Sammelbecken für von anderen entwickelte Software. Für die Präsentation seines Kumpels Pieper schien Wang allerdings mehr als nur ein höfliches, freundschaftliches Interesse zu haben. Das gebrochene Englisch und die Nervosität Sloots taten der Demonstration daher auch keinen Abbruch.

»Die Jungs waren nach Jans Vorführung zunächst baff. Sogar Wang. Es war einfach fantastisch. Er machte sofort deutlich, dass er bei der ersten Finanzierungsrunde unbedingt investieren wolle. Dabei hatte Sloot seine Erfindung eigentlich nicht besonders gut erklärt. Er war nur schwer zu ver-

stehen und ließ sich wie üblich überhaupt nicht in die Karten schauen. Die Frau von Wang und die zwei Techniker von CA lebten natürlich nicht hinterm Mond. Sie begannen, Sloot ein wenig auf den Zahn zu fühlen. Der wurde sofort wieder irre und hielt jeden wieder mal für total zurückgeblieben. Zum Glück war Roel flexibel genug, um das Gespräch zu einem guten Ende zu führen. Diese Leute hingen förmlich an seinen Lippen.«

Marcel Boekhoorn

»Ohne Roel hätte Sloot natürlich nicht die geringste Chance gehabt. Die Zustimmung, die Roel der Technik offensichtlich gegeben hatte, war der Grund, dass wir ernst genommen wurden. Roel fällt nicht auf einen Schwindel herein, nahm man allgemein an. Es war noch mehr als das: Er war der ehemalige CEO von Tandem, der als designierter Thronfolger zu Philips gegangen war, das Unternehmen wieder verließ und daraufhin mit einer revolutionären Erfindung in die Staaten zurückkehrte. Die Spannung war spürbar, beinahe mystisch.«

René Bickel

Vor der Abreise hatte Sloot versucht, den Termin bei Computer Associates zu verschieben. Dass er ausgerechnet am Mittwochabend nicht zu Hause war, gefiel ihm überhaupt nicht. Denn wie jede Woche hatte er an diesem Tag seinen Bingoabend beim Musikverein Cornelius Galesloot. Er leitete das Spiel immer zusammen mit Henk van Doorn. Sloot war nie pünktlich und betrat den Saal meistens mit fleckigem Hemd, schief sitzender Krawatte und leerem Magen. Oft kam Annie ihm nach, um ihm seine Medizin zu bringen. Van Doorn meinte, er sei plemplem, wenn er eine so wichtige Geschäftsreise für einen Bingoabend sausen lasse.

Auf dem Weg zurück zum Kennedy Airport entschuldigt sich Sloot kurz und verschwindet in einer Telefonzelle. In wenigen Minuten beginnt in Nieuwegein das Bingospiel. Er wählt die Nummer von Henk van Doorns Handy.

»Jan rief genau zur rechten Zeit an. Sonst kam er ja immer zu spät.«
Henk van Doorn

Van Doorn sitzt an diesem Abend wie üblich an der elektronischen Bingomaschine und begrüßt die Anwesenden im Saal. »Jan kann heute Abend nicht bei uns sein. Er ist in New York. Trotzdem hat er an uns gedacht. Oder, Jan?« Van Doorn drückt den Telefonhörer gegen sein Ohr und hört Sloot ein »Ja« sagen. Dann hält er den Telefonhörer an das Mikrophon, und Sloots Stimme hallt krächzend durch den Saal.

Am Donnerstagmorgen landet die KLM-Maschine aus den USA gegen sieben Uhr wieder in Schiphol. Sloot ist todmüde. Während des Flugs hat er kaum ein Auge zugemacht. »Wenn die noch einmal so eine Tour machen wollen, können sie sich meinetwegen auf den Kopf stellen, aber dann fahren wir einen Tag früher hin«, sagt er zu seinem Sohn.

Schon am darauf folgenden Tag bittet Pieper Sloot, am kommenden Sonntag mit nach San Francisco zu fliegen. Er habe einige wichtige Gespräche in Silicon Valley arrangiert, bei denen die Anwesenheit des Erfinders erwünscht sei. Sloot antwortet mit einem entschiedenen »Nein«. Unter keinen Umständen steige er in der nächsten Woche wieder in ein Flugzeug. Und schon gar nicht in eine Maschine, die erst zehn Stunden nach dem Start wieder landen werde. Es stört ihn nicht im Geringsten, dass er ein Treffen mit den Investoren von Kleiner Perkins Caufield & Byers verpasst. Die anderen Termine interessieren ihn ebenso wenig. Sun Microsystems? Nettes Unternehmen, aber das Gespräch werde wohl ohne ihn stattfinden müssen. Annie, die sich immer sehr um die Gesundheit ihres Mannes sorgt, ist mit ihm ausnahmsweise mal einer Meinung.

Pieper sieht darin kein Problem. Wenn Jan ihm den Kasten mitgibt, dann kann die Präsentation in Kalifornien auch ohne den Erfinder stattfinden. Das war kein Kunststück. Selbst ein Technik-Analphabet wie Boekhoorn würde den Apparat bedienen können. Jan soll ruhig zu Hause bleiben, wenn er unbedingt will. Dann kann er weiter an der Patentanmeldung arbeiten, während er, Roel, und Marcel dafür sorgen, dass die Großinvestoren vor Sloots Erfindung auf die Knie fallen.

Doch als Pieper diesen Vorschlag unterbreitet, sieht er Sloot nach Atem ringen. Unter keinen Umständen werde er Pieper den Kasten geben. Daran sei überhaupt nicht zu denken. Eine Demonstration seines Digital Coding System dürfe nur stattfinden, wenn er persönlich dabei sei. Und solange die zwanzig Millionen Gulden noch nicht auf seinem Konto eingegangen seien, werde er niemandem die Erfindung aushändigen. Wenn Pieper die Technik vorführen wolle, dann solle er die Termine eben verschieben. Ende der Diskussion.

Am Samstagmorgen trifft sich das FifthForce-Team zu einer Konferenz im Amsterdamer Marriot Hotel. Es gibt positive Neuigkeiten für Sloot. Das Geschäft mit ABN Amro beginnt langsam, Formen anzunehmen. Die Bank will FifthForce finanzieren. Ein Bestandteil des Deals ist, dass Sloot finanziell unabhängig wird. Er soll fünf Prozent seiner Anteile an FifthForce für insgesamt zwölfeinhalb Millionen Gulden an die Bank verkaufen. ABN Amro hat auch einige Bedingungen gestellt.

»Sobald der Quellcode von 5F bei einem Notar (Nauta Dutilh / eventuell in einem versiegelten Briefumschlag) hinterlegt wurde, wird Jan Sloot ein Betrag von 2,5 Millionen Gulden ausgezahlt.«
(Aus den Konferenzprotokollen von FifthForce)

Die restlichen zehn Millionen soll Sloot dann erhalten, wenn das Patent für seine Erfindung in den USA angemeldet ist. Sloot reagiert kaum auf die Nachricht, dass er bald Millionär sein wird.

Pieper erzählt außerdem, dass FifthForce von ABN Amro einen zinslosen Kredit in Höhe von vierzig Millionen Gulden bekommt, die Bank allerdings auch hieran Bedingungen knüpft. So soll FifthForce zum Beispiel einen strategischen Partner unter den Spitzen-Unternehmen auf dem Markt der Informations- und Kommunikationstechnologie finden. Was diesen Punkt betrifft, hat Pieper gute Nachrichten. Er hat am Abend zuvor ein langes Gespräch mit Charles Wang gehabt. Wang möchte gerne eine kleine, persönliche Einlage bei FifthForce machen, und mit Computer Associates plant er eine strategische Allianz mit den Niederländern. Und noch eine Bedingung hat ABN Amro gestellt: Ein renommierter US-amerikanischer *Venture Capitalist* muss bei FifthForce investieren. Pieper und Boekhoorn versuchen daher, Sloot klarzumachen, wie wichtig die Reise nach Kalifornien ist.

»Jan, wir haben Termine mit Kleiner Perkins und Mayfield«, sagt Pieper. »Wir können dort nicht mit leeren Händen hinkommen.«

Doch Sloot lässt sich nicht umstimmen. Ohne ihn bleibt die Erfindung in Nieuwegein.

»Mein Vater war erschöpft und todmüde. Seinen Kasten Pieper und Boekhoorn anvertrauen wollte er nicht. Mit so einem Vorschlag durfte ihm niemand kommen. Ich habe noch versucht, ihn umzustimmen, doch er wollte den Apparat nicht hergeben. Dann hat es Leo probiert.«
Ben Sloot

»Sie waren gerade erst aus New York zurückgekommen, und schon wollte Pieper wieder hin. Da war der Ärger vorprogrammiert. Pieper wollte den Kasten auch ohne Jan mitnehmen. Aber Jan blieb stur. Boekhoorn ist dann nach Nieuwegein gefahren. Er sagte: ›Ich gehe eben zu Jan und werde das

klären.‹ Das Einzige, was geschah, war, dass Jan Boekhoorn rausschmiss. Dann musste ich eingreifen.«

Leo Mierop

Mierop ist der Einzige, der an Sloot herankommt. Sie einigen sich schließlich darauf, dass Boekhoorn den Kasten ständig bei sich trägt. Nur unter dieser Bedingung darf er den Apparat mit nach Silicon Valley nehmen. Boekhoorn verspricht es hoch und heilig, als er den Kasten wenige Stunden vor dem Abflug in die USA in Nieuwegein abholt.

Auf dem Flug nach San Francisco sprechen Boekhoorn und Pieper über den Deal mit ABN Amro. Dass sich die Bank innerhalb eines Zeitraums von nicht einmal zwei Monaten bereit erklärt hat, zweiundfünfzig Millionen Gulden zu finanzieren, ist ein großer Schritt in die richtige Richtung. Der Preis für die FifthForce-Anteile, die ABN Sloot abkaufen will, basiert auf einem Unternehmenswert von zweihundertfünfzig Millionen Gulden. Das ist weniger als der Wert, den Pieper und Boekhoorn angesetzt haben. Dennoch sind sie zufrieden. Sloot bekommt endlich sein Geld, und die Bank erhält zum Vorzugspreis Anteile an dem Unternehmen, das sie im kommenden Jahr an die Börse bringen soll. Alle werden glücklich sein. Pieper und Boekhoorn sind sich sicher: FifthForce wird der beste Deal in der Geschichte der Hightech-Industrie.

Die achtspurige Interstate 280 verläuft von San Francisco entlang des St.-Andreas-Grabens nach San José. Vorbei an den Hügeln der Santa Cruz Mountain Range wechselt die Landschaft zwischen Weinstöcken und mächtigen Sequoia-Bäumen. Dazwischen liegen weitläufige Landsitze mit stattlichen Häusern.

Die Abfahrt Sand Hill Road, Menlo Park wird bereits viele Meilen im Voraus auf den Hinweisschildern angekündigt. Namensschilder

der ansässigen Unternehmen gibt es nicht, sondern lediglich schlichte Zahlenreihen, die scheinbar vollkommen bedeutungslos sind: 2700, 2750, 2800. Wer das Schema der Nummern kennt, weiß allerdings genau, wer sich hinter welcher Zahl verbirgt. An der Sand Hill Road befinden sich die wichtigsten Venture-Capital-Firmen von Silicon Valley. Es ist die Wall Street der Hightech-Branche, das Zentrum »der größten legalen Geldproduktion in der Geschichte des Planeten«, wie es der derzeit erfolgreichste Venture Capitalist, John Doerr, ausdrückt. Dennoch stehen an der Sand Hill Road keine imposanten Bürovillen oder andere Exempel architektonischer Unbescheidenheit. Genau wie in den anderen Teilen von Silicon Valley gleicht auch hier ein Haus dem anderen, genauso austauschbar wie die digitalen Nullen und Einsen, auf denen der Erfolg der hier ansässigen Unternehmen beruht. In diesen schachtelförmigen Bürogebäuden zu beiden Seiten der Sand Hill Road verwaltet ein auserlesener Kreis von Menschen Dutzende Milliarden Dollar. Es ist Geld, das in Hightech-Unternehmen investiert wird – alles Investitionen mit einem hohen Risiko.

Seit das Internet in den Portfolios der *Venture Capitalists* eine Rolle spielt, haben die Renditen Rekordhöhen erreicht. Der Wert der Unternehmen, die die Risikokapitalgeber der Sand Hill Road an die Börse gebracht haben, übersteigt das Bruttosozialprodukt des gesamten afrikanischen Kontinents.

Dass hier viel Geld verdient wird, sieht man von außen höchstens an den Parkplätzen, die die Bürogebäude umgeben: Zwischen Mittelklassewagen meist deutscher, schwedischer oder japanischer Herkunft stehen in großer Regelmäßigkeit Bentleys, Porsches, Ferraris, Jaguars oder Aston Martins – allesamt Wagen, die abends vor den Villen der Hightech-Millionäre in den Hügeln von Los Altos oder Woodside parken.

Das Auto von Pieper und Boekhoorn rollt, gefolgt von einem anderen Wagen, auf den Parkplatz von Nummer 2750. Hinter dieser Nummer verbirgt sich der Venture-Capital-Fonds schlechthin im Silicon Valley, der *Capo di tutti Capi* der Risikokapitalgeber: Kleiner Perkins

Caufield & Byers, besser bekannt als Kleiner & Perkins, KP. KP war früher wichtigster Investor für Unternehmen wie Tandem Computers, Genentech, Sun Microsystems, Compaq Computers, Lotus, @Home, Netscape, America Online (AOL) und Amazon.com. Unternehmen, deren Börsengang die Einlage von KP um hunderte, manchmal tausende Prozent vermehrt hat.

Unternehmer, die es so weit gebracht haben, dass sie bei diesen Aristokraten des Risikokapitals eine Audienz erhalten, um ihre Business-Pläne vorzulegen, werden in der Regel eisig empfangen.

Der gläserne Eingang des Kleiner & Perkins-Gebäudes liegt halb hinter Bäumen versteckt. Auf der weißen Mauer stehen in schwarzen Buchstaben die legendären Namen der vier Partner. Eigentlich müssten, so ist sich die Branche einig, noch zwei weitere Namen dort stehen: die von John Doerr und Vinod Khosla, beides Männer, die mit einem geschätzten persönlichen Vermögen von einer Milliarde Dollar auf dem besten Wege sind, in die *Forbes*-Liste der vierhundert reichsten Leute der Welt aufgenommen zu werden.

Doerr ist der erste Risikokapitalgeber, der den Status eines Superstars erreicht hat. Blätter wie *Time*, *Forbes*, *Business Week*, *Fast Company*, *Wired* und nahezu alle großen Tageszeitungen haben seitenlange Geschichten über diesen ›Wunderknaben‹ publiziert. Und das aus gutem Grund. Seit seinem Jobantritt bei KP zu Beginn der achtziger Jahre hat Doerr eine märchenhaft anmutende Zahl erfolgreicher Investitionen getätigt, die dem Unternehmen viele Milliarden Dollar eingebracht haben. Unternehmen wie Sun Microsystems, Compaq Computers, Netscape und Amazon.com erschienen bereits in ihrer embryonalen Phase auf dem überempfindlichen Radar des Investors.

Sein Pendant bei KP hätte eigentlich schon an seinem dreißigsten Geburtstag in Rente gehen können. Der in Indien geborene Vinod Khosla war einer der Gründer und CEO von Sun Microsystems, jenem Unternehmen, das er nach dem erfolgreichen Börsengang Mitte der Achtziger als Multimillionär verlassen hat. Bei KP wurde er dann zu dem Mann, dessen Name für erfolgreiche Investitionen in die Breitbandtechnologie stand. Die Rendite von Khoslas Investitionen konkurriert mit der seines berühmten Kollegen.

Obwohl die Einrichtung des KP-Gebäudes vor zwei Jahren für zwei Millionen Dollar erneuert worden ist, macht sie auf den Nijmegener Investor Marcel Boekhoorn wenig Eindruck. Der Empfangsschalter und die Vertäfelungen sind aus dem seltenen westafrikanischen Avodire-Holz. An der Decke des flachen Gebäudes hängen Leuchten aus weiß geädertem Marmor, die dem Raum eine kirchliche Atmosphäre verleihen. Boekhoorn, ein Freund von schummrigen Kneipen, findet es »ein ganz normales Büro«. Seine Aufmerksamkeit richtet sich vor allem auf die Männer, die Pieper schulterklopfend begrüßen: ein dunkelhäutiger Inder und ein hagerer Typ mit Brille. Die Hände, die Pieper schüttelt, gehören niemand anderem als Doerr und Khosla.

»Es war gar nicht zu übersehen, dass Roel die beiden gut kannte. Ohne Zweifel: Diese Typen hielten große Stücke auf ihn.«
Marcel Boekhoorn

Boekhoorn und Pieper werden von zwei Männern begleitet: Marius Abel und Jeff Morrison. Abel wohnt im Valley und ist einer der Männer, die Pieper als Verstärkung in das ›Weltklasseteam‹ von FifthForce geholt hat. Gemeinsam mit Sloot soll er für die weitere Entwicklung der Erfindung verantwortlich sein. Der Amerikaner Jeff Morrison ist ein erfahrener *Chief Financial Officer* (CFO). Er war an zwei Start-ups im Valley beteiligt, und Pieper möchte ihn nun gerne bei FifthForce einbeziehen.

Boekhoorn hat den ›deutschen Bär‹ – Abel ist ungefähr so groß wie Pieper, nur etwas korpulenter – am vergangenen Abend zum ersten Mal getroffen. Er macht auf ihn einen sanften, sympathischen Eindruck.

Während Pieper sich angeregt mit Doerr und Khosla unterhält, betreten Boekhoorn, Morrison und Abel einen gläsernen Raum. In der Mitte steht ein gigantischer Tisch, auf dem sie die Apparatur von Jan Sloot aufbauen.

»Ich wusste allmählich auch, wie dieses Kunststück funktioniert. Nicht, dass ich nun so technisch begabt bin, aber ich hatte Sloot schon oft genug damit gesehen, um zu wissen, wie das geht. Zusammen mit Abel hab ich den Kasten dann aufgestellt. Roel übernahm das Wort, und wir machten die übliche Präsentation. Sechzehn Filme auf dem Monitor. Hin- und Herspulen. Das war eigentlich das Beste – in Bruchteilen von Sekunden war man in der Mitte oder am Ende eines Films. Einmalig. In einer tausendstel Sekunde. Und das haben wir denen gezeigt. Von links nach rechts, von vorne nach hinten. Sechzehn Filme gleichzeitig. Doerr und Khosla waren sprachlos. Sie begriffen überhaupt nichts davon. Die flippten völlig aus.«
Marcel Boekhoorn

Khosla ist am meisten begeistert. Er ist auch derjenige, der auf Breitbandtechnologie spezialisiert ist. Eine Technologie, die Filmbilder um einen Faktor von zwei Millionen verkleinert, ist für ihn wie ein Märchen, das Wirklichkeit wird. Mitten in der Präsentation greift er zum Telefonhörer und ruft zwei weitere Kollegen hinzu, die das Wunder miterleben sollen. Pieper erzählt die bekannte Geschichte, und Doerr und Khosla stellen einige Fragen: Wie viel muss an der Technologie noch gemacht werden, wann ist das Ganze patentiert? Es entsteht eine Diskussion über die Möglichkeiten der Technologie und darüber, mit welchen Unternehmen FifthForce eine Allianz eingehen müsse. Die KP-Partner wollen wissen, in welcher Finanzierungsrunde sich Boekhoorn und Pieper befänden und wie viele Anteile KP an FifthForce kaufen könne.

»Ihr könnt dieses Unternehmen nicht ohne Beteiligung von Kleiner & Perkins angehen«, sagen sie. »Wir sind die Nummer eins, die

Cleversten und die Besten in der Welt. Wenn ihr diese Technologie zum neuen Standard machen wollt, dann habt ihr nur eine Chance: uns.«

Doch bevor sie auch nur einen Dollar in FifthForce investierten, sollten Pieper und Boekhoorn erst beweisen, dass Sloots Technologie auch tatsächlich wie behauptet funktioniert. Doerr und Khosla schlagen eine Versuchsanordnung vor, bei der in einem Raum eine Chipkarte mit der Applikation von Sloot codiert wird, um in einem anderen Raum mit einer anderen Technik wieder decodiert zu werden. Das alles kommt Pieper und Boekhoorn irgendwie bekannt vor.

Abel, Morrison, Boekhoorn und Pieper brauchen keine zwei Minuten, um den Ort ihres nächsten Gesprächs zu erreichen. Nummer 2800 der Sand Hill Road liegt nur hundert Meter von Nummer 2750 entfernt. Die Mayfield-Partner gehören zu den Erfolgreichsten in Silicon Valley. In ihrer langen Geschichte, die viel weiter zurückreicht als die von KP, haben sie mehr als einhundert Unternehmen finanziert, die erfolgreich an die Börse gegangen sind.

Die FifthForce-Delegation wird wiederum an einem Konferenztisch empfangen, der das Format eines Rettungsbootes hat. Gastgeber sind die wichtigsten Senior-Partner von Mayfield: Yogen Dalal und Kevin Fong.

> *»Am Tisch saßen ein paar Inder, die auch wieder ganz aus dem Häuschen waren, als sie unsere Präsentation sahen. Sie wollten unbedingt investieren.«*
> Marcel Boekhoorn

Am frühen Nachmittag ruft Boekhoorn in den Niederlanden an.

»Leo«, ruft er in den Hörer. »Du wirst nicht glauben, was hier geschieht. Ich hab schon viel erlebt, aber das hier … Ich komme in alle Top-Etagen, und sie liegen uns alle zu Füßen.«

Der Name FifthForce hat eine besondere Bedeutung und einen aufregenden Hintergrund, der unser gesamtes Potenzial in unbekannte Höhen erhebt.
Roel Pieper

DER REICHSTE MANN DER WELT

Während Roel Pieper und Marcel Boekhoorn Silicon Valley erobern, ist Jan Sloot unruhig. Sehr unruhig sogar.

Zum ersten Mal hat er seinen Kasten aus der Hand gegeben, und nun bereut er es bereits. Er hat Angst.

Hat die Polizei ihm nicht auch einmal dieses alte Radio abgenommen, als er noch klein war? Wie oft ist nicht schon bei ihm eingebrochen worden? Hatten sich die Versicherungsunternehmen nicht schon diverse Male geweigert, den Schaden zu bezahlen? Wie oft schon haben andere Menschen von seinen Ideen profitieren wollen, ohne dass er auch nur einen Cent gesehen hat? Jos van Rossum und Leon Sterk waren auch nur darauf aus gewesen, ihn auszunutzen.

Sloot hat seinem Sohn einmal erzählt, wie oft seine Erfindungen in der Vergangenheit geklaut worden sind. Wie damals, als ›die Leute von Polygram‹ seine Idee für eine Videothekenkette kopiert haben. Videoland war seine Idee gewesen. Auch als er bei Philips gearbeitet hat, hat man seine Einfälle übernommen, ohne ihn dafür zu belohnen. Schließlich hat er nicht ohne Grund gekündigt.

Noch eine weitere Sorge bereitet Sloot systematisch Kopfzerbrechen: die Angst vor dem Versagen. Das hat er auch schon gegenüber seinem Wirtschaftsprüfer Jelle Montsma geäußert, mit dem er einige Male pro Woche telefoniert.

»Das große Problem mit Jan Sloot war, dass ihn die Angst förmlich auffraß. Er hatte Angst, dass er mit der Erfindung keinen Erfolg haben würde. Einmal sprach er das mir gegenüber auch offen aus: ›Stell dir vor, da kommt einer mit einer anderen Erfindung … dann habe ich nichts.‹«
Jelle Montsma

Montsma rät dem Erfinder, sich jemandem anzuvertrauen. Doch das kann Sloot nicht. Sogar im engsten Familienkreis gibt es niemandem, dem er alles erzählen würde.

»Selbst mir misstraute er. Nicht, dass er ernsthaft befürchtete, ich würde etwas weitererzählen. Dafür verstehe ich einfach zu wenig von Technik. Er hatte eher davor Angst, ich könnte gerade wegen dieser Unwissenheit entscheidende Dinge unbewusst ausplaudern.«
Ben Sloot

Der einzige Mensch, dem Sloot vertraut, ist Leo Mierop. Der hört ihm zumindest zu und spricht seine Sprache. Es war Mierop, der ihn davon überzeugen konnte, seinen Kasten ein paar Tage aus der Hand zu geben. Er hatte Sloot deutlich gemacht, dass die Gespräche an der amerikanischen Westküste entscheidend seien. Sie könnten einen erheblichen Beitrag dazu leisten, dass sie beide in Zukunft finanziell unabhängig würden.

»Als ich Jan Sloot kennen lernte, dachte ich zunächst, Geld würde ihn nicht sonderlich interessieren. Erst später bemerkte ich, dass er von Geld sehr eingenommen war.«
Jelle Montsma

Bevor Sloot seinen Apparat in die Hände von Boekhoorn und Pieper gegeben hat, hat er noch einige Vorsichtsmaßnahmen getroffen. Auf den Rat von Mierop hin versiegelte er die Schraubenmuttern des Gehäuses mit Waschmaschinenlack – Zeug, das man nach Aussage des Elektrogeräte-Experten Mierop »ein Leben lang nicht mehr runter bekommt«. Durch den Lack könne der Kasten beim besten Willen nicht mehr aufgeschraubt werden. Sollte ihn jemand öffnen wollen, dann müsste er entweder die Schraubenmuttern aufbohren oder mit einem Präzisionsgerät Teile des metallenen Gehäuses entfernen. Sloot hat den Lack noch mit Farbe überpinselt, sodass die Versiegelung gut sichtbar ist. Zudem hat er ein einfaches, kleines Programm in dem Kasten installiert, das genau festhält, wann und wie lange das Gerät in Betrieb ist. So kann von jeder Demonstration im Nachhinein genau der Zeitpunkt und die Dauer bestimmt werden.

Boekhoorn hat ihm versprochen, den Apparat nicht aus den Augen zu lassen. Doch völlig vertraut Sloot ihm nicht. Es ist das erste Mal, dass jemand anderes das Modell seines Codierungssystems mitgenommen hat und demonstrieren wird. In Silicon Valley, zehn Stunden Flugzeit von den Niederlanden entfernt. Wie viele neugierige Techniker kamen da auf einem Quadratmeter zusammen?

»Er wurde immer so schnell nervös. Dann war er mit seinen Gedanken meist ganz woanders. Irgendetwas stimmte mit Jan nicht. ›Dieser ständige Stress. Es geht alles so schnell, und ich kann niemandem vertrauen‹, antwortete er, wenn ich danach fragte. Er hatte Angst. Angst, dass man ihm alles abnehmen würde. Und diese Angst hatte ihn fest im Griff.«

Henk van Doorn

Jans Sorgen beschäftigen auch Annie. Wie niemand sonst bemerkt sie den Druck, der auf den Schultern ihres Mannes lastet. Und sie weiß, dass zu viel Stress schlecht für seine angeschlagene Gesundheit ist. Jan verhält sich in den letzten Wochen seltsam, findet sie. Sie macht sich große Sorgen.

> *»Einmal stand Jan im Wohnzimmer vor dem Schrank und sprach laut mit sich selbst. ›Ich habe alles so satt. Dreißig Jahre hab ich mich kaputt gearbeitet, und wofür? Ich hab ein für alle Mal die Nase voll. Gestrichen voll! Ich schmeiß den ganzen Mist hin!‹ ›Jan, geht es dir nicht gut?‹, habe ich ihn gefragt. ›Warum benimmst du dich so komisch?‹«*
> Annie Sloot

Wie angegriffen Jans Gesundheit ist, hatte Annie zwei Jahre zuvor während des Urlaubs in Benidorm festgestellt. Sie waren mit Henk van Doorn und seiner Frau dorthin gereist, und Annie hatte den Schock ihres Lebens bekommen.

Während sie sich im Hotel eine Show ansahen, sah sie plötzlich, dass Jan ganz bleich wurde und ihm der Schweiß auf die Stirn trat. Dass Jan sich nicht ganz wohl fühlte, passierte häufiger mal.

»Ich muss kurz auf die Toilette«, sagte er. Doch er kam nicht zurück.

»Wo bleibt er denn bloß?«, fragte Annie van Doorns Frau. »Vielleicht ist er an die frische Luft gegangen, weil es hier drinnen so warm ist.« Ein paar Minuten später kam Sloot völlig verschwitzt wieder an seinen Platz.

»Mit dir stimmt irgendwas nicht«, sagte Annie. »Wir rufen besser einen Arzt.« Auf dem Weg zum Krankenhaus protestierte Jan, er würde lieber im Hotel bleiben, denn er hasse Ärzte.

> *»Der Doktor sagte, Jan habe einen Herzinfarkt gehabt. Es sei gerade noch einmal gut gegangen. Doch Jan ließ sich nichts anmerken. Er fand es viel schlimmer, dass der ganze Urlaub schief lief. Dann legte er sich mit dem Arzt an, weil er nach Hause wollte. Ja, und dann kippte er um.«*
> Annie Sloot

Seit dem abgebrochenen Urlaub in Benidorm läuft Annie ihrem Mann jeden Tag mit den Medikamenten hinterher. Oft bringt sie ihm die Medizin sogar, wenn er spätabends noch in seinem Büro ist.

> *»Morgens habe ich immer alles zurechtgemacht. Ein paar Scheiben Brot, die Pillen: Und runter mit allem.«*
> Annie Sloot

Am Dienstag, dem 15. Juni kehrt Boekhoorn aus Silicon Valley zurück. Ohne Roel Pieper. Und vor allem: ohne die Applikation von Jan Sloot. Der Kasten befindet sich noch in Kalifornien und soll erst einen Tag später wieder in Nieuwegein eintreffen.

> *»Roel hatte noch ein paar andere Termine vereinbart, wo er unbedingt hin musste. Er wollte noch einige Leute treffen, die möglicherweise für uns arbeiten sollten. Die Applikation wollte er auch mitnehmen. Für mich war das in Ordnung. Ich hatte auch keine Lust, den Apparat nur deshalb wieder mitzunehmen, damit Sloot nicht noch nervöser wurde. Wir hatten es eilig, und Roel wollte endlich durchstarten. Und dann sollte man die Dinge nicht unnötig komplizieren.«*
> Marcel Boekhoorn

Boekhoorn ist bewusst, dass Sloot einen Wutanfall bekommen wird. Das sagt er auch zu Mierop und Mooijaart, denen er noch am selben Abend bei sich zu Hause von seiner Reise berichtet.

Einen Tag später landet auch Pieper wieder in Schiphol. Nach einem kurzen Zwischenstopp beim Zahnarzt fährt er nach Nieuwegein und überreicht Sloot persönlich den Apparat. Sloot nimmt ihn schweigend entgegen und hört sich Piepers Bericht an.

»Es sieht fantastisch aus, Jan«, sagt Pieper. Er erzählt von dem Test, den Kleiner & Perkins vorgeschlagen haben, und pocht nochmals darauf, dass das Patentierungsverfahren abgeschlossen wird. Sloot soll dabei Unterstützung von Marius Abel bekommen, Piepers altem *Chief Technology Officer*, der FifthForce verstärken wird. Bevor Pieper aufbricht, erinnert er den Erfinder noch an die Präsentation bei Optimix, die am nächsten Tag stattfinden soll. Sloot hört noch immer zu, ohne einen Ton zu sagen.

Als Pieper gegangen ist, nimmt Sloot seinen Kasten und inspiziert die versiegelten Kontaktflächen. Plötzlich beginnt sich alles vor seinen Augen zu drehen. Der Lack an einer der Schrauben ist beschädigt: Jemand hat versucht, den Kasten zu öffnen!

»Sie haben sich daran zu schaffen gemacht! Die wollten den Kasten aufbrechen!«, brüllt er seinem Sohn zu, der unten im Flur steht.

In dem Moment, als Sloot seine Entdeckung macht, betritt Mierop gerade mit seiner Frau und seinen beiden Söhnen den Fan-Shop der Ajax-Arena in Amsterdam. Wenig später ruft ihn Ben an.

»Mein Vater flippt total aus!«, schrillt seine Stimme durch das Telefon.

»Ich bin sofort nach Nieuwegein gefahren. Jan war völlig durcheinander. Ihm stand der Schaum vorm Mund. Ich habe selten jemanden so böse erlebt. Er heulte aus Verzweiflung und sprang wie ein Wahnsinniger in seinem Büro umher. Meine Frau und die Kinder warteten im Auto. Und das war auch gut so. Denn Jan begann jetzt richtig loszuheulen.«

Leo Mierop

Vor diesem Moment hatte sich Jan Sloot immer gefürchtet. Dabei hatte Boekhoorn ihm noch ausdrücklich versprochen, den Apparat nicht aus den Augen zu lassen.

»Jetzt wissen sie alles«, schrie Sloot. »Es ist so ein einfaches System … Sie haben es bestimmt sofort durchschaut, als sie den Kasten geöffnet haben.« Er springt aus seinem Stuhl auf und beginnt wieder, wild durch das Büro zu rennen. Ben und Jolanda Sloot stehen daneben und fangen an zu weinen.

Schließlich packt Mierop Sloot mit seinen großen Händen an den Schultern und setzt ihn auf einen Stuhl.

»Jetzt halt endlich die Klappe, und bleib ruhig sitzen!«

»Das wird denen noch Leid tun!«, jammert Sloot.

Während seine Frau und die Kinder noch immer im Auto warten, redet Mierop stundenlang auf den hysterischen Sloot ein: Der Kasten sei nicht geöffnet worden, alles in Ordnung, die Show müsse weitergehen. Erst als Sloot sich wieder beruhigt hat, geht Mierop.

Doch abends ruft ihn Sloot erneut an. Wieder ist er völlig aufgelöst und weint. »Leo, die haben alles geklaut. Wirklich. Die haben echt alles geklaut.«

»Hast du sie nicht alle, Jan?« Mierop versucht die Situation in den Griff zu bekommen. »Pieper brennt doch nicht mit deiner Erfindung durch, er arbeitet für dich.«

»Nein, die haben das wirklich alles geklaut.« Sloot hat nun völlig die Fassung verloren. Gerade hat er die Software, die er in seinem Kasten installiert hatte, kontrolliert.

> *»Jan konnte genau sehen, wann und wie lange sie den Apparat benutzt hatten. Dabei stellte er fest, dass sie auch einen Computer daran angeschlossen hatten. Er war überzeugt, dass sie die Software seiner Erfindung kopiert hatten.«*
>
> Leo Mierop

Von der Aufregung, die sich in Nieuwegein abspielt, bekommt Roel Pieper nichts mit. Mierop, der es vernünftiger findet, den Frieden zu wahren, erzählt Pieper nichts über die hysterischen Ausbrüche von Sloot. Als Pieper wieder an seinem Computer sitzt, berichtet er Boekhoorn gleich von den neuesten Entwicklungen, erinnert ihn an den

Ablauf des folgenden Tages und an die unvollendete Übertragung von Anteilen. Pieper hat viereinhalb Prozent von Boekhoorns Anteilen an FifthForce übernommen und will das Geschäft nun endlich abschließen.

Von: Roel Pieper ‹roelpieper@email.msn.com›
An: Marcel Boekhoorn ‹m.boekhoorn@wxs.nl›
Datum: Mittwoch, 16. Juni 1999 14:18
Betreff: Offene Fragen und Zeitplan

Marcel:
Die Reise nach Kalifornien war einfach großartig.
KP und Mayfield an einem Tag und noch dazu ein ziemlich gutes Feedback.
Ich hoffe, dass ABN Wort hält und wir das Geschäft bald abschließen.
Am Donnerstag treffen wir uns um 11 Uhr mit Optimix in deren Büro. Ich kann den Termin auch alleine wahrnehmen, wenn du willst.
Um 15 Uhr sind wir dann bei Endemol in Hilversum und treffen John de Mol und Ruud Hendrix.
Ich habe auch mit Marius und Jeff so weit alles geklärt. Marius hat bereits unterschrieben. Ich hoffe, Jeff unterschreibt noch diese Woche.
[...]
Sloot muss sich unbedingt um die Details des ABN-Deals kümmern (Quellcode, Patent). Wer überprüft das?
Ich werde mich diesen Mittwoch mit John Losier am Flughafen treffen, um zu sehen, wie weit er ist.
Ich habe mit Bain and Company über eine Partnerschaft gesprochen. Einen der Senior-Partner kenne ich sehr gut. Sie verfügen über ein ausgezeichnetes Netzwerk und gute Leute,

die alle Alternativen zu unserem Business-Plan checken können (wie schon bei KP besprochen).
Ich habe noch immer keine Unterschriften auf den Verträgen, die wir wegen des Verkaufs und der Übertragung der Anteile aufgesetzt haben. Schick mir das doch bitte. Ich schließe Verträge gerne mit einer Unterschrift ab. Dann kann es weitergehen.

Bis dahin,
Roel

Am nächsten Morgen wird das FifthForce-Team von einem strahlenden Marc Wesseling in der Amsterdamer Bürovilla von Optimix in der Nähe des Museumsplein empfangen. Während ein mürrischer Jan Sloot seine Demonstrationsanordnung in Bereitschaft bringt, füllt sich der kleine Saal mit Kollegen von Wesseling.

»Hierauf befinden sich dreißig Stunden Film«, begrüßt Sloot die Anwesenden und schiebt die Chipkarte in den Kasten. Sofort erscheinen auf dem Bildschirm Fenster mit Ausschnitten aus den verschiedenen Filmen. Sloot spult hin und her und verblüfft damit die Zuschauer. Pieper steht neben Sloot und beobachtet das Publikum.

»Gut, Roel, aber jetzt erklär uns doch, wie das funktioniert«, sagt Wesseling, der die Präsentation bereits zum zweiten Mal sieht. »Ich meine, ich sehe ja auch, dass die Bilder auf dem Monitor erscheinen und dass da ziemlich schnell gespult wird … Und ich glaube dir auch, dass die Filme von der Chipkarte kommen … Ich verstehe durchaus, dass hier etwas Besonderes passiert … Aber wie erklärst du es?«

»Jungs, glaubt es mir einfach. Das hier ist kein Betrug. Ich hab alles überprüft. Es geht alles mit rechten Dingen zu.«

Die Vermögensverwalter und Investoren von Optimix sind sprachlos. Pieper geht in fließendes Englisch über, als er mit seinem Vortrag beginnt.

»Was Sie hier sehen, wird bald Bestandteil aller digitalen Netzwerke rund um den Globus sein«, sagt Pieper in einem Tonfall, der selbst den letzten Zweifler im Saal verstummen lässt. »Hinter der FifthForce-Technologie verbirgt sich eine völlig neue Philosophie, was Kommunikation sowie das Sichern und Speichern von digitalem Content angeht. Die Kommunikation in einem Netzwerk wird durch unsere Technologie grundlegend verändert.«

»Die 5F-Technologie betrifft die drei elementaren Fundamente heutiger Kommunikationsnetzwerke. Einerseits beschleunigt sie bestehende Netzwerke mit einer bisher ungeahnten Geschwindigkeit. Andererseits bietet die Technik eine neue Form von Datenschutz bei der Übertragung der Informationen. Schließlich optimiert das System den Speicherbedarf verschiedener Arten digitalen Contents, wie zum Beispiel Video, Audio und Daten. Die 5F-Technologie wird weitere Milliarden-Investitionen in teure High-Speed-Netzwerke überflüssig machen, und sie wird die existierenden Netzwerke für Millionen neue User und Konsumenten öffnen.«

Roel Pieper

Die grenzenlosen Möglichkeiten der Erfindung regen die Fantasie der Zuhörer an. Man wirft sich vielsagende Blicke zu.

»Unser Business-Modell besteht aus zwei Hauptstrategien. Die erste Strategie beinhaltet die Entwicklung und Produktion von Komponenten. Diese Bausteine werden so geplant, dass sie mühelos in heutige Elektrogeräte integriert werden können. Die zweite Strategie ist auf den Aufbau einer internationalen Marke rund um das FifthForce-Label gerichtet. Sie können es mit den Strategien vergleichen, die bereits Marken wie Dolby oder Intel angewendet haben.«

Die Anwesenden in dem kleinen Saal saugen Piepers Worte gierig in sich auf. Die FifthForce-Technologie sei konkurrenzlos, und deshalb werde in Kürze jeder PC, Fernseher und jedes Telefon mit den Komponenten von FifthForce ausgerüstet sein. Der Preis für den

Konsumenten: hundert bis dreihundert Dollar. Die enorme Power des FifthForce-Codierungssystems werde nahezu die gesamte Elektronikindustrie dazu zwingen, schnell auf diesen neuen technologischen Standard umzusteigen, egal, ob Netzwerkbetreiber, Computerproduzenten oder Konsumartikelhersteller.

Alle zwei Jahre sollen die FifthForce-Komponenten leistungsfähiger werden, sodass die Nachfrage stets neu entfacht wird. Genauso, wie Intel das mit seinen Mikroprozessoren mache. Pieper spricht über einen Umsatz in Höhe von vielen Milliarden Dollar, ein jährliches Wachstum von hundert Prozent, einen Börsenkurs, der …

Auf Piepers PowerPoint-Präsentation stehen folgende Stichworte:

Shareholder-Value-Potenzial
Marktgröße/Absatzpotenzial in Millionen Einheiten
(PCs, TVs, Telefone, Set-Top-Box, Mobiltelefon etc.)
Video-Netzwerke sind erster Zielmarkt
Auswahl der Partner (z.B. AOL, SUN)
Definition des Markenbezugs und Lizenzvergabe
Zielländer (USA, China, Indien, NL)
IPO im Jahr 2000
Marktkapitalisierung in etwa wie Cisco

Die meisten Blicke bleiben auf dem letzten Punkt haften. Marktkapitalisierung in etwa wie Cisco! Pieper meint es ernst. Der Börsenwert von Cisco liegt bei rund zweihundert Milliarden Dollar! Das ist ungefähr das Zehnfache des Börsenwertes von Philips. Und dabei besteht das Unternehmen erst seit fünfzehn Jahren. Cisco stellt Netzwerktechnik her, wie Router und Switches, die lebenswichtigen Teile der Datenautobahnen. Es ist das am schnellsten wachsende Unternehmen aller Zeiten, die weltweite Ikone der New Economy. Cisco ist Markführer in nahezu allen Bereichen, in denen das Unternehmen operiert, und gehört zu den zehn größten börsennotierten Unternehmen der Welt. (Im Sommer 2000 wird Cisco sogar einen Marktwert von fünfhundertfünfundfünfzig Milliarden Dollar haben und damit den höchsten Börsenwert eines Unternehmens erreichen.) Das Tempo, mit dem FifthForce laut Pieper in die Liga der zehn größten Unternehmen aufsteigt, soll den Aufstieg von Cisco in den Schatten stellen. Wofür Cisco fünfzehn Jahren gebraucht hat, will Pieper mit seinem Unternehmen in fünf Jahren schaffen.

Wesseling ahnt bereits, was Pieper antworten wird, als er sich nach dem Wert von FifthForce erkundigt. Er hat damit gerechnet, dass er etwas höher liegen wird als vier Wochen zuvor. Aber eine halbe Milliarde Dollar? Wesseling glaubt, sich verhört zu haben.

»Roel, wie soll ich das unseren Kunden verkaufen? Vor einem Monat hast du noch etwas von hundert Millionen erzählt!«

Pieper hat eine einfache Antwort: »Marc, wenn ihr beim spektakulärsten Start-up aller Zeiten mitmachen wollt, dann solltest du nicht über den Preis jammern. Just take it, or leave it.«

Nach dem Mittagessen brechen Pieper und Boekhoorn nach Hilversum auf. Jan Sloot kehrt müde in sein Büro nach Nieuwegein zurück, um weiter an der Patentschrift für sein Codierungssystem zu arbeiten. In Hilversum ist ein Gespräch mit John de Mol und Ruud Hendriks von der TV-Produktionsfirma Endemol geplant. Es läuft gut mit Endemol. Seitdem der Fernsehunterhaltung das Etikett *Content* anhaftet, gehören die Erfinder von Henny Huismans *Soundmixshow* und Linda de Mols *Traumhochzeit* plötzlich zur New Economy und den damit korrespondierenden Börsenkursen.

Seit seiner Zeit bei Philips hat Pieper regelmäßig Kontakt zu John de Mol. Die beiden sind sich absolut darüber einig, dass Content und Technik zusammengehören.

Gemeinsam hatten sie eine Arbeitsgruppe aus Philips-Technikern und Endemol-Kreativen ins Leben gerufen, die einmal im Monat zusammenkam, um über neueste Entwicklungen zu reden. De Mol und Pieper waren häufig selbst dabei.

Auch heute sprechen sie über die neuesten Entwicklungen. Pieper erzählt von Sloots Erfindung, die sich in wenigen Jahren in jedem elektronischen Medium befinden soll. Er sagt, dass die Technik große

Mengen an Content in Bruchteilen von Sekunden sicher über das Internet versenden könne.

De Mol erzählt seinerseits, dass er gerade seine erste multimediale Real-Life-Show plane. Ein paar junge Leute sollen hundert Tage lang wie Laborratten in einen wohnlich eingerichteten und mit Kameras voll gestopften Container gesperrt werden: *Big Brother*. Über Internet soll man die Kandidaten in ruckelnden *Live Streams* den ganzen Tag über sehen und über sie abstimmen können.

Als de Mol und Pieper die zahlreichen Verwendungsmöglichkeiten von Sloots Technik besprechen, geraten sie ins Schwärmen: komplette TV-Programme in Bruchteilen von Sekunden sicher und ohne Qualitätsverlust gegen Bezahlung aus dem Internet laden … auf ein Handy, einen PC oder einfach auf eine Set-Top-Box am Fernseher …

De Mol zündet sich eine Zigarette nach der anderen an und inhaliert den Rauch mit einem leisen Zischen. Wenn das hier alles wirklich passieren sollte, dann musste Endemol unbedingt dabei sein.

> *»Roel war hier, um mir seine Geschichte zu präsentieren. Diese Erfindung war in der Tat revolutionär. Diese Technik hätte uns als Content-Produzenten völlig neue Möglichkeiten eröffnet.«*
> John de Mol

Nun, da auch Endemol Interesse gezeigt hat, beginnt die Liste mit potenziellen Partnern und Investoren allmählich konkrete Formen anzunehmen. Neben Computer Associates, Kleiner & Perkins, Mayfield, Optimix und Gilde hat Pieper auch Kontakte zu den Venture Capitalist Insight Capital Partners aus New York City geknüpft. Allerdings machen sich die Beteiligten langsam Sorgen über den Unternehmenswert, den Pieper und Boekhoorn ohne mit der Wimper zu zucken wöchentlich korrigieren.

Pieper ist noch nicht zufrieden. Es gibt noch immer einige

Wunschkandidaten. Namen aus der Computer-, Telekommunikations- und Elektronikindustrie, die FifthForce ihre Unterstützung zusichern sollen. News Corporation des australischen Medienmagnaten Rupert Murdoch zum Beispiel. Zu News Corp gehören mehr als hundert englischsprachige Zeitungen wie *The Sun*, *The Times* oder *New York Post*, der Verlag HarperCollins, Satellitensender wie BSkyB und Foxtel, Kabelsender wie Fox Sports und Fox Movie Channel, alle Fox-Fernsehsender und die Filmgesellschaft 20th Century Fox.

Über Tom Perkins, Aufsichtsrat von News Corp, hat Pieper schnell einen Kontakt zu Murdoch aufgebaut. In ein paar Tagen schon reist der FifthForce-CEO nach London. Auch ein Gespräch mit der Spitze von Sun Microsystems steht auf dem Programm. Sun ist Kleiner & Perkins zufolge der ideale Partner für FifthForce. In anderthalb Wochen haben Pieper und Boekhoorn ein Gespräch mit dem strategischen Gehirn von Sun: William ›Bill‹ Raduchel.

Raduchel hat es geschafft, eine Allianz mit AOL einzugehen. Zusammen wollen sie Microsoft herausfordern. Die Forschungs- und Entwicklungsabteilung von Sun arbeitet bereits seit Jahren an einem so genannten Netzwerkcomputer, ein einfaches Gerät, das den Bruchteil eines PCs kosten soll. Der Computer ist eigentlich nicht mehr als ein Empfangsgerät mit einem Monitor. Die Idee ist, dass der Netzwerkcomputer über das Internet Zugang zu der Rechenpower großer Zentralcomputer bekommt – nämlich zu der von Sun. Der Partner von Sun, America Online, ist der größte Internet-Provider der Welt. Seit kurzem liefert das Unternehmen seinen Kunden neben einem Internetanschluss auch den Netscape Navigator als Browser. Wenn es nun gelänge, alle AOL-Nutzer zu überzeugen, auf Sun-Netzwerkcomputer umzusteigen, könnte die technologische Vorherrschaft von Microsoft gebrochen werden. Mit einer Komponente von FifthForce in jedem Sun-Netzwerkcomputer und -Server könnte diese Strategie Erfolg haben. Außerdem könnte Sun mit der FifthForce-Technologie den Rückstand auf dem Gebiet der Datenspeicherung mit einem Mal umwandeln in einen enormen Vorsprung gegenüber Konkurrenten wie EMC Corp. oder IBM.

Pieper und Boekhoorn können es gar nicht mehr abwarten, sich über diese Ideen mit Bill Raduchel auszutauschen.

Neben strategischen Partnern und Investoren suchen Boekhoorn und Pieper auch weiterhin nach Leuten, die ihr ›Weltklasseteam‹ verstärken können. Hans Wijers steht ganz oben auf Piepers Wunschliste. Nach der Präsentation bei Gilde in Utrecht hat er bei dem Ex-Wirtschaftminister einige Male vorgefühlt, doch Wijers will lieber bei der Boston Consulting Group bleiben. Andere potenzielle Kandidaten haben Boekhoorn und Pieper bei ihrem Besuch in Silicon Valley getroffen. Marius Abel hat inzwischen beschlossen, seinem Freund Pieper auch in das nächste Abenteuer zu folgen, und ihm einen unterschriebenen Vertrag zurückgeschickt. Zusammen mit Sloot soll er die Forschungsabteilung des neuen Unternehmens leiten. Abel wird von Kalifornien aus arbeiten, Sloot bleibt in den Niederlanden. Boekhoorn hat seinem Controller Ronald Meersschaert den Posten des *Chief Financial Officer* (CFO) Europa angeboten. Meersschaert braucht nicht lange darüber nachzudenken. Jeff Morrison, der amerikanische CFO, den Pieper im Auge hat, will schon länger gerne bei FifthForce dabei sein. In der E-Mail, die er Pieper am 17. Juni schickt, äußert er nochmals sein Erstaunen über die Präsentation bei Kleiner & Perkins und Mayfield.

»Ich kann immer noch nicht glauben, was ich bei KP und Mayfield gesehen habe. Das ist der reinste Wahnsinn, so viel steht fest. Es scheint zu schön, um wahr zu sein. Ich würde mich sehr freuen, wenn du mich über die Due-Diligence-Prüfung der Technologie auf dem Laufenden hältst.«
Jeff Morrison

Der zweite Amerikaner, den Pieper im Visier hat, steht noch unter Vertrag bei Philips. John Losier wurde 1996 von Pieper zu Tandem geholt, wo er als Chef der weltweiten Vertriebsabteilung einen Sitz im Vorstand bekam. 1998 wurde Losier auf Piepers Vorschlag hin CEO von Philips Electronics North America. Seit Piepers Ausscheiden weiß Losier, dass auch er die längste Zeit bei dem niederländischen Elektronikriesen gewesen ist. Losier ist daher selbstverständlich daran interessiert, das Team von FifthForce zu verstärken.

Die bemerkenswertesten Abwerbeversuche finden jedoch in Bloemendaal statt. Pieper will seinen Nachbarn Jan de Jong für die niederländische Dependance von FifthForce gewinnen. De Jong ist auch Piepers Vermieter. Anderthalb Jahre zuvor sah er in Pieper den idealen Pächter für seine große, frei stehende Villa *Caprera* in Bloemendaal. Er hatte die Villa zu einem fairen Preis von einer Witwe übernommen. De Jong nahm mit Pieper Kontakt auf, noch bevor dieser in die Niederlande zurückkam. Pieper biss an und schickte die Umzugswagen nach Bloemendaal.

Jan de Jong hat, gemeinsam mit seinem Bruder Gijs, das Unternehmen Nedamco-Trading in den USA zu einem großen Erfolg geführt. Er handelte unter anderem mit Silicon – nicht die Sorte, die für die Herstellung von Computerchips benötigt wird, sondern Silicon für Montage- und Fensterkitt. Die Brüder de Jong haben bewiesen, dass man auch mit dieser Art Silicon eine Menge Geld verdienen kann. Vor einem Jahr dann haben sie Nedamco für etliche Millionen Gulden verkauft.

In dem Unternehmer Jan de Jong sieht Pieper den idealen Manager für die Bereiche *Business Development* und *Market Development*. Boekhoorn findet es ziemlich merkwürdig, dass Pieper seinen Vermieter dafür ausgewählt hat. Er zweifelt stark an de Jongs Fähigkeiten, den er nicht gerade zu den Managern von Weltklasseformat rechnet. Und er ärgert sich darüber, dass de Jong ständig mit seinen geschäftlichen Erfolgen und seinem angehäuften Reichtum prahlt. Auch René Bickel ist nicht sonderlich erfreut über die Anwerbung des Grundstückseigentümers aus Bloemendaal, dem er in Zukunft Bericht erstatten muss.

Doch de Jong ist cleverer, als alle vermutet haben. Durch seine Lobbyarbeit muss Boekhoorns vertrauter Anwalt Teska van Vuren von der Kanzlei Nauta Dutilh das Feld zugunsten von de Jongs Freund Steven Schuit von der Kanzlei Loeff Claeys Verbeke räumen.

Trotz der begeisterten Reaktionen bei der Optimix-Präsentation ist Jan Sloot nicht beruhigt. Was kann er sich von Piepers schönen Geschichten über Unternehmenswerte, die jede Woche höher in den Himmel schießen, schon kaufen, wenn er, der Erfinder, noch immer nicht die versprochenen zwanzig Millionen auf seinem Konto hat? Doch Mierop hat ihm dringend dazu geraten, wegen dem, was in Silicon Valley mit seinem Apparat geschehen ist, keine Konfrontation mit Pieper zu suchen. Aber warum hat Pieper versucht, den Kasten aufzuschrauben, und warum hat er daran Geräte angeschlossen? Will Pieper vielleicht seine Erfindung klauen? Leo Mierop hat ihm ans Herz gelegt, nicht davon anzufangen. Die Stimmung würde sicher nicht besser werden, wenn er die Integrität des CEO infrage stelle, und damit wäre niemandem geholfen. Sloot solle sich lieber darum kümmern, das Patent anzumelden sowie die Due-Diligence-Prüfung, die Versuchsanordnung und die Präsentation für Investoren wie Optimix oder Gilde vorzubereiten. Er solle einfach so tun, als sei nichts geschehen. Die Investoren würden doch erkennen, welch brillanter Kopf hinter der Erfindung stecke, und die unglaublichen Möglichkeiten der Technik betonen. Sie würden bald Milliarden damit verdienen. Das sei es doch, was Pieper immer sagt: hunderte Milliarden – keine Gulden, sondern Dollars. Das Wichtigste sei also im Moment das Patent. Ohne Patent kein Schutz, keine Glaubwürdigkeit, keine Investoren, kein Geld.

Bereits seit Wochen schlägt sich Sloot mit den Bürokraten vom Patentamt herum. Und mit René Bickel, der ihm ständig über die Schulter schaut. Auch Roel Pieper kommt regelmäßig vorbei, redet stundenlang auf ihn ein und stellt allerhand Fragen. Verrückt wird er davon. Sie begreifen einfach nicht, dass er den Kern seiner Erfindung nicht einfach so beschreiben kann. Ja, Leo, der versteht ihn. Der traut sich auch, Pieper Kontra zu geben. Deshalb hat Sloot ihn auch ins Vertrauen gezogen. Mierop darf Sloots Interessen bei FifthForce vertreten und auch sein Stimmrecht ausüben. So haben sie es schriftlich festgehalten. Leo hat zumindest Verständnis dafür, dass er den Code seiner Erfindung nicht einfach so beschreiben kann. Wenn jemand herausfindet, wie der Kasten funktioniert, wie simpel die Technik eigentlich ist, dann kann er gleich einpacken. Warum sollten sie ihn dann noch brauchen? Wer garantiert ihm, dass er bekommt, was ihm zusteht, wenn er seine Methode darlegt? Genau, niemand! Auch die finanziellen Sicherheiten, um die er gebeten hatte, sind bisher ausgeblieben. Auf seinem Konto steht noch immer kein Betrag mit sechs Nullen. Das wäre doch mal ein guter Anfang. Solange er keine Sicherheiten hat, können Bickel, Pieper und die Typen vom Patentamt fragen, was sie wollen. Die Chance, dass er sein Geheimnis einfach so preisgibt, ist dann gleich null.

Das muss ja eigentlich auch Pieper bewusst sein. Und deshalb hat er versucht, den Kasten zu öffnen. Diese Ratte. Und dann auch noch so tun, als ob nichts geschehen ist, und ihm erzählen, dass er mit der Entwicklung seiner Erfindung einfach weitermachen soll. Pieper will selbst weiterkommen. Doch vielleicht weiß er bereits, wie der Apparat funktioniert? Schrecklich! Sloot erschaudert. Nimmt überhaupt noch jemand Rücksicht auf ihn? Offensichtlich nicht. Was er zu hören bekommt, ist, dass das Codieren schneller gehen muss und dass er zügig die Versuchsanordnung vorbereiten soll, die Kleiner & Perkins als Teil der technischen Due-Diligence-Prüfung vorgeschlagen haben. Dieser Test ist Piepers Meinung nach die einfachste Möglichkeit, Außenstehende davon zu überzeugen, dass das SDCS auch tatsächlich funktioniert. Als ob sein Apparat nicht als Beweis ausreicht! Sloots Gedanken kreisen den ganzen Tag um diese Dinge. Er fühlt sich erschöpft, leer und ausgebrannt. Und er hat nach wie vor Angst. Seit Pieper aus den USA zurückgekehrt ist, hat er fast nicht mehr geschlafen.

Das Geld für Jan Sloot ist einer der Punkte, die auf der Tagesordung der Anteilseignerkonferenz am Montag, dem 21. Juni, stehen. Bis auf van Rheenen und de Vries sind alle Anteilseigner anwesend. Die erste Investition in FifthForce ist wieder etwas näher gerückt. Mit ABM Amro sind Boekhoorn und Pieper zu einer vorläufigen Einigung gelangt. Die Bank will FifthForce mit insgesamt 52,5 Millionen Gulden finanzieren. Davon soll Sloot 12,5 Millionen erhalten. Wenn das Unternehmen alle zwischenzeitlichen Bedingungen erfüllt, wird das restliche Geld, ein zurückgestellter Kredit, ausgezahlt. Wenn FifhtForce an die Börse geht, wird dieser Kredit abgelöst, und ABN Amro erhält drei Prozent am Unternehmen. Der Vorschlag wird von ABN Amro und FifthForce in groben Zügen verabschiedet. Nur die Anwälte von ABN Amro sind noch zurückhaltend, weil es noch kein Patent gibt und die Technik noch keinen offiziellen Status hat. In zwei Tagen wollen beide Seiten in der Zentrale von ABN in Amsterdam den vorläufigen Vertrag unterschreiben. Allerdings kann es dann noch Wochen, wenn nicht sogar Monate dauern, bis die Bank die Millionen an die Firma auszahlt. Davor soll der Quellcode der Erfindung bei einem Notar hinterlegt werden und das Patent in den USA angemeldet sein. Doch Sloot will das Geld vorher.

Boekhoorn hat durch Mierop von der geistigen Verwirrung Jan Sloots erfahren. Er weiß sehr wohl, dass er an dieser Vertrauenskrise schuld ist, und hat deshalb bereits vor der Konferenz beschlossen, Sloot ein Anteilspaket in Höhe von fünf Millionen Gulden abzukaufen. Eigentlich hätte er den Erfinder gerne noch etwas länger an der kurzen Leine gehalten. Solange noch keine Patente vorliegen und nicht bewiesen ist, dass die Erfindung auch funktioniert, wäre es besser, Jan Sloot noch nicht zum Millionär zu machen. Doch die Situation macht ein Handeln erforderlich. Ein Handeln, durch das Sloot endlich einen Betrag mit sechs Nullen auf seinem Konto gutschreiben kann. Der Vorteil ist, dass er dann sofort seine 2,3 Millionen Gulden Schulden, die er noch bei Leon Sterk hat, tilgen kann. Und Boekhoorn kann seinen Anteil an FifthForce auf vorteilhafte Art erweitern.

Sloot erklärt sich während der Konferenz mit Boekhoorns Vorschlag einverstanden. Boekhoorns Anwalt soll Sloot die Verträge zusenden. Das Geld soll am nächsten Tag auf Sloots Konto eingehen. Damit glaubt Boekhoorn, die Gemüter für den Augenblick besänftigt zu haben. Nur Mierop hat noch etwas hinzuzufügen.

»Bevor wir gleich wieder in Englisch weitermachen, habe ich noch etwas in Niederländisch zu sagen.« Mierop setzt einen ernsten Blick auf. »Wenn hier jemand versucht, die anderen zu bescheißen, werde ich ihm persönlich den Kopf abreißen.«

Für einen Augenblick ist es still in dem Konferenzraum. Dann ergreift Pieper das Wort und teilt das Protokoll der vergangenen Wochen aus.

»FifthForce Inc. The Digital Force«, steht auf dem Deckblatt. »FifthForce. Eine theoretische Kraft der Natur, die neben den anderen Kräften, der starken und schwachen Wechselwirkung, der elektromagnetischen Kraft und der Schwerkraft, existiert«, geht es auf der zweiten Seite des internen Papiers weiter, das Pieper selbst geschrieben hat.

Pieper erwähnt, dass er noch einige Sorgen hat. Dann lehnt er sich in seinem Stuhl zurück und redet in Englisch weiter: »Zu diesem Zeitpunkt konzentriert sich die Planung der Technologie auf zwei Gebiete.« Er beginnt aufzuzählen und legt dafür seinen rechten Zeigefinger auf den linken Daumen. »Erstens: die Due-Diligence-Präsentation, auf die unsere Geldgeber warten. Die Demonstration muss qualitativ perfekt und absolut transparent sein – die Leute müssen verstehen, wie die Technologie funktioniert. Wie ich Jan verstanden habe, wird er das System in den nächsten Wochen dahingehend fertig stellen.« Pieper legt mit einer ausladenden Geste den rechten Zeigefinger auf den linken.

»Zweitens: Wir müssen über die Qualität des Systems nachdenken. Die Behauptung, dass es keinen Qualitätsverlust gibt, ist sehr gewagt und muss durch Jan bewiesen oder aber revidiert werden. Wir müssen uns ehrlicherweise eingestehen, dass wir bisher bei keiner der Präsentationen ein kristallklares Bild zu sehen bekommen haben. Sicher, die Technik ist gut, aber *wie* gut?« Pieper wechselt ins Niederländische. »Es hat natürlich etwas mit der Quelle zu tun, von der die Bilder stammen. Jan benutzt eine normale Videokassette oder Fernsehbilder als Codierungsgrundlage. Das reicht nicht. Die Frage ist: Wird das Bild besser sein, wenn die Quelle besser ist? Das müssen wir also herausfinden.«

Sloot starrt schweigend vor sich hin. Pieper hat ihn schon unzählige Male auf dieses Thema angesprochen, und immer hat Jan ihm versichert, dass sein Codierungssystem die ursprünglichen Bilder ohne Qualitätsverlust wiedergeben kann.

»Kommen wir zur Patentanmeldung«, fährt Pieper wieder in Englisch fort. »Wir müssen den Entwurf so schnell wie möglich fertig stellen. Wir werden ihn für unsere Gespräche mit den Patent- und Prozessanwälten in den USA benötigen. Die Patentanmeldung in den USA hängt von unseren Fortschritten in den Niederlanden ab. Das ist kritisch, denn das US-Patent wird der Startschuss für den größten Teil der ersten Finanzierungsrunde sein.«

Pieper betont, dass das Sloot Digital Coding System vom wissenschaftlichen Standpunkt aus gesehen absolut glaubwürdig sein muss. »In akademischen Kreisen wird die Technik einige skeptische Reaktionen hervorrufen.«

Pieper will sich deshalb die vertrauenerweckende Unterstützung der internationalen wissenschaftlichen Gemeinde sichern. Die ersten Kontakte hat er bereits angebahnt. In ein paar Tagen hat er in Utrecht ein Gespräch mit Professor Maarten Boasson. Boasson arbeitet für Holland Signaal und ist Experte auf dem Gebiet der *Embedded Systems*. Eine Woche darauf wird Pieper dann im Amsterdamer Hilton Hotel einen amerikanischen Wissenschaftler treffen, der mit Computer Associates in Verbindung steht. »Außerdem möchte ich mit ein paar Wissenschaftlern vom Massachusetts Institute of Technology und aus Berkeley sprechen.«

Alle nicken zustimmend, nur Jan Sloot nicht. In dem Update, das jeder vor sich liegen hat, widmet Pieper ein paar überschäumende Sätze der Zukunft von FifthForce:

> Überblick
>
> In den vergangenen Monaten haben wir an verschiedenen Fronten gekämpft. Dieser monatliche Überblick ist der erste von vielen, die uns helfen, den Fortschritt des Unternehmens zu dokumentieren und zu verfolgen.
>
> Dieser Bericht beinhaltet die aktuelle Entwicklung vieler Bereiche neben dem allgemeinen Geschäft vor allem aus den

Gebieten Personal, Partnerschaften, Organisation und natürlich Finanzen. Wir sollten uns bewusst sein, dass wir uns mit dem Unternehmen noch ganz am Anfang befinden. Deshalb sollten wir uns über die ersten Erfolge freuen und uns nicht so sehr über die Dinge ärgern, die nicht so schnell vorangehen, wie wir uns das ursprünglich vorgestellt haben.

Letztendlich kann ich nur feststellen, dass wir eine fantastische Reise begonnen haben, eine Reise, wie sie nur wenige Menschen erleben. Wir werden zukünftig bei allen strategischen Entscheidungen im Hightech-Bereich eine Rolle spielen. Das sollte uns alle zusätzlich motivieren. Wir können diese Reise nur erfolgreich beenden, wenn wir als Team arbeiten, unsere Fähigkeiten gezielt einsetzen und uns unserer Schwächen jederzeit bewusst sind. Wir sollten einander unterstützen und trotz der harten Zeit, die vor uns liegt, nicht die Freude an der Arbeit verlieren.

Zwei Tage später sitzen Boekhoorn, Pieper sowie Jan und Ben Sloot morgens in der Amsterdamer Zentrale von ABN Amro. Mehrere Stunden lang haben sie mit den Anwälten beider Seiten über die größten Risiken gesprochen. Und aus Sicht der drei Banker ist das größte Risiko Jan Sloot. Der vorliegende Vertrag ist hauptsächlich auf seine Forderungen abgestimmt, damit das Patentverfahren abgeschlossen werden kann. Am Ende kratzen die Stifte von Sloot, Pieper, Boekhoorn und den drei Bankiers über den Bogen Papier mit der Absichtserklärung.

Am Freitag sind Pieper und Boekhoorn erneut in Silicon Valley. Sie wollen mit potenziellen Mitarbeitern sprechen und in der Gegend von Palo Alto ein geeignetes Bürogebäude für die US-amerikanische Niederlassung von FifthForce finden. Während der anderthalb Tage, die sie dort sind, treffen sie unter anderem John Losier, der innerhalb einer Woche seinen Arbeitsvertrag bei FifthForce unterschreiben will.

Boekhoorn hatte dieses Wochenende eigentlich mit seinen Mannschaftskameraden von Oranje Blauw verbringen wollen – ein Wochenende in Maastricht, schönes Hotel, die Frauen sind auch mit, tagsüber shoppen und etwas trinken gehen, lecker essen und abends dann gemeinsam in eine Kneipe. Perfekt. Seine Mannschaftskameraden besitzen mittlerweile ein Vierzigstel Prozent von FifthForce. Sie haben erfahren, dass Mittelfeldspieler Martjo Siemons, der als Dank für seinen technischen Rat von Boekhoorn ein ganzes Prozent bekommen hat, schon »eine halbe Million eingesackt« hat. Siemons hat einen Monat zuvor ein Viertel seines Anteils an einen Geschäftsfreund von Boekhoorn verkauft und von diesem Geld seiner Frau gleich ein Saab Cabrio angeschafft. Seitdem ist der weiter steigende Unternehmenswert von FifthForce das Lieblingsthema der Oranje-Blauw-Spieler.

An diesem warmen Samstagnachmittag sitzt der harte Kern der vierten Mannschaft des Vereins auf einer Terrasse am Maastrichter Vrijthof, als das Handy von Siemons klingelt. Es ist Boekhoorn. Gerade hat er sich leise aus einer Konferenz geschlichen. »Martjo, du glaubst nicht, was hier los ist«, sagt Boekhoorn. »Es läuft einfach perfekt! Hier werden wieder Beträge genannt… Es geht um Milliarden, Jungs!« Siemons hat seinen Freund schon einmal diesen Betrag nennen hören. Auf Basis dieser Bewertung ist der übrig gebliebene Rest von Siemons Anteilen siebenhundertfünfzig Millionen Dollar wert.

»Ich erzählte den Jungs, dass ich gerade Marcel am Telefon hatte und ihm die Milliarden wieder nur so um die Ohren flogen. Die drehten völlig durch. Sie nahmen ihre Taschenrechner in die Hand und bestellten Champagner. Die Jungs würden vierzig Millionen Dollar einsacken. Je länger wir darüber nachdachten, desto mehr drehten wir durch. Unser Torwart ging gleich los und kaufte sich neue Klamotten. Er musste dann ein Taxi bestellen, um die ganzen Sachen ins Hotel

zu bringen. Draußen tranken wir eine Flasche Champagner nach der anderen.«
Martjo Siemons

In den Kreisen niederländischer Risikokapitalgeber, Privatinvestoren und Anwälte nehmen die Gerüchte um »das neue Unternehmen von Roel Pieper« inzwischen konkrete Formen an. Zeugen oder Beteiligte erzählen am Thresen oder Mittagstisch ungläubig von der Erfindung, über »Piepers großen Coup«. Sie sprechen über einen merkwürdigen, schlecht zu verstehenden Typen, der eine Chipkarte in einen kleinen Apparat steckt und daraus eine ganze Reihe Filme zaubert, sowie über den Hightech-Messias Roel Pieper, der mit Laptop und Beamer eine Revolution in der digitalen Technologie heraufbeschwört. Es wird über die Beträge und Bewertungen, die Pieper nennt, gesprochen. Und auch über den Vergleich mit Cisco als Richtlinie für die Wertentwicklung. Hunderte Milliarden Gulden, nein, Dollar. Sie reden über das Geschäft, das niemand verpassen will, bei dem aber nur Einzelne dabei sein werden. Wer bietet das meiste Geld? Pieper lässt den Emissionskurs wöchentlich steigen.

Genauso heftig wird über das »destruktive Potenzial« philosophiert, über den Schaden, den das neue Unternehmen mit seiner »brisanten Technologie« bei anderen Unternehmen anrichtet, und über die Schockwellen, die dann die Wertpapierbörsen erschüttern.

BSO-Chef Eckart Wintzen hat nach seinem Treffen mit Leon Sterk nichts mehr vom Heiligen Gral der digitalen Technologie gehört. Das alles ist ein erstklassiges Techno-Märchen, da ist sich Wintzen sicher. An einem sonnigen Tag Ende Juni will er nach einer langen Konferenz noch kurz das schöne Wetter genießen. Er überquert mit einigen Kollegen die Sarphatistraat und nimmt auf der Terrasse des Cafés gegenüber dem Amstel Hotel Platz. Plötzlich erkennt er unter den anderen Gästen den schon etwas ergrauten, stoppeligen Haarschopf des ehemaligen Philips-Nesthäkchens. Pieper sieht überrascht auf, als er die auffällige Erscheinung des Hippie-Investors sieht.

»Hey, Roel, wie geht's dir?«, fragt Wintzen.

»Sehr gut, danke«, antwortet Pieper mit einem Lächeln.

»Hast wohl im Moment genug Zeit, das schöne Wetter zu genießen?«

Pieper beginnt zu grinsen. »Genießen, ja. Zeit, nein. Ich gründe gerade ein Unternehmen in den USA und in den Niederlanden. Ziemlich große Sache. Es geht um eine digitale Codierungstechnik. Total irre.«

»Wie meinst du das, irre?«

»Was würdest du sagen, wenn ich dir erzähle, dass ich einen ganzen Videofilm auf einem Kilobyte Speicherplatz unterbringen kann?«

Wintzen sieht überrascht auf. Plötzlich erinnert er sich an das merkwürdige Gespräch von vor einem Jahr. »Das kommt mir irgendwie bekannt vor. Es hat nicht zufällig mit einem niederländischen Erfinder zu tun?«

»Woher weißt du das?«, fragt Pieper verblüfft.

»Die Geschichte mit der Codierungstechnologie kenne ich. So ein paar Verrückte haben mir das auch angeboten. Das ist der reinste Unsinn, absoluter Schwindel.«

»Ich war sehr überrascht, dass sich Roel mit dieser Erfindung beschäftigte. ›Mach dir keine Sorgen, Eckart‹, sagte er, ›alles funktioniert. Es ist wirklich fantastisch.‹ ›Na ja, Roel‹, erwiderte ich. ›Wenn du Recht hast, dann kannst du dir einer Sache sicher sein: Du wirst bald so tief im Geld waten, dass du nicht einmal mehr im Stehen pinkeln kannst.‹«

Eckart Wintzen

Nach dem zweiten USA-Besuch von Pieper und Boekhoorn dauert es keine Woche, und eine zweiköpfige Delegation von Sun Microsystems aus Silicon Valley reist nach Amsterdam. Bill Raduchel will sich gemeinsam mit einem Technik-Experten eine Präsentation von Jan Sloot ansehen. Das Treffen ist äußerst wichtig. Falls Raduchel FifthForce unterstützt, würde das Eindruck auf die gesamte Computer- und Telekommunikationsbranche machen, und ABN Amro würde dann die vierte und letzte Rate der zwanzig Millionen Gulden auszahlen.

Jan Sloot ist die Bedeutung dieses Termins offensichtlich nicht bewusst gewesen, als er seine Sachen für die Präsentation zusammengepackt hat. In einem kleinen Konferenzraum des Marriot Hotels, im Zentrum von Amsterdam, warten Pieper, Boekhoorn, Raduchel und sein Techniker geduldig darauf, dass Sloot mit seiner Demonstration beginnt. Doch der Erfinder bekommt seinen Apparat nicht zum Laufen. Zu seinem Entsetzen bemerkt er, dass er die verkehrte Chipkarte mitgenommen hat. Fieberhaft beginnt er, in seinem Koffer zu wühlen. Das Lächeln auf Piepers Gesicht verschwindet langsam. Er entschuldigt sich bei seinen Gästen für das amateurhafte Verhalten des technischen Genies und schickt Ben Sloot nach Nieuwegein, die fehlende Chipkarte zu holen. Die Wartezeit überbrückt Pieper mit seiner PowerPoint-Präsentation. Und Jan Sloot, dem das alles sichtlich peinlich ist, berichtet in stockendem, kaum verständlichem Englisch über seine Erfindung. Er erzählt über seine Vergangenheit und wie es zu seiner Entdeckung gekommen ist. Raduchel und sein Mitarbeiter stellen kritische Fragen, worauf Sloot in seiner gewohnt ablehnenden Art antwortet. Pieper versucht einige beruhigende Bemerkungen einzuwerfen.

Als Ben Sloot keuchend mit der Chipkarte zurückkommt, will sich Raduchel endlich mit eigenen Augen von der Technik überzeugen. Die Präsentation hat auch auf den strategischen Kopf von Sun Microsystems den bekannten Effekt. Raduchel macht ein Gesicht, als wäre er gerade zum ersten Mal Zeuge außerirdischen Lebens geworden. Sloot benutzt zwar normale Videofilme, doch das hier ist komplett anders als das, was er bisher gesehen hat. Wenn diese Technologie tatsächlich so funktioniert, wie Pieper und Sloot behaupten, werden große Unternehmen einige Probleme bekommen – Raduchels eigener

Arbeitgeber eingeschlossen. Gleichzeitig sieht er enorme Möglichkeiten für Sun. Mit dieser Technik könnten sie zum Beispiel die Vormachtstellung von Microsoft durchbrechen. Als Raduchel das Marriot Hotel verlässt, fühlt er sich wie ein General, dem man eine geheime Vernichtungswaffe angeboten hat.

Anfang Juli macht Pieper Sloot mit Professor Maarten Boasson bekannt. Der Wissenschaftler hört interessiert zu, als Sloot ihm von seiner Erfindung erzählt.

»Ich hatte ein Gespräch mit Jan Sloot. Er erläuterte mir an einem einfachen Beispiel, wie seine Codierungstechnologie funktioniert. Ich erkannte einen kleinen Fehler in der Methode, und er gab das auch zu. Das war nicht weiter schlimm, denn wir verabredeten uns zu einem weiteren Treffen, zu dem ich mir einige Tests überlegt hatte. Ein weiteres Treffen hat aber nie stattgefunden.«
Maarten Boasson

Obwohl die Piepers in der angemieteten Villa *Caprera* in Bloemendaal sehr gut wohnten, hatten sie nie vorgehabt, länger dort zu bleiben.

Lange vor seinem Ausscheiden bei Philips war Pieper auf der Suche nach einer geeigneten Bleibe auf das Landgut *Koekoeksduin* in Aerdenhout gestoßen. Er wollte das Anwesen sofort haben, und es störte ihn überhaupt nicht, dass *Koekoeksduin* erst vor kurzem den Besitzer gewechselt hatte. Der neue Eigentümer, ein pensionierter Zahnarzt, der das Landgut vor einem halben Jahr für fünf Millionen Gulden erworben hatte, reagierte überrascht, als ihm der Makler das Angebot vorlegte. Roel Pieper? Nein, diesen Namen hatte er noch nie gehört.

»Zwölf Millionen Gulden«, hatte er dem Makler geantwortet. »Für weniger verkaufe ich nicht.« Der Verkauf war noch in derselben Woche abgewickelt worden.

So schnell, wie Pieper das Landgut gekauft hatte, so langsam verliefen die Umbauarbeiten. Ricka Pieper-Schmid nutzte die Gelegenheit, sich ihre ausgefallenen Wünsche zu erfüllen. Ein Jahr nach dem Kauf von *Koekoeksduin* wohnt die Familie noch immer im Brederodeweg in Bloemendaal.

Am ersten Juli-Wochenende gibt Pieper ein kleines Grillfest für das FifthForce-Team. Es ist der 4. Juli, der amerikanische Unabhängigkeitstag.

Allen ist bewusst, dass sie am Beginn einer Zeitenwende stehen. Jan Sloot hat Annie und Ben mitgebracht, Bickel und Boekhoorn sind ebenfalls mit ihren Frauen und den Kindern erschienen. Auch Piepers Nachbar Jan de Jong ist mit seiner Frau gekommen.

Die großen Tannen im Garten schützen vor der Sonne, die hoch am Himmel steht. Die Kinder springen auf einem Trampolin herum, und die Männer testen de Jongs Golf auf seine Geländetauglichkeit. Es wird mit Heineken angestoßen, während Pieper auf dem Grill Garnelen-Spieße, Hamburger und Steaks wendet.

Am kommenden Freitag wird am gleichen Ort die letzte einer langen Reihe wichtiger Verhandlungen zwischen den Anwälten von ABN Amro und FifthForce stattfinden.

Boekhoorn hat den Gesprächen stets seinen eigenen Stempel aufgedrückt. »Ich stelle Leute ein und brauche deshalb Geld«, sagte er oft. Oder: »Ach, Jungs. Stellt euch nicht so an. Ich habe selbst schon Millionen investiert.«

Laut Vertrag soll Jan Sloot am Dienstag, dem 13. Juli, den Quellcode seiner Technik einem Anwalt in Hilversum aushändigen, woraufhin ihm die Bank zwei Tage später zweieinhalb Millionen Gulden überweist. Bei dem Fest in Piepers Garten gibt sich Jan seinen Tagträumen vom Geld hin. Schon jetzt ist er vielfacher Millionär, dafür hat Boekhoorn bestens gesorgt. Doch in anderthalb Wochen wird sich sein Vermögen noch einmal verdoppeln. Es ist an der Zeit, das schlichte Haus in der Strawinskystraat durch etwas Luxuriöseres zu ersetzen.

Nach einer Routineuntersuchung bei seinem Kardiologen im St.-Antonius-Krankenhaus in Nieuwegein am 5. Juli hat Jan Sloot in seinem Büro ein Gespräch mit seinem ältesten Sohn Johan. Von Sloots vier Kindern ist Johan der Einzige, der die Technik-Begeisterung seines Vaters geerbt hat. Als Einziger in der Familie hat Johan eine höhere Ausbildung gemacht. Er sieht Jan sehr ähnlich. Ihre Gesichtszüge verraten auf den ersten Blick die Verwandtschaft. Sloot bittet Johan, seinen Job bei dem Automatisierungsunternehmen Logica aufzugeben und bei FifthForce einzusteigen. Er soll ihn unterstützen. Es muss noch viel programmiert werden, um die Technik zur Marktreife zu entwickeln.

Johan hat bereits während seines Studiums für seinen Vater gearbeitet, wobei er immer der Meinung war, nie den nötigen Respekt von Jan zu bekommen. Wenn er für das Repabase-System Verbesserungsvorschläge anbrachte, machte sein Vater häufig Witze darüber. Das führte oft zu Konfrontationen. Seitdem hat Johan den Erfindergeist seines Vaters meist aus einem sicheren Abstand beobachtet.

Über das Sloot Digital Coding System haben sie noch nie gesprochen. Natürlich hat Johan seinen Vater schon mehrmals darüber reden hören, doch kann er die Behauptungen in Bezug auf die Technik nicht glauben. Und das wurmt Jan. Dass gerade Johan, sein einziges Kind mit technischem Sachverstand, nicht an seine Erfindung glaubt, sieht er als Demütigung.

Im Overijsselhaven schaut sich Johan eine Demonstration der SDCS-Applikation an. Er will mehr über die Erfindung wissen, bevor er eventuell einen Wechsel zu FifthForce in Erwägung zieht. Doch die Erklärungen seines Vaters stellen ihn nicht zufrieden. Sloot weigert sich, seinen Sohn in die Geheimnisse der Codierungstechnik einzuweihen. In diesem Fall wird er seinen Job nicht aufgeben, teilt Johan seinem Vater trocken mit.

Am nächsten Tag ruft Sloot seinen Sohn erneut an. Er bittet ihn nochmals, zu FifthForce zu kommen. Johan gibt ihm die gleiche Antwort wie am Tag zuvor.

Ohne ein weiteres Wort legt sein Vater auf.

Am Freitag, dem 9. Juli, um die Mittagszeit fahren Jan und Ben Sloot mit ihrem metallicgrauen Mercedes die Auffahrt des Landguts *Caprera* hoch. Sie wollen mit Pieper, Abel und de Jong zu Mittag essen, bevor die Anwälte und Bankiers eintreffen. Pieper hat Sloot gebeten, seinen Apparat mitzubringen, denn er erwarte einen besonderen Gast. Er möchte, dass Sloot seine Technik noch einmal vorführt.

Es ist warm. Jan und Ben sitzen auf Piepers Terrasse. Sloot schwitzt. Als er mit dem Essen fertig ist, greift er nach seiner Zigarrendose. Ricka hat nichts dagegen, wenn draußen geraucht wird. Nach den ersten Zügen bekommt er einen heftigen Hustenanfall. Pieper sieht ihn besorgt an. Als Sloot sich beruhigt hat, schaut er wieder schweigend vor sich hin. Er weiß noch immer nicht, wem er seine Erfindung heute zeigen soll. Er hört die Reifen eines Wagens über den Kiesweg rollen. Pieper geht zur Tür und begrüßt einen Herrn mit Brille und streng zur Seite gekämmten grauen Haaren.

»Tom, ich möchte dir gerne Jan Sloot vorstellen«, sagt Pieper, als er mit dem älteren Herrn ins Haus geht. »Jan, das ist Tom Perkins.«

Sloot zieht sein gelbes Hemd zurecht und reicht Perkins die Hand.

»Jan, Tom ist heute extra aus London angereist, um eine Vorführung deiner wunderbaren Erfindung zu sehen.«

Sloot begreift, dass er jetzt den Kasten und den Monitor aus dem Mercedes holen soll. Als er zurückkehrt und den Kasten aus seinem Samsonite-Koffer auspackt, gleitet ihm der Apparat aus den Händen und fällt auf den Boden.

»Verdammte Scheiße!«, flucht Sloot leise. Er testet den Kasten kurz, merkt, dass etwas mit dem Bild nicht stimmt, und schraubt das Gehäuse auf. Perkins und Pieper lassen Sloot alleine und gehen auf die Terrasse hinaus. Eine halbe Stunde später gibt Sloot ein Zeichen, dass die Präsentation beginnen kann. Angespannt schiebt er zum x-ten Mal die Chipkarte in den Kasten. Auf dem Monitor erscheinen die Bilder. Sie ruckeln leicht.

»Das kommt, weil der Kasten runtergefallen ist«, entschuldigt sich Sloot.

Perkins kümmert das wenig. Er lehnt sich nach vorne, um besser auf den Monitor sehen zu können, und rutscht dabei vom Stuhl. Alle lachen. Perkins steht auf und geht zu Sloot hinüber. Der legendäre Investor legt ihm lächelnd die Hand auf die Schulter. »Jan, was du entwickelt hast, wird viele vom Hocker hauen. Ohne Zweifel: Du wirst bald der reichste Mann der Welt sein.«

Irgendwie geht immer alles gut, nun ja, manchmal jedenfalls.
Frits Abrahams

H251
ZWANZIG JAHRE, MIT DER OPTION AUF VERLÄNGERUNG

Gegen Mitternacht entfernt sich Sloots Mercedes vom Landgut *Caprera*. Ben steuert den Wagen, die linke Hand locker auf dem Lenkrad. Neben ihm drückt sein Vater eilig die Tasten seines Handys. Leo Mierop hebt sofort ab.

»Leo, ich bin so froh«, sagt Jan ganz aufgeregt. »Es ist einfach großartig. Endlich bekomme ich Anerkennung.« Sloot berichtet von dem Treffen mit Perkins und wie dieser ihm prophezeit hat, dass er bald der reichste Mann der Welt sein werde. Er erzählt von dem fertigen Vertragswerk, das ihm die ABN-Amro-Jungs am Mittag gegeben haben, und davon, wie die Bankiers aufgeregte Blicke tauschten, als sie sahen, wie sich Pieper und Perkins vor dessen BMW verabschiedeten. Auf der Terrasse ist Pieper dann mit ihm und Ben das letzte Mal den Deal mit ABN durchgegangen, mit einer kalten Flasche Bier in der Hand.

Sloot erklärt, dass er die Verträge mit ABN nicht gleich unterzeichnen wolle. Zuerst solle sein Wirtschaftsprüfer Montsma noch einen Blick darauf werfen. Mit ihm wolle er auch am nächsten Dienstag zu dem Notar in Hilversum fahren, um die unterschriebenen Verträge und den Quellcode seiner Erfindung abzugeben. Zwei Tage später dann will Sloot vorläufig ein Prozent seiner Anteile an die Bank verkaufen. Dann werden zweieinhalb Millionen Gulden auf sein Konto überwiesen. Der erste Schritt zu unermesslichem Reichtum.

Erst als er vor seiner Haustür in Nieuwegein steht, beendet Jan das euphorische Gespräch mit Mierop. Er ist müde von der ganzen Aufregung und öffnet mit zitternden Händen die Tür.

Am nächsten Tag, dem 10. Juli, erhält Mierop erneut einen Anruf von Sloot. Der läuft gerade ganz entspannt mit Annie durch ein Einkaufszentrum in Nieuwegein, wo er für hundertvierzig Gulden ein neues Hemd gekauft hat.

»Das ist das teuerste Hemd, das ich mir jemals geleistet habe«, kichert Sloot durch das Telefon. Mierop gibt ihm Recht: Er ist tatsächlich reich. Ein paar Millionen Gulden befinden sich bereits auf seinem Konto, am Donnerstag werden noch weitere folgen, und bald wird es Millionen regnen. Sloot verspricht, an diesem Abend zu dem Geburtstagsfest auf dem Campingplatz zu kommen und auf den Erfolg anzustoßen. Sie verabschieden sich voneinander. Zum letzen Mal.

Sonntag gegen zwölf Uhr wird Mierop von einem völlig panischen Ben Sloot angerufen. Der zweite Anruf eine Viertelstunde später bestätigt die tragische Nachricht: »Papa ist tot.«

Leen Mooijaart sitzt in seinem Wohnzimmer in Oude Tonge und bringt kein Wort heraus. Er hat Mierop am Telefon. Eine Viertelstunde später steigt er in seinen Mercedes 500 und fährt nach Hellevoetsluis.

René Bickel sonnt sich in einem kleinen Beiboot, das im Ijsselmeer treibt, als seine Frau vom Deck des dazugehörigen Segelschiffs zu ihm herüberwinkt. »Leo Mierop ist am Telefon. Es ist dringend.« Bickel schreckt auf und paddelt hektisch zurück zu seinem Segelschiff. Er klettert an Bord und nimmt das Handy.

»Hier ist Leo. Jan ist tot.« Die letzten drei Worte dröhnen wie ein Paukenschlag in Bickels Ohren.

Marcel Boekhoorn befindet sich auf dem Flughafen von San Juan, Puerto Rico. Er ist gerade auf dem Weg zu einer großen internationalen Zigarrenmesse in Las Vegas. Vor dem Abflug ruft er noch kurz seine Frau an. Der Klang ihrer Stimme verheißt nichts Gutes.

»Marcel, ich habe ganz schlechte Nachrichten für dich«, sagt sie. »Jan Sloot ist gestorben.«

Die Worte seiner Frau wollen nicht zu ihm durchdringen. Wie betäubt steht Boekhoorn zwischen den vorbeieilenden Passagieren.

»Marcel, bist du noch da?«, fragt seine Frau.

»Ja, ja … nicht zu glauben. Jan Sloot ist tot. Junge, Junge, Junge … Meinst du das auch ernst? Ist Jan wirklich tot?«

»Ja, Schatz. Leo hat mich heute Mittag angerufen …«

»Oh Gott. Ich komme mit der nächstbesten Maschine zurück. Jetzt müssen wir retten, was noch zu retten ist. Die Zigarrenmesse kann mir gestohlen bleiben.«

Pieper befindet sich in der Gegend um Cannes, als sein Telefon klingelt. Er will an der Riviera ein paar Tage segeln.

»Roel, Leo hier. Schlimme Nachrichten. Jan ist gerade gestorben.«

Pieper ist für einen Augenblick still und sagt dann: »So ein Mist! Wie konnte das denn passieren?«

Stille. Dann antwortet Mierop: »Annie hat ihn im Garten gefunden. Ben hat noch versucht, ihn wiederzubeleben, und der Krankenwagen war auch in zehn Minuten da. Aber es war zu spät.«

»Das ist nicht gut, Leo. Ich werde zusehen, dass ich zur Beerdigung komme.«

Pieper führt sofort eine Telefonkonferenz mit dem FifthForce-Team, der Bank und den Anteilseignern durch.

»Ich war schon wieder in Hellevoetsluis, als mich Pieper anrief. ›Leen‹, sagte er, ›eine Sache: Wir ziehen das mit FifthForce auf jeden Fall durch.‹«

Leen Mooijaart

Nahezu alle Beteiligten bei FifthForce wussten, dass Jan Sloot ein schwaches Herz hatte. Dennoch machten sie sich nie ernsthafte Gedanken über seine Gesundheit. Natürlich hatten sie den Erfinder fragend angesehen, wenn er wieder einmal leichenblass zu einer Konferenz erschien oder wenn er bei kritischen Fragen mit hochrotem Kopf völlig überspannt reagierte. Doch alle bei FifthForce waren davon ausgegangen, dass sich Jan Sloots Herz den Umständen entsprechend in einer guten Verfassung befand. Jan nahm immer seine Medikamente, und die Ärzte waren mit seinen Fortschritten zufrieden. Sie hatten ihm sogar geraten, die Dosis zu verringern.

Bei FifthForce wusste allerdings niemand, dass der Erfinder seit der veränderten Medikamenteneinnahme ständig Schmerzen in einem Arm hatte. Deshalb hatte er sich kurz vor seinem Tod noch im Krankenhaus untersuchen lassen. Davon hatte er aber niemandem erzählt.

Jelle Montsma hatte sich schon eine ganze Weile um Jans Gesundheitszustand Sorgen gemacht. »Ihr setzt ihn zu sehr unter Druck«, hatte er zu Boekhoorn gesagt. »An eurer Stelle wäre ich vorsichtig, sonst gibt Jan noch den Löffel ab, bevor er mit der Erfindung fertig ist.«

Wenige Monate vorher hatte auch Bart van Rheenen die ersten Warnsignale erkannt. »Wenn Sloot das Zeitliche segnet, bevor er das Patent angemeldet hat, bringt uns das alle nicht weiter«, hatte er auf die Frage geantwortet, was das größte Unternehmensrisiko sei. Pieper hatte soeben seinen Vertrag unterzeichnet, und sie saßen alle noch an der Bar des Okura Hotels. Jan und Ben Sloot waren schon nach Hause gefahren. Keiner hatte van Rheenens Bemerkung beachtet.

Mit dem Tod von Jan Sloot ist das Abenteuer von FifthForce noch nicht beendet, davon ist Mierop – genau wie Pieper – überzeugt. Es gibt einen Apparat, der funktioniert, und einen Quellcode, der sich im Tresor von ABM Amro in Nieuwegein befindet. Er wird zum Vorschein kommen, wenn der Tresor für die Hinterbliebenen geöffnet wird.

Sloot hat ihm das mehrere Male anvertraut: Sein Quellcode liegt im Tresor der Bank. Mierop hat die Unterlagen sogar selbst gesehen. Dünne blaue Papiere – eine Art Luftpostpapier –, auf denen Sloot auch Zeichnungen gemacht hat. Ein Stapel, der insgesamt mehr als fünf Zentimeter dick ist. Sloot hat diese detaillierte Beschreibung seiner Erfindung in Sicherheit gebracht. Davon ist Mierop überzeugt.

Einen Tag nach Sloots Tod fährt er zusammen mit Mooijaart nach Nieuwegein. Dort treffen sie zum ersten Mal Johan und Annemarie, die ältesten Kinder von Jan Sloot. Während Annie, Ben und Jolanda im Wohnzimmer Platz genommen haben, sitzen Annemarie und Johan mit ihren Lebensgefährten im Garten. Die beiden begrüßen Mierop und Mooijaart äußerst zurückhaltend. Als Mierop zurück ins Wohnzimmer geht, sieht er vor der Tür im Flur einige Computer stehen. In seinem Kopf schrillen sofort die Alarmglocken.

Warum stehen diese Computer da?

Sind die von Jan? Weil jetzt gerade nicht der richtige Moment ist, die Familie ins Kreuzverhör zu nehmen, hält Mierop seinen Mund. Zusammen mit Mooijaart versucht er Annie zu trösten.

»Jan hat sein Zimmer noch so ordentlich aufgeräumt«, schluchzt Annie. Sie erzählt, dass ihr das gestern Nachmittag schon aufgefallen ist, nachdem sie aus dem Krankenhaus nach Hause gekommen waren. Jan habe sein Zimmer noch nie so aufgeräumt.

Ben begreift das auch nicht: »Letzten Freitag war es noch ein Saustall.«

»Das sieht Jan überhaupt nicht ähnlich«, sagt Mierop. Auch er war vor einer Woche noch bei Jan in seinem Zimmer gewesen, und auch ihm war ein riesiges Chaos begegnet.

»Annie, darf ich mich oben mal kurz umschauen?«

Zusammen steigen sie die schmale Treppe zum Speicher hinauf. Der Anblick des sauber aufgeräumten Arbeitszimmers wird Mierop noch lange im Gedächtnis bleiben.

Henk van Doorn, Jan Sloots einziger Freund, war Sonntag nach dem Anruf des völlig aufgelösten Ben gleich in die Strawinskystraat gefahren. Neben der am Boden zerstörten Annie traf er dort auch die aufgeregten Kinder seines Freundes an: Ben, dessen älteren Bruder Johan, Jolanda und die älteste Tochter Annemarie. Sie hatten ihre Lebensgefährten mitgebracht, und in dem kleinen Wohnzimmer waberte der blaue Zigarettenqualm wie dichter Nebel.

»Als ich das Haus betrat, sah ich, wie Annemarie in den Sachen von Jan herumkramte.«
Henk van Doorn

Van Doorn war erschrocken. Genau wie Mierop wusste auch er von dem problematischen Verhältnis zwischen Vater und Tochter Sloot. Jan hatte ihm das irgendwann einmal erzählt. Und nun schnüffelte gerade Annemarie in Jans Unterlagen, während im Flur seine Computer transportbereit verpackt standen. So schien es jedenfalls.

Zwischen Annemarie und ihren Eltern lief es schon eine ganze Weile nicht mehr. Jan war davon überzeugt gewesen, dass Annemaries Mann ihn bei van Rossum schlecht machte, und hatte das seinem Schwiegersohn auch direkt ins Gesicht gesagt. Zu allem Überfluss machte ERS damals Verluste, sodass Jan seinen Schwiegersohn entlassen musste. In dem darauf folgenden heftigen Streit stellte sich Annemarie auf die Seite ihres Mannes. Die Stimmung wurde nicht besser, als genau in dieser Zeit die Todesanzeige von Romke Jan Bernhard Sloot in der Zeitung erschien.

Acht Monate vor seinem Tod schrieb Jan Sloot seiner Tochter einen letzten Brief:

Nieuwegein, 17. November 1998

Annemarie,
deine Mutter und ich haben uns entschlossen, die alte Familientradition in Ehren zu halten und euch Kinder am zweiten Weihnachtsfeiertag zu einem gemeinsamen Essen einzuladen. Angesichts meiner gesundheitlichen Situation bin ich mir wohl bewusst, dass jedes Jahr das letzte sein kann. Deshalb würde ich mich freuen, dich am 26. Dezember zu sehen.

Wann und wo wir uns treffen, werde ich euch noch mitteilen. Angesichts der Probleme, die wir miteinander haben, verstehe ich, wenn du verlangst, diese erst beizulegen.
Darum lade ich euch für Donnerstag, den 26. oder Freitag, den 27. November ein, ca. 20 Uhr zu uns zu kommen und über alles zu reden. Falls ihr an diesen Tagen keine Zeit habt, können wir auch etwas anderes vereinbaren. Sollten wir überhaupt keine Reaktion auf diesen Brief erhalten, müssen wir wohl leider davon ausgehen, dass du/ihr kein Interesse mehr daran hast/habt, jemals wieder mit uns Kontakt aufzunehmen. In diesem Fall werden dies die letzen Worte sein, die du von mir hören wirst.
Viele Grüße von deinem Vater und deiner Mutter

Annemarie reagierte nicht auf den Brief. Das Weihnachtsessen bei der Familie Sloot fand ohne sie und ihren Mann statt.

Als Mierop und Mooijaart erfahren, dass Marcel Boekhoorn seine Reise abgebrochen hat und wieder in den Niederlanden ist, wollen sie sich sofort mit ihm treffen. Von Nieuwegein aus fahren sie zu seinem Haus in Bennekom. Das große Tor öffnet sich automatisch, und sie fahren an einer Überwachungskamera vorbei die Auffahrt hoch. Boekhoorn empfängt sie und führt sie in den Garten.

Auf der Terrasse sitzt Jan de Jong. Mierop und Mooijaart haben seinen Namen schon einige Male von Sloot gehört, doch sie haben ihn vorher noch nie getroffen. Sloot hielt wenig von de Jong. Als sich de Jong in das Gespräch einmischt, schaut ihn Mierop verärgert an.

»Sag mal, was hast du eigentlich hier zu suchen?«

»Ich bin Jan de Jong, Vorstand bei FifthForce«, antwortet de Jong auf selbstverständliche Art. Mierops Augen verengen sich, als er auf de Jong zugeht.

»Ich hab noch nie von dir gehört und dich auch noch nicht gesehen, und wenn du jetzt nicht deine dämliche Klappe hältst, dann begrab ich dich hier unter den Steinplatten. Ich hab nichts mit dir zu tun. Für mich bist du ein Idiot, sonst nichts.«

Dieser kurze, aber heftige Gefühlsausbruch von Mierop hat auch etwas mit Piepers Vorstellungen in Bezug auf die Unternehmenssicherheit zu tun, die er zwei Wochen zuvor erläutert hatte. Pieper will, dass sich in Zukunft Gijs de Jong, der Bruder von Jan de Jong, um den Schutz der Firma kümmert. Mierop war außer sich vor Wut, als ihm Sloot davon berichtete. Die Sicherheit des Unternehmens war seine Domäne. Das war in den Konferenzen so beschlossen worden und ging niemand anderen etwas an. Boekhoorn war einer weiteren Eskalation des Streits zuvorgekommen und hatte mit Pieper über Mierops Rolle gesprochen: So könnten sie Mierop nicht einfach übergehen, dazu habe er ein viel zu enges Verhältnis zu Sloot.

Von der Riviera aus versucht Pieper mehrere Male, Boekhoorn zu erreichen. Der FifthForce-CEO befindet sich auf seinem Segelschiff in Antibes und will, bevor er zu Sloots Beerdigung in die Niederlande zurückkehrt, mit Boekhoorn noch die wichtigsten Dinge klären. Vor einer Woche hat er per E-Mail Kontakt mit Hans Wijers aufgenommen. Pieper möchte die Boston Consulting Group gerne als strategischen Berater für FifthForce Inc. gewinnen. Wijers hatte auf diesen Vorschlag enthusiastisch reagiert:

> Roel, vielen Dank für deine E-Mails bezüglich FifthForce. Meine Kollegen von der BCG, und natürlich ich selbst, würden sehr gerne mit dir zusammenarbeiten.

Mitte August steht ein Treffen mit Wijers auf dem Programm. Und darüber möchte Pieper so schnell wie möglich mit Boekhoorn beraten. Doch die Bemühungen, Boekhoorn ans Telefon zu bekommen, bleiben auch am Nachmittag erfolglos. Abends schreibt er ihm eine E-Mail.

Von: Roel Pieper ‹roelpieper@email.msn.com›
An: Marcel Boekhoorn ‹m.boekhoorn@wxs.nl›
Datum: Dienstag, 13. Juli 1999 18:28
Betreff: Kontaktbemühungen

Marcel:
In dieser kritischen Phase des Projekts müssen wir in Kontakt bleiben. Ich habe die ganze Zeit versucht, dich zu erreichen, und habe dir überall Nachrichten hinterlassen. Bitte melde dich so schnell wie möglich bei mir (heute ist Dienstag).
Ich schlage vor, dass wir uns am Mittwoch in Bloemendaal treffen, um alles Weitere zu besprechen. Meine Maschine landet um 15:00, ich werde also gegen 17:00 zu Hause und den ganzen Abend erreichbar sein. Dann können wir den Text für die Grabrede durchgehen.
Wenn ich das richtig verstanden habe, trifft sich Leo am Freitag mit der Familie von Jan. Wir sollten dafür sorgen, dass dieses Gespräch in unserem Sinne verläuft. Kommenden Montag wollen wir uns mit Sloots Angehörigen treffen und über die Rechte an der Erfindung reden.
Wir sollten uns zuvor ernsthaft über meine Erwartungen unterhalten. Für mich steht zu viel auf dem Spiel, und daran denkt im Moment niemand (damit meine ich nicht Geld). Es kann nicht sein, dass Leo, oder wer auch immer, in eine Richtung geht, die wir (besonders ich) nicht gut finden.
Roel.

Am späten Abend bekommt Pieper Marcel Boekhoorn endlich ans Telefon. Sie unterhalten sich lange über die neue Situation. Piepers Ansicht nach hat das Ableben des 54-jährigen Erfinders sogar einen Vorteil. Natürlich sei das alles sehr traurig, allerdings brauchten sie sich jetzt nicht mehr mit diesem unheimlich schwierigen, widerspenstigen Mann herumzuschlagen. Boekhoorn kann Piepers Gedankengang durchaus nachvollziehen. Ohne diese ganzen ermüdenden Streitigkeiten mit diesem ›Geistesgestörten‹ Sloot hätte es mit FifthForce schneller gehen können. Das Patent muss angemeldet und die Due-Diligence-Prüfung vorbereitet werden. Ohne Sloot wird es zunächst sicher einige Verzögerungen geben, doch auf lange Sicht sieht es gar nicht so miserabel aus.

Pieper will so schnell wie möglich eine andere Unternehmensstruktur einführen, die ihm seine Arbeit erleichtert. Eine Struktur, die ihn endlich von diesen ›Bauernlümmeln‹ Mierop und Mooijaart erlöst. Pieper ist über die Initiativen Mierops, der nicht einmal zum operativen Team von FifthForce gehört, genervt. Die heimlichen Aktionen von ihm und Sloot haben nicht nur seine Autorität untergraben, sondern auch Sand in jenes Räderwerk gestreut, das er gerade in Gang bringen wollte. Er hat bei diesem Projekt nicht nur Zeit und Geld, sondern auch einen internationalen Ruf zu verlieren. Deshalb will er völlige Handlungsfreiheit, und Mierop soll aus dem Spiel genommen werden, sonst, das macht Pieper deutlich, muss sich FifthForce nach einem neuen CEO umsehen. Auch Boekhoorn findet, dass Mierop dem Unternehmen mit seinem Verhalten zunehmend im Weg steht.

Doch Pieper sieht noch eine viel größere Bedrohung für die Zukunft der Firma: die Familie Sloot. Was werden Jans Erben mit ihren Rechten an der Erfindung des Jahrhunderts machen? Sie besitzen beinahe fünfzig Prozent der Anteile von FifthForce. Und Mierop steht an vorderster Front, um ihre Interessen zu vertreten. Boekhoorn verspricht Pieper, innerhalb von vierundzwanzig Stunden einen Entwurf für die neue Unternehmensstruktur zu erstellen.

Als Pieper von seinem Urlaub in Frankreich in die Niederlande zurückkehrt, fährt er direkt nach Nieuwegein, um der Familie Sloot sein Beileid auszusprechen. Der Tod von Jan Sloot sei auch für die Firma ein großer Schlag, versichert er den Angehörigen. Es müssten sich einige Dinge entschieden ändern, wenn das Unternehmen weiterhin erfolgreich sein solle. Und dazu müssten auch die Erben ihre Einwilligung geben. Die Familie – Ben, Annie, Jolanda, Johan und vor allem Annemarie, die sich zur Sprecherin ernannt hat – lässt Pieper wissen, dass sie zunächst selbst Ordnung in die Angelegenheiten bringen will. Von einer Übertragung der Rechte an der Erfindung könne derzeit noch keine Rede sein.

Einen Tag vor der Beerdigung faxt Boekhoorn Pieper einen Vorschlag für die neue Unternehmensstruktur. Statt wie geplant innerhalb kürzester Zeit an die Börse zu gehen, soll das Projekt FifthForce eine Pause einlegen. Nach Boekhoorns Plan sollen Pieper und er zusammen mehr als die Hälfte der Stimmrechte bekommen. Gleichzeitig erhalten sie ein Vetorecht, was die Ernennung oder Entlassung hochrangiger Manager und das geistige Eigentum des Unternehmens betrifft. Voraussetzung ist, dass Mierop und Mooijaart sowie die Erben von Jan Sloot, die zusammen fast siebzig Prozent der Anteile besitzen, damit einverstanden sind. Van Rheenen und de Vries, die schon seit einiger Zeit nichts mehr mit dem Tagesgeschäft zu tun haben, werden wegen ihres geringen Anteils gar nicht erst informiert. Der Einfluss der Familie soll begrenzt werden, damit Familienstreitigkeiten und Ad-hoc-Entschlüsse dem Unternehmen keinen Schaden zufügen können.

In dem Fax schreibt Boekhoorn auch über seinen Einstieg in das Projekt. Er will reinen Tisch machen, und das bedeutet, darzulegen, wie sich die Verhältnisse bei FifthForce (Dipro) entwickelt haben und welche Abmachungen in der Vergangenheit getroffen worden sind. Auf anderthalb DIN-A4-Seiten erläutert Boekhoorn, was sich in den sieben Monaten zwischen seinem ersten Treffen mit Jan Sloot und dessen Tod ereignet hat.

Im Dezember trat man an mich mit der Bitte heran, in das Projekt einzusteigen. Zu dieser Zeit stand Jan Sloot das Wasser bis zum Hals. Ich ließ mir erklären, worum es sich bei der Erfindung handelt, und habe dann beschlossen zu investieren. Über die

> Vorgeschichte des Projekts hatte ich mich allerdings nicht erkundigt.
> [...] Danach sprachen wir (Jan, Leen, Leo und ich) über die zukünftigen Möglichkeiten. Das einzig Realisierbare schien uns der Verkauf der Erfindung. Ich begann, alle Vorbereitungen dafür zu treffen [...] Wir erklärten Jan, dass er nicht nur die Rechte, die mit der Erfindung zu tun hatten, sondern auch die Rechte an dem Repabase-System übertragen müsse. [...] Wir haben nur das Notwendigste geregelt. Aber nochmals: Der Aufbau eines eigenen Unternehmens oder ein möglicher Börsengang standen nicht zur Diskussion. [...] Dann bist du gekommen, und seitdem haben sich die Prioritäten geändert.

Boekhoorn endet mit einigen Bemerkungen über de Jong:

> In der letzten Zeit ist der Widerstand gegen de Jong gewachsen. Nichts ist für die Startphase eines Unternehmens tödlicher, ob es nun ein kleines oder großes Unternehmen ist, als Leute, die Unmut verbreiten. Zum Schluss eine Sache, Roel: Dir und Marius vertraue ich vollkommen, und ich freue mich wirklich schon darauf, mit euch und den anderen Mitgliedern des FifthForce-Teams ein Unternehmen von Weltklasseniveau aufzubauen.

Leo Mierop hält es durchaus für möglich, dass Jan Sloot auf seinem Speicher oder in seinem Büro am Overijsselhaven wichtige Sachen und Dokumente aufbewahrt hat. Er begreift nicht, dass für eine Erfindung, die Milliarden wert ist, keine Vorsichtsmaßnahmen getroffen werden. Schließlich hat er schon selbst gesehen, wie eine Reihe merkwürdiger Gestalten in Sloots Haus ein und aus gegangen sind, Leute, die er dort noch nie zuvor gesehen hat. Vor allem die Anwesenheit der dominanten

Annemarie stört Mierop. Jans älteste Tochter versteht es ausgezeichnet, die Zügel in der Hand zu halten. Und ihr Bruder Johan sowie ihre Mutter, die die Gegenwart der Tochter tröstet, unterstützen sie dabei.

Zu Mierops Überraschung stört das jedoch niemand anderen. Am liebsten würde er das Haus von einem Sicherheitsdienst durchsuchen und den Speicher versiegeln lassen. Doch Pieper will von solchen Dingen nichts wissen und weigert sich, einer permanenten Überwachung von Sloots Haus und Büro zuzustimmen. Die Privatsphäre der Familie Sloot soll unangetastet bleiben. Pieper fürchtet, dass solche Maßnahmen an die Öffentlichkeit dringen und seinem Ruf schaden könnten. Mierop schließt daraus, dass »unser Industriekapitän nicht die geringste Ahnung von Unternehmenssicherheit hat«.

Der Gedanke daran, dass der Schlüssel zu Milliarden von Dollar unbewacht auf einem kleinen Speicher in Nieuwegein liegt, ist für Mierop unerträglich. Er schaltet – mit Zustimmung von Boekhoorn und ohne Pieper davon in Kenntnis zu setzen – das Sicherheitsunternehmen World Wide Security ein. Mit der Firma hatte er während seiner Zeit mit Leon Sterk zu tun. Mierop, Mooijaart und Boekhoorn sind die Einzigen, die wissen, dass am Tag von Sloots Beerdigung ein Wagen mit zwei Männern in der Strawinskystraat steht, die das Haus des Verstorbenen im Auge behalten.

Das Annex-Krematorium auf dem Friedhof Noorderveld in Nieuwegein steht ungeschützt in der gleißenden Sonne. In dem fünfeckigen Saal, in dem die Trauerfeier stattfindet und den lange Gardinen vor dem Licht schützen, ist es heiß und stickig. Rund einhundertfünfzig Familienmitglieder und Bekannte nehmen Abschied von dem Mann, der vorne in einem Sarg aufgebahrt liegt. Aus den Lautsprechern klingt die Filmmusik von *Die durch die Hölle gehen*. Sloot mochte die Musik von The Shadows. Annemarie, seine älteste Tochter, kommt nach vorn und stellt sich hinter das Katheder aus hellem Holz. Sie weint und spricht mit erstickter Stimme zu ihrem toten Vater. Es täte ihr Leid, dass sie ihren Streit nicht mehr haben beilegen können. Jetzt sei es dafür zu spät.

Aus dem Lautsprecher ertönt Lee Towers, ein weiterer Lieblingssänger von Sloot. Er singt *My Way*. Annie weint ununterbrochen. Ihre Kinder trösten sie und reden sich auch untereinander gut zu. Die anderen Anwesenden, darunter das Orchester, bei dem Sloot einmal gespielt hat, die Bingorunde und seine Geschäftspartner, lauschen still der Musik. Einige deuten flüsternd auf die lange Gestalt von Roel Pieper.

Auch der ehemalige Zigarettenautomatenhändler Jos van Rossum ist gekommen. Er wohnt nur einige hundert Meter von dem Friedhof entfernt. Vor anderthalb Monaten hatte er sich noch heftig mit Sloot gestritten. Über zwei Jahre lang hatte van Rossum den Erfinder auf seine Anteile an dem Projekt angesprochen. Doch Sloot hatte ihm jedes Mal geantwortet, dass er kein Recht mehr habe, irgendwelche Forderungen zu stellen.

Nachdem der Verlobte von Jolanda eine kurze Ansprache gehalten hat, ist der CEO von FifthForce an der Reihe, dem Erfinder des Sloot Digital Coding System die letzte Ehre zu erweisen. Mit einfachen Worten lobt Pieper Sloot in den Himmel und spricht über die Ungerechtigkeit des Schicksals. Heute, genau an diesem Tag, sollte Jan Sloot eigentlich die zweieinhalb Millionen Gulden von ABN Amro in Empfang nehmen.

»Jan, wir werden trotzdem die Welt verändern. Wir werden alles dafür tun, dass deine Erfindung weltweit ein Riesenerfolg wird.« Pieper beendet seine Rede, und die beiden niederländischen Sänger Marianne Weber und Frans Bauer erweisen mit dem Duett *Afscheid* Sloot die letzte Ehre.

Der Saal leert sich. Alle strömen in Richtung der Begräbnisstätte. Der Spielmannszug läuft voraus und spielt einen Trauermarsch. Auf Feld H hat man ein frisches Grab ausgehoben. Die Prozession bewegt sich langsam über den gewundenen Weg, der zum Ruheplatz Nummer 251 führt. Die Familie hat das Grab angemietet, zwanzig Jahre, mit Option auf Verlängerung. Nur das Zwitschern der Vögel und der starke Wind sind zu hören, als man den Sarg mit dem Leichnam von Romke Jan Bernhard Sloot in das Grab hinablässt.

Nach der Beerdigung passiert tagelang nichts. Die Situation innerhalb der Familie Sloot ist noch immer unübersichtlich. Ben telefoniert regelmäßig mit Mierop. Er beschwert sich über seine ältere Schwester, der es gelungen sei, ihn in der Familie zu isolieren.

Nur Roel Pieper verfolgt weiterhin seine Pläne. Noch vor der Beerdigung hat er John Doerr und Vinod Khosla von Kleiner & Perkins über die unglücklichen Umstände informiert. Auch die anderen potenziellen Partner wissen mittlerweile über die neue Situation Bescheid. In der Woche nach dem Begräbnis beruft Pieper eine Konferenz mit ABN Amro ein – ohne dass Mierop, Mooijaart und die Erben von Jan Sloot darüber informiert werden. Gemeinsam mit Boekhoorn und den Bankiers bespricht er die Risiken, die durch den Tod von Sloot entstanden sind. Auf Basis dieses Gesprächs wird am 20. Juni ein umfangreiches Vertragskonzept aufgesetzt. Darin stehen einige auffallende Sätze:

> Im Zuge des Ablebens von Jan Sloot am 11. Juli 1999 wird die Gesellschaft während einer Periode von acht Wochen die Verwendungsmöglichkeiten der Erfindung untersuchen und beschließen, ob und in welcher Weise sie mit der Erfindung weiterarbeiten möchte. Diese Entscheidung der Gesellschaft soll im weiteren Verlauf ›Beschluss‹ genannt werden. Die Parteien sind sich einig, dass eine definitive Übereinkunft mit ABN Amro dann besiegelt wird, sobald die Gesellschaft den ›Beschluss‹ gefasst hat und Roel Pieper ABN Amro darlegen kann, dass eine weitere Verwendung der Erfindung auch ohne Jan Sloot möglich ist.

Pieper wird als derjenige bestimmt, der den ›Beschluss‹ fassen soll. Zwar hat auch Marcel Boekhoorn ein Mitspracherecht, was die zukünftige neue Struktur der Firma betrifft, doch kann der keine wirklich qualifizierte Aussage über die Technologie machen. Das überlässt er lieber Pieper. Die Vereinbarung mit ABN Amro hat keiner von Sloots

Erben unterschrieben. Pieper und Boekhoorn agieren, als gehöre ihnen bereits die Mehrheit an FifthForce.

ABM Amro ist zufrieden. Trotz der notwendigen Vertragsänderungen ist das Vertrauen in Pieper und das Potenzial der Erfindung ungebrochen. Das zumindest lässt der Kredit von zweieinhalb Millionen Gulden vermuten, den die Bank unverzüglich auf das Konto von FifthForce überweist.

Als sich Boekhoorn mit Pieper über die Situation innerhalb der Familie Sloot unterhält, erwähnt er beiläufig, dass Mierop auf eigene Initiative das Haus der Sloots und das Büro am Overijsselhaven überwachen lässt.

»Das ist genau das, was ich meine!« Pieper ist empört. Er nimmt sofort Kontakt mit World Wide Security (WWS) auf und gibt ihnen höflich zu verstehen, dass FifthForce keine weitere Observation des Büros und des Hauses des verstorbenen Jan Sloot durch WWS wünscht. Pieper weiß allerdings nicht, dass Mierop den Sicherheitsexperten ausdrücklich gesagt hat, nur ihm Bericht zu erstatten und nicht dem FifthForce-CEO Roel Pieper. Pieper kann die Firma also überhaupt nicht entlassen, und das geschieht dann auch nicht. Die Männer von WWS patrouillieren weiterhin in Mierops Auftrag vor Sloots Haus und zeichnen mit ihren Überwachungskameras alle verdächtigen Bewegungen in der Strawinskystraat und dem Overijsselhaven auf.

Ende Juli macht Mierop Urlaub in Cannes. Er hat dort schon vor einigen Monaten ein Ferienhaus mit Blick auf das Meer gemietet. Das Anwesen ist um einiges größer als das Reihenhaus, das er in Hellevoetsluis bewohnt, und liegt in den Hügeln des exklusiven Villenviertels *La Californie*. Mierop genießt die Zeit. Das Haus hat einen eigenen Pool, und die Einfahrt zum Grundstück wird von einem elektrischen Tor gesichert. Die Tage vebringt er am Pool mit Cocktails oder einem kühlen Bier, oder er diniert mit seiner Familie im Nobelrestaurant Felix auf dem Boulevard de la Croisette.

Das Villenviertel *La Californie* ist nur fünf Kilometer von dem riesigen Yachthafen von Antibes entfernt, wo das 65 Fuß lange Segelschiff von Roel Pieper vertäut liegt. Pieper ist nach Sloots Beerdigung wieder auf sein Schiff zurückgekehrt.

Und auch Marcel Boekhoorn ist mit seiner Familie an die Côte d'Azur gefahren. Er wohnt in einem luxuriösen Hotel in Saint Tropez und ist mit seiner Familie auch schon an Mierops Pool gewesen. Boekhoorn hat fast täglich Kontakt mit Pieper. Er weiß, dass Mierop gegen Piepers Willen auch weiterhin Sloots Haus und Büro überwachen lässt. Schließlich ist er derjenige, der sich ebenfalls für Überwachungsmaßnahmen ausspricht und zudem bei FifthForce die Rechungen von WWS abzeichnet.

Vor seiner Abreise nach Cannes hat Mierop WWS noch einmal genaue Anweisungen gegeben. Die Männer sollen nun jedes Familienmitglied der Sloots einzeln überwachen. Als Mierop an einem Abend gerade in der Bar des Carlton Hotels entspannt an einem Cocktail nippt, bekommt er einen Anruf von einem der WWS-Bosse. Seine Leute hätten soeben Annemarie bei einigen verdächtigen Handlungen beobachtet. Ihr Bruder Johan sei auch dabei gewesen. Das Ganze habe sich vor einer halben Stunde ereignet.

Mierop ist auf einen Schlag hellwach. »Was ist passiert?«

»Wir haben eine Videoaufzeichnung von Annemarie, wie sie das Wohnhaus in der Strawinskystraat 76 mit einem Karton voller Akten verlässt«, erzählt der WWS-Boss. »Sie hat den Karton in den Kofferraum ihres Wagens geladen und ist weggefahren.«

»Und dann?«

»Wir sind ihr gefolgt. Sie bog schließlich in einen kleinen Weg ein. Auf der anderen Seite, vor ein paar Pfeilern, stand das Auto ihres Bruders Johan. Sie hat den Karton in seinen Wagen gelegt, und er ist weggefahren.«

»Wohin?«

»Das wissen wir nicht. Wir konnten dem Auto nicht folgen, die Pfeiler ...«

In einem der Telefongespräche, die Boekhoorn mit Pieper in Frankreich führt, erzählt er ihm, dass die Sicherheitsleute Annemarie Sloot mit einem Karton voller Ordner aus dem Haus haben gehen sehen.

»Was?« Die Stimme von Pieper dröhnt in Boekhoorns Ohren. »Hab ich denen nicht gesagt, dass sie die Überwachung einstellen sollen? Es ist zum Verzweifeln mit diesem Mierop. Er steht einem nur im Weg.«

Pieper ruft erneut WWS an und fordert ein weiteres Mal, dass die Observation unverzüglich eingestellt wird. Mierop wiederum versichert den Sicherheitsexperten von Cannes aus, dass sie den Forderungen von Pieper nicht nachkommen müssen. Die WWS-Leute sind mit ihrem Auftraggeber einer Meinung. Hier steht viel zu viel auf dem Spiel. Das begreift jeder, der das Potenzial von Sloots Erfindung kennt. Die permanente Überwachung des Hauses ist ihrer Ansicht nach das Minimum, was an Maßnahmen ergriffen werden muss.

Als Pieper erfährt, dass sich WWS noch immer vor dem Haus der Sloots aufhält, verliert er die Geduld. Er will diesen nervtötenden Mierop so schnell wie möglich loswerden. Es wird Zeit, sich endlich Handlungsfreiheit zu verschaffen, um das Unternehmen professionell zu strukturieren. Seine Anwälte in den Niederlanden haben die Verträge dafür bereits ausgearbeitet. Darin ist neben der neuen Vergabe der Stimmrechte auch geklärt, wer die Unterlagen über die Erfindung auswerten soll:

> Roel Pieper trägt die Verantwortung für die Analyse der technischen Unterlagen. Der Kreis der Personen, die in die Evaluierung involviert sind, muss auf ein Minimum beschränkt bleiben. Bei dieser Analyse sollen nur Personen hinzugezogen werden, die die strikten Geheimhaltungsklauseln unterschrieben haben. [...] Anhand der Auswertung wird Roel Pieper innerhalb von sechzig Tagen beschließen, ob eine Verwendung oder Weiterentwicklung der Erfindung sinnvoll ist.

Pieper muss nur noch die anderen Anteilseigner davon überzeugen, seinen Plänen zuzustimmen. Boekhoorn und Bickel sind auf seiner Seite. Jetzt braucht er nur noch die Unterschriften von Annie, stellvertretend für die Erbengemeinschaft Sloot, und die von Mierop und Mooijaart. Von Boekhoorn erfährt er, dass sich Mierop keine fünfzehn Minuten Autofahrt von seinem Segelschiff entfernt aufhält. Auch Jan de Jong befindet sich derzeit an der französischen Küste, in seiner Wohnung an der Avenue Princess Grace in Monte Carlo. De Jong ist für Pieper der richtige Mann, der mit Mierop klarkommen würde. Er beschließt, an Bord der *Favonius* eine Konferenz einzuberufen – mit de Jong, der Pieper zufolge die besten Ideen für FifthForce hat. Noch bevor er in die Niederlande zurückfliegt, will er die Verträge für die neue Firmenstruktur unterschrieben haben. Davon wird er vor allem Mierop überzeugen müssen. Er ist der Schlüssel zu den Erben von Jan Sloot und zu Mooijaart. Über Boekhoorn erhält Mierop die Einladung zu diesem Rendezvous. An einem heißen Augustnachmittag fahren die beiden zusammen nach Antibes. Als Mierop das luxeriöse Teakdeck der *Favonius* betritt, empfängt ihn Pieper mit einem breiten Lächeln.

»Hey, Leo. Alles klar bei dir?«

Mierop beantwortet Piepers überschwänglichen Empfang ebenfalls mit einem Lächeln und einem festen Händedruck.

»Hallo, Roel. Kann mich nicht beklagen.«

Hinter ihnen kommt de Jong den Steg zum Schiff hochgelaufen. Mierop hat bereits davon erfahren, dass de Jong anwesend ist, und begrüßt ihn nüchtern. Die vier Männer setzen sich auf die Holzbänke der Yacht und freuen sich über die eiskalten Flaschen Heineken, die Pieper ihnen reicht. Sie prosten sich zu, und nach dem üblichen Austausch von Höflichkeiten ergreift Pieper die Initiative.

Das Thema WWS spricht er erst einmal nicht an. Bevor die neuen Veträge nicht unterschrieben sind, will er keine Konfrontation. Das Gespräch dreht sich um die Zukunft von FifthForce. Pieper ist derjenige, der am meisten redet. Er wolle sich mit ganzer Kraft für das Unternehmen einsetzen, allerdings gebe es eine Bedingung, eine *Conditio sine qua non*: Er allein wolle bestimmen, wo es langgeht. Nach dem Tod von Jan Sloot sei das Risiko für ihn immens gestiegen. Daher müsse er alle Freiheiten haben, das Unternehmen professionell, nach seinen Vorstellungen zu organisieren. Boekhoorn unterstützt Pieper. Auch Jan de Jong ist damit einverstanden und nickt zustimmend. Sogar Mierop erkennt ohne Murren die Notwendigkeit dieser Maßnahmen an. Ihm bleibt auch gar nichts anderes übrig. Er weiß, dass sie ohne ihren viel gepriesenen CEO wieder bei Null anfangen müssten, insbesondere weil es nun Jan Sloot nicht mehr gibt. Mierop begreift in diesem Moment auch, dass er und Mooijaart in Zukunft nichts mehr zu sagen haben. Deshalb fordert er mehr Mitspracherecht für Boekhoorn. Doch Pieper hat andere Pläne. Er verschwindet mit Boekhoorn auf das Vordeck und bespricht sich mit ihm unter vier Augen. Schon bald hallen die energischen Worte der beiden Männer durch den ganzen Hafen. Boekhoorn weiß sich bestens gegen Pieper zu behaupten.

Bereits am folgenden Tag haben die Anwälte der Kanzlei Loeff Claeys Verbeke die Verträge aufgesetzt und faxen sie eilig nach Frankreich. Mierop sendet die unterschriebenen Papiere aus der ihm mittlerweile vertrauten Lobby des Carlton Hotels zurück. Auch Mooijaart, der sich vor einigen Tagen noch das Video mit Annemarie angesehen hat und kurz davor stand, zu Pieper nach Frankreich zu fahren, unterzeichnet nach reiflicher Beratung mit Mierop den Vertrag, der Pieper die gewünschte Verfügungsgewalt über FifthForce einräumt. Annie Sloot folgt diesem Beispiel am 4. August.

Einen Tag später begibt sich Annie gemeinsam mit Ben und mit den wichtigsten technischen Unterlagen und Gegenständen von Jan in die Kanzlei CMS Derks Star Busmann in Hilversum. Wie geplant wird ABN Amro ein Prozent von Sloots Anteilen an FifthForce aufkaufen. Nach der Übergabe der Erfindung an Pieper wird die Bank dann zweieinhalb Millionen Gulden auf das Konto der Familie überweisen. Viele weitere Millionen sollen folgen, wenn die Technologie erst einmal marktreif ist und das Unternehmen an die Börse geht.

Pieper ist für die Übergabe extra aus Frankreich gekommen. Er beobachtet, wie Annie Sloot die entsprechende Erklärung unterschreibt. Annie sieht blass und zerbrechlich aus. Mit zitternder Hand unterzeichnet sie das Dokument. Sie ist davon überzeugt, dass ABN Amro die Millionen in wenigen Tagen auf ihr Konto überweist.

Mit großem Widerwillen hat Mierop WWS von dem Überwachungsauftrag entbunden. Er hat sich mit der Tatsache abgefunden, dass er nun offiziell zu einem Anteilseigner ohne Mitspracherecht degradiert worden ist und dass in Zukunft Pieper die Entscheidungen trifft.

Macht doch, was ihr wollt, denkt sich Mierop, als er in Cannes den Telefonhörer in die Hand nimmt und WWS anruft. »Soll Pieper doch sehen, wie er klarkommt.«

Mierop ist noch keinen Tag aus den Ferien zurück, als er erfährt, dass noch immer wichtige Informationen über Sloots Erfindung fehlen. Die Laptops, Disketten, CDs, Sloots Kasten und die Dokumente, die Pieper in der Anwaltskanzlei in Empfang genommen hat, enthalten laut Marius Abel, der im Namen von FifthForce die technischen Nachforschungen durchführt, nicht den Quellcode des Codierungssystems. Der Deutsche ist sich sicher, dass es in dem gesamten Material nicht den geringsten Hinweis auf einen Code gibt. Auch der Apparat bleibt für ihn ein Mysterium. Abel ist nicht klar, wie das Gerät funktioniert. Noch beunruhigender ist, dass auch in dem Tresor bei ABM Amro in Nieuwegein, den Sloot öfter erwähnt hatte und der mittlerweile durch die Familie geöffnet wurde, keine brauchbaren Informationen zu liegen scheinen. Sloot hatte immer wieder behauptet, dass er dort die Beschreibung seiner Erfindung aufbewahrt. Gegenüber Ben und Jolanda hatte er sogar erwähnt, dass in dem Safe hunderttausend Gulden in bar liegen. Doch als die Familie den Safe öffnen ließ, fanden sie nur ein paar Unterlagen über das Repabase-System, einige private Dokumente und ein Buch von Robert Ludlum. Ein dicker Stapel Papier mit dreißigtausend Zeilen über den Code, von dem Ben seinen Vater so oft hatte sprechen hören, beziehungsweise eine Diskette oder CD mit den besagten Aufzeichnungen waren nicht dabei. Mit anderen Worten: Von dem Quellcode fehlte jede Spur. Es gab auch keine tausend mit Papier umwickelte Bündel Hundertguldenscheine.

Mierops Befürchtungen scheinen sich zu bewahrheiten. Er erinnert sich an den Kasten, den Sloot anderthalb Monate zuvor mit beschädigten Lacksiegeln von Pieper in Empfang genommen hat, an das aufgeräumte Zimmer von Jan nach dessen Tod, an die Computer, die unten im Hausflur standen, an den Karton mit Akten, den Annemarie an Johan übergeben hat, und an Piepers Widerstand gegen die Überwachung. Mierop bedauert mit einem Mal, dass er mit seiner Unterschrift auf dem neuen Vertrag seinen Einfluss bei FifthForce aus der Hand gegeben hat. Für ihn gibt es keinen Zweifel: Hier stimmt etwas nicht.

Ohne den Quellcode wird es auch FifthForce nicht geben. Das begreift Pieper nur allzu gut. Ohne den Quellcode bleibt der Aufstieg in die Regionen von Cisco nur ein ferner Traum, und ohne den Quellcode wird er auch kein neuer Andy Grove, Gordon Moore oder Bill Gates werden. Ohne den Quellcode stehen ihm eine Reihe äußerst peinlicher Gespräche bevor, mit weltbekannten Investoren, denen er versichert hat, dass »das Ganze funktioniert«, dass er die Technologie »kapiert« und dass es innerhalb weniger Monate dafür ein Patent geben wird. Doch weder gibt es das Patent noch sind Sloots Behauptungen in irgendeiner Form wissenschaftlich untermauert. Diese harte Realität ist für Piepers Ruf tödlich. Ohne den Quellcode kann er nicht beweisen, dass die revolutionäre Erfindung von Jan Sloot überhaupt jemals so funktioniert hat, wie es Sloot immer wieder behauptete. Pieper wollte FifthForce zum am schnellsten wachsenden Unternehmen aller Zeiten machen. Doch mit jedem weiteren Tag wird die Wahrscheinlichkeit größer, dass FifthForce der größte Flop aller Zeiten wird.

Pieper beschließt, ernsthafte Nachforschungen anzustellen. Und zwar so schnell wie möglich. Durch Profis. Ein seriöses Sicherheitsunternehmen soll alle Schritte von Sloot nachvollziehen. World Wide Security ist bereits mit der Materie vertraut und scheint daher die beste Wahl zu sein. Doch Pieper entscheidet sich lieber für die internationale Agentur Control Risks Group (CRG). Die Control Risks Group operiert weltweit für die verschiedensten Unternehmen. Das Dienstleistungsangebot umfasst gewöhnliche Recherchearbeit, Einsätze bei Entführungen (die Spezialität der Agentur) und politisch-wirtschaftliche Risikoanalysen.

Nachdem Annie Sloot dem FifthForce-CEO eine Vollmacht zugesendet hat, um auch in ihrem Namen die Vorgänge rund um die Erfindung zu untersuchen, erteilt Pieper den Auftrag.

»Hiermit bestätige ich den von Ihnen an Control Risks Benelux (CRB) erteilten Auftrag. Wir werden Nachforschungen anstellen mit dem Ziel, den Quellcode der Erfindung des verstorbenen Jan Sloot wiederzubeschaffen und Ihnen zur Verfügung zu stellen«, schreibt Willem van der Meer am 9. August in der Auftragsbestätigung. Er wird für einen Tagessatz von dreitausendvierhundert Gulden beziehungsweise vierhundertfünfundzwanzig Gulden pro Stunde (ohne Mehrwertsteuer, Spesen und Fahrtkosten) Nachforschungen anstellen. Doch noch bevor van der Meer damit beginnen kann, stehen Jan de Jong und Marius Abel bei Annie Sloot vor der Tür. Sie würden sich gerne auf dem Speicher von Jan umsehen. Eine halbe Stunde später verlassen sie das Haus mit einem Laptop, einer Tasche mit Dokumenten und Disketten sowie einigen Zusatzgeräten.

Als Mierop von Ben Sloot erfährt, dass Abel und de Jong unangekündigt bei der Familie gewesen sind und den Speicher durchsucht haben, setzt er sich sofort ins Auto. Es kann nicht sein, denkt Mierop, dass die beiden das Zimmer von Sloot durchsuchen, noch bevor CRB überhaupt aktiv geworden ist. Er holt Mooijaart ab und rast mit ihm nach Nieuwegein. Der kleine Speicher sieht noch immer sehr aufgeräumt aus. Außer einigen Klarsichthüllen mit Skizzen des Repabase-Systems finden sie nichts Besonderes.

Nach der Beerdigung von Jan Sloot hatte Jos van Rossum René Bickel aufgesucht. Wussten die Leute bei FifthForce, dass er Anspruch auf die Erfindung erheben konnte?

Einen Monat später sitzen Boekhoorn und Bickel mit van Rossum im Mercure Hotel in Nieuwegein. »Sie haben ein Patent, und Sie haben noch einige Unterlagen bei einem Notar liegen. Können wir nicht darüber reden?«, will Bickel von van Rossum wissen.

Van Rossum will die Dokumente, die er über Sloots Erfindung besitzt, nicht ohne weiteres aus der Hand geben. Boekhoorn und Bickel erklären, dass die Firma kein Geld mehr habe, doch könnten sie ihm einen kleinen Anteil an FifthForce anbieten. Van Rossum weist das Angebot zurück. Er hat kein Vertrauen in ein Unternehmen, das nicht liquide ist. Außerdem hätten sie – und vor allem Jan Sloot – absichtlich probiert, ihn aus allem auszuschließen. Van Rossum ist bereit, ihnen die Unterlagen zur Verfügung zu stellen, allerdings soll das Patent weiterhin auf seinen und Sloots Namen laufen. Und er will zweieinhalb Millionen Gulden. Er ist sich sicher, dass Sloot die Beschreibung von Plan C, der Erfindung und des Quellcodes bei dem Notar hinterlegt hat. Eine Garantie dafür kann er allerdings nicht geben. Boekhoorn und Bickel finden die Forderung van Rossums daher viel zu hoch und schlagen das Angebot aus.

Am Donnerstag, dem 12. August sitzt Willem van der Meer mit einem Kollegen um elf Uhr vormittags bei einer Tasse Kaffee in der Strawinskystraat. Sie stellen einige Fragen und hören sich die Geschichte an, die Annie, Ben und Jolanda erzählen. Eilig machen sie sich Notizen:

JS hat gegenüber Ben und Jolanda erwähnt, dass es einen Safe mit allen Informationen und einhunderttausend Gulden in bar gibt. Die Mutter, Ben und Jolanda sollten nach seinem Tod Zugang zu diesem Safe erhalten. Wo sich dieser Safe befindet, ist unbekannt.
Während eines Kondolenzbesuchs hat Henk van Doorn (von der Bingorunde) der Familie erzählt, dass JS ihn gefragt habe, ob es möglich sei, ein Bankschließfach bei der Rabobank in Utrecht zu eröffnen.
In den letzten zwei Monaten vor seinem Tod hat JS viele Unter-

lagen, die sehr wahrscheinlich mit der Erfindung zu tun haben, »aufgeräumt«.
Niemand von der Familie weiß, wo sich diese Unterlagen nun befinden.
Die Familie sagt, der Hausarzt von JS habe ihnen erklärt, dass JS die Schwere seiner Erkrankung verschwiegen habe.
JS hat an dem Wochenende seines Todes im Garten gearbeitet. Ben sagt, er habe Leitungen für die Gartenbeleuchtung verlegen wollen. Ben hat nach dem Tod seines Vaters den halben Garten umgegraben, aber keine Elektrokabel gefunden.
JS besaß keine Kreditkarten. Er hatte sie zwar angefordert, aber nicht abgeholt.
André van Rossum (der Bruder von Jos van Rossum) hat knapp drei Wochen vor dem Tod von JS bei ihm angerufen und um ein Treffen gebeten, das JS aber ablehnte, worauf AvR geantwortet haben soll: »Du wirst schon sehen, was du davon hast.«
Jolanda hat einen Zettel mit den folgenden Ziffern- und Buchstabenfolgen gefunden: ZL-17-LH und 22-HA-43.

Van der Meer lässt sich von Ben zeigen, an welchen Stellen im Garten er gegraben hat. Dann durchsucht er das Eigentum von Jan Sloot. Er nimmt unter anderem einen Schlüsselbund mit. Doch ein kurzer Blick darauf verrät ihm, dass sich daran kein nummerierter Tresorschlüssel befindet, wie man ihn für Bankschließfächer benötigt. Auf dem Speicher findet van der Meer eine Mappe mit einer CD-ROM, ein Backup-Band und einige Dokumente. Auch Sloots Handy mit der dazugehörigen SIM-Karte sowie dessen elektronisches Notizbuch und den Mercedes nimmt er mit.

Noch am selben Abend schraubt er mit seinem Kollegen Sloots Auto auseinander. Sie entfernen Sitze und Bezüge und bauen das Navigationssystem aus. Auch das Handy wird untersucht. Doch mehr als die letzten zehn Adressen, die Sloot mit seinem Wagen angesteuert, sowie die letzten sieben Telefonnummern, die er vor seinem Tod gewählt hat, finden sie nicht.

Kurz nachdem Leo Mierop Pieper das erste Mal im Rembrandt-Turm getroffen hatte, stellte er fest, dass sie eine Gemeinsamkeit verband. Als er in seinem Bekanntenkreis den Namen Pieper erwähnte, erfuhr er, dass dem gebürtigen Vlaardinger die Gegend um Hellevoetsluis ebenso gut bekannt war wie ihm. Die kleine Stadt am Haringvliet war lange Zeit der Heimathafen von Piepers erstem seetüchtigen Segelschiff gewesen: der *Favonius*, jener Yacht, die er sich mit seinem damaligen Boss Peter Pagé teilte. In der Nähe von Hellevoetsluis hatte Pieper auch seine erste Frau kennen gelernt: Etke Klok. Von dem Parkplatz seines Küchenstudios aus konnte Mierop in der Ferne den Bauernhof sehen, auf dem Etke aufgewachsen war. Von seiner Haustür zu dem kleinen Haus, in dem sie nun lebte, waren es nur wenige Kilometer.

Von einem Bauern in der Umgebung hatte er einige Details über Piepers erste Ehe und dessen kranke Söhne erfahren. Mierop hatte darüber lange geschwiegen. Außer Leen Mooijaart wusste niemand bei FifthForce etwas über diesen Teil von Piepers Vergangenheit.

Das Wissen um diese delikaten Familienangelegenheiten ließ Mierops Respekt vor Pieper schwinden. Mit Skepsis hatte er bereits beobachtet, wie Pieper Philips auf raffinierte Art ins Abseits manövrierte, um dann selbst mit Sloot durchzustarten. Aber damals hatte er noch die Hoffnung gehabt, dass auch er an der Sache verdienen würde. Doch mit der Zeit kam ihm mehr und mehr der Gedanke, dass Pieper seine Partner bei FifthForce ähnlich leicht hintergehen könnte. Es waren bereits einige merkwürdige Dinge vorgefallen. Und Mierop war nicht so naiv, angesichts der eindeutigen Interessenlage diese Dinge zu ignorieren.

Am Freitag, dem 13. August, durchsucht Control Risks Sloots Büro am Overijsselhaven. Die Männer nehmen ein Backup-Band und einige Terminkalender mit. Am Mittag übergibt van der Meer die Sachen der Haushälterin von Marcel Boekhoorn – außer des Backup-Bands, das bringt er sofort zu Roel Pieper.

Aus den Notizen von Willem van der Meer:

Montag, 16. August
10.00 Uhr. Das elektronische Notizbuch wird einem Spezialisten übergeben, der sich in das System einhackt.
18.00 Uhr. Backup-Band, das am 13. August in dem Gebäude am Overijsselhaven gefunden wurde, bei Pieper in Bloemendaal abgegeben.

Als Nächstes durchleuchtet Control Risks alle Leute, mit denen Sloot Verträge abgeschlossen hat. Der Erste auf der Liste ist Jos van Rossum. Van der Meer erfährt, dass Sloot und van Rossum Disketten und Dokumente bei den Notaren De Bruijn & Dijkstra in Nieuwegein hinterlegt haben und dass van Rossum möglicherweise seine Rechte an der Erfindung geltend macht. Van der Meer erhält von Pieper die ausdrückliche Anweisung, nicht persönlich mit van Rossum in Kontakt zu treten.

Aus den Notizen von Willem van der Meer:

Dienstag, 17. August
12.00 Uhr. Gespräch mit Henk van Doorn. Van Doorn berichtet, dass Sloot bedroht wurde. Anscheinend hat er darüber Aufzeichnungen gemacht und wollte sie – laut van Doorn – in einem Safe hinterlegen. Van Doorn erinnert sich, dass sich die Papiere in einer blauen Mappe befanden. Van Doorn hat Sloot die Rabobank empfohlen. Die blaue Mappe lag nicht in dem Safe von ABN Amro. Van Doorn berichtet auch von dem Familiendrama, das sich nach der Entlassung des Schwiegersohns Ton abspielt und von der Todesanzeige in der Zeitung. In derselben Woche wurde über Sloot der Konkurs verhängt.
18.00 Uhr. Ausdruck des elektronischen Notizbuchs von Sloot abgeholt und Marcel Boekhoorn darüber informiert.

Mittwoch, 18. August
13.00 Uhr. Ausdruck des Notizbuchs an Marcel Boekhoorn übergeben.
14.00 Uhr. Ermittlung in Hoofddorp. Hinter einer der Adressen aus dem Navigationssystem verbirgt sich eine Filiale der ABN Amro (in Hoofddorp). Aus einem Telefongespräch geht hervor, dass in der Bank Schließfächer angemietet werden können, es aber eine Warteliste dafür gibt.

Donnerstag, 19. August
10.00 Uhr. Mit Boekhoorn vereinbart, dass Leo Mierop und die Familie Sloot den Ausdruck des Notizbuchs durchsehen sollen.
14.00 Uhr. Nachforschungen bei der Rabobank-Zentrale in Utrecht und einer Filiale in Nieuwegein ergeben, dass es dort keine Schließfächer auf den Namen Jan Sloot oder J. Sloot gibt.
21.00 Uhr. Telefongespräch mit Leo Mierop. Er berichtete, dass er vor einiger Zeit in Sloots Arbeitszimmer zwei oder drei Plastikmappen gesehen habe, die anscheinend den Quellcode des Repabase-Systems enthielten. Mit Mierop vereinbart, dass Control Risks am Freitag, dem 20. August, noch einmal Sloots Arbeitszimmer durchsucht.

Van der Meer ist alle zehn Routen aus dem Navigationssystem abgefahren. In einigen Orten, wie Hoofddorp, stellt er weitere Recherchen an. Pieper und Boekhoorn haben abwechselnd Kontakt mit van der Meer. Pieper ist für die technischen Informationen verantwortlich, und Boekhoorn sorgt dafür, dass die Rechnungen von CRB bezahlt werden. Wenn Pieper nicht zu erreichen ist, wendet sich van der Meer mit den Ergebnissen der Nachforschung direkt an Boekhoorn.

Nach dem Gespräch mit Mierop ruft van der Meer Pieper an. Der nimmt daraufhin Kontakt zu Marcel Boekhoorn auf: Mierop zweifle offenbar an der Qualifikation von Control Risks. Boekhoorn solle versuchen, ihn zu beruhigen.

> *»Es ist auch eine schwierige Phase für Leo, das ist klar. Er hat zu viel am Hals. Das kann zu Verwirrung führen.«*
> Roel Pieper

Aus den Notizen von Willem van der Meer:

> 20. August
> 13.00 Uhr. Durchsuchung von Sloots Arbeitszimmer. Mit Einwilligung der Familie in Verwahrung genommene Gegenstände:
> – sieben DIN-A4-Seiten mit Daten
> – zehn DIN-A4-Seiten mit Daten
> – ein brauner Taschenkalender mit Visitenkarten
> – eine rote Diskette
> Mercedes und Handy von Jan Sloot der Familie wieder zurückgegeben.
> 16.00 Uhr. Mit Ben und Jolanda den Ausdruck des Notizbuchs durchgegangen.
>
> 21. August
> 09.00 Uhr. Internet-Recherche nach den drei Namen aus Sloots Notizbuch, die der Familie nicht bekannt waren.

Am Montag, dem 23. August, schreibt Pieper im Namen des Vorstands einen Brief an die Anteilseigner von FifthForce:

Sehr geehrte Anteilseigner,
[...] Ohne Zweifel ist Ihnen allen bekannt, dass der Tod von Jan Sloot unsere Pläne stark beeinträchtigt hat. Vielleicht ist es überflüssig, aber hier eine kurze Übersicht der Schritte, die seitdem unternommen wurden. [...]
Wir haben von Herrn Bouman (von der Kanzlei Derks Star Busmann) und den Erben von Jan Sloot etliche Unterlagen und Geräte erhalten, die wir einer sorgfältigen, technischen Analyse unterzogen haben. Wir haben uns auf das reine Begutachten und Testen beschränkt und jegliche Form der Manipulation vermieden. Wie allen bekannt ist, haben wir weder den Quellcode noch eine Datenbank gefunden, lediglich eine Reihe von Computern und andere Hardware. Natürlich haben wir auch einen Prototyp der Erfindung erhalten. Da wir keinen Quellcode finden konnten, richteten wir unsere ganze Hoffnung auf dieses Test- und Demonstrationsgerät. [...]
Anschließend haben wir der Firma Control Risks den Auftrag erteilt, uns bei der weiteren Spurensuche zu helfen. Die Erben von Jan Sloot haben diesem Schritt zugestimmt. Obwohl einige Dinge gefunden wurden, sind die Ergebnisse bisher enttäuschend. Wichtige Unterlagen sind nach wie vor verschwunden. Das gibt Grund zu der Annahme, dass wir noch nicht alles gefunden haben. Der Quellcode ist noch nicht aufgetaucht, ebenso wenig Material, das Marius Abel Jan Sloot kurz vor dessen Tod übergeben hat. Wir müssen also weitersuchen. Die Wahrscheinlichkeit, dass wir noch irgendetwas finden, nimmt jedoch immer mehr ab, da auch Control Risks keinen Erfolg hat. Die Analyse der vorhandenen Technologie hat Folgendes ergeben: Die Computer und die andere Hardware enthalten weder den Quellcode noch Datenbank-Informationen zu der Erfindung. Es ist alles durchsucht worden, und wir haben leider nichts Wichtiges finden können. Die Patentschrift und

die dazugehörigen Unterlagen sind zwar vorhanden, enden aber an den entscheidenden Punkten (nämlich bei der Datenbankbeschreibung sowie dem Quellcode und einer genauen Beschreibung des Systems).
Nun zu dem Demo-Gerät, das wir erhalten haben. Zuallererst: Wie Ben Sloot bereits bestätigt hat, ist das Test-Gerät, bevor wir es erhalten haben, geöffnet worden. Wir nehmen an, dass Jan Sloot noch kurz vor seinem Tod an dem Modell gearbeitet hat. [...] Wir haben herausgefunden, dass man mit diesem Demo-System durchaus Videofilme von einer Chipkarte abspielen kann. [...]
Jedoch hatten wir sehr bald die Vermutung, dass das Modell, das man uns überreicht hat, anders ist. Der Apparat ist kleiner, die Bildqualität schlechter, und man hört, wie die Festplatte arbeitet.
Wir sind daher zu dem Schluss gekommen, dass es sich um eine andere Applikation handelt. Dies ist nicht das System, das wir bei den Meetings in den USA und den Niederlanden benutzt haben. Auch Jan Sloot hat mehrfach darauf hingewiesen, dass sein Apparat nicht mit einer Festplatte arbeitet. (Es ist anzunehmen, dass Sloot vor den Meetings mit ABN und Tom Perkins drei Tage daran gearbeitet hat, das System funktionstüchtig zu machen.)
Abschließend möchte ich eine Sache noch einmal betonen: Die Existenz einer Festplatte in diesem Gerät stärkt unsere Vermutung, dass es sich bei diesem System nicht um die eigentliche Erfindung handelt. Wir haben die Applikation nicht geöffnet, aber wie beschrieben analysieren können. Dieses Gerät ist nicht das SDCS. [...]
Insgesamt sind die bisherigen Ergebnisse enttäuschend. Mit sehr hoher Wahrscheinlichkeit hat Jan Sloot nicht nur den Quellcode und die Datenbank-Informationen, sondern auch

die Erfindung in einem anderen System sichergestellt und versteckt.
Wenn wir weiterhin nichts finden, müssen wir daher davon ausgehen, dass die Chance, die Erfindung für unsere Pläne verwenden zu können, gering ist.
Roel Pieper, Marius Abel und Marcel Boekhoorn

Ein paar Tage zuvor hat Pieper auf einer Terrasse am Strand von Bloemendaal bereits eine persönliche Bilanz gezogen. Am frühen Abend trifft er sich mit Jan de Jong und Toon den Heijer, dem Geschäftsführer des Gilde-Investmentfonds. Gemeinsam hören sie sich den abschließenden Bericht von Marius Abel an. Seine Untersuchungen des Materials, das sie von der Familie Sloot erhalten haben, sind ebenfalls erfolglos geblieben.

»Marius sagte: ›Anhand dessen, was sich auf den Chips befindet, kann ich nicht schließen, wie das Ganze funktioniert. Es ist zu komplex, und man weiß nicht, an welchem Punkt man ansetzen soll. Ich weiß also auch nicht, wie wir weitermachen sollen.‹«
Toon den Heijer

»Und jetzt?«, fragte der Gilde-Geschäftsführer.

»Mit dem, was wir haben, können wir vielleicht Filme codieren, aber sicherlich nicht decodieren«, stellt Pieper resigniert fest. »Uns fehlt der Schlüssel, und wir haben keine einzige Möglichkeit, festzustellen, was genau in diesem Kasten passiert. Scheint so, als wären wir in einer Sackgasse. Das ist das Ende vom Lied.« Sie schwiegen – der Beginn eines langen Abends mit einer Menge Bier.

Pieper und Boekhoorn geben Control Risiks noch zwei Wochen, um einen Durchbruch in den Ermittlungen zu erzielen. Sie erwägen, erneut Kontakt zu Jos van Rossum aufzunehmen. Vielleicht liegt der Quellcode doch in dem Safe der Kanzlei De Bruijn & Dijkstra in Nieuwegein. In der Zwischenzeit sucht van der Meer weiter nach irgendwelchen Anhaltspunkten. Er setzt sogar Infrarotdetektoren ein, mit denen er die Zimmer im Haus der Sloots nach geheimen Verstecken durchsucht.

Aus den Notizen von Willem van der Meer:

Dienstag, 24. August
09.30 Uhr. Gründliche Durchsuchung von Jan Sloots Arbeitszimmer. Dabei mitgenommen:
– Dutzende Disketten
– Dutzende CD-ROMs
– Backup-Bänder, Audio- und Video-CDs, Videokassetten
– diverse Schriftstücke und Visitenkarten
– einen Laptop (Marke Compaq, Typ Contura 430 C)
In Abstimmung mit Marcel Boekhoorn sollen diese Sachen Roel Pieper übergeben werden.
Merkwürdig ist, dass diese Dinge nicht von Marius Abel und Jan de Jong gefunden wurden, als sie bei den Sloots waren. Sind diese Sachen nach dem Tod von Jan Sloot entfernt, manipuliert und dann wieder zurückgebracht worden? Um eine Antwort auf diese Frage zu bekommen, sollen in den kommenden Wochen die vier Kinder von Sloot getrennt voneinander befragt werden.
Außerdem wurde bei der Durchsuchung ein Karton mit Unterlagen sichergestellt. Darin befand sich unter anderem ein Dokument, in dem das Schließfach 116a der ABN-Amro-Filiale in Nieuwegein von F. Berghuis [Geschäftspartner von Jan Sloot aus der Periode van Rossum, Anm. d. Verf.] mit der Bezeichnung RJB Sloot in RJB Sloot und JB Sloot-Grit geändert wird.
In dem Karton befand sich auch das Original eines Briefes, datiert auf den 21. April 1997, der an ERS Nederland adressiert

ist. Der Absender ist Los & Stigter (Patente, Warenzeichen, Designs und Lizenzen). Darin sind J.V.R. Services in Nieuwegein als Antragsteller des Patents und J. Sloot als Erfinder vermerkt. Außerdem vorgefunden: eine Akte von De Bruijn & Dijkstra, datiert auf den 25. Juli 1996. Darin ist protokolliert, wie in Anwesenheit der Zeugen J. van Rossum und J. Sloot, beide Vertreter von ERS BV in Nieuwegein, drei Disketten, eine Kassette und eine Beschreibung hinterlegt wurden, und zwar unter den Namen Repabase, Repafact und Repaconnect. In der Akte ist unter anderem Folgendes vermerkt:
»... der Mandant übergibt mir in meiner Eigenschaft als Notar: drei Disketten, eine Kassette und die Beschreibung eines vorher nicht bekannten *Computer Operating System*, mit dem Video-, Audio- und Datenbestände sehr effizient und kompakt gespeichert, abgespielt oder versendet werden können. Das System operiert bisher unter den Namen RepaBase, RepaFact und RepaConnect. Diese Sachen werde ich als Notar in einem versiegelten Umschlag aufbewahren.«
16.00 Uhr. Besuch bei Leo Mierop und Leen Mooijaart in Rockanje wegen Hintergrundinformationen.

Mittwoch, 25. August
09.00 Uhr. Besuch bei WWS in Zaandam wegen Hintergrundgespräch.
21.00 Uhr. Übergabe der roten Diskette an Marcel Boekhoorn, auf der das Projekt SDCS_1 erläutert wird. Auffallend an dieser Diskette ist, dass sie alt und schmutzig ist und daher wertlos erscheint und deshalb vermutlich niemandem zuvor im Arbeitszimmer von J. Sloot aufgefallen ist. Die sich darauf befindenden Daten stammen vom 5., 6. und 7. Juli 1999 und sind daher recht aktuell. Die Datei SDCS_1 enthält folgende Dokumente: Programmstruktur, Das Bild, Der Farbcode, Pixels und Matrix-

code, Bildcode, Programmcode, Startcode, Endcode, Zeitcode, Nach Schritt 3 zurück und Datenbank.
Es werden drei weitere Dokumente genannt, die allerdings nicht weiter spezifiziert oder ausgearbeitet wurden: *Der Ton*, *Decodieren* und *Der Schlüsselcode*.

Donnerstag, 26. August
10.00 Uhr. Besuch bei Jan de Jong in Bloemendaal, wo die Umzugskiste mit Disketten, CD-ROMs und Videokassetten abgegeben wurde.

Freitag, 27. August
Treffen mit Leo Mierop und Leen Mooijaart in Rockanje, bei dem auch eine Delegation von WWS anwesend ist. Es geht um Hintergrundinformationen.

Dienstag, 31. August
10.00 Uhr. Gespräch mit G. de Gooijer, *Corporate Security Manager* von ABN Amro. Habe mit ihm vereinbart, dass seine Abteilung alles Mögliche tut, das zweite Schließfach von Jan Sloot zu finden – sowohl unter der Bezeichnung RJB Sloot als auch unter Bezeichnungen wie Davoc, SDCS und den Namen der Angehörigen. De Gooijer wird speziell Nachforschungen bei den Filialen in Nieuwegein, Houten, Utrecht, Veenendaal und Hoofddorp anstellen. Danach administrative Ermittlungen über die finanziellen Angelegenheiten von ERS bis März 1999 angestellt. Nachforschungen haben keine brauchbaren Hinweise ergeben.

Donnerstag, 2. September
10.00 Uhr. Ermittlungen bei Magnar Benelux BV. Magnar ist der Importeur des Navigationssystems in Sloots Auto. Jan Sloot ist mehrere Male bei dem Unternehmen gewesen und hat dort auch

von seiner Erfindung erzählt, dass er Gespräche mit einflussreichen Leuten führe, mehr jedoch darüber nicht sagen wolle.

Montag, 6. September
15.00 Uhr. Gespräch mit Jolanda Sloot im Hotel Mercure in Nieuwegein. Ihrer Ansicht nach können sich die Informationen, die im Tresor von Notar de Bruijn liegen, nur auf den theoretischen Teil der Erfindung beziehen. Sie erklärt ferner, dass wenige Tage vor dem Tod ihres Vaters dessen Samsonite-Koffer randvoll mit Papieren gefüllt war. An dem Sonntag seines Todes hätten sich jedoch nur noch ein paar wenige Seiten in dem Koffer befunden, darunter die notarielle Übereinkunft zwischen Sloot und van Rossum (die fünf Wochen später von Control Risks in einem Karton gefunden wurde). Vor einigen Tagen hat Jolanda einen Anruf ihres Bruders Johan erhalten. Er sagte ihr, dass im Büro (ERS am Overijsselhaven) zwei Apparate der alten Erfindungen stehen.

Dienstag, 7. September
10.00 Uhr. Gespräch mit Annemarie Sloot in ihrer Wohnung. Da sie Streit mit ihrem Vater hatte, wollte sie wissen, ob es ein Testament gibt. Deshalb hat sie am Tag seines Todes dessen Samsonite-Koffer durchsucht, der allerdings so gut wie leer war. Soweit sie sich erinnern kann, befand sich nichts darin, das irgendwie mit der Erfindung zu tun hatte. Später hat sie im Elternhaus weitergesucht und dabei zwei Kisten mit Ordnern mitgenommen, die sie bei sich zu Hause in Ruhe durchsehen wollte. Sie suchte noch immer nach Hinweisen auf eine Erbschaft. Annemarie erhielt an dem Freitag nach der Beerdigung einen Anruf von Jos van Rossum, der sie um ein Gespräch bat. Sie hat sich mit ihm getroffen. Jos van Rossum hat ihr angeboten, dass er gegen Zahlung von 2,5 Millionen Gulden keine weiteren For-

derungen in Bezug auf Sloots Erfindung stellen würde. Annemarie hat das Angebot nach Rücksprache mit ihren Geschwistern zurückgewiesen. Sie sagt, nichts in ihrem Besitz zu haben, was mit der Erfindung zu tun hat.
16.00 Uhr. Gespräch mit Ben Sloot im Büro am Overijsselhaven 131. Ben konnte keine neuen bzw. relevanten Informationen liefern.
17.30 Uhr. Erneute Durchsuchung des Büros. In einer Umzugskiste befinden sich: eine auseinander geschraubte Applikation mit einem Video- und Audioanschluss und einem Aufkleber mit der Aufschrift: 966507-2 DAVOC, außerdem vier geschlossene Kästen, die wahrscheinlich zu dem Repabase-System gehören, zwei Ordner mit Computerausdrucken von Datenbanken, die anscheinend ebenfalls mit Repabase zu tun haben.
19.00 Uhr. Gespräch mit Johan Sloot in seiner Wohnung. Johan hat sich nie eingehend mit den Erfindungen seines Vaters beschäftigt, da dies in der Regel zu Streit führte. Vater und Sohn haben sich daher auch nie inhaltlich über die letzte Erfindung von Jan Sloot unterhalten. Johan glaubte nicht daran. Ihm zufolge hat die Familie in der Zeit zwischen Sloots Tod und der Beerdigung nicht nach Dingen gesucht, die mit der Erfindung zusammenhängen, sondern nach Dokumenten, wie einem Testament oder Ähnlichem. Er erzählte außerdem, dass er im Rahmen seines Studienabschlusses eine Applikation, bestehend aus zwei schwarzen Boxen, für das RepaFact-System entworfen habe. Johan glaubt, dass sein Vater diese Boxen vielleicht für seine letzte Erfindung verwendet hat. Allerdings seien sie völlig ungeeignet, große Datenmengen zu speichern.
Mit van Rossum hatte er keinen Kontakt.

Für einen kurzen Moment hatte tatsächlich die Hoffnung bestanden, dass sich auf der roten Diskette detaillierte Informationen über Sloots Technik befinden. Doch die letzten drei entscheidenden Dokumente fehlen. Es gibt keinen Ansatzpunkt mehr, mit dem sich das Rätsel entwirren ließe. Es gibt keine Spur von der Erfindung.

Boekhoorn informiert Mierop über den Verlauf der Control-Risks-Ermittlungen.

»Marcel, die Erfindung kann nicht weg sein«, brüllt Mierop durch das Telefon.

»Leo, die Leute von Control Risks haben nichts gefunden, Roel und Marius haben nichts gefunden: Sie ist weg.«

»Nein, das ist sie mit Sicherheit nicht. Ich vertraue Pieper nicht mehr. Ihr gebt ihm einfach alle Sachen von Jan, ohne dass jemand weiß, worum es sich dabei eigentlich handelt. Doch wer kontrolliert Pieper eigentlich? Und wer kontrolliert Abel? Und nach allem, was in der Familie geschehen ist, vertraue ich denen auch nicht mehr. Es ist eine Schande, dass WWS die Arbeit nicht mehr macht.«

Aus den Notizen von Willem van der Meer:

Mittwoch, 8. September
17.00 Uhr. Ermittlungen bei Pieter den Toonder von Patents & Trademarks in Dordrecht. Den Toonder erklärte, dass er vor zwei oder drei Jahren bei van Rossum und Sloot in Nieuwegein war, um mit ihnen wegen eines Patents beziehungsweise einer Patentanfrage für ein Audio- und Videocodierungssystem zu sprechen. Den Toonder hielt die Informationen, die ihm damals über die Technik gegeben wurden, für unvollständig und ungeeignet, um ein Patent anzumelden.

Freitag, 10. September
09.00 Uhr. Treffen mit Abel in Bloemendaal und Übergabe der Dinge, die am 7. September bei ERS am Overijsselhaven gefunden wurden.
10.00 Uhr. Gespräch mit ABN Amro *Corporate Security*. Die Mitarbeiter der Abteilung haben intensiv nach einem zwei-

ten Schließfach von Jan Sloot in der Gegend um Nieuwegein gefahndet. Anhand der Auszüge von ERS hat man auch bei anderen Filialen recherchiert. Nirgendwo gab es ein zweites Schließfach.

Dienstag, 14. September
Aus den Ermittlungen geht hervor, dass Jan Sloot oder die Familie Sloot anscheinend Verbindungen nach Baarle Nassau hatten beziehungsweise noch haben. Die Quelle, aus der diese und weitere Informationen stammen, muss geheim gehalten werden. Es besteht eine geringe Chance, dass eine Bank oder ein Schließfach in Baarle Nassau eventuell eine Rolle spielen. In einem alten Notizbuch von Jan Sloot steht der Vermerk ›Generale Bank‹. Eine Filiale der Generale Bank gibt es tatsächlich in Baarle Nassau.

In seinem Abschlussbericht stellt van der Meer eine neue Theorie über den Tod von Jan Sloot auf:

Abgesehen von der Frage, was den Tod von Jan Sloot verursacht hat, ist es wichtig festzustellen, wer von seinem Tod profitiert. Wenn es tatsächlich so ist, dass Jan Sloot über keine funktionstüchtige Erfindung verfügte, hatte er aller Wahrscheinlichkeit nach selbst ein Interesse an seinem Tod. Es war ja bereits Geld an ihn und seine Familie geflossen. Selbstmord beziehungsweise eine unsachgemäße Medikamenteneinnahme ist daher nicht auszuschließen.
Es gibt auch noch eine andere Möglichkeit. Für jemanden, der sich im Besitz der Erfindung befindet oder der zumindest detaillierte Beschreibungen dieser Technologie hat, könnte der Tod

von Sloot Vorteile mit sich gebracht haben. Diese Person würde sich plötzlich in einer sehr starken Position befinden. Jos van Rossum ist die einzige Person, die weiß, was sich in dem Umschlag in dem Safe des Notars de Bruijn befindet. Ob ihm der Inhalt des Umschlags in irgendeiner Weise von Nutzen sein könnte, ist allerdings fraglich, da offiziell Dipro (FifthForce) der Eigentümer der Erfindung ist. Daher ist Mord, Totschlag oder Beihilfe zum Selbstmord so gut wie auszuschließen.

Van der Meer glaubt nicht daran, dass sich in Baarle Nassau irgendetwas befindet. Er verbringt dort zwei Tage, ohne irgendwelche Spuren zu finden. Und damit enden die Ermittlungen von Control Risks. Van der Meer und seine Kollegen haben über einen Monat ermittelt und nichts gefunden. Von dem Quellcode fehlt nach wie vor jede Spur. Auch ein Aktenstapel, den die Familie Sloot erst viel später – bei dem Umzug aus der Strawinskystraat in Annies neue Wohnung – findet und Pieper zusendet, enthält keine relevanten Informationen, ebenso wenig diverse Geräteteile. Pieper, Boekhoorn, Bickel, Abel, de Jong und die meisten anderen Beteiligten bei FifthForce haben sich inzwischen schon seit Wochen mit dem Ergebnis der Nachforschungen abgefunden. Entsetzen und Unglaube angesichts ihres Schicksals sind einer tiefen Resignation gewichen.

Bickel spricht mit de Jong in dessen gigantischer Villa auf dem Landsitz *Schapenduinen* über die Ermittlungen.

»Was habt ihr bis jetzt herausgefunden?«, erkundigt sich Bickel. Er beobachtet, wie de Jong sich bückt und unter der Fensterbank ein kleines, nahtlos in die Holzvertäfelung übergehendes Fach öffnet. De Jong holt einen Karton hervor, in dem Bickel einen kleinen Kasten entdeckt. Es ist nicht der Kasten, den er von den Präsentationen kennt.

»Das Ding funktioniert«, sagt de Jong, als Bickel ihn darauf anspricht.

»Können wir dann nicht herausfinden, wie das System aufgebaut ist?«

»Wir haben den Apparat auf den Kopf gestellt«, antwortet de Jong. »Aber wir haben nichts gefunden.«

Bickel betrachtet den Kasten und schüttelt den Kopf.

Wie viel war die Erfindung von Sloot scheinbar wert gewesen? Hundert Milliarden Dollar? Nun liegt das Ebenbild dieser Erfindung – ein Kasten mit einem Schlitz für die Chipkarte und einem Kippschalter – in einem Karton unter einer Fensterbank in Bloemendaal und sammelt Staub an.

> *»Das Gefühl, dass uns diese Sache doch noch entgleitet, hatte ich eigentlich schon, als Leo mir sagte, dass Jan tot war. Es wäre ja auch zu schön gewesen, um wahr zu sein.«*
> René Bickel

Das Märchen von dem niederländischen Unternehmen FifthForce, das mit der Erfindung des Jahrhunderts die Welt verändern wollte, ist zu einem Ende gekommen. Roel Pieper und Marius Abel haben noch immer keine Idee, wie Sloots System funktionieren soll. Es gibt nicht den geringsten Anhaltspunkt. Sie haben zwar einen funktionierenden Prototyp erhalten, doch in diesem Kasten befindet sich zu ihrer großen Überraschung eine Festplatte. Der Kasten, den Sloot bei den Präsentationen verwendet hat, sah anders aus und machte auch nicht so laute Geräusche. Eine Frage ist noch immer offen: Wo ist der Apparat, den sie mit in den USA hatten? Auf den Chips des Geräts, das sie untersucht haben, befinden sich nur unstrukturierte Daten, die sie nicht weitergebracht haben. Auch die restlichen Disketten, Videokassetten, CD-ROMs und Notizen, die Abel bekommen hat, enthalten nichts, was in irgendeiner Weise auf die Erfindung hindeutet.

Marcel Boekhoorn ist sauer, dass Pieper ihm und allen möglichen Investoren monatelang beteuert hat, er verstehe genau, wie die Erfindung funktioniert. ABN Amro ist ähnlich verärgert. Immer wieder hatte Pieper betont, dass die Erfindung kein Schwindel und ein weltweites Patent nur eine Frage von ein paar Monaten sei und dass sie vor einem großen Durchbruch stünden. Er hatte ja auch zig Tage bei Sloot in Nieuwegein verbracht. Doch die Wahrheit ist, dass diese langwierigen Interviews – die Piepers Geduld und Selbstbeherrschung auf das Äußerste strapaziert hatten – keine einzige brauchbare Information über das System gebracht haben.

»Roel Pieper kann man wie jeden anderen auch bescheißen.«
Maarten Boasson

Es ist also vorbei. Das Sloot Digital Coding System wird die Welt nicht erobern. Die Nasdaq wird wohl ohne eine Notierung von FifthForce auskommen müssen. Und die Firmengründer werden keine Milliarden Dollar unter sich aufteilen. Mit ihren Anteilszertifikaten können sie die Wände tapezieren.

Diese bittere Realität kann Leo Mierop nur schwer begreifen. Vor wenigen Monaten zählte er sich noch zu den reichsten Niederländern, und nun quält ihn die Frage, was mit dem Quellcode passiert ist. Mierop glaubt nicht an Zufälle. Es wären einfach zu viele. Er ist sicher, dass irgendetwas nicht stimmt. Und wenn man ordentliche Ermittlungen angestellt hätte, dann wäre das seiner Meinung nach auch deutlich geworden.

Darum hat er Control Risks nicht vertraut, und deshalb hat er sich auch am 27. August zu einem persönlichen Gespräch mit van der Meer getroffen, zusammen mit den sechs Leuten von WWS, die zuvor in der Sache Sloot recherchiert hatten. Warum ließ Control Risks den FifthForce-CEO bei den Ermittlungen völlig außer Acht? Van der Meer reagierte nicht auf Mierops Kritik. Auch dann nicht, als dieser weiterbohrte. Pieper hatte in den USA versucht, den Kasten zu öffnen, und Geräte daran angeschlossen. Warum? Mierop hielt Pieper ohne weiteres für einen Verdächtigen. Während der Ermittlungen hatte er jederzeit die Gelegenheit, die Erfindung an sich zu bringen, ohne dass es jemand merkte. Denn: Wer kontrollierte Roel Pieper? Niemand. Keiner wusste, welche Informationen er tatsächlich von van der Meer bekommen hatte. Ja, natürlich gab es da noch Marius Abel, doch der war Pieper gegenüber vollkommen loyal. Welche Informationen befanden sich auf all den Disketten und CD-ROMs, die Pieper und Abel erhalten hatten? Pieper und Abel behaupteten, sie seien wertlos. Doch konnte Mierop ihnen vertrauen? Und konnte man mit dem Kasten, den sie von der Familie bekommen hatten, tatsächlich nichts anfangen? Das Ding funktionierte doch. Dann musste Jans Technik dort auch eingebaut sein.

Wenn er Geld gehabt hätte, hätte er WWS jeden Stein umdrehen lassen, über den Jan Sloot jemals gelaufen war. Doch Mierop hat das Geld nicht, und die anderen FifthForce-Anteilseigner haben auch nichts mehr über. Leo Mierop bleibt nichts anderes übrig, als frustriert in sein Küchenstudio zurückzukehren.

»Sollte sich die Situation nicht wesentlich ändern und der Quellcode nicht doch noch gefunden werden, dann schlagen wir vor, das Projekt FifthForce auf eine faire und für alle Beteiligten annehmbare Weise zu beenden.«
Roel Pieper, Marcel Boekhoorn, Jan de Jong und Marius Abel
in einem Brief an die Anteilseigner

Ende September 1999 zieht Marcel Boekhoorn Bilanz. Er hat persönlich über elf Millionen Gulden in das Abenteuer gesteckt. Die viereinhalb Millionen Gulden, die er an dem Verkauf einiger Anteile an Pieper verdient hat, beschränken den Totalverlust auf sieben Millionen. Alle Aktivitäten von FifthForce sind eingestellt. Als Verantwortlicher für die Finanzen des Unternehmens bezahlt Boekhoorn die letzten Rechnungen von dem Geld, das ABN Amro der Firma kurz vor Sloots Tod überwiesen hat. Control Risks erhält siebenundsechzigtausend Gulden. Auch Piepers persönliche PR-Beraterin macht noch eine Forderung geltend. Wegen dieser gepfefferten Rechnung schreibt Boekhoorn eine E-Mail an Pieper.

Heute habe ich eine Rechnung von Monogram Communication Services erhalten. Sie fordern für ihre PR-Aktionen für Dipro (FifthForce) insgesamt 36 190 Gulden. Ich nehme an, dass es sich hierbei um ein Missverständnis handelt. Ich gehe davon aus, dass du die Angelegenheit mit Perlita Fränkel klärst.

Ein paar Tage später antwortet Pieper:

Marcel.
Perlita hat aufgrund unserer hohen Erwartungen an Dipro (FifthForce) eine ganze Reihe Gespräche und Meetings organisiert. Bei all diesen Treffen hatten wir ja im letzten Moment umdisponiert. (So war es besprochen, um zu verhindern, dass dem Misserfolg zu viel Beachtung geschenkt wird. Es war sogar dein Vorschlag, FifthForce nicht zu sehr zu promoten.) Was also ist das Problem? Perlita hat 80 Prozent ihrer Kosten FifthForce in Rechnung gestellt und die restlichen 20 Prozent mir und der Universität von Twente.
Roel Pieper

Boekhoorn gibt nach und begleicht die Rechnung. Das, was von dem 2,5-Millionen-Kredit von ABN übrig geblieben ist, zahlt er an die Bank zurück. Eine Endabrechnung wird es nicht geben. Die Bank hat den verbleibenden Betrag bereits als Verlust abgeschrieben.

»Der Grund, warum Sloot kein Patent anmelden konnte, war, dass es noch nichts zum Anmelden gab. Darüber gibt es ausführliche technische Gutachten, die nur ich besitze.«
Roel Pieper

Am Dienstag, dem 2. November, um halb neun morgens versammeln sich die Anteilseigner von FifthForce im Konferenzraum des Van der Valk Hotels in Vianen. Alle sind anwesend. Auch Bart van Rheenen und Carl de Vries sind gekommen. Annie, Ben und Jolanda Sloot haben ihren Anwalt mitgebracht. Nur Marius Abel ist nicht da. Er ist in Kalifornien.

Pieper eröffnet die Konferenz. Danach präsentiert Jan de Jong die von Marius Abel ausgearbeitete technische Analyse. Abel hat nichts gefunden, das ihn irgendwie weitergebracht hätte.

»Aber der Kasten, den ich zuletzt bei Jan gesehen habe, ist mit Sicherheit nicht das Gerät, das ich von den Präsentationen her kenne«, wirft Bickel ein.

»Was meinst du damit?«, fragt Pieper in leicht gereiztem Ton. Doch Bickel gibt keine Antwort. Er meint gar nichts damit. Die Suche nach dem Kasten hat ja schließlich nichts ergeben, das Abenteuer ist vorbei.

Währenddessen erinnert sich Marcel Boekhoorn an den Termin bei Kleiner & Perkins in Menlo Park vor fünf Monaten. Wie selbstsicher Pieper damals die Präsentation an dem riesigen Konferenztisch abgehalten hat. FifthForce, der Nachfolger von Cisco. John Doerr und Vinod Khosla waren vor Sloots Kasten förmlich auf die Knie gefallen. Nein, in dem Kasten befinde sich keine Festplatte. Sie hatten darüber philosophiert, wie die Erfindung von Jan Sloot die Welt verändern würde. Deshalb glaubt Boekhoorn auch nicht an einen zufälligen Tod von Jan Sloot. Er vermutet mittlerweile, dass Sloot von jemandem umgebracht worden ist, jemandem, der kein Interesse an FifthForce hatte.

»Ich schlage vor, dass Jans Körper noch obduziert wird«, sagt Boekhoorn in die Runde und hofft auf Zustimmung. Mierop stimmt ihm schnell zu.

»Ja, da hat Marcel Recht«, sagt Mierop. »Es sind einige merkwürdige Dinge geschehen. Und ich finde nicht, dass Control Risks gut gearbeitet hat. Die Erfindung kann nicht einfach so spurlos verschwunden sein. Jan hat seine Notizen immer in einem Safe aufbewahrt. Das hat er mir noch eine Woche vor seinem Tod gesagt, und er hat mich niemals angelogen. Es gibt diesen Safe. Aber vielleicht gibt es Leute, die nicht wollen, dass die Erfindung wieder hervorgeholt wird. Wo ist zum Beispiel der erste Kasten, den Jan entworfen hat? Ich denke … Ich denke, dass es an der Zeit ist, die Staatsanwaltschaft einzuschalten. Die Leiche von Jan muss obduziert werden. Ich glaube, dass die Familie nichts dagegen hat.«

Ben hat Mierop bereits zuvor gesagt, kein Problem damit zu haben. Doch Annie zweifelt noch.

»Das ist eine familiäre Angelegenheit, die das Unternehmen faktisch nichts angeht«, stellt Pieper entschieden fest. »Hören wir damit auf.« Niemand widerspricht ihm.

»Ich schlage vor, dass wir FifthForce, oder Dipro, wie wir offiziell immer noch heißen, in eine Art Winterschlaf versetzen«, fährt Pieper fort. »Die Anteilseigner behalten ihre Rechte. Es gibt immer noch die Chance, dass wir noch etwas finden.« Wenig später heben alle zustimmend die Hände.

»Wir sind alle sehr enttäuscht«, beendet Pieper die Sitzung schließlich. »Besonders der Verlust von Jan hat uns alle tief getroffen. Das Schlimmste, was geschehen konnte, ist eingetreten. Ich kann nur sagen, dass ich – wie jeder andere in diesem Raum – hoffe, dass die Sache doch noch ein gutes Ende findet, dass doch noch Informationen auftauchen, die Grund genug sind, FifthForce aus dem Winterschlaf zu wecken. Mit diesen Worten möchte ich dieses Treffen gerne beschließen.«

We both reached for heavens, but ours weren't the same.
That's what happens when two worlds collide.
Jim Reeves

EPILOG

September 2001. Einige Tage, nachdem die Terroristen das World Trade Center in New York in Ground Zero verwandelt und George Walker Bush sich selbst zum Kriegspräsidenten ernannt hatte, erhielt ich in der Redaktion von *Quote* einen Anruf von einem gewissen Klaas. Er sagte, er habe mit großem Interesse meine Artikel über die Erfindung von Jan Sloot gelesen – ein halbes Jahr zuvor hatte ich in *Quote* zwei Beiträge mit meinen ersten Recherchen veröffentlicht.

»Freut mich, dass es Ihnen gefallen hat, Klaas«, antwortete ich, während ich mich zurücklehnte und meinen Blick über den Amsterdamer Koningsplein schweifen ließ.

Doch Klaas rief nicht an, um meine journalistischen Fähigkeiten zu loben. Er brauchte meinen Rat.

»Es ist nur noch eine Frage von einigen Wochen …« Er zögerte kurz, bevor er den Satz beendete. »… dann haben wir den Quellcode.«

Ich setzte mich kerzengerade auf.

»Meinen Sie den Quellcode des Sloot Digital Coding System?«

»Ja.«

»Aha«, war zunächst alles, was ich hervorbrachte. Es dauerte einen Moment, bis Klaas' Worte zu mir vorgedrungen waren. »Das ist eine großartige Leistung. Können Sie mir auch erklären, wie Sie das geschafft haben?«

Ein paar Tage später saß ich in einer schäbigen Wohnung in Ijmuiden auf einem klapprigen Küchenstuhl, vor mir eine Dose Aldi-Bier und zwischen meinen Fingern eine Zigarette. Angewidert musterte ich den schmuddeligen Schlafsack, der auf einer Matratze in einer Ecke des Zimmers lag, während ich dem vierzigjährigen Mann mir gegenüber zuhörte.

»Meine Freundin verfügt über übernatürliche Kräfte«, sagte Klaas in ernstem Ton. »Sie kann Botschaften aus dem Jenseits empfangen ... Ja, ich weiß, das klingt verrückt. Aber es ist tatsächlich so.«

»Ich bin für alles offen, Klaas«, sagte ich, während ich ihm zunickte und weiterhin ernst schaute. »Reden Sie weiter.«

»Als ich Ihre Geschichte gelesen habe, habe ich meine Freundin gefragt, ob sie nicht mit Jan Sloot Kontakt aufnehmen könne. Das war nicht ganz einfach, aber sie hat es geschafft. Sie hat nun schon seit einiger Zeit Kontakt mit ihm. Er vertraut ihr und diktiert ihr jetzt den Quellcode. Wir haben Software im Wert von einigen tausend Gulden angeschafft. Jan Sloot hat uns gesagt, was wir brauchen, um seinen Code aufzuschreiben. Meine Freundin versteht nichts von Computern, geschweige denn davon, was sie da aufschreibt. Sie tut nur genau das, was Jan ihr sagt.«

Klaas war davon überzeugt, dass er und seine Freundin schon bald die rechtmäßigen Eigentümer jener Erfindung sein würden, mit der FifthForce so große Pläne hatte. Er fragte mich, ob ich es für sinnvoll halte, wenn er mit Pieper und Boekhoorn Kontakt aufnehme. Gegen einen angemessenen Anteil an FifthForce war er bereit, ihnen den Quellcode zu überlassen.

Ich erklärte ihm, dass er sich in diesem Fall absolut sicher sein müsse, dass der Quellcode authentisch war.

»Da bin ich hundertprozentig sicher.« Klaas war es ernst.

Als ich mich von ihm verabschiedete, schrieb ich noch zehn Fragen auf, die seine Freundin Jan Sloot stellen sollte. Nur zur Kontrolle, ob es auch wirklich Jan Sloot war.

Zwei Wochen später rief mich Klaas enthusiastisch an und gab mir die Antworten durch.

»Seine Enkelin heißt Brenda, die Rolling Stones waren seine Lieblingsband, und er war Mitglied in der Arbeiterpartei.«

»Es tut mir Leid, Klaas«, sagte ich, nachdem er ausgeredet hatte. »Aber diese Antworten sind alle falsch.«

»Oh.« Klaas klang verwirrt. Sein leises »Auf Wiedersehen« war das Letzte, was ich von ihm gehört habe.

Meine Artikel über Jan Sloots Erfindung hatten in den Medien einige Aufmerksamkeit erregt. Wissenschaftler wie der ehemalige Philips-Forscher Kees Schouhamer Immink – der ›Vater‹ der CD-ROM-Technik – regten sich über die Behauptungen von Sloot auf oder machten sich einfach nur darüber lustig. »Irrsinn, Larifari, absoluter Quatsch«, waren ihre Reaktionen auf die Geschichte rund um Jan Sloot. Aus wissenschaftlicher Sicht musste ich ihnen Recht geben. Wesentlich mehr verwunderte mich mittlerweile die große Zahl von Menschen, die sich noch immer mit dem Rätsel um den verschwundenen Quellcode beschäftigten – offen gestanden zählte auch ich mich dazu. Es waren Menschen, die mit Jan Sloot früher zu tun hatten und nicht glauben konnten, dass das Abenteuer vorbei war, hoffnungsvolle Techniker, Opportunisten, Menschen wie Klaas oder solche, die von der bizarren Geschichte einfach schlichtweg fasziniert waren.

Die Geschichte von FifthForce schien sich im Kleinen zu wiederholen, als Peter St. George, CEO von ZeoSync aus Florida, im Januar 2002 ankündigte, sein Unternehmen habe eine Codierungstechnologie entwickelt. St. George behauptete, Bild und Ton in einem Verhältnis von einhundert zu eins ohne Qualitätsverlust komprimieren zu können. Die Behauptung von ZeoSync wurde von der Nachrichtenagentur Reuters aufgegriffen. Es dauerte nicht lange, bis sich Wissenschaftler in den gesamten USA zu Wort meldeten und erklärten, dass das, was ZeoSync da sagte, völlig unmöglich und der Inhalt der Aussage mit einem brennstofffreien Motor oder einem Perpetuum mobile vergleichbar sei.

Schon 1948 schrieb der Mathematiker Claude Elwood Shannon in seinem einflussreichen Artikel *A Mathematical Theory of Communication* über die theoretischen Grenzen einer verlustfreien Kompression bei Bildern. Demnach liegt die Grenze bei einem Verhältnis von zehn zu eins. Bis heute ist es niemandem gelungen, Shannons Theorien zu widerlegen. Wenn man also behauptet, Shannon habe Unrecht, dann ist das beinahe so, als würde man infrage stellen, dass es die Schwerkraft gibt.

Kurzum: ZeoSync war Bauernfängerei. Peter St. George verspielte seine Glaubwürdigkeit endgültig, als bekannt wurde, dass er eine Reihe seriöser Wissenschaftler ohne deren Wissen als Befürworter seiner Technologie hinstellte. Zudem schien im Vorstand des Unternehmens ein verurteilter Betrüger zu sitzen. Das Peinlichste jedoch war, als er auf der groß angekündigten Präsentation seiner Technologie nichts vorweisen konnte. Ein halbes Jahr nach dem Pressebericht war ZeoSync wieder von der Bildfläche verschwunden.

Die Geschichte um Jan Sloot ist von deutlich größerem Kaliber. Er behauptete, Bild, Ton und Daten in einem Verhältnis von zwei Millionen zu eins verkleinern zu können. Das ist zwanzigtausend Mal mehr, als ZeoSync einige Jahre später behauptete. Aus wissenschaftlicher Sicht ist Sloots Technologie damit zwanzigtausend Mal unglaubwürdiger. Das Seltsame ist allerdings, dass Jan Sloot seine Technologie auch präsentierte. Sehr oft sogar. Anfangs benutzte er dafür seinen Laptop. Der Computer- und Softwareexperte Dick Vesters war davon entsprechend beeindruckt, obgleich andere Experten es durchaus für möglich halten, mit der Technik von 1998/1999 eine derartige Demonstration, also mithilfe eines Laptops, zu faken. Mit dem ersten Prototyp gelang es Jan Sloot, Leute, die etwas von Kompression verstanden, innerhalb von Sekunden von seiner Genialität zu überzeugen. Auch Roel Pieper, ein Mathematiker, dem das Prädikat *cum laude* zum Studienabschluss verliehen wurde, war von der Technik beeindruckt. Durch Pieper wurde die Erfindung salonfähig. Durch ihn kamen selbst so prominente Leute wie der ehemalige Wirtschaftsminister Hans Wijers zu den Präsentationen. Nicht zu vergessen die Hightech-Legenden Tom Perkins, Charles Wang, Vinod Khosla und John Doerr. Ihnen wiederum folgten die wirklichen Experten: die Wissenschaftler. So hatten sich auch die besonders mit der Materie vertrauten Spezialisten von Computer Associates äußerst interessiert die Präsentation von Sloot angesehen. Und die Technik-Experten von Sun Microsystems waren sogar extra nach Amsterdam gekommen. Auch Philips war nach anfänglicher Skepsis so beeindruckt, dass das Unternehmen eine zweite und dann noch eine dritte Präsentation des Sloot Digital Coding System sehen wollte. Pieper selbst hatte neben Marius Abel auch Professor Maarten Boasson um eine Einschätzung gebeten. Obwohl die Leistung, die Jan Sloot seiner Erfindung zuschrieb, außergalaktische Dimensionen hatte, schien er seine Behauptungen mit den Präsentationen beweisen zu können. Er spulte die Bilder rasend schnell vor und zurück, schaltete innerhalb von Sekunden zwischen den Filmen hin und her oder zeigte etliche Filme gleichzeitig – und das ausschließlich mit einem kleinen Kasten, der lediglich einen simplen Kippschalter und einen Schlitz für die Chipkarte hatte! Die meisten Leute, die eine der Präsentationen erlebten, waren der Meinung, dass man diese Leistung mit der damaligen Technologie unmöglich aus einem solchen Kasten herausholen konnte. Eine überzeugende Erklärung für Sloots Präsentationen gibt es daher bis heute nicht. Ebenso wenig ist das Rätsel um den verschwundenen Quellcode gelöst. Die Erfindung von Jan Sloot wird wohl als Hightech-Mythos in die Geschichte eingehen, als Hightech-Mythos, mit dem Roel Pieper an die Spitze der internationalen Wirtschaft gelangen wollte. Wenn Sloot nicht gestorben wäre und seine Technik die technische Prüfung von Kleiner & Perkins bestanden hätte, wäre das auch sicher geschehen …

Auf der letzten Anteilseignerversammlung am 2. November 1999 wurde Dipro Research NV – beziehungsweise FifthForce Inc. – in einen tiefen Winterschlaf versetzt. Während das Unternehmen als Rechtsträger mit seinen Anteilseignern bestehen blieb, wurden alle Aktivitäten eingestellt. An diesem Zustand der ›Hibernation‹, wie es Roel Pieper auf diesem letzten Treffen formulierte, hat sich bis heute nichts geändert. Nur wenn das Sloot Digital Coding System doch noch auftauchen sollte, wird wieder Bewegung in die Sache kommen. Doch diese Chance ist äußerst gering. Von Plan C, Davoc, Dipro oder FifthForce wird wahrscheinlich nie wieder jemand hören, es sei denn als eine der seltsamsten Unternehmensgeschichten, die es jemals gegeben hat.

Von denen, die bei diesem Abenteuer die Hauptrollen spielten, ging jeder wieder seine eigenen Wege. Der eine vielleicht mit etwas mehr Glück als der andere.

»Das alles macht mir noch immer zu schaffen.«
Annie Sloot

Obwohl Annie Sloot davon überzeugt ist, dass ihr Mann eines natürlichen Todes gestorben ist, hat sie seinen Tod nie verkraftet. Seit Juli 1999 hat sie zwanzig Kilo abgenommen, bedingt unter anderem durch den Stress, den die langwierigen Streitigkeiten um den Nachlass von Jan mit sich brachten. Sie war gerade erst in das neue Haus eingezogen, das Jan in Nieuwegein gekauft hatte. Annie fand das Haus jedoch zu groß und suchte sich eine kleinere Wohnung. Doch auch die fiel ihr ohne Jan zu geräumig aus. Nachdem dann auch noch bei ihr eingebrochen wurde, hatte Annie genug. Anfang 2004 kehrte die Witwe in das ihr vertraute Haus in der Strawinskystraat 76 zurück, wo mittlerweile ihr Sohn Ben wohnte.

Annie war gerade umgezogen, als Marcel Boekhoorn ihre sämtlichen Besitztümer pfänden ließ. Er forderte die siebenhundertfünfzigtausend Gulden zurück, die er Jan im Februar 1999 geliehen hatte. Die Familie weigerte sich, das Geld zurückzuzahlen. Annie gewann schließlich den Prozess, weil Boekhoorn nicht beweisen konnte, dass er Jan das Geld tatsächlich geliehen hatte. Er konnte den entsprechenden Vertrag nicht mehr finden.

»Ich bin mir sicher, dass mein Vater ermordet wurde.«
Ben Sloot

Ben Sloot fand nach dem Tod seines Vaters einen Job in der Sicherheitsbranche. Er zog mit seiner Familie zu seiner Mutter in das neue große Haus. Ende 2002 heiratete er und kehrte dann mit Annie in das Haus in der Strawinskystraat zurück, das er in der Zwischenzeit hatte renovieren lassen. Später kaufte auch er ein Haus, das Ende 2004 fertig gebaut war. Ben ärgerte sich schrecklich über die Forderung von Boekhoorn. Die siebenhundertfünfzigtausend Gulden waren seiner Meinung nach Boekhoorns Investition, und der zeigte sich als schlechter Verlierer, wenn er es seiner Mutter nun so schwer machte.

»Ich kann gerne diesen Kram öffnen, aber dann müssen die mir mehr als ein paar hunderttausend Gulden bieten.«
Jos van Rossum

Jos van Rossum hat sich aus dem Investment-Geschäft zurückgezogen. Die meiste Zeit arbeitet er heute als Unternehmensberater. 2001 bot ihm ein Investor hunderttausend Gulden für die Dokumente und Disketten im Safe der Notare De Bruijn & Dijkstra. Van Rossum ging nicht auf das Angebot ein. Der versiegelte Umschlag, den er 1996 mit Jan Sloot in den Safe gelegt hatte, liegt noch immer dort.

»Für eine gute Idee bin ich immer zu haben.«
Leon Sterk

Leon Sterk schwebt noch immer über allen Dingen. Nach Aussage seines ehemaligen Geschäftspartners Mark Herweijer versuchte Sterk in den Wochen nach dem 11. September nach Afghanistan zu reisen, um Osama Bin Laden zu treffen. Die Reise endete in Afrika. Seine Faszination für Technologie und Kommunikation hat er behalten. Vor einigen Jahren schaffte er sich ein Schiff an, das er mit Computern voll laden wollte. Über ein drahtloses Netzwerk wollte er einen Teil des afrikanischen Kontinents mit dem Internet verbinden. Sterk hat den Plan – bisher – nicht ausgeführt und liegt mit seinem Schiff derzeit vor der spanischen Küste vor Anker.

»Wenn ich das Geld und die Zeit hätte, würde ich World Wide Security anheuern und selbst weiter nach der Erfindung von Jan suchen.«
Leo Mierop

Das Küchenstudio von Leo Mierop ging anderthalb Jahre nach Sloots Tod bankrott. Von der Million, die er mit dem Verkauf von einem Prozent seiner Dipro-/FifthForce-Anteile verdiente, ist nichts mehr übrig. In Spijkenisse hat er als Manager einer Filiale des Küchendiscounters Megadeal noch einmal neu angefangen. Mierop ist davon überzeugt, dass irgendjemand die Erfindung in seinen Besitz gebracht hat.

»Der Ärger begann mit Piepers Reise in die USA. Ich hätte ihn begleiten sollen, dann hätten wir die Erfindung jetzt noch.«
Leen Mooijaart

Leen Mooijaart reist regelmäßig nach Indonesien. Er ist dort Mitinhaber eines Ingenieurbüros, das Fahrrinnen vor großen Seehäfen untersucht und vermisst. In den Niederlanden kümmert er sich um seine Immobiliengeschäfte und hat noch einige andere Projekte am Laufen. Nur ab und zu investiert er sein Geld noch in sehr risikoreiche Projekte. Und nur noch ganz selten denkt er an die Geschichte mit Jan Sloot zurück.

»Die Milliarden flogen über den Tisch, als wäre es Spielgeld. Dadurch haben einige Leute ihren Sinn für die Realität verloren.«
Carl de Vries

Der Anwalt Carl de Vries tat, was er nicht lassen konnte, und ist Unternehmer geworden. Seitdem er seine Kanzlei aufgegeben hat, hat er zu Mooijaart nur noch einen freundschaftlichen Kontakt. Geschäftlich arbeitet er mit Marcel Boekhoorn zusammen, mit dem er weiterhin in vielversprechende Unternehmen investiert.

»Ich will mich mit etwas beschäftigen, das echt ist.«
Bart van Rheenen

Bart van Rheenen geht es gut als Geschäftsführer und Anteilseigner von Dupaco in Leusden. Nur noch ab und zu bekommt er einen Anruf von Carl de Vries, der ihn um seinen technischen Rat bittet.

»Die FifthForce-Periode ist die bescheuertste Zeit in meinem Leben gewesen.«
René Bickel

René Bickel war eine Zeit lang als Berater bei dem Kabelunternehmen UPC tätig und ist dann in das boomende Customer Relations Management (CRM) eingestiegen. Er hat mit zwei Partnern ein Unternehmen gegründet, und nach seinen Angaben befinden sich einige schöne Aufträge in der ›vergoldeten Pipeline‹.

»Die Interessen waren immens groß. Ich hielt es wirklich nicht für ausgeschlossen, dass man Jan Sloot ermordet hatte. Es gab genug Unternehmen, die es gerne gesehen hätten, wenn er den Code mit ins Grab nimmt. Deshalb wollte ich eine Obduktion. Nur, um wirklich sicher zu sein. Und eigentlich will ich das auch heute noch.«

Marcel Boekhoorn

Nach der Beerdigung von Jan Sloot hat sich Marcel Boekhoorn weiter seinen ›Deals‹ gewidmet. Die für ihn erfolgreichste Übernahme war die des Zoos Ouwehands Dierenpark in Rheenen. Dort hat er derzeit auch sein Büro. Boekhoorn war verärgert, dass Annie ihm das Geld, das er Jan Sloot geliehen hatte, nicht zurückzahlen wollte. Weil die Sloots seine Anrufe nicht beantworteten, ließ er das Haus in der Strawinskystraat kurzerhand pfänden.

Inzwischen investiert Boekhoorn – mit wechselndem Erfolg – weiterhin sein Geld in Technologieunternehmen. Die Million Dollar, die er im Jahr 2000 in Insight Capital Partners (Investmentfonds von Roel Pieper) investiert hatte, hat er mittlerweile als Verlust abgeschrieben. Wie übrigens die meisten seiner anderen Investitionen in die New Economy in dieser Zeit. Anfang 2004 hat Boekhoorn dann doch noch das große Geschäft gemacht: Er verkaufte den ADSL-Provider Novaxess an ein börsennotiertes britisches Unternehmen, für einen Buchgewinn von fast sechsunddreißig Millionen Euro. Roel Pieper trifft Boekhoorn hauptsächlich bei gemeinsamen Geschäftsessen, Veranstaltungen oder Partys.

»Ich finde die ganze Geschichte wirklich nicht so spannend. Was ist denn daran spannend? Dass der Mann stirbt?«

Roel Pieper

Pieper investiert schon seit Jahren in Unternehmen. Anfang 2000 baten ihn seine Freunde von dem New Yorker Venture-Capital-Fonds Insight Capital Partners, eine europäische Zweigstelle des Fonds zu errichten. Genau wie eine große Anzahl anderer niederländischer Investoren glaubte auch ABN Amro an den Erfolg dieses neuen Fonds. Die Bank investierte schätzungsweise einhundert Millionen Dollar. Piepers Venture-Capital-Team bestand unter anderem aus Jan de Jong, Marius Abel, Maarten Boasson und John Losier. Doch die Zeichen standen gegen Pieper. Wenige Monate nach der Gründung von Insight Europe waren die rosaroten Träume der New Economy ausgeträumt.

Im Oktober 2000 trat Pieper dann eine Stelle als Hochschuldozent für E-Commerce an der Universität Twente an. »Es wird bald keinen Bedarf mehr an Managern geben, die überaus bewandert darin sind, Informationen hin- und herzuschieben, aber eigentlich gar keine Ahnung haben«, sagte er in seiner ersten Vorlesung, die das ›Unternehmertum‹ zum Thema hatte.

Wenig später bekamen die ersten Unternehmen aus dem Portfolio von Insight Europe den Gnadenschuss. Im Spätsommer beendete Insight Capital Partners die Zusammenarbeit mit Pieper.

Pieper machte mit einem kleineren Fonds unter neuem Namen weiter: Favonius Venture. Alle Investments aus dem Insight-Fonds gingen Pleite oder wurden mit hohen Verlusten verkauft. Der neue Fonds von Pieper zählt derzeit sechs Investments.

Im Frühjahr 2001 sorgte Pieper für einigen Medienrummel, als er den von Minister Tineke Netelenbos angeforderten Bericht über eine Lösung der Verkehrsprobleme in den Großstädten präsentierte. Im Jahr 2002 dann führte Piepers Interesse an der Landespolitik zu Gerüchten über einen möglichen Ministerposten in der Liste Pim Fortuyns. Am 31. Mai 2003 schaffte es Pieper erneut in die Nachrichten, als ein Psychopath ein Attentat auf ihn und seine Frau Ricka verübte.

Auch privat ist Pieper weiterhin als Investor aktiv. Er hält unter anderem ein großes Anteilspaket der Bandwidth Technology Corp. (BTC). BTC hat mithilfe von Maarten Boasson eine neue Breitbandtechnologie entwickelt, mit der sich Daten auf eine effizientere Weise transportieren lassen. Außer Marcel Boekhoorn besitzen auch Tom Perkins und Charles Wang Anteile an BTC.

Über FifthForce spricht Roel Pieper lieber nicht mehr.

ANLAGE: DAS SLOOT DIGITAL SYSTEM

Dieser Text stammt aus dem Organizer von Jan Sloot, der von der Control Risks Group gefunden wurde.

Jan Sloot
Funktionsweise des Sloot Digital Coding System,
10. Mai 1999

Schon seit langer Zeit wird nach Kompressionsverfahren gesucht, um Datensätze so klein wie möglich auf einen Datenträger speichern zu können. Mit der heutigen Technik ist es – soweit bekannt – nicht möglich, eine Kompression von weniger als 50 Prozent zu erhalten. Da ich genauso wenig daran glaube, dass es eine Technologie gibt, die zum Beispiel einen Videofilm mit einem Speicherbedarf von weniger als 100KB speichert – eine einzige Bildsekunde benötigt mindestens ein Megabyte, neunzig Minuten also fünftausendvierhundert Megabyte –, habe ich mich auf die Suche nach einer anderen Methode begeben. Nach jahrelangen Experimenten ist es mir tatsächlich gelungen, eine innovative Technologie zu entwickeln: Ohne Verwendung von Kompressionsverfahren ist es mir nun möglich, alle Arten von Daten auf einem Speichermedium von maximal 128KB zu speichern. Die Daten können danach ohne Qualitäts- oder Geschwindigkeitsverlust wieder abgerufen werden – jedes einzelne Bit wird genau in seinem Ursprungszustand wiedergegeben. Die Daten (Bild, Ton, Text) werden zu einem Schlüssel von *n* KB codiert. Ein entsprechendes Programm decodiert nun diesen Schlüssel mit enorm hoher Geschwindigkeit und stellt exakt dieselbe Information wieder her, die zuvor codiert wurde. Damit habe ich eine neue Technik entwickelt, die beweist, dass Kompression überflüssig ist. Allein diese neue Technik (SDCS) hat eine Zukunftsperspektive.

Alle Informationen – Daten, Bilder oder Audioformate – werden in einen Zahlencode umgewandelt. Im Speicher des Systems existiert für jede Art von Information ein fester Wert: für Daten eine Anzahl von *x* Buchstabencodes, für Audio eine Anzahl von *x* Toncodes und für Bilder eine Anzahl von *x* Pixelcodes. Durch Berechnungen eines Programms, das auf einem Chip installiert ist, wird ein Schlüssel generiert, der auf einem externen Speichermedium gespeichert wird und *n* KB umfasst. An diesem Berechnungsverfahren, das für die Generierung eines Schlüssels von Daten, Musik oder einem Spielfilm nötig ist, hat der Erfinder rund zwölf Jahre lang gearbeitet. Die Idee zu dieser Technik entstand, weil der Erfinder eine enorme Menge von Informationen auf relativ wenig Speicherplatz unterbringen wollte.

Die Technologie basiert auf dem Prinzip, dass jede Basisinformation nur *n*-Mal gespeichert wird. Ein Beispiel: *n*-Mal die Buchstaben A, a bis Z, z; *n*-Mal die Farbinformationen für die Pixel rot, grün, blau und so weiter. Aus diesen Referenzen wird ein digitaler Code generiert, um daraufhin durch diese Berechnung und mithilfe eines einzigartigen Algorithmus einen Schlüsselcode zu erhalten. Der so generierte Schlüsselcode wird auf einer Chipkarte gespeichert. Später wird er dann durch ein Programm mit speziellen Algorithmen, die in einem Prozessor gespeichert sind, wieder abgespielt.

Auf diese Weise entsteht ein Schlüssel von maximal *n* Kilobyte. Das Programm für die diversen Algorithmen (insgesamt fünf) benötigt einige Megabyte Speicherplatz – bei den Experimenten des Erfinders wurden maximal zwölf Megabyte pro Algorithmus benötigt. Dabei ist der temporäre Speicher, der für die Zwischenberechnung des Algorithmus gebraucht wird, berücksichtigt. Das Programm kann selbstverständlich in mehreren Prozessoren gespeichert werden. So ist es möglich, große Mengen an Daten, Musik oder Spielfilmen auf einer Chipkarte von beispielsweise 128 KB zu speichern und anschließend auf jedem beliebigen Gerät, das mit den Chips bestückt wurde, abzuspielen. Da jeder Datensatz, egal wie groß, faktisch nur ein Schlüsselcode ist, der maximal ein Kilobyte Speicherplatz benötigt, passen rund einhundert Datensätze auf eine solche Chipkarte. Ob das einhundert Spielfilme von zwei Stunden Länge oder einhundert TV-Sendungen mit einem abendfüllenden Programm sind, ist dabei egal. Jeder Schlüsselcode, egal, für welchen Datentyp, benötigt eine Speicherkapazität von nur einem Kilobyte. Allerdings müssen dann die fünf Arbeitsspeicher, die von dem Algorithmus als Zwischenablage genutzt werden, erweitert werden. Derzeit arbeitet der Erfinder an einer Applikation mit einem Prozessor von mehr als fünfhundertfünfzig Megaherz und fünf Arbeitsspeichern von vierundsiebzig Megaherz.

Was das für die zukünftige Produktion von (neuen) audiovisuellen Geräten, Computern, Camcordern etc. bedeutet, sollte Ihnen als Leser deutlich geworden sein. Heutige Speicherlösungen wie Kassetten, Disketten, Festplatten, CD-ROMs oder DVDs werden mit einem Schlag überflüssig sein. In Zukunft wird es Videorekorder im Taschenformat geben, die lediglich herkömmliche Batterien benötigen. Wir werden Spielfilme aus einem Automaten oder aus dem Internet innerhalb von Sekunden (gegen Bezahlung) auf eine Chipkarte speichern und zu Hause auf einem entsprechenden Gerät abspielen können. Dasselbe gilt natürlich auch für Daten und Musik. So gibt es unbeschreiblich viele Anwendungsmöglichkeiten.

Falls es bisher noch nicht deutlich geworden ist: Der Kern ist eine Formel, die den Algorithmus beinhaltet und den Schlüssel generiert, sowie ein Algorithmus, mit dem die Informationen wieder decodiert werden können. Die genaue Funktionsweise wird der Erfinder hier nicht erläutern. Er hat ein Patent auf diese Technologie und wird die Funktionsweise niemals publizieren.

Bei diesem Prinzip gehen wir davon aus, dass jede einzelne Information nur *n*-Mal gespeichert wird. Jede einzelne Information ist also *n*-Mal in einem Festspeicher vorhanden. Nehmen wir zum Beispiel ein Buch. Dort kommen viele tausend Male die Buchstaben A bis Z sowie die Satzzeichen vor. Das würde pro Buch viele Megabyte an Speicherplatz bedeuten. Wenn wir nun allerdings nur die primären Informationen mit einer Referenznummer versehen und speichern, dann brauchen wir lediglich einige Kilobyte.

Um die einzelnen Buchstaben nun wieder an die richtige Stelle zu bekommen, generieren wir durch einen Algorithmus einen Schlüsselcode. Dieser Algorithmus enthält eine Reihe Formeln, deren Ergebnisse wiederum in einem Speicher abgelegt wurden. Diesen Speicher bezeichnen wir als Datenschlüssel-Decoder. Dieser Decoder berechnet, welche Informationen an welche Stelle kommen müssen, also auf welche Seite des Buches, um so das Original hundertprozentig zu rekonstruieren. Bei dieser Berechnung müssten wir jedes einzelne Wort, unabhängig von seiner Länge, mit einem einzigartigen Zahlenwert versehen, der so klein wie möglich ist. Dieses Rechenverfahren ist kompliziert und letztendlich nicht anwendbar. Ich habe mich daher schließlich für eine andere Methode entschieden. Erinnern wir uns: Wir haben bereits allen Buchstaben einen einzigartigen Referenzwert zugewiesen und gespeichert. Warum sollten wir dann die Worte speichern? Das lässt mein System komplett außen vor. Die nächstgrößere Einheit ist der Satz. Man darf wohl annehmen, dass die Wahrscheinlichkeit, dass in einem Buch zwei Mal derselbe Satz vorkommt, sehr gering ist. Wenn wir deshalb alle codierten Buchstaben der Wörter eines Satzes zusammenaddieren, bekommen wir aber noch keine unverwechselbare Zahl. In dem gesamten Buch könnten mehrere Summen von Sätzen identisch sein. Daher ist auch dieses Verfahren nicht anwendbar.

Ich habe mich deshalb dazu entschlossen, jede Seite des Buches als Ganzes zu codieren. Der Erfinder hat einen Algorithmus entwickelt, der erst alle Buchstaben einer Seite zu einem unverwechselbaren Seitencode codiert. Zusätzlich erhält jede Seite einen Referenzcode. Auf diese Weise erhalte ich Schlüsselcodes, deren Anzahl identisch ist mit der Anzahl der Seiten in dem Buch.

Dafür habe ich ein Programm entwickelt, das wie folgt arbeitet: Der Text wird in den Data Key Decoder (DKD) eingelesen. Der Program

Key (PK) enthält alle für das Berechnen (Codieren und Decodieren) wichtigen Programm-Algorithmen. Wenn die Codierung der ersten Seite abgeschlossen ist, wird der Wert im Character Key Decoder (CKD) zwischengespeichert. Danach folgt die Codierung der zweiten Seite und so weiter. Sobald alle Seiten codiert und im DKD gespeichert wurden, verarbeitet der PK alle Seitencodes zu einem gemeinsamen Programmcode. Da die Speicherung des gesamten Buches auf diese Art nur noch eine Reihe Codes umfasst, wird die gesamte Speicherung auch nur noch ein Kilobyte umfassen. Das Verfahren kann analog bei Filmen verwendet werden, wobei wir dann nicht von Buchstaben, sondern von Pixeln reden.

ZEITTAFEL

1995	
Spätsommer	Jos van Rossum investiert in das Repabase-System von Jan Sloot.

1997	
Dezember	Jos van Rossum beendet die Zusammenarbeit mit Jan Sloot.

1998	
Januar	Jan Sloot bittet seinen ehemaligen Kollegen Willem van der Griendt, in seine Projekte zu investieren. Van der Griendt verweist ihn an seinen früheren Arbeitgeber Mark Herweijer.
Februar	Mark Herweijer nimmt Kontakt mit seinem Freund Leon Sterk auf.
Mitte Februar	Jan Sloot holt sich Rat bei dem Wirtschaftsprüfer Jelle Montsma.
4. März	Leon Sterk investiert in die Codierungstechnologie von Jan Sloot und gründet das Unternehmen Davoc. In juristischen Angelegenheiten berät ihn Freek van Zweeden, Gerard Kakisina arbeitet als sein Wirtschaftsprüfer.
März	Freek van Zweeden berichtet seinem Bekannten Leen Mooijaart von Sloots Erfindung und bietet ihm eine Teilhaberschaft bei Davoc an. Leen Mooijaart und Leo Mierop investieren in Sterks Unternehmen.

1998	
1. Mai	Erster Arbeitstag von Roel Pieper bei Philips.
Juli	Präsentation im Sheraton Hotel, Schiphol.
November	Leen Mooijaart fragt seinen Freund und Anwalt Carl de Vries, ob er noch weitere Investoren kennt. Carl de Vries tritt an seinen Geschäftsfreund Bart van Rheenen heran.
November	Präsentation in der Fabrikhalle von Stork.

1999	
Januar	Präsentation im Büro von Carl de Vries, anwesend sind u.a. Dick Vesters und Bart van Rheenen.
Januar	Carl de Vries macht seinen Geschäftspartner Marcel Boekhoorn auf die Erfindung aufmerksam.
Februar	Marcel Boekhoorn strukturiert Davoc um. Leon Sterk und Mark Herweijer verschwinden von der Bildfläche. Die neue Firma erhält den Namen Dipro.
Februar	Bart van Rheenen gewinnt René Bickel als Investor bei Dipro.
28. Februar	René Bickel telefoniert mit seinem ehemaligen Investor Roel Pieper und berichtet ihm von Jan Sloots Erfindung.
4. März	Präsentation in der Zentrale von Philips in Amsterdam.
17. März	Zweite Präsentation vor Philips in der Picus-Zigarren-Fabrik in Eindhoven.
22. März	Roel Pieper ist zum ersten Mal bei einer Dipro-Konferenz dabei.

1999	
26. März	Roel Pieper gibt auf einer Dipro-Konferenz seine Pläne mit der Erfindung bekannt.
20. April	Das letzte Gespräch zwischen Cor Boonstra und Roel Pieper. Pieper wird Philips zum 1. Juni verlassen.
18. Mai	Philips gibt in einer Pressemitteilung die Trennung von Roel Pieper bekannt.
20. Mai	Roel Pieper unterzeichnet den Vertrag mit Dipro und wird CEO des Unternehmens.
5. Juni	Dipro wird in FifthForce umbenannt.
9. Juni	Jan Sloot fliegt nach New York zu einem Treffen mit Computer Associates.
23. Juni	Unterzeichnung der Absichtserklärung zwischen FifthForce und ABN Amro.
9. Juli	Jan Sloot demonstriert Tom Perkins seine Technologie in der Villa Caprera in Bloemendaal.
11. Juli	Jan Sloot stirbt in Nieuwegein.
2. November	Letzte Konferenz der Anteilseigner von FifthForce Inc.

QUELLEN

INTERVIEWS UND KOMMENTAR

Dieses Buch basiert größtenteils auf Gesprächen, die ich mit jenen Leuten geführt habe, die mit der Erfindung von Jan Sloot zu tun hatten. In den Jahren von 1999 bis 2004 sprach ich – oft mehrere, wenn nicht gar Dutzende Male – mit: Bens van Altena, Adri Baan, Arie Bertram, René Bickel, Maarten Boasson, Marcel Boekhoorn, Cor Boonstra, Kees Bulthuis, Jan Cornelis, Mark Deinum, Henk van Doorn, Carel-Jan van Driel, Willem van der Griendt, Leo Habers, Gea Harms-Sloot, Mark Herweijer, Toon den Heijer, Wouter Huibregtsen, Wilko Huijer, Gerard Kakisina, Ton Kalker, Etke Klok, Bob Kramer, Jelle Montsma, Martin Meijsen, Leo Mierop, John de Mol, Leen Mooijaart, Michiel van Nieuwstadt, Peter Pagé, Eckhard Pfeiffer, Roel Pieper, Bart van Rheenen, Jos van Rossum, Edwin de Roy van Zuydewijn, Pieter Schellens, Frits Schoute, Martjo Siemons, Annie Sloot, Ben Sloot, Jolanda Sloot, Peter Theunissen, Chriet Titulaer, Jimmy Treybig, Carlos Verheije, Dick Vesters, Carl de Vries, Marc Wesseling, Eckart Wintzen.

Verschiedene Interviewpartner möchten anonym bleiben.

Roel Pieper wollte nach dem Erscheinen meiner Artikel in *Quote* (Januar/Februar 2001) nicht mehr an diesem Buch mitarbeiten.

Ich danke Mark Koster, dass er mir die Tonbandaufnahmen seines Interviews mit Roel Pieper auf Antigua zur Verfügung gestellt hat.

Die folgenden Personen und Unternehmen verweigerten jeden Kommentar:

Marius Abel, Jan de Jong, Computer Associates (Charles Wang), Control Risks (Willem van der Meer), Kleiner Perkins Caufield & Byers (Vinod Khosla und John Doerr), Ben Knapen, John Losier, Mayfield

(Yogen Dalal und Kevin Fong), Daniël van Meer, Reinoud van Mierlo, Tom Perkins, Annemarie Sloot, Johan Sloot, Leon Sterk.

LITERATUR

Truman Capote, *In Cold Blood: A True Account of a Multiple Murder and its Consequences*, New York: Random House, 1966 (dt. *Kaltblütig: Wahrheitsgemäßer Bericht über einen mehrfachen Mord und seine Folgen*, übersetzt von Kurt Heinrich Hansen, Wiesbaden: Limes Verlag, 1966). (Mit bestem Dank an Francisco van Jole.)

Douglas Coupland, *Microserfs*, London: Flamingo, 1995 (dt. *Microsklaven*, übersetzt von Tina Hohl, Hamburg: Hoffmann und Campe, 1996).

Willem Elsschot, *Lijmen*, Antwerpen: L.J. Janssens en Zonen, 1924 (dt. *Leimen*, übersetzt von Gerd Busse, Zürich: Unionsverlag, 2005).

Richard P. Feynman und Anthony J.G. Hey (Hg.), *Feynman Lectures on Computation*, Reading: Addison-Wesley, 1996.

Michiel Frackers, *Op zoek naar de heilige Graal*, Amsterdam: Vassallucci, 2002.

David A. Kaplan, *The Silicon Boys and the Valley of Their Dreams*, New York: Morrow, 1999 (dt. *Silicon Valley: Die digitale Traumfabrik und ihre Helden*, München: Heyne, 2000).

Kevin Kelly, *New Rules for the New Economy: 10 Ways the Network Economy Is Changing Everything*, New York: Viking, 1998 (dt. *NetEconomy. Zehn radikale Regeln für die Wirtschaft der Zukunft*, übersetzt von Beate Majetschak, München: Econ, 1998).

Stephen King, *On Writing, A Memoir of the Craft*, London: Hodder and Stoughton 2001 (dt. *Das Leben und das Schreiben*, übersetzt von Andrea Fischer, München: Ullstein, 2000).

J. David Kuo, *Dot.bomb. My Days and Nights at an Internet*, Goliath, Boston: Back Bay Books, 2003.

Michael Lewis, *The New, New Thing: A Silicon Valley Story*, New York: Norton, 2000 (dt. *Alle Macht dem Neuen: Das Milliardenspiel der Software-Cowboys*, Düsseldorf: Econ, 2000).

Nicholas Negroponte, *Being Digital*, London: Hodder & Stoughton, 1995 (dt. *Total Digital: Die Welt zwischen 0 und 1 oder die Zukunft der Kommunikation*, übersetzt von Franca Fritz und Heinrich Koop, München: Bertelsmann, 1996).

Randall E. Stross, *E-Boys: The First Inside Account of Venture Capitalists at Work*, New York: Crown Business, 2000. (Mit bestem Dank an Philip Dröge.)

Tom Wolfe, *The Bonfire of the Vanities*, New York: Bantam, 1988 (dt. *Fegefeuer der Eitelkeiten*, übersetzt von Benjamin Schwarz, München: Kindler, 1988).

Weitere Informationen wurden aus Artikeln der folgenden Zeitungen und Magazine entnommen:

Algemeen Dagblad, Architectura, Automatiseringsgids, Business Week, Business 2.0, Carp, Computable, Computerwoche, Dagblad de Limburger, Eindhovens Dagblad, Elan, Electronic News, Elsevier, Emerce, Fast Company, Fem de Week (Business), Forbes, Geld & Beleggen, Het Financieele Dagblad, HP / De Tijd, Intermediair, Management Team, NRC Handelsblad, Het Parool, Quote, Red Herring, The San Francisco Chronicle, San Jose Mercury News, Time, De Telegraaf, Trouw, Utrechts Nieuwsblad, De Volkskrant, Wall Street Journal, Wired

Außerdem wurden folgende Quellen verwandt:

Edgar-Datenbank der Security and Exchange Commission (*www.sec.gov*), Bloomberg, die Internetseite von Davoc (*www.davoc.com*), die Internetseite des Aspen Institute (*www.aspeninstitute.org*), ›Beeld en Geluid‹, die NOVA-Sendung vom 12. Februar 1999, die Internetseite des European Patent Office (*http://ep.espace-net.com*), Recherche-Protokolle der Control Risks Group, Verträge, Briefe, E-Mails sowie Konferenzprotokolle und Präsentationsunterlagen von Dipro / FifthForce, die Fotos und Videoaufnahmen, die Leo Mierop von dem Treffen im Okura Hotel am 20 Mai 1999 gemacht hat.

QUELLEN DER ZITATE

Prolog

Von Fair Play konnte bisher … Roel Pieper reagiert in einem Gespräch mit Eric Smit auf dessen Publikationen, Bloemendaal, 24. Januar 2001.

Plan C

Die Computer-Wissenschaft unterscheidet sich … Aus: Richard P. Feynman, Feynman Lectures on Computation, 1996.

Sloot hatte sich schon einige Male … Aus einem Interview mit Jos van Rossum, Nieuwegein, 25. Januar 2001.

In unserer Jugend sind wir nie … Aus einem Interview mit Gea Harms-Sloot, Groningen, 9. Juli 2001.

Er verschwendete unheimlich viel Zeit … Aus einem Interview mit Jos van Rossum, Nieuwegein, 25. Januar 2001.

Einmal fragte mich Jan … Aus einem Interview mit Henk van Doorn, Nieuwegein, 10. Juli 2001.

Davoc

Nur die Paranoiden überleben … Titel eines Managementfachbuchs (1996) von Andy Grove, Mitbegründer und *Chairman of the Board* des Chip-Herstellers Intel.

Die Tatsache, dass … Aus einem Interview mit B. Gerard Kakisina, Zaandam, 7. Februar 2003.

Das Potenzial der Erfindung … Aus einem Interview mit Mark Herweijer, Soest, 3. Juni 2002.

Dieses gewaltige Potenzial … Aus einem Interview mit Eckart Wintzen, Austerlitz, 11. Juni 2003.

Sterk hätte es am liebsten … Aus einem Interview mit Leo Mierop, Hellevoetsluis, 6. Januar 2003.

Diese Präsentation im Sheraton ... Aus einem Gespräch mit Wouter Huibregtsen, Amstelveen, 24. Juli 2002.

Für das abschließende Dinner ... Aus einem Interview mit Leo Mierop, Hellevoetsluis, 6. Januar 2003.

Die große Präsentation

Nun ja, leimen ... Ausspruch der Figur Laarmans aus: Willem Elsschot, *Lijmen*, 1924.

Rätselraten bei Computerhersteller Tulip ... Aus: *Algemeen Dagblad*, 11. November 1997.

Wenn mein Vater ... Aus einem Interview mit Annie und Ben Sloot, Leo Mierop und Leen Mooijaart, Rockanje, Dezember 2000.

Wenn Sterk einmal ... Aus einem Interview mit B. Gerard Kakisina, Zaandam, 7. Februar 2003.

Leon Sterk nannte Swatch ... Aus einem Interview mit Leo Mierop, Hellevoetsluis, 6. Januar 2003.

Uns wurde schnell klar ... Aus einem Interview mit Leo Habers und Mark Deinum, Haarlem, 10. Mai 2001.

Leen trifft immer ... Aus einem Interview mit Carl de Vries, Nieuwegein, 12. Juni 2001.

Ich musste unweigerlich ... Aus einem Interview mit Bart van Rheenen, Leusden, 29. Juni 2001.

Neue Partner

Das wahre Potenzial des Pixels ... Aus: Nicholas Negroponte, *Being Digital*, 1995.

Leon Sterk war ... Aus einem Interview mit Bart van Rheenen, Leusden, 29. Juni 2001.

Bart und ich ... Aus einem Interview mit Carl de Vries, Nieuwegein, 12. Juni 2001.

Ich hatte meine Hausaufgaben gemacht ... Aus einem Interview mit Marcel Boekhoorn, Rhenen, 13. Juli 2001.

Marcel hat schließlich ... Aus einem Interview mit Carl de Vries, Nieuwegein, 12. Juni 2001.

Ich verlor schnell die Geduld ... Aus einem Interview mit Leen Mooijaart, Middelharnis, 13. November 2003.

Wenn du den Job ... Aus einem Interview mit Bart van Rheenen, Leusden, 29. Juni 2001.

Roel Pieper

Wer immer strebend ... Aus: Johann Wolfgang Goethe, *Faust*, 1831.

Einer muss schließlich ... Aus: *NRC Handelsblad*, 15. Januar 2000.

Roel wollte immer gewinnen ... Aus einem Interview mit Martin Meijsen, Darmstadt, 26. Juli 2001.

Roels Terminplan war ... Aus einem Interview mit Martin Meijsen, Darmstadt, 26. Juli 2001.

Roel kauerte mit angezogenen Beinen ... Aus einem Interview mit Martin Meijsen, Darmstadt, 26. Juli 2001.

Seine Teilnahme an diesem Kurs ... Aus einem Interview mit Martin Meijsen, Darmstadt, 26. Juli 2001.

Ricka war einfach bezaubernd ... Aus einem Interview von Mark Koster mit Roel Pieper, Antigua, April 2003.

Sobald jemand Roel ... Aus einem Telefoninterview mit Peter Pagé, 7. August 2001.

Roel kannte nur ein Ziel ... Aus einem Telefoninterview mit Peter Pagé, 7. August 2001.

Ich habe ihm damals ... Aus einem Telefoninterview mit Peter Pagé, 7. August 2001.

Man kann nicht früh genug ... Aus: *Red Herring Supplement Guide to Professional Services*, 1999.

Ich sah da diesen Kerl ... Aus einem Telefoninterview mit Jimmy Treybig, 14. August 2001.

We make networks ... Aus: Computerwoche, 16. Juni 1995.

Roel hatte eine Vision ... Aus einem Telefoninterview mit Jimmy Treybig, 14. August 2001.

Ich war 23 Jahre ... Aus einem Telefoninterview mit Jimmy Treybig, 14. August 2001.

Tom Perkins war für mich ... Aus: *Geld & Beleggen*, November 1999.

Wenn man auf Steve Ballmer zugeht ... Aus einem Interview von Mark Koster mit Roel Pieper, Antigua, April 2003.

Nicht viel mehr als einen gelungenen PR-Gag ... Aus: *Computerwoche*, März 1992 / *Computable*, 17. Januar 1997.

Pieper: Kronprinz von ... Aus: *Computable*, 19. September 1997.

Tandem war an einigen ... Aus einem Telefoninterview mit Eckhard Pfeiffer, August 2001.

Ich hätte gewollt ... Aus einem Telefoninterview mit Eckhard Pfeiffer, August 2001.

Ich erinnere mich noch daran ... Aus einem Telefoninterview mit Eckhard Pfeiffer, August 2001.

Die meisten Leute ... Aus einem Telefoninterview mit Eckhard Pfeiffer, August 2001.

Meine größte Stärke ist ... Roel Pieper in *De Volkskrant*, 13. Januar 1998.

Nein, das war er nicht ... Aus einem Telefoninterview mit Eckhard Pfeiffer, August 2001.

Damals dachte ich ... Aus einem Interview mit Cor Boonstra, Schilde, 7. Juli 2003.

Roel Pieper ist ... Aus: *NRC Handelsblad*, 18. Dezember 1997.

Pieper will Boonstra ... Aus: *Trouw*, 13. Januar 1998.

Jeder Niederländer, der behauptet ... Aus: *The Wall Street Journal*, 12. Januar 1998 / *Trouw*, 13. Januar 1998.

Morgen Piepers Ernennung ... Aus: *NRC Handelsblad*, 11. Februar 1998.

Wenn man für ein großes Unternehmen ... Aus einem Interview mit Cor Boonstra, Schilde, 7. Juli 2003.

Eine halbe Seite ... Roel Pieper in *Elsevier*, 7. März 1998.

Piepermania ... Aus: *Algemeen Dagblad*, 13. Februar 1998.

Pieper: Philips' neuer Chefstratege ... Aus: *NRC Handelsblad*, 12. Februar 1998.

Ich hatte kein ... Aus einem Interview von Mark Koster mit Roel Pieper, Antigua, Mai 2003.

Als Roel wieder in den Niederlanden wohnte... Aus einem Interview mit Etke Klok, Voorne Putten, 28. Juli 2003.
Vor allem die jüngeren Mitarbeiter... Aus einem Interview mit Adri Baan, Amsterdam, 17. Dezember 2003.
Ich habe Pieper... Aus einem Telefoninterview mit Kees Bulthuis, Juni 2003.
Wenn man bei Philips... Aus einem Interview mit Roel Pieper, Bloemendaal, 24. Januar 2000.
Ich erfuhr über zehn Ecken... Aus einem Interview mit Cor Boonstra, Schilde, 7. Juli 2003.
Roel wollte alles... Aus einem Interview mit Adri Baan, Amsterdam, 17. Dezember 2003.

Die Philips-Konferenzen

Probieren geht über Studieren. Redensart.
Als Pieper Sloots Präsentation... Aus einem Interview mit Leo Mierop und Leen Mooijaart, Rockanje, September 2000.
Es ist ein schöner Gedanke... Aus einem Interview mit Leo Mierop, Leen Mooijaart und Marcel Boekhoorn, Bennekom, 15. November 2000.
Ich begriff schnell... Aus einem Interview mit Leo Mierop, Leen Mooijaart und Marcel Boekhoorn, Bennekom, 15. November 2000.
Jan Sloot wird versuchen... Aus den Konferenzprotokollen von Dipro, Nieuwegein, 9. März 1999.
Sollte Jan Sloot... Aus den Konferenzprotokollen von Dipro, Nieuwegein, 9. März 1999.
Angesichts der Entfernung... Aus einem Fax von Marcel Boekhoorn an Nederlandse Philips Bedrijven NV, Arnhem, 15. März 1999.
Einer dieser Männer... Aus einem Interview mit Leo Mierop und Leen Mooijaart, Rockanje, September 2000.
Wer mit extremen Behauptungen... Ton Kalker in einem Telefongespräch, Juni 2002.
Als sie den Raum verließen... Aus einem Interview mit Leo Mierop,

Leen Mooijaart und Marcel Boekhoorn, Bennekom, 15. November 2000.

Ich werde Philips verlassen ... Aus einem Interview mit Leo Mierop, Hellevoetsluis, 6. Januar 2003.

Der Moment ›X‹

Meine Lebensphilosophie orientiert sich ... Aus einem Interview von Mark Koster mit Roel Pieper, Antigua, Mai 2003.

Ich will meine Optionen schließlich ... Aus einer E-Mail von Roel Pieper an Marcel Boekhoorn, 30. März 1999.

Wir sollten den Unternehmenswert ... Aus einer E-Mail von Roel Pieper an Marcel Boekhoorn, 30. März 1999.

Bezüglich des Unternehmenswertes ... Aus einer E-Mail von Marcel Boekhoorn an Roel Pieper, 31. März 1999.

Meiner Meinung nach ... Aus einer E-Mail von Roel Pieper an Marcel Boekhoorn, 2. April 1999.

Was die Kündigungsfristen ... Aus einer E-Mail von Roel Pieper an Marcel Boekhoorn, 2. April 1999.

Mit der Höhe des Unternehmenswertes bin ich ... Aus einer E-Mail von Roel Pieper an Marcel Boekhoorn, 2. April 1999.

Ich schlage vor ... Aus dem Brief, den Carel-Jan van Driel im Namen von Philips Digitale Signaal Processing an René Bickel schrieb, Eindhoven, 2. April 1999.

Philips hat die Erfindung ... Carel-Jan van Driel in einem Telefongespräch, Dezember 2000.

Ich habe bei Philips ... Aus einem Interview mit Roel Pieper, Bloemendaal, 24. Januar 2001.

Marcel kam einmal zum Essen zu mir ... Aus einem Interview mit René Bickel, Amsterdam, 5. Juli 2001.

Mein Vater wurde ... Aus einem Interview mit Annie und Ben Sloot, Nieuwegein, 21. Juli 2001.

Niemanden interessierte mehr ... Aus einem Interview mit Cor Boonstra, Schilde, 7. Juli 2003.

Ich hatte das Gefühl… Aus: Geld & Beleggen, November 1999.

Als Roel mir… Aus einem Interview mit Marc Wesseling, Amsterdam, 11. Juli 2001.

Wilco fand es… Aus einem Interview mit Marcel Boekhoorn, Rhenen, 13. Juli 2001.

Das Management von… Aus der Pressemitteilung von Philips anlässlich der Trennung von Roel Pieper, 18. Mai 1999.

Wenn Roel sich… Ricka Pieper-Schmid in *Algemeen Dagblad*, 19. Mai 1999.

Vorläufig deutet alles darauf hin… Aus: *Algemeen Dagblad*, 19. Mai 1999.

Ich werde mich auf… Aus: *NRC Handelsblad*, 19. Mai 1999.

Der Vertrag mit Roel… Aus den Konferenzprotokollen von Dipro, Nieuwegein, 18. Mai 1999.

Als Roel zu Dipro kam… Aus einem Interview mit Carl de Vries, Nieuwegein, 12. Juni 2001.

2750 Sand Hill Road

Roel Pieper ist… Justin Hibbard in *Red Herring*, Februar 2000.

Roel hatte für sich selbst… Aus einem Interview mit Toon den Heijer, Amsterdam, 16. Juli 2001.

Ben kam nur mit… Aus einem Interview mit Marcel Boekhoorn, Rhenen, 13. Juli 2001.

Boekhoorn war stinksauer… Aus einem Interview mit Leo Mierop, Hellevoetsluis, 5. Juni 2002.

Ich weiß noch… Aus einem Interview mit René Bickel, Amsterdam, 11. Juni 2003.

Wir saßen da… Aus einem Interview mit Annie und Ben Sloot, Nieuwegein, 21. Juni 2001.

Die Jungs waren… Aus einem Interview mit Marcel Boekhoorn, Rhenen, 13. Juli 2001.

Ohne Roel hätte Sloot… Aus einem Interview mit René Bickel, Amsterdam, 11. Juni 2003.

Jan rief genau ... Aus einem Interview mit Henk van Doorn, Nieuwegein, 10. Juli 2001.

Sobald der Quellcode ... Aus den Konferenzprotokollen von Dipro, Amsterdam, 12. Juni 1999.

Mein Vater war erschöpft ... Aus einem Interview mit Annie und Ben Sloot, Leo Mierop und Leen Mooijaart, Rockanje, Dezember 2000.

Sie waren gerade erst ... Aus einem Interview mit Leo Mierop, Hellevoetsluis, 11. Juni 2003.

Es war gar nicht zu übersehen ... Aus einem Interview mit Marcel Boekhoorn, Rhenen, 13. Juli 2001.

Ich wusste allmählich auch ... Aus einem Interview mit Marcel Boekhoorn, Rhenen, 13. Juli 2001.

Am Tisch saßen ... Aus einem Interview mit Marcel Boekhoorn, Rhenen, 13. Juli 2001.

Der reichste Mann der Welt

Der Name FifthForce ... Aus dem vertraulichen Protokoll einer Präsentation von FifthForce, verfasst von Roel Pieper, Juni 1999.

Das große Problem ... Aus einem Interview mit Jelle Montsma, Scherpenzeel, Juli 2001.

Selbst mir misstraute er ... Aus einem Interview mit Annie und Ben Sloot, Nieuwegein, 21. Juni 2001.

Als ich Jan Sloot kennen lernte ... Aus einem Interview mit Jelle Montsma, Scherpenzeel, Juli 2001.

Er wurde immer ... Aus einem Interview mit Henk van Doorn, Nieuwegein, 10. Juli 2001.

Einmal stand Jan ... Aus einem Interview mit Annie und Ben Sloot, Nieuwegein, 21. Juni 2001.

Der Doktor sagte ... Aus einem Interview mit Annie und Ben Sloot, Nieuwegein, 21. Juni 2001.

Morgens habe ich ... Aus einem Interview mit Annie und Ben Sloot, Nieuwegein, 21. Juni 2001.

Roel hatte noch ein paar andere Termine... Aus einem Interview mit Marcel Boekhoorn, Rhenen, 13. Juli 2001.

Ich bin sofort... Aus einem Interview mit Leo Mierop, Hellevoetsluis, 6. Januar 2003.

Jan konnte genau... Aus einem Interview mit Leo Mierop, Leen Mooijaart und Marcel Boekhoorn, Bennekom, 15. November 2000.

Die 5F-Technologie... Aus dem vertraulichen Protokoll einer Präsentation von FifthForce, verfasst von Roel Pieper, Juni 1999.

Roel war hier... Aus einem Interview mit John de Mol, Hilversum, 24. September 2001.

Ich kann immer noch nicht... Aus einer E-Mail von Jeff Morrison an Roel Pieper, 17. Juni 1999.

Ich erzählte den Jungs... Aus einem Interview mit Martjo Siemons, Nijmegen, 21. Februar 2003.

Ich war sehr überrascht... Aus einem Interview mit Eckart Wintzen, Austerlitz, 11. Juni 2003.

Ich hatte ein Gespräch... Aus einem Telefoninterview mit Maarten Boasson, 22. Juni 2004.

H251. Zwanzig Jahre, mit der Option auf Verlängerung

Irgendwie geht immer alles gut... Frits Abrahams in ›Down (2)‹, *NRC Handelsblad*, 30. Januar 2004.

Ich war schon wieder... Aus einem Interview mit Leen Mooijaart, Middelharnis, 13. November 2003.

Als ich das Haus betrat... Aus einem Interview mit Henk van Doorn, Nieuwegein, 10. Juli 2001.

Nieuwegein, 17. November 1998... Aus einem Brief von Jan Sloot an seine Tochter Annemarie. Das Schreiben befand sich in dem Organizer von Jan Sloot, der von dem Sicherheitsunternehmen Control Risks Group aufgefunden wurde. CR fügte den Brief einem Ermittlungsbericht bei.

Roel, vielen Dank... Aus einer E-Mail von Hans Wijers an Roel Pieper, 6. Juli 1999.

Im Dezember trat man ... Aus einem Brief von Marcel Boekhoorn an Roel Pieper, 15. Juli 1999.

In der letzten Zeit ... Aus einem Brief von Marcel Boekhoorn an Roel Pieper, 15. Juli 1999.

Im Zuge des Ablebens ... Aus einem Vertragsentwurf zwischen ABN Amro Participaties und FifthForce, 20. Juli 1999.

Roel Pieper trägt die Verantwortung ... Aus einer Übereinkunft zwischen den Anteilseignern von Dipro, verfasst von L. Burggraaf von Loeff Claeys Verbeke, 4. August 1999.

JS hat gegenüber ... Aus einem Ermittlungsbericht von Willem van der Meer, Control Risks Group, 16. August 1999.

Montag, 16. August ... Aus einem Ermittlungsbericht von Willem van der Meer, Control Risks Group, 16. August 1999.

Dienstag, 17. August ... Aus einem Ermittlungsbericht von Willem van der Meer, Control Risks Group, 27. August 1999.

Leo macht eine schwierige Phase durch ... Aus einer E-Mail von Roel Pieper an Marcel Boekhoorn, 19. August 1999.

20. August ... Aus einem Ermittlungsbericht von Willem van der Meer, Control Risks Group, 27. August 1999.

Sehr geehrte Anteilseigner ... Aus einem Brief von Roel Pieper, Marius Abel und Marcel Boekhoorn an die Anteilseigner von FifthForce, Bennekom, 23. August 1999.

Marius sagte ... Aus einem Interview mit Toon den Heijer, Amsterdam, 16. Juli 2001.

Dienstag, 24. August ... Aus einem Ermittlungsbericht von Willem van der Meer, Control Risks Group, 10. September 1999.

Mittwoch, 8. September ... Aus einem Ermittlungsbericht von Willem van der Meer, Control Risks Group, 10. September 1999.

Abgesehen von der Frage ... Aus einem Ermittlungsbericht von Willem van der Meer, Control Risks Group, 10. September 1999.

Das Gefühl, dass ... Aus einem Interview mit René Bickel, Amsterdam, 11. Juni 2003.

Roel Pieper kann man ... Aus einem Telefoninterview mit Maarten Boasson, 22. Juni 2004.

Sollte sich die Situation nicht... Aus einem Brief von FifthForce an die Anteilseigner, Bennekom, 21. September 1999.

Heute habe ich eine Rechnung... Aus einer E-Mail von Marcel Boekhoorn an Roel Pieper, 30. September 1999.

Marcel. Perlita hat... Aus einer E-Mail von Roel Pieper an Marcel Boekhoorn, 3. Oktober 1999.

Der Grund, warum... Aus einem Interview mit Roel Pieper, Bloemendaal, 24. Januar 2001.

EPILOG

We both reached... Jim Reeves, Roger Miller/Bill Anderson, 1961.

Das alles macht mir... Aus einem Telefongespräch mit Annie Sloot, 1. Juli 2004.

Ich bin mir sicher... Aus einem Interview mit Annie und Ben Sloot, Nieuwegein, 21. Juni 2001.

Für eine gute Idee... Aus Davoc-Schriftstücken von Leon Sterk.

Ich kann gerne... Aus einem Interview mit Jos van Rossum, Nieuwegein, Mai 2002.

Wenn ich das Geld... Aus einem Interview mit Leo Mierop, Hellevoetsluis, 6. Januar 2002.

Der Ärger begann... Aus einem Interview mit Leen Mooijaart, Middelharnis, 13. November 2003.

Die Milliarden flogen... Aus einem Interview mit Carl de Vries, Nieuwegein, 12. Juni 2001.

Ich will mich... Aus einem Interview mit Bart van Rheenen, Leusden, 29. Juni 2001.

Die FifthForce-Periode... Aus einem Interview mit René Bickel, Amsterdam, 11. Juni 2003.

Die Interessen waren... Aus einem Interview mit Marcel Boekhoorn, März 2004.

Ich finde die ganze Geschichte... Aus einem Interview mit Roel Pieper, Bloemendaal, 24. Januar 2001.